冬妹

王思茗 著

作家出版社

目录

一
王福的报应

山凹村位于江南浙东的大山深处。此地怪石嶙峋，万壑千岩，构成一道道难以逾越的屏障，阻滞了山民与外面世界的来往。这里虽然地处偏僻，人迹罕至，但却是个绝佳的躲灾避难之所。于是，逃离战乱的难民、流窜的逃犯、私奔的男女相继来到这个与世隔绝的蛮荒村落，在这里隐姓埋名繁衍生息。

山里人没有娱乐，男人习惯早早钻进被窝，抱女人睡觉是他们最大的乐趣。男人们耕田犁地，女人们一个接着一个地生孩子，过着最原始自然的生活。村里的人口已从最初的几户人家发展壮大到了上千人。

俗话说“靠山吃山，靠水吃水”。生活在山旮旯里的人们，唯一的生存方式是在山里开荒，土里刨食。贫瘠的大山石多土少，庄稼地稀缺，人口的增加使这里愈发贫穷困窘。于是，村里的女人纷纷外嫁，只可怜男人们一个个成了光棍。

每到三月桃花盛开，村里的媳妇们只要男人稍有不从，就会大发雷霆，疯癫无常，人们传言这是“三月桃花癫”。

风水先生说：“村前湍急争流，水大荡泻，难聚人财。左边青龙断尾，右方白虎嘴长，后山玄武无靠，前边朱雀逼窄，若要改变风水，一要后山多种树，二须男女倒阴阳，母鸡司晨，方保平安……”

风水先生的话在山凹村被视为圣旨。从此以后，村里的男人们再也不敢和媳妇争吵。久而久之，女人们一个个宛若女皇，说一不二，而男人们大多变得唯唯诺诺，唯妻独尊。

自古穷人娶亲难，山凹村的男人娶亲更难，村中小伙子若到二十五岁还没对象，他这辈子就得有做光棍的打算……

俗话说得好，“没有憋死的牛，只有愚死的汉，没有钻不出的窟窿，没有结不成的缘。”如果勤劳，能讨女人喜欢，光棍们就有可能勾搭上别人的老婆，与人和睦共妻，彼此同枕共眠，生儿育女，也不会发生什么矛盾和不和谐，一妻多夫就像这里的贫穷和愚昧，在小山村任意蔓延。

村里有个人叫王海生。解放前，他是外乡一地主家的长工，偷睡了主人的小老婆，怀孕后就带她逃到山凹村。妻子不幸在生产时大出血死去，好在保住了儿子的小命。他既当爹又当妈，把儿子王福拉扯到十八岁。早上起来时，他看见儿子竖起的命根子，知道他已经到了该娶媳妇的年纪，可家里穷得吃了上餐没下顿，根本没钱给儿子讨老婆。父亲是过来人，知道没女人的苦，看在眼里，急在心头。他实在不愿意儿子成为光棍汉，一辈子只能去偷睡别人的老婆，当犁地的牛和播种的马，那样即便生下亲生骨肉，也没有人会说这是王福的儿子，更不会随王福姓王，这是村里不成文的规矩。

王海生下决心要走出山凹村去赚钱，帮儿子娶媳妇，为王家传宗接代，也给孩子娘一个交代。于是，他狠心离开了相依为命的儿子，背着破被絮走出山凹村。在儿子二十五岁时，他真的带回金条，盖起全村唯一的瓦房，又在百里外的小镇上买回杨雪花与儿子成亲。

全村人都羡慕王海生。他也以为苦终于熬出了头，就等着儿媳妇过门给他生孙子。然而，就在儿子的洞房花烛夜，他因为高兴喝多了酒，一头栽倒在地，醒来后目光呆滞，口吐白沫，满口胡言乱语，声音凄厉瘆人，整个人忽而僵化硬直，忽而胡蹦乱跳，忽而歇斯底里大喊大叫：“还我命来，还我命来……”一会儿又跪在地上瑟瑟发抖，语无伦次地哀求：“我知罪，我还命，我到阴间给你做牛当马，和王福没关系，与雪花不相干……”

从王海生断断续续的疯言疯语里，村里人大概猜测到他在外面做了谋财害命的亏心事，现在冤鬼附身前来索命，这叫恶人恶报、现世现报。

三个月后，王海生失踪了。有人在几十里外的小溪边，发现一具腐烂肿胀得完全变形的尸体，眼珠早已不知去向，只剩下两个深陷的窟窿，蚊子、苍蝇、蛆虫吞噬着流淌的黄水和腐肉。王福孝顺，捂着鼻子，仔细地检查了尸体，通过两颗犬牙，确认死者是父亲王海生。腐尸的恶臭让人实在不敢近身，雪花找来桐油浇在尸体上，燃烧后捡了一些骨头葬在后山菜地里，算是入土为安。

光阴荏苒，雪花嫁给王福已经三个年头了，可她的肚子却没半点动静。人们说这是因果报应，王家注定要断子绝孙，都笑话王福娶回一只不下蛋的母鸡。雪花听了好不恼火。她也曾试着向村里两位火烧火燎的光棍汉借种，可仍不见怀上孩子。

夫妻俩四处求神拜佛，算命看相，阴阳先生说："人旺看阴宅，财旺看阳宅，坟地青龙不起，触犯神灵，祖上阴德不厚，注定要子嗣凋零，断子绝孙。"

雪花奉上一张五元大票，夫妻俩跪在阴阳先生面前苦苦哀求。先生念他们心诚，指点道："若要改变风水，需重修坟地，积德行善，化解祖孽。再去抱养一个孩子，或能招来弟妹。"

小夫妻如获圣旨，四处打听，在亲朋好友的帮助下，这年冬至，他们抱回一个刚刚蹒跚走路的小女孩，村里人都唤她为冬妹。

二
虎哥霸占了雪花

对待投奔山凹村的外地人，村民们有着像大山一样的包容情怀。他们总是热情地招待来客，腾出房间借给新邻居住。村里来了个外乡人，本也不算是什么新鲜事，但这个操着一口东北口音，自称“虎哥”的人，把山凹村人都镇住了。此人身高体壮，虎背熊腰，坑坑洼洼的“大麻脸”上布满了粗硬的胡须，浓眉小眼里射出两道凶光。他手握一把自制猎枪，腰间别着亮晃晃的匕首，像猎犬般地在村里挨家挨户嗅个遍，最后闯进村里唯一的瓦房。

王福一家正在吃晚饭，见到这个不速之客，小夫妻急忙起身。只见虎哥把枪指向屋顶，“砰”的一声，几块瓦片应声坠落，碎片四溅。夫妻俩被吓得呆若木鸡，孩子大哭着直往父亲怀里钻。

虎哥一把夺过王福怀里的孩子，拔出亮晃晃的匕首在孩子小脸上来回比画，厉声吼道：“再哭，再嚎，老子给你吃刀子。”又狞笑着在雪花白皙的脸上摸了一把，厉声对王福说：“你快带着这小孩滚出屋去，不然，小心我把她大卸八块。”

生性懦弱的王福，早被吓得魂飞魄散，不知所措地看着妻子，等待女人的旨意。

此时的雪花也是惊魂未定，她望着抵在孩子脸上的匕首，只觉得凉飕飕直冒冷汗。孩子虽非亲生，但自己毕竟做了她几个月的母亲，护犊心理油然而生。又看萎靡沮丧、没有半点男子汉气概的丈夫，知道王福救不了孩子，更不能成为她的依靠。心里判断来者对自己并无恶意，想着大不了……她最看不起丈夫的软弱无能，此刻更是多了几分鄙视，便白了王福一眼，训斥说："死木头，窝囊废，还傻愣着干什么，快把孩子抱走。"

王福如获大赦，急忙接过虎哥手里的孩子，颤巍巍地逃了出去。

"乓"的一声，王福和孩子被关在了门外。

虎哥插上门闩，把手中的刀枪放在了桌子上，一把将雪花搂在怀里，淫笑说："娘们儿，别害怕，你那脓包老公配不上你，我才是你的男人，今天让你尝尝老子的厉害，快亲一个。"

刚开始时，雪花还貌似害臊，挣扎着要躲开他的嘴。可随着虎哥的手不停地在她敏感部位按捏挑逗，她的身体便不由自主有了反应，渐渐瘫软在他怀里。虎哥脱掉裤子，向雪花炫耀道："妹子，今天老子要让你知道，什么叫快活赛神仙，和你那个软骨头老公比较比较，什么叫做真正的爷们儿，哈哈哈，你会爱死我的！"

他三两下把雪花剥得一丝不挂，重重地压了上去。

在朦胧的月光下，两个赤裸的肉体犹如两条交媾的蟒蛇紧紧缠绕，谁也离不开谁，他在女人身体里横冲竖撞，翻江倒海，一阵阵猛插搅动，让雪花飘飘欲仙，欲生欲死。

男人的喘气声，床板的嘎吱声，腹部的拍击声，女人的狂叫声，随着山风送进蜷缩在柴房的王福耳朵里，他心如刀割，羞辱、愤怒、难堪，各种滋味涌上心头，他多么想拿斧头劈死这个强盗。然而，大约是因为在父亲的溺爱和庇护下长大的缘故，他从小胆怯如鼠，畏首畏尾。父亲死后，妻子雪花便成了他的主心骨。结婚以来，他对雪花百般迁就，逆来顺受，可妻子对他总是千般打击，万般嘲弄。久而久之，妻子变得越来越强悍能干，他却越来越迟钝枯萎，成了妻子的附属品。虎哥这阵势，就算再借他几个胆，他也不敢动武，真如雪花常骂的"窝囊废，软骨头"。

呼呼的山风像鬼哭狼嚎，令人毛骨悚然。王福抱着不谙世事呼呼大睡的孩子呜咽着，在黑暗里直坐到天明。

第二天，雪花趴在虎哥宽阔有力的胸膛上，温顺得像只绵羊，她已经彻底被他征服了，愿意成为他的奴隶，一辈子服从他，侍候他。

自虎哥成为瓦房的新主人，家里顿时热闹起来。他见多识广，有讲不完的故事，还会耍大刀唱戏，不但深得村里女人们的爱慕和迷恋，还赢得了男人们的敬佩和惧怕。

午饭后，男人们下地干活，雪花家门里门外就会聚集许多女人，等待虎哥讲故事，讲外面的世界。虎哥还教她们唱戏、赌博、打扑克。他俨然成了村里的土皇帝，三个月内玩遍村里所有的年轻媳妇，他让每个女人都死去活来，再也忘不了他。

刚开始时，雪花也会吃醋，可虎哥说自己是老天爷派来造福山凹村的嫪毐，雪花是太后赵姬，村里的女人都是他的妃嫔。雪花虽然不知道嫪毐和赵姬是谁，但想着自己是太后，心里也就高兴了。真是一物降一物，从前在王福面前伶牙俐齿、泼辣霸道的雪花，眨眼被虎哥训管得服服帖帖，唯命是从。

几年生不出孩子的雪花，一经虎哥调教，很快挺起肚子，第二年就生下了儿子。

三
没妈的孩子像根草

尽管没有人知道冬妹的年龄，也没有人清楚她从哪里来，但抱来狗、杂种猪、捡来货……却成了她的别名。虽然，她还不太理解这些词汇的含义，但却晓得这都是骂她的话，知道自己是捡来的。她的生命也确实贱如猪狗，像路边的野草，谁都可以踩上一脚，但她仍顽强地活着，一天天长高长大。眨眼间，她来到山凹村已经有三个年头，看起来约四五岁的样子。

冬妹的眼睛又圆又大，养母雪花说："那叫牛眼大无神，死鱼眼无珠。"她嘴巴上总拖着黄稠的鼻涕，缩进去，爬出来，像两条大活虫，肆无忌惮地在她鼻孔里出出入入。她没有手帕，揩鼻涕、抹嘴巴、擦眼泪，用的全是袖子，因此她的衣袖厚实油亮，像一块锃黄的麦芽糖，她吸够了手指头就去啃袖子，看她吃得津津有味的样子，想是味道不错。她从来没有洗过澡，身上的臭味引诱着苍蝇蚊子飞来绕去，虱子在她那很少梳理的头发里任意繁育着，虽然人们说虱子多了不怕痒，但她的小手却把头发抓挠得像鸡窝。她身上长满了疮、痈、疖，衣裳上印染着汗液、油污、脓血。

她最大的爱好是听大人们聊天，更爱听虎哥讲故事。常见她坐在角落，聚精会神地听着，在大人的说笑里寻找乐趣。雪花妈妈最讨厌看见冬妹，偏偏这孩子不识相，常常出现在人群中。

雪花妈妈心情好时倒没有什么，有时候还能给她个地瓜吃，若遇上情绪不佳，就会把所有的火气都发泄在她身上，经常冷不防给她几个耳光。只要挨打，冬妹就会伤心地哭，张着大嘴，闭着眼睛，眼泪鼻涕一起往下流，哭声洪亮浑厚，像是在告诉村里人，她又挨了雪花妈妈的打，捡来的孩子多么可怜。奈何，她本来就是村里多余的人，除了老实巴交、自身难保的养父，没有人会真正关心她，她的哭只会换来更狠辣的毒打。

雪花妈妈惯用两只鹰爪似的手，抓住她的脸颊使劲往耳边拉。于是，她的小脸上又新添两条伤痕，血水和着眼泪鼻涕往下流，哭声也随之更大更凄惨。“哭煞鬼、码头鬼、半夭折、短命鬼……恶人多泪，再哭撕烂你的嘴。”这是雪花妈妈常挂在嘴边骂她的话。

这天，雪花和虎哥的儿子小龙独自在院子里玩耍，看见柴房里的冬妹，摇摇晃晃地走过去要找姐姐玩耍。冬妹见到这个小弟弟，想起每天抱着他的雪花妈妈，心里哆嗦了一下，站起来就逃。谁知小龙大哭起来，冬妹停下脚步，站在一边不知道如何是好。

屋里的雪花妈妈听到儿子的哭声，急忙从屋里跑出来，小龙见到妈妈来了，觉得有了靠山，哭得更大声了。

雪花妈妈瞅见愣在一边的冬妹，认定是她欺负了自己的宝贝儿子，顿时眼睛里射出两道凶狠的光芒，吼骂道：“你这个半夭折，好好的他怎么哭了？一定是你打他了。”

“我没有打他，是他自己哭的。”冬妹为自己辩解。

雪花妈妈听了更是火冒三丈，骂道：“你这个短命鬼，还敢犟嘴，他好端端的怎么会哭？快说，你干吗要打他？”她骂着，随手操起一根棍子狠狠地在冬妹头上敲下去，殷红的鲜血从冬妹的额头上汩汩流出，染红了她的脸蛋又渗透了她的衣裳……

冬妹被打得眼冒金星，疼痛难忍，又感到委屈，便哇哇哭了起来。一会儿，哭声引来了许多看热闹的人，雪花妈妈气得浑身发抖。

“你这个哭煞鬼，哭坏家运，让你哭，看你还哭，我让你吃屎。”她骂骂咧咧地去捡来了儿子的屎尿布，直往冬妹嘴里塞……

养父王福从地里回来，看见额头冒血、满嘴粪便的冬妹，心痛得直流眼泪。他跑去灶间，抓来一把草木灰摁在孩子的伤口上，又拿来一块破布给她擦血和粪，他看着抱着儿子得意洋洋的雪花，忍不住说："孩子还那么小，以后你别打她脑袋，会打傻掉的。"

雪花没想到窝囊废王福竟然敢教训自己，火从中来，抄来一根扁担打向冬妹，骂道："你这个小畜生，半夭折，都是被王福那个老畜生宠坏的，现在都宠成了小妖精，以后长大准成为白骨精，还让我怎么管教。我要打，偏要打，就要打死你。"王福赶忙用身体护住孩子，棍棒像雨点般地落在了他的头上肩上身上。

邻居雪原大伯同情冬妹，也觉得王福实在太懦弱，他忍不住对雪花说："孩子都记事了，也快能当丫鬟使了，你老这么打她，将来被她记住了怕不好。"

雪花最不愿意听见的就是有人说她虐待孩子，哇的一声哭开了，骂道："我招谁惹谁了，我们家放屁拉屎的事，还要轮到你一个外人来管，你有本事就去管好自己的老婆。我家的事谁也管不着，我就要打，打给你看，你的良心好，就把这个野种领回你家去养。"她越想越气，恨不得立即将孩子活活打死，以解心头之恨。她趁王福不注意，一把拽过冬妹的头发使劲往屋里拖，"乓"的一声关上门，插上门闩，撕扯着脱光了冬妹的衣服，从门后拿来一把毛竹乌筱，劈头盖脸地抽打着孩子瘦小的身体，冬妹被抽得上蹿下跳，全身布满了蜈蚣似的血痕。等到雪花打累了，冬妹早没了哭声。雪花踢了踢躺在地上奄奄一息的孩子，骂道："装死，让你学会装死，看你能装多久，让你装，继续装。"随即去盐缸倒出一碗盐卤洒在孩子的伤口上，剧痛让冬妹苏醒过来，又发出微弱的哭声。

雪花点燃一支香扯大嗓门骂道："吃谁的饭就要挨谁的打，我就要打，就要她跪，跪完一炷香再起来，谁是菩萨心肠谁就领回家去养。"她骂着用双手扯着冬妹的耳朵，把她从地上拖起来，在她的膝关节处狠狠踹了一脚，冬妹跪了下去。

冬妹在雪花妈妈凶狠毒辣的目光下瑟瑟发抖，一会儿就感觉天旋地转，倒了下去。任凭雪花妈妈再用盐卤洒、冷水泼，可怜的孩子只是无力地动了动身子，连眼皮都睁不开了。

养父王福在门口已是泣不成声，雪原大伯和邻居们也只能摇头叹息。是呀！在贫困的七十年代初期，尤其是在缺田少地的山凹村，家家人多粮少，孩子成群，谁也不愿意领别人的孩子来耗自己的口粮。

“可怜的孩子，爸爸对不住你，我恨自己，是我没有能力保护你，你还那么小，你不能死，你死了，我也不活了，我可怜的孩子啊……”养父的悲伤呜咽之声与夜晚呼啸的山风，组成了哀哀欲绝的丧歌，弥漫在僻静的小山村，使人一阵阵心酸悲凉。

已是凌晨四点，在忽明忽暗的油灯旁，王福面如死灰，目不转睛地盯着奄奄一息的孩子。此时，他像是在深山里迷路的盲人，不知往哪里走。除了求老天爷和死去的父亲保佑孩子，就只有默默流泪。假如孩子死了，他不知道自己是否还能活下去。真希望昏迷不醒的是他自己，他多么想能替孩子受罪。

如果说最初抱养孩子，是听了阴阳先生的话，想用她招弟招妹，可到后来，孩子的天真活泼激起了他本能的父爱，尤其是虎哥霸占了雪花和瓦房后，他唯一的亲人和希望就是这个孩子，他不能失去她，假如她遭遇不测，他一定要拿斧头砍死这对狗男女。

回想这些年，他与冬妹相依为命，虽然，他不太懂得如何照顾孩子，更不知道怎样给她梳洗打扮，但他爱孩子却胜过爱自己，孩子成为他全部的安慰和寄托。她的天真烂漫让他忘却所有烦恼，他看见孩子就快乐，他知道孩子的缺点就是好奇心强，爱听故事，喜欢听大人聊天。他也告诫过孩子，让她别去雪花妈妈面前。可这孩子还是常常为了凑热闹在雪花眼皮下出现，为此，她已经挨过雪花的许多顿打，可她总不长记性，依旧哪里人多往哪里钻。

很久以来，为了避开雪花，他经常把孩子带去地里干活。他让孩子坐在箩筐里，边走边给她讲故事，讲爷爷奶奶的故事，说奶奶是多么漂亮，爷爷是那么能干，他的故事讲了一遍又一遍，孩子早能背了，后来已经换成孩子编故事讲给爸爸听了。此刻他真后悔，后悔早上挑肥料去地里，没把孩子带走。

已经二十多个小时没有合眼了，尽管头痛欲裂，可他仍无一丝睡意，坐在床边一动不动地看着孩子，不时把汤水灌进她嘴里，祈祷着孩子醒来。

中午，雪花见王福还赖在屋里，没有上山干活，心里好不窝火。她已经来骂过好几次了，可这个畜生竟敢把她的话当作耳边风，像死人似的坐在床边，眼睛里全是冬妹这个野种。她气愤之极，拿来专为冬妹准备的毛竹乌筱，劈头盖脸在王福身上一阵乱打。他也不躲，只是抱着头缩成一团，呜呜咽咽哭了起来。雪花最看不起男人哭，她气呼呼地跑去茅坑，舀来一罐屎尿浇在王福头上，骂骂咧咧地走了。

王福哭得伤心欲绝，凄惨的哭声惊醒了孩子。父亲哭，孩子也跟着哭，冬妹直往父亲怀里钻，说："爸爸，我怕！"

王福安慰孩子："不怕，有爸爸呢！"在女儿面前，王福似乎恢复了男人气概，他看着遍体鳞伤的孩子，只觉得心里阵阵的揪痛与愧疚，责怪自己太没本事，不能保护好她。可是他又能怎么办呢？无论是体力还是智慧，他都比不上虎哥。他也曾经想等这对狗男女熟睡时把他们劈死，可他又实在没有这个胆量。好多次，他想跳进溪流追随父亲，可又放不下幼小的冬妹。他也渐渐相信了村里人所说的"报应"两字，是他父亲王海生做了坏事，父债子还。

"爸爸，别人都说我是抱来狗，我到底是哪里来的呢？我真的是野狗生的吗？"冬妹抽泣着问父亲。

王福紧搂着冬妹，说："傻孩子，怎么会呢？谁说你是野狗生的？谁都有妈妈，只是你妈妈在很远的地方。"

冬妹听父亲说自己也有妈妈，悬着的心终于放下，瞳孔里闪烁出天真的光芒，满脸期冀地看着父亲，说："爸爸，很远的地方在哪里呢？我要妈妈，我要去找妈妈。"

看着孩子烂漫无邪的目光，王福的心像被针扎般疼痛。自第一次见到孩子，她晶亮剔透的眼神就揪住了他的心，此时更不忍心让她失望，只好哄道："再等你长大长高一点，爸爸就带你去找妈妈。"

"我要妈妈，我现在就要去找妈妈。"冬妹哭着说。尽管，孩子在雪花妈妈面前如老鼠见猫，大气不敢出，可在父亲面前，她依然是个敢哭敢闹的孩子。

王福呜咽道："好闺女，乖乖不哭，过了今年的冬天，等你再长大一岁，等到你身上的伤痕全好了，等开春天气暖和了，爸爸就带你去找你妈妈。你再陪爸爸过一个年好吗？爸爸实在舍不得你……"一想到孩子将要离开他，王福的心像是万箭穿心。在感情上，他最不愿意看见的是孩子被她亲生父母认回，甚至暗暗希望她真的是猪狗所生，或者像孙悟空一样从石头里蹦出来，没有父母，没有亲人。可当他看着孩子的满身伤痕和受的委屈，便觉得对不起孩子，自己枉为男人，没有能力保护和照顾好她，实在对不住孩子，更不配做她的父亲。现在，她已快到读书上学的年龄，是应该把她送回亲生父母身边。然而，孩子的亲生父母到底在哪里？

几年前，王福和雪花还是恩爱夫妻。记得那是冬至的前一天晚上，夫妻俩正在家里吃饺子，邻居雪原大哥很高兴地跑来找他们，说："我今天去镇里赶集，听见有人说卖麦芽糖的老糖，带来了一个女孩要送人，已经好几天了，还没人领养，你们一直想抱一个孩子来招弟招妹，明天快去看看。"

第二天，夫妻俩早早赶到集市，找到了老糖，也看见了站在他身旁的小女孩。她一双挂着泪花的大眼睛楚楚牵人，像是在人群里寻找妈妈，看得王福的心里直发酸，当即买了半斤麦芽糖，掰了一块递给孩子，说："爸爸妈妈来看你了，快叫爸爸妈妈。"孩子接过糖放进嘴里，小手张开扑进王福怀里。她就这样被抱回山凹村，那天是冬至日，大家就唤她冬妹。

刚开始时，雪花也喜欢冬妹，觉得她的衣服好看，不像是穷人家的孩子，想先收养着等她的亲生父母来感谢，更希望她能招来弟妹。谁知几年过去了，这孩子既没招来弟妹，也不见有钱的父母来寻亲，觉得白疼了她一场，好不懊恼。不高兴时，就开始打孩子出气。然而，养父王福却百般护着孩子，总说："孩子还小，不能打她。"听得雪花好不生气，她在心情好时，也会偶发母性逗逗冬妹消遣，可这不识趣的孩子总躲着她，惹得雪花好没面子，对孩子越发生出厌恶之情，后来就干脆不管不顾了。尽管这样，日子还算过得平静安稳，直至虎哥横刀插入，王福和孩子的生活才彻底跌入地狱。

由于村里不成文的规矩，在名义上，雪花依然是王福的老婆，儿子也随王福姓王。因此，虎哥和雪花仿佛成了王家祖宗八代的大恩人，地里山里的活都归王福一个人干，虎哥就在家里替王家生孩子续香火。

王福虽然老实软弱，但他也不傻，心里明镜似的亮。他多想带着冬妹逃出山凹村，逃离这里的一切，可从小到大，他从没离开过山凹村，连几十里外的小镇都很少去，对山外的世界一无所知。父亲王海生在世时，常后悔没有送儿子出去读书，害他没有文化，一辈子不敢走出大山。因此，父亲交代过，等将来有了孙子，一定要用他留的金条，送孩子去山外上学，走出大山。现在冬妹已经到了受教育的年龄，假如再不把她送回亲生父母身边，她就会像自己一样，一辈子困在山凹村，受虎哥和雪花的欺负。

他现在唯一能做的就是带孩子逃离这里，找到她的亲人，让她从此不用再跟着自己受苦受难，能读书上学，健康快乐地成长……

冬妹自父亲答应明年带她去找妈妈，有了对妈妈的憧憬，她仿佛一下长大了，也懂事了，变得爱漂亮，还学会了自己洗脸洗头洗衣服。几个月来，父亲更是寸步不离地护着孩子，也没有再挨雪花妈妈的毒打，身上没有再添新伤，以前的旧伤毒疮也都不治而愈。她还用红毛线把头发扎了两个小辫子，经常不忘去溪边照照自己可爱的模样。因为爸爸告诉她，妈妈一定喜欢干净漂亮的孩子，她每天都在想着妈妈……

四

冬妹离开山凹村

这是大山脚下一个临水而建的小镇，一条条峡谷溪流像流动的血脉，连接着周围的几十个村庄，到这里汇聚成河，流向山外。山里的人要走出大山，一定要经过小镇，穿过这条鹅卵石铺就的街道。

记不清小镇的集市是在什么时候形成，但小镇却实实在在成了山里人和山外人交流的主要场所。人们把这条连接山里山外的鹅卵石老街作为交换商品的市场，每逢圩日，山里的人们就会来小镇赶圩，卖山货家禽给山外人，买回油盐酱醋和其他必需品。这里也曾在文化大革命时沉睡多年，“文革”结束后，小镇伴随着改革开放的春风逐渐苏醒，集市又热闹起来。

今天是 1979 年农历的四月初十，也就是当年立夏的前一天，王福带着冬妹来到小镇。今天恰逢圩日，十里八村的乡亲们都从四面八方涌来，像成群结队的鱼儿，在摊担货架前游来游去。琳琅满目的小商品，瓜果蔬菜、面人糖稀、针头线脑，应有尽有，看得第一次来小镇的冬妹眼花缭乱；各种诱人的小吃，茴香豆、油墩子、芝麻糖、桂花香糕等，使在大山里缺吃少喝的孩子垂涎欲滴；还有那唱戏声、耍猴声、孩子的哭喊声、小贩的叫卖声以及顾客的讨价还价声，此起彼伏，组成了集市交响乐，一切都是那么新鲜，那么诱人……

“麦芽糖，又香又甜的麦芽糖，补虚健脾的麦芽糖，润肺止咳的麦芽糖，来，买麦芽糖哦！”王福拉着冬妹循声寻去，摊主约五十来岁，一顶旧草帽遮住他大半张脸，被太阳晒得乌黑的脸蛋布满了皱纹，他手摇拨浪鼓，用沙哑的声音不厌其烦地吆喝着。他面前摆着一双篓筐，上面各放一个方形糖盘，糖上盖着一块防尘土挡苍蝇的白色方巾，当他揭开布时，一股带着甜味的浓香就会扑鼻而来，裹了黑芝麻的麦芽糖，躺在温柔细腻的米粉里，散发出诱人的香甜。有人来买糖，他就用右手握着的小铜锤，轻敲左手拿的小铁刀，“当、当、当”，在锤子和刀片的敲击下，糖块便应声崩落在雪白的米粉里。

越嚼越香甜的麦芽糖，成了孩子和老人们的梦想和追求，人们已经记不清他什么时候来到小镇，也不知道他叫什么名字，但小镇的孩子们都叫他糖爷爷。

“喊爷爷。”王福拉出躲在身后的冬妹。

糖爷爷以为来了叫花子要白讨糖吃，摆摊这么多年，这样的人他见得多了，心里生厌，便眯起眼睛抽着老烟枪，假装看不见他们，心里骂道：“小杂种，没钱叫亲爹也不给你糖吃。”

王福见糖爷爷不理睬他们，心里紧张，清了清嗓子说：“你还记得五年前，我在你这里抱养的那个孩子吗？今天我把她带回来了，孩子说要去找她的亲生父母，他们在哪里？你把他们的住址告诉我，我好带孩子去找他们。”

糖爷爷怔了一下，睁开半眯的眼睛，把孩子从头到脚看了个遍，疑惑地问：“她真是五年的那个小女孩？都长这么大了，我都认不出来了。”他突发慈悲，竟然拿起铜锤轻敲了一小片麦芽糖递给孩子。冬妹长这么大，记忆里还没有吃过麦芽糖，她接过糖塞进嘴里，脱口说：“谢谢爷爷。”

“小杂种，嘴还挺甜。”糖爷爷僵硬的脸上挤出一丝笑容，但他的笑容如黑夜里的流星一闪即逝，脸色立即阴沉下来。他想到刚才孩子养父说的话：“要带她去找亲生父母。”心想开什么玩笑，他哪里知道她父母是谁。又想孩子都这么大了，还要送回去，怎么可能？是他们大人脑子有问题，还是这个孩子有问题？

“你们来干什么？什么找她父母？她是个野种，我怎么知道她父母是谁。”

“你骗人，我不是野种。”冬妹热泪盈眶。

“对，你不是野种，是杂种。”糖爷爷仿佛在喃喃自语，他又摇起手里的拨浪鼓，继续吆喝道，“又香又甜的麦芽糖，补虚健脾的麦芽糖，润肺止咳的麦芽糖……”

王福不敢打扰他做生意，一时又不知道该怎么办，只好在旁边耐心等待着，时间一分一秒过去，眨眼已经过了午饭时间，糖爷爷从箩筐里拿出自带的盒饭，自顾自吃了起来，连正眼都不再瞧他们一下，根本无视他们的存在。

冬妹耷拉着脑袋，躲在父亲身后望着糖爷爷，极力咽着口水。早晨吃得早，赶了那么多路，已是饥火烧肠，刚才又尝了糖爷爷送的一小块麦芽糖，越发勾起她肚子里的馋虫，糖爷爷吧嗒吧嗒的咀嚼声和吞咽声，使她更是饥饿难忍，肚子里像有千万条饿虫啃咬着她。

糖爷爷看着父女俩的穷酸相，鄙视地骂道：“死叫花子，怎么还赖着不走，你们到底想干什么？难不成还想讨糖吃？死了这条心吧！快点滚开，不要影响我做生意。”

平时窝囊懦弱的王福，今天突然挺起腰板，只见他从兜里拿出一小块金子，“啪”的一声扔在糖爷爷面前，说：“我没有钱，可是我有金子，你的麦芽糖我全买给我女儿吃了，你快把糖敲开，今天我要让她吃个饱，吃个够。”

糖爷爷看见了黄灿灿的金子，面上立即有了喜色，他小心翼翼地捡起金子仔细看了看又咬了咬，确认是真货后，欣喜若狂地放进口袋，满面笑容地拿起小铜锤和刀片在麦芽糖上熟练地敲了起来，麦芽糖滚到米粉里，又一块一块递给他们父女。

麦芽糖甜入心脾，父女俩正吃得津津有味。

“找到了，果然在这里。”传来了一阵刺耳的喊叫声，冬妹抬起头，看见雪花妈妈和虎哥带着村里两个光棍汉，气势汹汹地包围着他们。

雪花看见父女面前的一大堆麦芽糖，心中又妒又气，她脱下外衣，把麦芽糖全包起来，递给了虎哥，上前就是两竹棍狠狠敲在王福身上，嘴里骂道："你这个窝囊废畜生，我做了你这么多年的老婆，每次给我买糖只够塞牙缝，却舍得花钱给这个小野种买这么多，你的良心跑到哪里去了？"转而又将凶狠的目光射向冬妹，冷笑说："你这个折福减寿的小妖精，那么小就学会勾引男人，真了不起，看我今天不打死你。"

眼看呼呼带风的棍子要砸向冬妹的脑袋，王福一下把孩子搂在怀里，用身体护着她，说："你要打就打我吧，她还小，不关她的事。"平时老实巴交的父亲在孩子面前总是特别勇敢。

于是，雪花手里的竹棍似雨点般落在了王福头上、肩上，直打得他鲜血淋漓，脑袋一片空白，他只是本能地缩着身子紧紧护住孩子。

雪花终于打累了，在旁边呼呼喘着粗气。虎哥咆哮道："快搜王福的身，他身上有金条。"

王福听虎哥说要搜他身，不知道从哪里借来了豹子胆，他紧抱着孩子嗖地站了起来，从腰间拔出一把亮晃晃的砍柴刀挥舞着说："你们试试，今天谁敢搜我的身，我就要谁的命，我父亲是留了很多金条，但都被我埋在山里了，你们谁也别想得到。"

雪花听王福说还有很多金条埋在山里，眼睛一亮，声音立即变得温柔娇嗲，低声嗔骂王福："你这个死鬼呀，村里人都知道你父亲带回了好多金条，我也问过你很多次，可你却死活说没有，我就知道你没跟我说实话。你也不想想，我是你老婆呀！是我雪花为你们王家传的宗接的代啊！现在儿子都能喊你爸爸了，你可不能犯糊涂把金条送给外人，这小婊子可是个野种，到现在我们还不知道她是从哪里蹦出来的呢。"

她掏出手帕帮王福擦去头上的血迹，挽起他的手哄道："一大早，就有人来告诉我，你深更半夜带着小杂种来镇上了，我还不相信呢，让几个兄弟们去地里山里找了一遍，都找不到你。我急了，匆匆忙忙赶来镇上，你果然在。为了这个小杂种，你连家也不要了吗？家里的瓦房可是你父亲用生命换回的呀！你爸花了金条，把我娶进你们王家，可怜我这朵鲜花插在了牛粪上。可这是命运呀，我也没有办法，现在我生是你们王家的人，死是你们王家的鬼呀，你快点跟我回去过日子，你可是王家的顶梁柱，家里可不能没有你呀！”

雪花的话似乎句句在理，王福虽然心里明白，不以为然，但却找不出合适的话来反驳。况且，他又何尝舍得父亲用命换回的瓦房，现在的雪花虽然只是他名义上的老婆，可生下的儿子却实实在在要随自己姓王。再说，离开了山凹村他也不知道能去哪里。

王福本以为只要找到糖爷爷，就能找到孩子的父母，然而，糖爷爷根本不理他们，还说孩子是野种，现在的他已经没有一点办法了，不由自言自语地说：“回家，瓦房，回家……”

惊魂未定的冬妹听父亲说“回家”两字，立即从他怀里挣脱开，躲到了糖爷爷的背后，哭道：“我不回去，我死也不回去。”

雪花立即尖叫起来，对王福说：“你听见了吗？她不回去，她死也不回去，你看看这个忘恩负义的野种，翅膀没长硬就要飞了，等长大了还了得，咱们养的根本就不是人，是条毒蛇呀！我们就当白养了一只白眼狼，这个天杀的将来一定要被枪毙的，你难道还要继续养她吗？咱们养只猪还能卖钱，可养她这个吃白食的妖精只会害了我们呀。咱们快回家吧，这个小杂种就让她自生自灭。”

父亲看着一脸倔强的孩子，心如刀割，不知如何是好，只好坐在地上呜呜咽咽地哭了起来。

躲在糖爷爷背后的冬妹，多么想跑出来抱着她父亲说：“爸爸，我爱您，可我不能跟您回去，我要去找我的亲生父母，等我长大后我就来接您。”可是在养母雪花和虎哥虎视眈眈的目光下，她吓得大气也不敢出。

一会儿，虎哥向两个跟班使了个眼色，两人便一左一右地架起王福，跟着虎哥和雪花走了。可怜的冬妹就这样眼睁睁地看着她最亲爱的父亲消失在人流中。

天空已经暗了下来，赶集的人潮也逐渐散去，小镇的街头巷尾又恢复了安静。糖爷爷也要收摊回家了，他瞟了冬妹一眼，骂说：“你年龄不大，胆子倒不小，你不跟你父亲回家，你想要去哪里呀？想赖着我吗？我可养活不了你。”

是啊！天黑了，晚上她要去哪里住呢？下一步她该怎么办？要去哪里找她的亲生父母？一系列的问题紧紧缠绕着冬妹，此时的孩子甚至有些后悔没有跟父亲回家。在家里，至少有吃有喝还有地方住，只要有父亲在，她就不用担心和害怕。可现在，她最亲爱的父亲已经走了。面对糖爷爷冷漠的眼神，她又想到了大人说过，外面有长毛人抓小孩，心里一阵阵害怕恐惧，只好大着胆子和糖爷爷说：“我爸爸说了，你知道我的亲生父母在哪里，你要带我去找他们。”

“谁知道你的畜生父母在哪里，我还在找他们呢。会生不会养的狗男女，都怪我心地太善良，当年看你可怜收留了你，白养了你几个月。我估计你就是个野种，压根不是人生的。”糖爷爷面无表情地边说边拿起扁担，将两个篓筐一前一后挂在扁担两头，挑到肩上站起来便走。

冬妹一抹鼻涕眼泪，紧紧地跟着糖爷爷……

五
地主女儿的爱情

糖爷爷的祖父曾是宫廷糕点师，1911 年辛亥革命爆发，举家逃到越城，在越城做起了糕点生意，不久便名闻乡里。1938 年，日军占领越城，日本人强占了他们家的糕点铺，祖父和父亲被迫替日军制作糕点。1945 年日本宣布无条件投降后，日军要挟持他父亲和爷爷去日本，祖父觉得年事已高不想离开家乡，被日军拦腰砍死。几十口人被赶尽杀绝，十五岁的糖爷爷躲在死人堆中逃过一劫难。

他四处流浪，曾经为了偷一个馒头被打得半死。直到 1949 年新中国成立，他进糖厂当了工人，与厂里一个工友结婚生子。本以为苦尽甘来，谁知又来了文化大革命。1967 年的一个寒冬，十六岁的大儿子戴上红袖章，亲自带领红卫兵大义灭亲，把他们全家统统抓走，罪名是替日本人做糕点的走狗、汉奸、特务。儿子立誓与全家划清界限，带着红卫兵猛将把他的亲生母亲和妹妹活活殴打致死。糖爷爷又一次诈死，骗过了红卫兵。他像丧家之犬般在外面东躲西藏，几年后，他踅回越城，想用斧头劈死儿子报仇，谁知家里人去屋空，这个逆子早不知去向。为了逃离越城这伤心之地，他操起了祖上留下的手艺，挑着货担走街串巷卖麦芽糖度日。

至于冬妹的父母是谁，糖爷爷真的不知道。记得那年秋天，他在晓城市场边摆摊，看见一个蹒跚学步的女孩，眼泪汪汪地望着来回行人，哭泣着在人群里寻找妈妈。

他觉得孩子可怜，就敲了一块麦芽糖递给孩子。谁知她接过糖，张开双手要他抱。由于孩子长得白净可爱，身上的衣服也好看，他想一定是有钱人家的小孩，可能是不小心给走丢了。于是，他就抱起孩子放在箩筐里，等她的父母来认领。可是，等了好多天，根本没人来找孩子，他只好自认倒霉，心里好不沮丧，就开始憎恨起孩子的父母，想既然你们这么狠心扔掉孩子，我就干脆把她带走，让你们永远都别想找到她。

于是，他用箩筐挑着孩子来到了小镇，准备将孩子卖掉换几个钱来花花，以弥补这些天照顾她的损失。然而，他又想错了，现在已是解放后的新中国，妓院完全绝迹，奴婢制度被彻底废除，在毛主席多生孩子光荣的倡导下，家家孩子成群，现在又是吃了上顿没下餐的时代，根本没人愿意买别人的孩子。

糖爷爷看着天天要吃要喝要人照顾的小孩，十分烦恼，觉得自己抓了一把虱子放在身上，自讨苦吃。但他又和孩子相处了一段时间，多少有点感情，不忍心弃之不顾，想只能把她送人，谁要谁就领走。

好不容易等来王福夫妇抱走了孩子，他也就慢慢把这事给忘掉。谁知几年过去了，这个小鬼像冤魂缠身似的回到他面前，简直是活见鬼。他也看出了她的养母不是个好人，不由对这个曾经抚养过的孩子生出几分同情之心，只好任她跟在身后。

糖爷爷住在小镇后街，房东陈美芳是个四十多岁的漂亮寡妇。美芳的丈夫阿土在抗美援朝战争中壮烈牺牲，留下一个嗷嗷待哺的儿子小土，她含辛茹苦地把小土养到二十岁，他却犯了强奸罪被判重刑。家里只剩美芳一人，她就把其中一间屋子租给了糖爷爷。

春去秋来，糖爷爷一住就是五年。他说："已上了岁数，不愿再在风雨里行走了，就想过几天安稳的日子。"此话虽然不假，可他留在小镇的真正目的大家都心知肚明。显然，他喜欢寡妇美芳，他常说："美芳太可怜了，年纪轻轻就失去丈夫，唯一的儿子又犯事，我愿意守着她。"

美芳对糖爷爷也是有情有义，记得有一回他感冒发烧，她就去山里拔鱼腥草回来煎汤、凉拌了喂他，照顾他三天三夜，使他感激万分。

美芳还做得一手好菜，常邀糖爷爷一起吃饭，日久生情，两个人早已经不是夫妻胜似夫妻。糖爷爷赚的钱也全落入美芳的腰包，可对一个流浪在外、没儿没女的单身汉来说，还有什么比热饭热菜热炕头更重要的呢？

说起寡妇美芳，小镇的人们会说："美芳是地主的女儿，是妖精、骚货、害人精。"解放前，她是养在大屋豪宅里的千金小姐，从小吃的是山珍海味，穿的是绫罗绸缎，使奴差婢享受着荣华富贵。

1950 年土改蔓延到小镇，美芳爷爷被划为恶霸大地主，财产全部充公，全家被扫地出门，她的父亲被无产阶级群众绑赴刑场执行枪决，哥哥下落不明，母亲受不了打击悬梁自尽，家里只留下十八岁的姐姐美秀和十六岁的妹妹美芳，两姐妹相依为命，苦挨时光。

尽管姐妹俩都长得如花似玉，人见人爱，但却由于出身成分不好，男人们虽然心里都惦记着她们的美貌，却又没人愿意娶她们。

她们无家可归，只好把从前的柴房作为栖身之地。空荡荡的茅屋四处漏风，色狼们像柴房里的大老鼠，不时地向她们袭来，常常在深夜把她们惊醒，搅得她们整夜不敢入睡。好在姐妹俩互相保护，才没有让那些臭男人得逞。

然而，在一个漆黑的夜晚，他们家曾经的长工，现在的民兵队长阿土，带人抓走了妹妹美芳去交代她哥哥的下落，趁姐姐美秀落单时，阿土强奸了她。

几个月后，姐姐恶心、呕吐，怀上了阿土的孩子。姐妹俩去阿土家找他，他怕娶地主的女儿影响他的成分，坚决不承认。美芳说："你强奸我姐姐，你不娶她就告你去。"

"你们尽管去告吧！地主的女儿说话没人信，你们去告就说你们诬陷革命干部。"阿土狠狠把她们推了出去，关在门外。

美芳陪姐姐哭了一夜，迷迷糊糊睡去，醒来时，发现姐姐吊死在门口随母亲去了。

唯一的亲人死在她面前，美芳感到孤立无援，痛不欲生，她也找来绳子要随姐姐而去。当她把绳子往脖子上系的一刹那，她看见姐姐走了过来，朝她哭泣说：“我们家就只剩你一个人了，你一定要活下去，替姐姐报仇雪恨！”

她擦干眼泪抬起头，烧掉了绳子，身上似乎多了一股神奇的力量。她得活下去，找机会替姐姐报仇！尽管她也痛恨自己是地主的女儿，不明白父母犯了什么罪，可她们姐妹没有错，除了读书绣花，连闺房都很少出。

她从小听爷爷讲过许多计谋和策略，读过家里的不少藏书。现在，在这世界上唯一能依靠的就是自己，想要站起来不被别人欺负，就必须要狠，要用心计和谋略。

从此，若有人想要对她图谋不轨，就会招来她狠狠一棍子。她随身带着一把剪刀。镇上的王麻子在她去砍柴时，把她摁倒在地，她用剪刀刺瞎了他的眼睛，那畜生捂住血淋淋的眼睛说：“迟早要整死你，活剥你的皮。”

在当天晚上，美芳就去找乡长，献出了她的初夜。看过许多藏书的美芳竟熟谙男女之事，每次都让乡长欲罢不能，觉得地主的女儿别有一番滋味，与自己的贫农老婆就是不一样。

三个月后，美芳依偎在乡长怀里娇嗔道：“死鬼，我有了你的孩子，怎么办呢？”

乡长吓得脸煞白，讷讷说：“你瞎说，怎么会？怎么办？那怎么办？”

美芳早料到乡长的反应，佯装哭泣道：“你可以向小镇的人们宣布，我是地主的女儿，是破鞋，勾引了你，并怀了你的杂种，把我们母子俩枪毙掉，这样你就干净了，我们保证不连累你。”

乡长像是被美芳说中了心事，脸上露出几分尴尬之色，看她哭得梨花带雨伤心欲绝的样子，想起这三个月的恩爱，心里颇觉不忍，叹了口气说：“你这是什么话，还有其他办法吗？”

美芳皱着眉头，假装思考了一会儿，说：“不然你看这样行不？我写个检讨，和我们全家划清界限，再认你当干爹，由你做媒嫁给民兵队长阿土。他无父无母，是个绝对的贫农，那样，我的身份就洗清白了，咱们的孩子也有了名正言顺的父亲。”

乡长站起来拍着桌子说："好办法，你真聪明，就这么办。"

美芳和乡长关系暧昧，阿土早有耳闻。只是对她姐姐美秀的死，心里有愧，又碍于乡长的面子，才勉强允了婚事。新婚之夜，新郎喝得酩酊大醉回到洞房，蒙昽中见到新娘披头散发，脸色煞白，瞪着血红的双眼，吐着长长的舌头，直勾勾盯着阿土，阴沉沉地说："我是美秀，我附在了妹妹美芳身上，你害死了我们母子，现在还想娶我妹妹，你休想得逞，还我命来，还我命来……"阿土吓得屁滚尿流，直跪在地上大喊饶命。

在白天，美芳是温柔贤淑的妻子，对神思恍惚的丈夫体贴入微，亲热有加。到了夜晚，只要阿土进入梦乡，美秀的鬼魂就会附在美芳身上，或直立在床前瞪着他，或在他耳边凄厉地重复"还我命来，还我命来……"吓得阿土有家不敢回，后来干脆报名去朝鲜打仗了，不久后便为国捐躯，成为烈士。

作为烈士家属，美芳享受国家的抚恤优待，在乡长的帮助下，成为光荣的人民教师。第二年，美芳的儿子出生，为了纪念父亲，取名为小土。

乡长没有辜负娘儿俩，无论在工作上还是生活中，都给予他们最大的帮助。美芳也一心爱着乡长，就盼着他大字不识的贫农老婆早点死掉，好嫁过去做正式夫人。

然而，生活总是充满戏剧性，乡长因强奸女知青被抓判了死刑。美芳想到这些年与乡长的恩爱，心里万分沮丧，悔恨自己把美丽和青春付于这样一个狼心狗肺的畜生。她沉陷在痛苦里，还没来得及完全走出，儿子又走了他父亲的老路，把一个上海女知青压在身下，结果被女知青咬破了舌头，强奸未遂判了重刑。

美芳虽是地主的女儿，但她爱党、爱事业、爱情人、爱儿子、爱学生。现在情人被枪毙，儿子入监狱，党和学生也都对她冷眼看待，连邻居们都在背后指指点点，她觉得自己没脸再待在学校教书育人，就辞掉了工作，心中万念俱灰，天天借烟酒消愁，直到认识糖爷爷，她才勉强振作起来。

六
金条救腿

冬妹跟着糖爷爷回到家。美芳听见了脚步声，大声嚷道："老糖回来了，肚子饿了吧？快点来吃饭啦！"

冬妹随糖爷爷进屋，见饭桌旁坐着一男一女正在喝酒。男人是个满脸横肉的光头，他眉头深锁，一脸凶悍。糖爷爷进屋，他连眼皮都不抬一下，嗯了一声，算是打招呼。女人约四十多岁，风韵犹存，肤白唇红，皱纹并没遮住她当年的美貌。女人抬头看见糖爷爷身后跟着一个小女孩，不由满脸疑惑。

糖爷爷急忙解释说："今天真他妈的活见鬼，美芳你还记得不？这个小鬼就是我五年前捡的那个野丫头，今天莫名其妙被她养父送回来了，说要我带小鬼去找她的亲生父母。后来，她养父又被她养母捉回去了，把这小鬼扔给了我，甩也甩不掉，烦死人了。美芳，你说说怎么办呢？"

美芳想了半天，说："哦，我记起来了，就是你箩筐里挑的那个丫头。都长这么大了，时间真快呀！"她睁大眼睛，好奇地把冬妹上下看了个遍，仿佛孩子是动物园里的怪物，半天又纳闷道："奇了怪了，孩子都养这么大了，怎么又给送回来了呢？是怎么回事呀？难道她有病？"

美芳蒙眬的醉眼立即变成两道利剑，看得冬妹脊梁直冒冷汗，浑身打颤。半晌她又问冬妹："你看起来好像挺健康的，没什么问题呀。你养父母养了你这么多年，怎么又不要你了？"

冬妹耷拉着脑袋，晶莹的泪珠在眼眶里打转，苍白的小脸上诉说着苦难和无助。

美芳突然想到了自己在监狱里的儿子小土，摇了摇头对冬妹说："没爹没娘的孩子真可怜，你的父母也真够狠心，怎么就忍心把你丢弃。对了，肚子饿了吧？先吃点饭吧！"

冬妹狼吞虎咽，一连吃掉三碗米饭。看得美芳直心痛，说："怎么这么能吃！像是三年没吃东西了，活像饿死鬼投胎，怪不得你养父母不要你，谁能养得起你！你以后怎么办呀？"

冬妹吃饱饭，眼里恢复了光彩，她看着一口口抿酒的糖爷爷，怯生生地说："我爸爸说了，糖爷爷知道我爸爸妈妈在哪里，要糖爷爷带我去找爸爸妈妈。"

糖爷爷白了冬妹一眼，说："你这个小鬼他妈的说什么瞎话，我什么时候说过要带你去？我可不知道你父母在哪里，也不知道他们是谁。"

美芳不耐烦地对糖爷爷说："老糖，你真多事，你到底是去哪里捡的她？今天你又把她带回来干什么？要吃要喝的，谁养活得了呀？现在都长这么大了，完全记事了，谁还愿意再领养她呀？"

糖爷爷看美芳不高兴，心里紧张，训斥冬妹说："猫生猫养，狗生狗爱，你父母都不要你，我们可没有办法养活你。美芳，你别生气了，我明天就把她送回去。"

一直冷眼旁观的光头，突然盯着冬妹哈哈大笑，那高兴劲不亚于哥伦布发现新大陆。只见他端起杯中酒一饮而尽，说："我说你们小地方人没有见识，你们还不承认，说你们多傻就有多傻，天上掉下个聚宝盆，你们居然还想往外扔。"说到这里，他故意卖关子打住了话头，见糖爷爷和美芳大眼瞪小眼、被他说愣的傻样，心里越发得意，方才接着说道："告诉你们一个生财之道吧，咱们只要把她的腿打残掉，卖到上海去要饭，可以要个好价钱，现在我们已经有摇钱树了，美芳姐，你放心，你儿子小土的事包在我身上了，哈哈哈。"

光头的一番话听得冬妹毛骨悚然，吓得大哭起来，说："你们不能打断我的腿，我不去要饭，我有爸爸妈妈，我要去找我的爸爸妈妈。"

光头已经喝得烂醉，他起身去门后拿来一根铁棍在手里把玩着，对冬妹说："哈哈，你没有爸爸妈妈，以后，我就是你爸爸了，只要你忍一下痛，我就能带你去上海赚大把大把的钞票了，不要怕。"又转头对美芳说："这丫头以后就归我了，你尽快给我筹些路费，我明天就动身去上海，哈哈，咱们的小土弟弟有救了。"

美芳两眼放光，急忙在杯子里斟满酒，三人同时举起了酒杯，一饮而尽。

冬妹瞪着大眼睛，盯着光头手里的铁棍，心跳到了嗓子眼，小脸煞白，想完了，只要光头的一铁棍下来，自己的腿就被打断了，便会成为残废，从此跟村里的林大妈一样，只能爬着走路，永远都站不起来。林大妈是山凹村唯一挨打的女人，她的丈夫驼背大伯，只要去地里干活累了，回家就会打她出气，林大妈也经常哭嚎着拿了碗要爬去上海要饭。从前，毕竟有养父保护着自己，现在，只能靠她自己了，她似乎一下长大了，想无论如何也不能被打断腿，那样她就再也找不到爸爸妈妈了。她求助地望着低头不语的糖爷爷，说："我要找我爸爸妈妈，糖爷爷知道我有爸爸妈妈。"

光头狞笑着说："小鬼头，吃人家的饭就要还债，这是天经地义的事，谁叫你乱吃别人的饭？况且，没有腿也一样活，还不愁吃不愁喝，又能去上海见大世面，赚大钱，这么好的事傻逼才不干呢。"

美芳倒了一杯酒递给冬妹，同情地说："孩子，委屈你了，你只要多喝些酒麻痹一下神经，你就会什么都不知道了。明天，你就可以跟着光头叔叔去上海，保证你有吃有喝，还能赚钱。你也别怪我们，要怪就去怪你的亲生父母。"

美芳看糖爷爷没有表态，只是闷头喝酒，心里窝火，便说道："我可怜的小土呀！妈妈想你呀，自己的孩子自己疼啊！别人毕竟不是你亲爹啊，哪里会把你的死活放在心上。"她喊着小土的名字砸掉了手中的杯子，倚醉卖醉地大哭着要掀翻桌子。

光头抱住美芳安慰道：“美芳姐酒喝多了，小土也天天在想妈妈，我向你保证，只要有钱了，我就有办法很快让你见到宝贝儿子。”

糖爷爷急忙喂美芳喝水，光头的话让他心里一阵阵发憷，他知道这个可怜的孩子已经在劫难逃，便叹了口气对冬妹说：“孩子，只能委屈你了，谁让你小土哥哥有难呢。你也别怪我们心狠，要不是五年前我好心救了你，你早就被野狗吃掉了。你就忍忍吧，腿残了一样活。”

此时，冬妹脑袋里唯一的念头是：“我不要打断腿，我不能和林大妈一样。”她真后悔没有跟养父回家，养母雪花虽然讨厌她，可毕竟没有说要打残她的腿。她本能地向门后退去，想要开门逃跑。

光头揪住冬妹的衣领，像拎小鸡似的捉了回来，狠狠摔在地上，大吼道：“他妈的你这个小鬼头，还敢在你老子面前耍滑头，看我现在就打断你的腿，看你还咋跑。”

光头骂着举起了铁棍。冬妹忽然止住哭声，说：“我有金条，我身上有金条，我全给你们，你们不能打断我的腿，我把金条全给你们。”

听说她身上有金条，三个人全怔住了，紧闭着眼睛的糖爷爷暗暗松了口气，他赶紧摸出上衣口袋里的那块金子，交给美芳，说：“小鬼说的可能是真话，她身上应该有金条，早上她养父就用这块金子给她买的糖吃。”又转过身对冬妹说：“你这孩子真不懂事，身上有金条怎么不早说？小小年纪就要钱不要命，还差一点没了腿，你的金条藏在哪里？快点拿出来。”

美芳虽然为救儿子小土发了狠心，但在内心还是有些不忍，在光头举起棍子的一刹那，她也是和糖爷爷一样紧闭双眼。现在听说孩子有金条，心里说不出有多高兴，走过去夺掉光头手中的铁棍，摸了摸冬妹的头发，慈爱地说：“刚才真差点把我吓死了，你身上真有金条吗？你不能骗我们。你的金条藏在哪里？我是想你哥哥发疯了，才这么做的。幸好你的腿没有被打断。唉！可怜的孩子，谁让你没有妈妈呢。”

原来，养父王福在冬妹的内衣里缝了个兜，里面装了六根金条，交代说：“金条能买吃买喝，紧急时能救命，是爷爷用命换回来的，没有特殊情况千万不要被外人知道。”

美芳看冬妹解不开衣兜，急忙找来剪刀，三两下剪开她的衣服，里面果然缝了六根大拇指粗的金条。

光头看着黄灿灿的金条，两眼发光，说："这就行了，这就行了。美芳姐，小土弟弟有救了。你等着吧，你很快能见到宝贝儿子了。"

七
美芳被骗

光头叫林勇，是美芳儿子小土的狱友。林勇父亲林宏伟曾是国民党高级将领的警卫员。蒋介石战败后，林宏伟潜回老家，想接家眷逃去台湾，可他妻子丢不下家业，死活不肯离开家乡，他也只好留了下来。

1966 年“文革”，林宏伟理所当然被划为国民党残渣余孽，被批斗得死去活来。作为黑五类分子，林勇也常常遭到不公平的对待，心里愤愤不平。他从小听父亲讲故事，知道一些旧社会流氓帮派的轶闻，也练过拳脚，有一次酒醉吹嘘了几句，被红卫兵揪住辫子，定为反革命流氓罪锒铛入狱。

他好容易熬到刑满释放，回到家，记忆中的房子换了主人，全家借住在一间东倒西歪的小屋里，爷儿俩常常借酒浇愁。父亲不免对母亲心生抱怨，怪她当初不该拦住自己，害全家没有去成台湾。母亲也甚感后悔，只好不做声任凭爷儿俩唠叨。久而久之，林勇也觉得他本来是应该在台湾享福的，是母亲害了他，葬送了他的美好生活。他出狱后处处受人歧视，找不到好工作，生活无着，在家百无聊赖，就和几个狱友在一起酗酒赌博。母亲忍不住劝说几句，他恨她多嘴，酒醉后就对母亲动手。一个小脚女人，被高大魁梧的儿子狠狠推倒在地，摔断了骨头。从此，林勇不敢回家，可又无处栖身。他突然想到了狱友小土，在牢里，小土帮他洗衣服捶背，他是小土的保护神。他知道小土的母亲美芳年轻守寡，就他一个儿子。于是，林勇来到了小镇。

美芳爱儿子，对儿子的狱友自然是殷勤接待，喜欢从他嘴里知道儿子的消息。林勇吃人嘴短，就瞎编小土在监狱里面的故事，讲给美芳听。林勇说什么美芳就信什么，他觉得美芳好骗，便动起歪脑子，想发财的机会来了。他骗美芳说只要有钱，就可以让监狱长立即放小土回家。可怜的母亲思子心切，竟相信了林勇的鬼话。从此，林勇更是名正言顺地住了下来，就等美芳筹到钱。

他们本指望老糖口袋里还有钱，可老糖说他赚的钱全给了美芳，而美芳又习惯大手大脚花钱，根本没有存下什么积蓄。这些日子，美芳愁得天天直找糖爷爷吵架，几乎每天都在为钱发愁。

他们做梦也没想到这个小丫头身上竟然有金条，真是天上掉下个金元宝，太让人高兴了。

第二天，光头就带着冬妹的六根金条走了。

冬妹也有了暂时的栖身之地。美芳像换了个人，对冬妹又疼又爱，还让冬妹喊她妈妈，嘴里说等将来哥哥回来给你当牛做马，心里却早有了主意。儿子小土将近三十，已过了婚嫁年龄，身上还有污点，就怕回来不好找媳妇。她看冬妹虽然还小，但一双大眼睛水汪汪的会说话，皮肤也白皙细腻，长大一定是个美人，只要再养她几年，就可以给儿子做老婆，为老娘传宗接代。想到这她的心里就乐开了花，高兴起来就教冬妹认字读书，觉得对她好点将来她会更孝顺婆婆。美芳本来就是教师，有教书育人的经验，家里还保存着一些书本。冬妹悟性高，爱学习，美芳教起来更是得心应手，没多久，好学的冬妹就能用《新华字典》查字自学了。

时光飞逝，林勇一去如石沉大海。开始时，美芳还满怀希望，日思夜想盼着宝贝儿子回家。然而，几年过去了，林勇还是杳无音讯。美芳知道自己被欺骗了，她的眼睛又变得阴沉毒辣起来，觉得这个世界上谁都可疑可恶可恨。

八
书烧为灰烬

冬妹的胸部已微微隆起，当年的黄毛丫头渐渐出落成一个窈窕水灵的姑娘了。寄人篱下的孩子早习惯了看别人脸色，尽管她的言谈举止处处谨小慎微，但仍然很难讨得美芳妈妈的欢心。

常听美芳妈妈酸溜溜地对人说："我已经把她养大成人了，腋下毛都老长了，给她个老公都能生儿子了。"这话对成年人来说只会引起哄然一笑，但对一个刚刚发育、又得不到正常教育的小女孩来说，这是很丢脸的事。每次听到这话都会让冬妹心烧脸烫，无地自容。她没有一个朋友，甚至很少有人和她说话，自卑和孤单如影随形地吞噬着她。

她每天除了做家务就是看书，尤其喜欢一遍又一遍地读《红楼梦》，她的眉宇间写满了忧愁，常常看着书本出神流泪。虽然她已尽力掩饰自己内心的情感，但一双眼睛似乎总在不经意间泄露心底的不安。她每天都在担心小土哥哥回家，知道美芳妈妈收养她的目的是想让她当儿媳妇。她在心里暗暗发誓，自己绝不会嫁给强奸犯当老婆，等小土哥哥回来她就去死。

美芳妈妈的脾气越来越古怪，笑容也越来越少，对冬妹不时地冷嘲热讽。冬妹不止一次向糖爷爷询问她的亲生父母，可糖爷爷始终是三个字"不知道"，到后来就干脆不再回答她的问话。这使美芳妈妈深感不安，想这么多年过去了，这死孩子怎么还念念不忘她的父母。眼看她渐渐长大，羽翼逐渐丰满，有了自己的思想，以后怎么管教她？

美芳妈妈最看不惯冬妹看着书本出神，一会儿哭，一会儿笑。觉得千不该万不该，实在不该教她读书认字。又恨那该死的林勇欺骗自己，她可怜的宝贝儿子小土，不知道要什么时候才能回家，心里好不着急难过。

一次，美芳妈妈出去办事，回来撞到了正在对着书本流泪的冬妹，心里升起一股无名之火，想自己又没缺她吃喝，还好心教她读书认字，她也不知道感恩，每天还背着自己哭哭啼啼，像是受了多大的委屈，真是烦死人了。她越想越生气，就抢过冬妹手中的书本扔进灶膛，觉得还不解气，就把家里所有的书本，包括冬妹最爱的《红楼梦》都扔进熊熊烈火。

冬妹眼睁睁看着她心爱的书本，被美芳妈妈一本本扔进火中，她的心似乎也随着书本去了。

然而，美芳妈妈错了，她烧掉了书本却烧不掉冬妹肚子里的学识和想法，知识已在她的肚子里生根发芽。她天生多愁善感，情感细腻，没有了书本她就开始幻想，想象她的父母，想象他们的模样，想象他们骨肉相认时的情景，想象有神仙来救她，想象自己穿了灰姑娘的水晶鞋成了美丽的公主，想象白马王子来接她脱离苦海……

幻想成了冬妹人生最大的享受，每天她都生活在幻想之中。她相信她的父母也一样在想她，相信自己一定能找到亲生父母。除了幻想，她还每天都在思念养父。想到爸爸，她的心就会绞痛难过，他是这个世界上最爱自己的人。

雪花妈妈的棍棒声和养父的抽泣声，常常让她在深夜惊醒，泪湿枕头。养父是这个世界上唯一爱她的人，眨眼已是好几年没有见面了，不知道他一切可好。雪花妈妈和虎哥还经常欺负他吗？她忘不了养父抱着她默默流泪的情景，忘不了养父一次次用身体挡住雪花妈妈的棍棒，忘不了养父一声声沉重的叹息……想到伤心处，她就幻想自己是剑侠，是神仙，自己像侠客、神仙一样救出养父，为此她还作过一首天真的诗：

假如
假如真有神仙
我会毫不犹豫地去修行
修一个腾云驾雾的身
飞向全国各地
修一双看透人心的眼
识破世人好坏
炼一把无比锋利的剑
削尽人间不平

九
青涩的暗恋

隔壁邻居李大妈的儿子李强，以全市第一名的成绩被北京大学录取。小镇轰动了，还惊动了县长。大暑天，县长在乡长、校长、老师等人的簇拥下，带着礼金礼物亲自前来祝贺。李大妈家的小院里挤满了人，县长握住她的手激动地说："感谢你为我们县培养出第一个高考状元，我代表全县的广大干部群众感谢你！"

县长又拍了拍李强的肩膀，说："李强李强，自立自强。'朝为田舍郎，暮登天子堂。'李强，下句是什么？"

李强不慌不忙地背道："将相本无种，男儿当自强。"

县长大笑："真不愧是高考状元，果然没把你难住，这首宋代汪洙的《神童诗》最励志，你给乡亲们从头到尾背诵一遍。"

李强咳嗽了一声背道："天子重英豪，文章教尔曹，万般皆下品，唯有读书高。少小须勤学，文章可立身；满朝朱紫贵，尽是读书人……"这首九百字的《神童诗》被李强一字不落地背了下来。

县长连连点头。全部的目光都聚集在县长和李强身上，县长随时不忘卖弄自己的才学，又考了李强一些学问，均没把他难住。

冬妹夹在人群中，用崇敬和仰慕的目光望着李强。其实，李强并不高大强壮，甚至还有些矮小，五官也不好看，可在当时冬妹的眼里，他是那么的英俊帅气和高不可攀。那一晚她失眠了，青涩少女做起了粉红色的梦。

从此，冬妹又多了一些朦胧的心事，听到李强的名字就莫名心跳，常常在深夜暗暗低喃李强的名字，渴望听见他的声音。想他成了她唯一的幸福和甜蜜，她每天都在远远地看着他，偷偷地关注他，渴望见到他又害怕见到他。

有几回，白马王子真从对面走过来，她却又嫌自己身上的衣服寒酸，慌不迭地掉头就跑。曾经，她也大着胆子，想向李强借书，可她的自卑感使她根本不敢走近他。她也心跳着把她写的一些小诗揣在兜里想让李强帮忙指导，可真的见面了却又急忙逃开。

日子一天天过去，李强去北京上学了。那一晚，冬妹哭了很久很久。从此，她只能在梦里和白马王子在一起。他拉着她的手，教她读书，教她写诗，她为他洗衣，为他做饭，他们一起数星星，看月亮……

这些诗意的美梦伴她度过一个个长夜，尽管她知道自己和李强身份悬殊，他是当代的天之骄子，就像天上遥不可及的太阳，她永远只能仰视他。她也知道李强连正眼都没看过她，更知道白马王子爱上灰姑娘只是童话里的故事，李强不可能会爱自己。想到这里，她肝肠寸断，泪流满面。记忆里除了可怜的养父，没有人爱过她，苦难多舛的经历和对爱情强烈的渴望，形成了她极为丰富的情感世界，她如一只春蚕吐着万千情思把自己网在里面，做着一个个美丽而又浪漫的梦。梦里没有花残月缺，梦里没有风雨寒霜，梦里没有忧愁和悲伤，梦里有爱她的父母，梦里的她和心爱的人一起考上大学。泪水串着白天和长夜一日日过去，她也在慢慢长大。

十
洞房花烛夜

美芳妈妈终于盼来儿子小土的刑满释放。

小土又高又瘦像根竹竿，风吹欲倒。他的头发已经半白，泛黄的皮肤没有一丝血色，一口稀稀疏疏的四环素牙齿东倒西歪，满脸疲惫，双目无神。美芳看到儿子的样子，说不出有多心疼，抱着儿子哭泣道："我可怜的宝贝儿子呀，你在里面不知受了多少苦呀，怎么被折磨成这副模样。从前，你的脸蛋可是白嫩嫩红彤彤的呀，都怪妈妈没有能力照顾好你。"她边哭边咬牙切齿地咒骂林勇这个畜生，骗人钱财不得好死。

那一天的晚饭无比丰盛。"红烧幸福鸡"、"温炖喜庆鱼"、"香煎平安蛋"、"油炸快乐虾"、"粉蒸吉祥糕"，还有那给儿子滋补的老母鸡，在锅里冒着香气，让人垂涎欲滴。四套碗筷，四个杯子里斟满了浓郁香醇的花雕酒。

美芳妈妈端起酒杯，说："这坛花雕状元红是我生下小土后就埋在地里，到现在已经三十二年了，今天我盼得小土回家，比他考上状元还高兴。老糖、小土、冬妹，我们共同干杯，欢迎我的宝贝儿子回家。"

美芳说着举起酒杯和大家碰杯便一饮而尽，糖爷爷和小土也都跟着喝了个杯底朝天。冬妹从来没喝过酒，她心惊胆战，升起一种不祥的预感，呆呆地望着杯中酒出神。

美芳妈妈不高兴了，她犀利的目光中有一种不可侵犯的威严，冷冷地说："冬妹，难道你不欢迎哥哥回家？这杯酒可是哥哥的接风酒，你一定要喝。况且，这酒又不是毒药，甜甜的好喝得很，你喝完一定还嫌不够呢！"美芳说着替冬妹盛了一碗热腾腾的鸡汤，说道："先把酒喝了暖暖身体，再吃碗鸡汤压酒。"

几年了，这是美芳妈妈第一次帮冬妹盛汤，冬妹的心突然颤抖了一下，不觉抬起头看美芳妈妈，正好和她慈祥、柔情、温存、充满母爱的眼神相遇，冬妹只觉得心中发酸，眼睛里蓄满了泪水，感到暖洋洋的，遂端起酒杯一口气喝了下去。

美芳妈妈又给每人的杯子里斟满酒，还分别夹了许多菜，说："小土是我的儿子，可你们也都是我的亲人！这些年大家辛苦了，先吃些菜填填肚子再继续喝酒。"

在从前，美芳妈妈也让冬妹和她同桌吃饭，可一般都是青菜淡饭，桌上偶尔也有鸡鸭，可看到美芳妈妈冰冷的眼神，她哪里敢动筷子。今天的美芳妈妈是那么慈爱可亲，这就是她梦中的亲娘呀！妈妈两字在冬妹的喉咙里翻滚着。

美芳妈妈微笑着看他们吃完了碗里的菜，举起酒杯深情地望着糖爷爷，说："这杯酒，我们一起来敬老糖，感谢老糖这些年对我的照顾，更感谢他救了冬妹，把可爱的冬妹带回家，让我们多了一位亲人。小土，冬妹，我们一起举杯敬糖爷爷。"

冬妹举起酒杯看着糖爷爷，心里不知是爱是恨，她又想到了自己的亲生父母。她好羡慕小土有美芳妈妈，有妈的孩子是个宝呀，可自己的父母呢？你们到底在哪里？我想你们呀！她在心里祈求糖爷爷："求你了，大慈大悲的糖爷爷，求你告诉我，我的父母到底在哪里？我要去找他们。"她心里想着，泪水已不由自主地溢了出来，眼泪和着酒，随着干杯声一饮而尽。

美芳看冬妹又喝了一杯酒，心中高兴，又拿起壶给每人斟满了酒，端起杯子满怀深情地看着糖爷爷，说："这第三杯酒，敬我和老糖，老糖对我一见钟情，追求我、照顾我已经十几年了。我答应过老糖，等儿子小土回家，我就嫁给他，今天，我要履行对他的诺言，正式和老糖结为夫妻，并由两位晚辈给我们证婚，祝我们从此以后风雨同舟，白头偕老。”美芳看着旁边发呆的小土和冬妹，嗔怪说：“真是两个傻孩子，你们还傻愣着干什么？快举起酒杯，祝贺我们吧！”

两杯酒下肚，冬妹已经感到神思恍惚，不胜酒力，可面对美芳妈妈义正词严的理由和说一不二的权威，她哪里敢不喝，只好端起第三杯酒仰头灌进肚里。

美芳看着满脸泛红、水眸迷离的冬妹，脸上露出得意的笑容，她很快又给四个杯子里斟满酒，柔声道：“这第四杯酒，让我们来敬小土和冬妹。俗话说选日不如撞日，撞日不如今日，小土已经到了成家的年龄，冬妹还小，需要哥哥照顾。今天晚上，就是你们的洞房花烛夜，明年给我生个胖孙子，愿你们从此有福同享，有难同当，和和睦睦，恩爱到老。”

长这么大，冬妹还是第一回喝酒，况且，喝的又是美芳妈妈精心准备的陈年花雕状元红，三大杯下肚，早觉得心慌口渴，血往上涌，她迷迷糊糊地听到美芳妈妈说今天晚上就是她和小土的洞房花烛夜，心里又急又惊，想完了，她的死期到了，顿觉脑袋轰炸，头痛欲裂，天旋地转起来。美芳妈妈又给她灌了几大杯酒，可酒醉心明白，为了避免美芳妈妈再给她灌酒，只好假装不省人事沉沉睡去。美芳妈妈看着烂醉如泥的冬妹，诡笑着对儿子小土努努嘴，说：“你媳妇醉了，还不快扶她回房去睡觉。你们的新房我已经布置好了，被子褥子全是新的，今天是你的洞房之夜，千万要打足精神，在今晚给我生米煮成熟饭，明年给你妈生个胖孙子。”

冬妹被小土抱着扔到了床上，酒精使她浑身像着了火，身体如散了架似的动弹不得，只好由小土脱光她的衣服，任凭他的双手在她全身揉捏着，一会儿臭烘烘的舌头在她嘴里搅动着，一会儿牙齿在她的乳房上瞎咬胡啃。她想推开他，可浑身没有一丝力气，手脚像是被束缚住了，身体里却不由自主地荡漾着一股萌动的燥热与快感。朦胧中，身上的人已幻化成了她的梦中情人李强，顿时，一种颤栗酥麻的感觉弥漫全身，让她无法自已，这是一种处女特有的感觉，一种既害怕又渴望的感觉。

“李强哥哥，我好幸福，你亲我，抱紧我，不许离开我，李强哥哥，我爱你……”冬妹若梦若幻地呢喃道。

听到“李强”两字，小土的手和嘴全停住了，高涨的热情立即降到零度，心里燃起熊熊妒火，顿时勃然大怒，他一把拉起冬妹，一耳光狠狠扇在她脸上，骂道：“小婊子，他妈的骚货，李强是谁？你们是什么时候搞上的，什么时候和他偷的情？快说，我打死你！”

冬妹的酒被打醒一半，醉眼里，她看见光溜溜的小土红涨着脸，恶狠狠地瞪着自己。天哪！她记起了刚才的情景，原来亲她的人不是大学生李强哥哥，而是强奸犯小土。心里羞愧难当，急忙拉过被子遮住自己赤裸着的身体。又想到刚才小土腥臭的舌头和烂牙，瑟瑟发抖的身子起满了鸡皮疙瘩，肚子里一阵翻江倒海，“哇”的一声，刚才吃的食物酒水，连同胃汁胆液全部汹涌而出，吐得她天旋地转，上气接不上下气，床上地上到处都是污物。吐完后脑子又清醒了三分，这几年受的委屈，借着酒精的力量猛然爆发，泪水像决堤的洪水一发不可收拾。平时不敢说的话和羞于启齿的心事脱口而出：“怎么了？我就爱李强哥哥，他是大学生，是高考状元，和你这个强奸犯比是天上地下。”

小土听了如吃蟑螂般难受，暴跳如雷地大骂：“臭婊子，居然敢吃我家的饭，还去偷人，我让你去偷，我今天打死你，打死你这个臭婊子。”一连串的耳光打得冬妹眼冒金星，鼻血四溅。

今天的冬妹似乎彻底疯了，不要命了，她歇斯底里地大哭着尖叫说：“你去问问你那个地主婆母亲，我到底有没有白吃你们家的饭，我可是带了六块金条来到你们家的。你们不要以为我小就好欺负，想把我捏在手心里控制我，我的心雪亮雪亮的。地主的女儿对我好，是想我当她强奸犯儿子的媳妇，死了这条心吧！强奸犯敢再动我一根毫毛，我就杀死你们全家。我之所以一直到今天还没有走，为的是要糖爷爷告诉我，我的父母在哪里。我已经受够了，我再也受不下去了，糖爷爷敢再不告诉我，我就去公安局告你们，告你们想谋财害命，告你们要打断我的腿去上海要饭，告你们抢了我的六块金条，告你们全家把我灌醉，让刚从监狱里出来的强奸犯再来强奸幼女。你们试试看，谁敢再欺负我，我就和你们拼了。我只要有一口气在，我就要杀死你们全家。”冬妹哭骂着跌跌撞撞地跑去灶间，拿来了一把菜刀疯狂地挥舞着，乱砍着。想到伤心处，她就用菜刀割伤自己的手臂，殷红的鲜红冒了出来，她就狂笑着，蘸鲜血在棉被里、墙上、床上到处写着画着，说是要写遗书，写状子……

美芳妈妈做梦也没想到，平时寡言少语、声音似蚊子的冬妹，今天一喝酒竟然变成了母老虎。可她的话又是句句在理，并不像是酒醉后的胡言乱语。假如她真去公安局告发他们，恐怕是不好收场。何况，小土有前科，再惹来官司，岂不糟糕。听她口口声声呼唤着李强，难道她真和大学生李强谈恋爱了？这些话一定是李强教她的。想到这里，美芳不由吓出一身冷汗，看着瘫坐在旁边气呼呼的儿子，既心疼又无奈，示意儿子睡到堂屋去，不许再碰冬妹。

冬妹折腾到天亮才迷糊睡去，醒来后忽冷忽热发起高烧，嘴里喊着李强的名字，三天粒米未进，躺在床上尽情地想着李强，用憧憬和幻想编织着与李强的爱情故事，如痴如醉地进入甜蜜迷人的梦境。到第四天，她一闭上眼睛就会恍恍惚惚地见到李强，清醒后又觉得这只是梦不可能实现，就又昏昏沉沉地哭了起来，哭累了睡，睡醒了哭。直到第六天，她已经连哭的力气都没有了。

美芳妈妈一次次从门缝里偷看冬妹，她似乎看到了自己年轻时候的影子，现在的冬妹已经长大，不再是从前那个逆来顺受、听人摆布的小女孩了，美芳妈妈实在不敢再去激怒她。看着猥琐发呆的儿子小土，知道他降服不了冬妹，不由发出一声声长叹，心想也只能听天由命了。

广播里天天在报“严打”，看冬妹已经六天没吃东西了，美芳妈妈心里紧张，她怕冬妹死在家里真要惹来官司，遂熬了稀饭喂冬妹喝。可冬妹的心似乎已死，迷糊中紧咬牙关。到了第七天，冬妹已经奄奄一息，眼看就要不行了。美芳急得不知道怎么办才好，只好找糖爷爷商量。糖爷爷对冬妹早有了恻隐之心，毕竟人命关天，孩子又是他亲手抱来的，眼看着她长这么大，多少有点感情。可他是个死心眼，眼里只有美芳，他懂得美芳的心思，所以从来没敢开口为冬妹说话。现在看美芳没了主意，试探着说：“这孩子实在太倔强了，假如真死在咱们家，我们不仅要赔丧葬费，更怕要惹来官司。不如让她走，让她去晓城找她的亲生父母，只要出了这个门死活就和我们没有关系了。”

美芳看着在一旁发呆的儿子，长叹一声，说了句：“命该如此！”便不再言语。

糖爷爷急忙熬了一碗小米粥，与美芳一起端到冬妹的床边，美芳抽泣着对冬妹说：“一直把你当女儿养这么大，让你嫁给小土哥哥也是因为我们爱你，舍不得你嫁出去，没想到你什么时候和李强谈起了恋爱。你爱李强也是对的，人往高处走，他毕竟是大学生嘛！你只要不被他玩腻了抛弃掉，我们也就没有白养你一场了。你先起来喝碗粥，等你身体好了，我们就给你路费，让你去找你的亲生父母。现在，我们已经把你养这么大了，他们应该不会不要你了。”

朦胧中，冬妹听见美芳妈妈说“让你去找亲生父母”，一颗将死的心又升起了希望，她无力地睁开眼睛看着糖爷爷。糖爷爷急忙把她扶了起来，接过美芳的话，说：“是的，你美芳妈妈说了，只要等你身体好了，我们就让你去找你的亲生父母。我是在晓城的第二市场捡到你，你的父母一定就在晓城。”

冬妹感激地点了点头，美芳妈妈急忙把粥送进冬妹嘴里。

冬妹本来就没什么病，只是醉酒和心结。现在有了对父母的期盼，她的心情像春日里的太阳灿烂无比，身体很快就恢复了，几天后已是痊愈。

一天早晨，冬妹收拾完碗筷，被美芳妈妈叫到跟前，说：“这些年，一直把你当女儿看，养了你这么大，本来指望你和小土哥哥一起给我们养老送终，可你的心气高，小镇容不下你，我们也强留不住你。你现在已经长大了，翅膀硬了，可以飞了。虽然我们一万个舍不得你，可我们也没有办法留下你，只能让你走，你今天就坐车去找你的亲生父母吧！”她说完从身上小心翼翼地掏出三元钱，还有糖爷爷写的一个地址——晓城第二市场。

十一
饿昏在街头

这是 1985 年的冬天。冬妹问了很多人，转倒几次车，花掉一元钱的路费，终于来到晓城第二市场。

黄昏的市场逐渐冷清下来，买菜卖菜的人都已散去，偶尔路过的行人脚步匆匆，谁也不会停下来看冬妹一眼。来晓城之前对父母的幻想和期冀，在这寂寥冰冷的街道里慢慢冷却。她也曾想问路人，可又实在不知道该怎样开口，没名没姓的，怎么问呢？她陷入迷茫，呆呆的站着，直到市场里没有一个人。天越来越暗，一辆自行车从她身边飞驰而过，惊出她一身冷汗，她才本能地往灯亮人多处走去。

她漫无目的地走在大街上。晓城不大，也不算繁华，但在刚从小镇来的冬妹眼里，已经是大城市了。她低着头，脸上挂着乡下女孩的单纯，眼睛怯生生的不敢看人。手不时地摸着口袋里的两元钱，这两元钱使她在面包店门口流连忘返，在水果摊前足足徘徊了一个小时，这两元钱虽然搅得她更加饥饿难忍，但也给了她安慰，毕竟她还拥有两元钱。她没有行李，连换洗的衣服也没有。早上，雪花妈妈说："你的亲生父母一定很有钱，他们是城里人，我给你做的衣服太寒酸，就不要带走了，假如你找不到你的亲生父母，或是他们不要你，你就回来，这里永远是你的家，我们都欢迎你，小土哥哥也会继续照顾你。"

冬妹当时想，只要找到晓城就一定能找到自己的亲生父母，就算找不到，她也决不回去，更不会嫁给强奸犯小土。可是现在，她的亲生父母在哪里呢？晚上该去哪里栖身？阵阵寒意和恐惧笼罩着她。她如深秋的落叶，似晓城的尘埃，随风飘荡着。

已是深夜，街道漆黑一片，只有一家路旁的小吃店还亮着微弱的灯光，诱人的香味让冬妹实在无力再往前挪步，她已经一天没吃东西了，她手里捏着买车票剩下的两元钱，鼓起勇气走了进去。

正准备打烊的老板娘看来了客人，心里高兴，急忙向她招呼说：“小姑娘，快进来坐，我们这里有面条、馄饨、饺子、炒面、炒年糕，你要吃什么？”

冬妹仔细地看了看贴在墙上的价格表，要了一碗两毛钱的馄饨。一会儿，老板娘就端了上来，她用怀疑的眼光打量着冬妹，不放心地问：“对了，小姑娘，你吃馄饨有带钱吗？”

冬妹急忙掏出口袋里的两元钱。老板娘立即眉开眼笑，顺手抽走钱放进抽屉，却忘了给冬妹找钱，她好奇地问冬妹：“小姑娘你是哪里人？来晓城做什么？”

不知道为什么，冬妹总觉得老板娘的笑容瘆得慌，有点像美芳妈妈，便只顾闷着头吃馄饨不敢说话。老板娘坐在旁边看着她吃，又忍不住问：“小丫头，你怎么一个人这么晚了还不回家，深更半夜的要去哪里？”

冬妹实在不知道该怎样回答老板娘，只好茫然地摇了摇头。

老板娘皱起眉头，说：“你这小丫头，脑子没问题吧！你爸爸妈妈呢？你离家出走啦？外面黑灯瞎火好危险的，你到底要去哪里呀？”

冬妹满脸沮丧。

“你有介绍信吗？”老板娘接着问。

“什么是介绍信？”冬妹困惑。

“介绍信就是你的身份证明呀，怎么连介绍信都不知道？现在出门在外，做什么事都需要介绍信的，没有这个你连旅馆都不能住的呀。”

老板娘看耷拉着脑袋、一脸无助的孩子，又想到刚才收了她两元钱还没找，叹了一口气，说：“看你也怪可怜的，谁让你遇见我这个好心人，我看你晚上是没地方去了，就住在我这里吧！”

冬妹望着外面黑漆漆的夜，实在没有勇气也没有力气再走出去，想无论如何也要过了今晚再说，就点了点头道：“谢谢老板娘。”

老板娘找来凉席和薄被扔给冬妹。冬妹坐了半天车，又在街上溜达了几个小时，早累得不行，两眼一闭，倒下就呼呼大睡。凌晨三点，冬妹睡得正香，就被老板叫醒了，她睁开惺忪睡眼，勉强爬了起来，脑袋一片空白，血液仿佛凝固，浑身酸软得没有一丝力气。

老板矮小文弱，有几分知识分子的模样，赶不上老板娘一半结实厚重，他盯着冬妹足足看了三分钟，说：“小丫头，你就是昨天我老婆收留的那个外地人？不好意思！打扰你睡觉了，没办法，要开店了，一会儿就有人要来吃早餐了，快去把那些碗洗干净。”

冬妹用冷水洗了把脸，按老板的吩咐忙活开了，刷锅、洗碗、扫地、端菜、送茶，直忙到下午一点多，老板娘才喊她一起吃午饭。饭间，老板娘颇是满意地对冬妹说：“小丫头还挺能干，干活也卖力，对了，你到底从哪里来，到晓城来做什么呀？”

冬妹支吾说：“我来找我爸爸妈妈。”

“你爸爸妈妈叫什么名字？住在哪里呀？”

冬妹摇了摇头。老板娘扑哧一声，把刚喝进口里的茶水喷到冬妹脸上，笑说：“你脑子没病吗？是个人就会有名有姓，你的父母难道不是人？怎么会连名字都没有？没名没姓的，你要去哪里找他们？小小年纪就会讲笑话。”

冬妹无言以答。是呀，她昨天在街上一直找到深夜，实在不知道去哪里找父母，该怎么办。泪水不觉又湿了她的眼睛。

老板娘看着泪流满面、可怜兮兮的冬妹，心里打起了主意。店里一直缺个小工，又舍不得花钱招人，看面前这个孩子做事勤快，无处可去，不如把她留在店里干活，自己既做了好人，还可以省掉工资。于是，便假装同情地对冬妹说：“没妈的孩子像根草，你这么小就没了爹娘，真可怜。这些年你在哪里过的呀？谁养了你这么大？要是你根本就没有父母怎么办呢？”

冬妹本来很感激老板娘昨晚收留了自己，可看老板娘一脸幸灾乐祸，还口口声声地说自己没有爹娘，心里对她不由多了几分反感，站起来说："谢谢你昨晚让我睡了一觉，我有爹娘，世界上的每一个人都有爹娘。他们有名字，只是我暂时还不知道而已，我现在就去找他们，他们就在晓城，我一定能找到。"

老板娘还想说什么，可冬妹站起来头也不回地走了。

下午，晓城第二市场依旧人来人往，熙熙攘攘。冬妹站在街头望着一张张陌生的面孔，在茫茫人海中寻觅着。街上那么多人，谁是她的父母呢？她从来没有见过他们，就算她的父母真走到面前，她也一样不认得。难道自己真的是没有父母的野种？她不相信，也不愿意相信。

很快，天又无情地暗了下来，疲惫、恐惧、无助像漫漫无尽的黑夜笼罩着她。昨天晚上，她已经把身上仅有的两元钱给了老板娘，现在已经没有一分钱了，亲爱的爸爸妈妈，你们到底在哪里呀？

深秋的夜已是凉气袭人，她坐在冰冷的马路边，在黑茫茫的夜里，感到一阵阵汗毛直竖，辘辘饥肠搅得她头晕眼花，渐渐便意识模糊昏沉睡去。迷迷糊糊地不知道睡了多久，一阵阵肉包子的香味扑鼻而来，饥饿像把锋利的锯子，在她干瘪的肠胃里锯割着，她挣扎着坐了起来。晨曦初露，街头巷尾已有了过往行人，冬妹循香望去，看见不远处，有人在卖包子。

"卖包子，馒头，又大又香的肉包子馒头！"老板娘扯着嗓门大声吆喝着。

老板娘看见站在旁边发呆的冬妹，以为是来了生意，急忙过来招呼说："小姑娘你要买包子还是馒头？肉包子一毛，馒头五分，你要买几个？"

冬妹极力咽着口水，下意识摸了摸口袋，里面已没有一分钱，羞红着脸站在那里。她本来在心里打着腹稿想说："我帮您干活，您能否给我个馒头吃？"

老板娘看透了冬妹身上没钱，鄙夷地说："真晦气，一清早来了个臭叫花子，滚开，快滚开，别妨碍我做生意。"

“臭叫花子”四个字深深地伤害了冬妹的自尊心，她哭着跑走了。记得在小镇，她经常看到狗追着叫花子跑，美芳妈妈就会借题教训冬妹说：“人欺穷，狗咬贫，狗通人性，狗知道叫花子穷臭没钱，可以咬可以欺，咬了白咬，若不是我好心肠收留了你，你早就被狗吃掉了。”因此，她从小就怕狗，现在听老板娘骂她臭叫花子，又急又羞地在心里呐喊着：“我不是叫花子，我不是臭叫花子。”

她饥渴交加，头痛得仿佛要炸开，两眼直冒金星，只好在墙角蹲了下来，一会儿就昏昏地睡去。梦中，她被几十只疯狗追赶撕咬着，又好像有千万条毒蛇缠绕着她，想逃离可却挪不动步，想呼唤又出不了声，紧张、害怕、疼痛使她窒息昏迷了过去。

“小姑娘，快醒醒，你怎么会睡在这里？”一位瘦高个男人关切地问，冬妹好不容易睁开眼睛，在喉咙里说：“我渴！”

男人摸了摸冬妹的额头，说：“这么烧，一定是着凉了。赶快先去我家喝杯水吃点药再说。”

冬妹实在站不起来，男人只好把她背回家。他买来了感冒药、退烧药喂冬妹吃下。吃完药，冬妹又沉沉睡去，醒来后病已好了一大半，肚子咕咕地叫了起来。

瘦高个男人看冬妹醒了，走过来探了探她的额头，说：“烧终于退了，我都急死了，今天因为同情你把你带回家，万一真死在我家里，岂不完蛋。不过退烧了就好，到底是年轻，肚子饿了吗？我给你去盛碗稀饭喝。”

冬妹感激地点点头，她真的饿坏了，接连喝了三大碗粥，喝完又睡了一觉。

十二
灰姑娘的蜕变

瘦高个男人叫钱大明，父母与两个姐姐在“三年自然灾害”时期被活活饿死，大明成了孤儿，在叔叔家勉强长大。他长得眉清目秀，能写几首诗词，只是时运不济，几次高考均落榜。心情沮丧，一次醉酒后在路边撒了一泡尿，正逢1983年“严打”，以现行流氓罪被判刑，刚刚刑满释放。

出狱后找不到工作，只好到处打零工，饱一餐饿一顿地艰难度日。可他终究是有文化的读书人，长得也一表人才，很快便时来运转，撞上了幸运女神。

那天，大明在街上闲逛，一个骑着幸福牌250摩托车的时髦女郎吸引着路人的眼光。他觉得这女子面熟，想起此女是高中同学张巧红。

那时候，巧红对学习优异又能写诗作文的钱大明很有好感，常常眉目传情。无奈，当时的大明不解风情，又一心想着考大学出人头地，对相貌普通、成绩一般的张巧红没有感觉。青涩少女相思难熬，偷偷给梦中情人送了一张纸条，可懵懂少年竟然把纸条交给班主任，老师当着全班同学的面宣读了纸条，羞得巧红大哭一场，再也不敢去学校。从此巧红对大明恨之入骨，直到在大字报上看到大明因为现行流氓罪被判刑，总算稍解心头之恨，暗自庆幸自己没和他谈恋爱，慢慢就把他淡忘了。

现在的巧红是晓城鼎鼎有名的荣华集团副总经理，可谓是年轻貌美，有钱有势。那一天晚上，大明躺在床上长吁短叹，辗转难眠，遥想当年壮志凌云，头悬梁，锥刺股，一心想考大学，当作家，做诗人，立下了“头枕雁荡直下钱塘济东海，脚踏龟蛇学富五车挽九天”之宏愿，如今却沦为万人唾弃的劳改释放犯，找工作处处碰壁，生活穷困潦倒，左邻右舍躲瘟神似的避他，连叔叔婶婶也不许他进门。他暗暗发誓，一定要努力奋斗出人头地，给那些势利眼瞧瞧，可生活的艰辛和现实的残酷如无涯苦海般难以逾越。

荣华集团是改革开放后晓城新升起的一颗明星，是中外合资的大型企业。短短几年时间，发展成了加工、贸易、进出口的综合型企业，产品走向美国、加拿大、日本等国家。老板吴向阳在晓城钱多势大，无论白道黑道都畏惧他几分。

大明纳闷，当年那卑微平庸的灰姑娘，几年不见居然蜕变成了白雪公主，心中感慨不已。想何不求她给自己找份工作，自己如若能进荣华集团工作，就不用再愁吃喝。虽然去求巧红没有面子，所幸监狱生涯练就他的厚脸皮，知道要出人头地，该弯腰时就要弯腰，该装孙子就要装孙子。

第二天，他就去荣华集团找巧红。巧红见到大明，眼睛亮了一下，又想到当年在学校受到的侮辱，不觉恨从中生，想这王八羔子今天来找老娘有什么事，一定要好好报复羞辱他一番，便皮笑肉不笑地说：“哎呦，是什么风把我们班的大状元给吹来了呦？我好像在大字报上看见了你，说你去了什么监狱大学深造，怎么那么快就回来了？看来是在里面表现得不错。今天来找我有何贵干？”当年单纯痴情的巧红，如今已成为两面三刀的领导干部了。

要是从前，大明一定会羞窘不已，掉头就走。可今天他有备而来，只是嘿嘿地苦笑，说：“您都知道了，让您笑话了，我活该，只是当年让妹妹错爱了我一场，让您失望了！”

巧红听大明还提她当年的糗事，不觉恼羞成怒，冷笑道：“你放什么臭屁呀！谁是你的妹妹？我失望什么？你的事和我又有什么屁相干？当年谁又爱你了？有些人天生就是贱骨头，你这个大状元今天来找我有什么事呀？”

大明也意识到自己说错了话，只好讪笑着打自己的耳光，说：“是呀，我就是烂命，贱骨头，是我没有这个福气。那时候，尽管心里很喜欢妹妹，可又怕荒废学业，一心想着考大学，还不小心没保管好你的纸条，被那个该死的老师收了去，这事我至死都不能原谅自己。今天能见到你，当面向你道歉，只求你能原谅我。”

巧红听了大明的话，也不知道是真是假，干咳了一声，说：“瞧我这记性，我想起来了，你当年可是我们班的尖子生，可后来怎么去了监狱呀？监狱是个好地方，想必你在里面又学会了不少新技能，现在一定发达了，在哪里高就呀？来找我有何贵干？”

大明平时也算得上能言善辩，在伶牙俐齿的巧红面前今天显得笨口拙舌，脸上一阵红一阵白，恨不得找个地缝钻下去，站在那里支吾着说不出话来，小心翼翼地挪动脚步想要掉头逃跑。

巧红看大明想要走的样子，也觉得今天的话说重了，假如他真扭头离去，那样也就没戏可唱了。她心里虽然已经将大明判了死刑，但又不想马上把他处死，想要留下活口慢慢凌迟，尽情羞辱，方能解去心头之恨。加上刚才她已经把大明奚落得体无完肤，心里还算痛快，于是放缓语气道：“对了，瞧我这记性，老同学来了，也不坐坐，刚才都只顾着说话了，却忘了给你泡茶。快坐下喝杯茶，这是正宗的西湖明前龙井，咱们边喝茶边聊聊，你今天来找我一定有事。”她说着起身拿来了一个杯子，把面前自己喝的茶水倒了一半递给大明。

大明受宠若惊，急忙坐了下来，脸颊涨得通红，半天才吞吞吐吐地说明来意。

巧红脸上露出一种胜利者的微笑，说：“我还以为是什么大事呢，就这点事呀。好说好说，我们公司要招聘两名保安，你也去报个名吧，有困难找我，我会给人事部经理打电话的。”

大明千恩万谢地走了，虽然他的自尊被巧红践踏殆尽，但心里却生了一丝幻想，自作多情地觉得她是由爱生恨，对自己终究是有感情的，也觉得她一定能够帮助自己。

第二天，大明到公司报名。大门口被挤得水泄不通，公司招聘两个保安竟来了几百号人。他勉强挤了进去，却见大门上已贴着“人已招满”，而等在门口的人依旧不甘心散去，工作人员拿着扫把来驱赶人群，大明好容易逮住机会和看门人说：“我叫钱大明，是副总经理张巧红介绍来的，请您高抬贵手，让我进去报个名。”

那人白了他一眼，说：“你吹吧，我们张总可从来没和我说过什么大明大暗的，快点滚开！”他说完竟然拿来了一把高压水枪，对着大家一阵乱喷，众人一哄而散，只剩大明像个落汤鸡似的呆立在原地，好不狼狈。他感觉自己像《红楼梦》中贾瑞被王熙凤施计陷害泼水浇粪之感，心中羞恼沮丧到了极点。

大明落汤鸡似的回到家，浑身忽冷忽热，头痛欲裂发起高烧，心中恨极了巧红，发誓这辈子不再见她，便上床昏昏睡去。这样闷头睡了两天，第三天，有人来敲门，通知他去荣华集团上班，他心里高兴，病也就痊愈了。

大明正式成为荣华集团的保安。那时候保安是个很神圣的职业，相当于半个警察，像他这种有污点的人，没有巧红的帮助，是绝对不可能拥有这份工作的。荣华集团的待遇好，他的工资甚至比狱警高出一半。他的长相本就出众，穿上保安服酷似电影明星刘德华。上班也轻松，分早晚班，早班负责登记来客、收发信件，晚上值班基本就是睡觉。

大明从心底里感谢巧红，他最大的幸福就是能在上下班时见到她，尽管现在他们的地位悬殊，巧红是高高在上的白天鹅，而他却成了趴在地里的癞蛤蟆。巧红虽然谈不上“美貌”两字，可她气质压群，浑身透着浓厚的女人味，骨子里散发出勾魂摄魄的撩人风姿，让人难以自制。

巧红进进出出，总是若有意若无意地朝他抛几个媚眼，多情的双眸露出款款媚意，让他神不守舍，恨不得立即把她搂在怀里亲热。好在他有自知之明，知道今非昔比，自己高攀不上人家，才勉强压制住狂热和躁动。他当上保安后，公司也常有女孩找他闲聊，可他总拿她们和巧红比较，嫌别的女人不是没气质就是没品味。不由自主总是想着巧红，对她的满腔的热情无以排解，便常常自斟自酌，吟诗作赋自娱自乐。

这个周末，他刚发了工资，吹着口哨去菜市场去买菜，看见墙角昏迷不醒的冬妹，想救人一命，胜造七级浮屠，就把她背回家，端水喂药，照顾了一天，冬妹才捡回小命。

第三天，冬妹的病已经全好了，脸色也红润起来。

大明说："小姑娘，你的烧退了，快点回家去，你爸爸妈妈一定急死了。"

说到爸爸妈妈，冬妹的眼泪又流了下来，低着头嗫嚅说："我没有家，也找不到我的爸爸妈妈，不知道要去哪里。"

大明看冬妹楚楚可怜，一脸的迷茫，添了几分同情，摇摇头，说："小丫头真可怜，可是你怎么会找不爸爸妈妈呢？"

冬妹看面前这位叔叔一脸真诚和关心，又想到他这两天对自己的照顾，心里一阵感动，觉得他是个可信可靠的好人，便哽咽着把自己的经历说给他听。

大明听得心酸不已，叹息连连。心里动了想收留冬妹的念头，可又觉得男女有别，若一起长住，怕会招来误会和闲话。可看着她眼泪汪汪的样子，实在不忍赶她出门，同情地说："你要是个男孩就好了，可你又是个女孩，我也不便收留你，万一别人说我欺负你怎么办？"

冬妹听了大明叔叔的话，也觉得男女有别，自己确实不能在这里长住。可是，她又能去哪里呢？迷茫和恐惧像一个深不可测的黑洞吞噬着她，只要一想到茫茫长夜和呼呼冷风，心里就不寒而栗，一阵阵恐惧，便止不住大哭起来。

大明看着瘦小单薄、哭得像泪人似的冬妹，想到了自己从小寄人篱下，受尽叔叔婶婶的白眼，心里难过，便从身上掏出十元钱，递给冬妹，说："别哭了，这钱你先拿着花，慢慢来，你也许能找到你父母的。"

冬妹心里万分感激，擦干眼泪说："谢谢叔叔，可是我不能要您的钱。您能帮我找份工作吗？我想要边工作，边找我的爸爸妈妈。”

大明为难地说：“你才多大呀？谁会招一个小孩子工作呢？”

冬妹急忙替自己辩解：“我已经不小了，我会洗衣服做饭，从前美芳妈妈家里的活都是我一个人干的。我什么都能做，不怕苦，不怕累，我不要工资，只要管我吃住就行。”

十三
免费小工

大明带着冬妹在街上转了一天，他实在不知道带她去哪里找工作。国营企业门槛高，正式工都常常没活可干，根本不可能招一个来历不明的童工。这几年，虽然也冒出几家私营小厂，但岗位有限，没有特殊关系，根本进不去。

天又暗了下来，他们俩都累得精疲力竭。大明看着冬妹，无奈地说："我怎么就摊上你了呢，现在我也实在不知道怎么办才好了。不管怎样，先带你去吃碗面填饱肚子再说吧！"

大明带着冬妹走进了小吃店，老板娘热情地招呼，机械地说："我们这里有面条、馄饨、饺子、炒面、炒年糕，两位要吃什么？"她抬头看见了冬妹，大嚷起来。"哎呀！这不就是前几天那个小姑娘，你找到你父母了吗？我这些天一直在牵挂你呢。"

"你们认识？"大明一脸疑惑。

老板娘哈哈大笑，说："何止是认识，我还好心收留她在这里住了一夜呢，第二天吃完午饭才走的，小丫头是吗？"

冬妹一见老板娘就瘆得慌，她想走，可大明叔叔已和她聊开了。冬妹在心里想，一碗馄饨两毛钱，我给了你两块，你本来应该找我一块八，可因为你让我在店里睡了四小时，就把一块八当作住宿费，假装忘了，不找我钱了。第二天，还让我洗刷了八个小时，这也算是好心收留我吗？现在还要以恩人自居！但她的话终究是不敢说出口，只顾埋头吃面。

“这孩子和你什么关系？你怎么认识她的？她说来晓城找她爸爸妈妈，可又不知道地址，也不知道名字，这孩子脑子正常吗？”老板娘问大明。

大明反感老板娘的话，说：“她怎么不正常了？我看她好得很，只是从小和父母失散了，不知道名字而已。不过，我和她也是刚认识的。那天，我去第二市场买菜，看见她昏倒在地，还发着高烧，就把她背回家，吃了药，现在她的病好了，可家里就我一个男人，不方便住，想带她出来找找工作。”

“你真是菩萨心肠，若不是遇见你，她还不病死在街头。你说要带她找工作，这就难了，她来历不明，连介绍信都没有，住旅社都不允许，谁又敢要她工作呢？万一她是个流窜犯怎么办？”老板娘说。

“你可别瞎说，她还那么小，怎么会是流窜犯呢？只是没有带证件而已。”

“是呀，我看她也不像个坏人，可坏人谁又写在脸上呢？对的！你一个大男人带着她，别人不知道会说出什么闲话来。”说着老板娘走过来摸了摸冬妹的脸蛋，“还是你的命好，遇到的全是好人，要是你遇见流氓，怕是早被强奸了。前些天，就有个初中生被几个流氓轮奸，至今还没有破案呢。”老板娘边说边盯着大明看，好像他就是那种强奸小女孩的大流氓大坏蛋。

老板娘这番话戳中了大明的心事，他本来就是个有前科的人，现在又和非亲非故、素不相识的小女孩同处一室，外人会怎么想他看他说他？可眼前的冬妹实在可怜，他不能带着她，又不忍心不管她，他叹了口气对冬妹说：“你要找工作难，想要马上找到父母怕是更难。我又不能老带着你，可怜的孩子，怎么办呢？”

老板娘接过大明的话：“没妈的孩子像根草。可一个小女孩也不能老黏着一个大男人呀！那样岂不是害了他也害了你自己。要不这样吧，你就暂时先住在我这里。我好人做到底了，供你白吃白住，直等你找到父母。”

冬妹自第一眼见到老板娘，就觉得她不是个好人，可现在却又要回到她这里。心里虽然一万个不愿意，但目前也没有更好的办法。她求助地望了望好心的大明叔叔，眼泪又流了下来。

大明听到老板娘的话顿感如释重负，急忙对冬妹说："快谢谢老板娘，你先住在这里，再慢慢去找你的父母。小孩子千万要勤快一些，帮店里洗洗碗扫扫地的，那样也不至于白吃人家的饭。"

冬妹噙着泪花点了点头，目送大明叔叔乐颠颠地离去。

老板娘看大明走远了，皮笑肉不笑地对冬妹说："我真是好心没好报，好好的你哭什么呀？赶快去找活干呀，总不能让我白白养活你吧！"

冬妹急忙擦干眼泪去洗碗刷锅，直忙到深夜十一点。老板娘找来上回她曾经盖过的破被褥席扔给她，就锁门回家了。

冬妹躺在阴冷潮湿的地板上，眼泪像断线的珍珠流淌着。一个个粗壮得像战斗机的蚊子，嗡嗡在她身上肆无忌惮地饱餐着。成群结队的蟑螂仿佛是在恼她占了它们的地盘，或是觉得她本来就是它们的同类，毫无顾忌地在她身上爬来爬去。大小老鼠不时从她身上窜过，发出刺耳的尖叫声。这些小畜生们好像都知道她是个没有爹娘的孩子，全都来欺负她……

冬妹翻来覆去好不容易睡着，没多久就被老板推醒。迷迷糊糊中，她听见老板嚷说："小丫头，要开店了，快起床。我昨晚听我老婆说你又回来了，很好很好，快去把那些碗筷刷洗干净，一会儿就有人要来吃早餐了。"

冬妹只好挣扎着爬起来，老板让她用冷水洗脸醒脑，也不叫她吃早饭，就叫她去忙活了。直忙到中午过后，客人走尽，三个人才坐下吃午饭。老板娘心中高兴，夹了一块肉给冬妹，说："小丫头还挺勤快，可惜没有爹娘呀！你父母真够狠心的，这么好的孩子怎么舍得扔掉。这样吧，你就做我的干女儿吧，以后你嫁人，我给你出嫁妆。"

冬妹没有接老板娘的话，她本想说昨晚蚊子太多睡不着，可终究是不敢说出口，因为无论如何，总比睡马路强。老板娘看她哈欠连天，浑身脏兮兮，怕影响客人的食欲，便体贴地拉着冬妹的手，说："这样吧，你先跟我回家换件衣服，再睡个午觉，睡醒了再来店里干活。"

老板娘带冬妹回到家里，找来一件女儿的旧衣服给她换上，又让她饱睡了一觉，醒来后冬妹就跟着老板娘来店里忙活了。

冬妹吃饱睡足，感激老板娘，便抢着干活来报答她的恩情。老板娘觉得找了个免费小工，心里得意，对冬妹也是笑嘻嘻的满口甜言蜜语。

时间一天天过去，大明叔叔偶尔路过也会进来看冬妹，顺便吃点东西。到后来，他还带来了一个时髦洋气的阿姨，阿姨送了许多新新旧旧的衣服给冬妹穿。

每天下午，冬妹只要忙完店里的活，就会去第二市场找她的父母，可几个月了，她连父母的影子都没有找到。

光阴荏苒，眨眼就要过年了。春节是华夏民族的传统大节，更是孩子们的节日。俗话说："小孩盼过年，大人怕花钱。"对于有父母的孩子来说，过年穿新衣，吃零食，包饺子，收红包，放烟花，走亲访友……可对于没有父母和亲人的冬妹来说，过年却成了她最大的痛苦。看到别的孩子们追逐玩耍，欢声笑语，她却独自思念着父母默默流泪。

大年三十，小店闭门歇业。冬妹一大早就来到第二市场，望着匆匆忙忙的行人寻找她的父母。尽管她也失望，可却仍旧不肯死心。

街上已没有一个人，只有她孤零零地呆立在街头，渴望父母向她走来，幻想他们唤她回家过年……

直到老板骑着自行车来找她，她才跟着他回到店里，餐桌上已摆满了鸡鸭鱼肉好菜好酒，全家人都在等她吃年夜饭。老板娘看见失魂落魄的冬妹，不高兴地说："你这孩子真是死心眼，又去市场找你父母了吧？你都找了这么久了，你找到了吗？街上那么多人，你怎么能认得出来？他们早就把你忘了，这么多年了，谁还记得你？亏我这几个月一直把你当亲闺女，今天要不是为了陪你过年，我们早回老家了，我们一大家子都在高高兴兴地等你吃年夜饭，可你倒好，耷拉个脸，给谁看呢？你这样对得起我们吗？”

冬妹的眼泪又忍不住往下流，老板娘顿时火了：“你这丫头真是太不懂事了，今天可是大过年，求你别再哭哭啼啼了好吗？你那个大明叔叔不知道情况，还以为是我们虐待你呢！”

老板的女儿丽丽赶忙打圆场，说：“冬妹，过年了，我们都长大一岁了，不许再哭了，要高高兴兴过年才对。等到我明年开学，发动我的同学帮你一起找你的父母。人多力量大，只要他们在晓城，我们就一定能够找到。大家都饿了，快吃饭。你别难过了，我们全家人都很喜欢你。”

冬妹感激地看了丽丽一眼，她知道这个家只有丽丽对自己好，真心把她当妹妹看待，还让自己和她睡同一张床，经常向她倾诉心里话。她知道自己爱读书，就把她读过的语文书本全借给了自己，又用零花钱买了一本《新华字典》送她。

吃完年夜饭，老板给孩子们每人发了一个红包，也给了冬妹一个。老板娘说：“我和你叔叔一直商量着想认你做亲闺女的，养到你出嫁，我们来给你陪嫁妆，可你这个样子，一心想着根本不要你的什么亲生父母。让我们怎么把你当亲闺女看？”

老板接着说：“是呀！只要以后你不再去第二市场，我们就认你当亲闺女。过年了，我们要回老家走亲戚，这几天店里不营业，你没事就在这里看看书，别乱跑。现在外面全是流氓坏蛋，到处都在拐卖和强奸小女孩的，你要小心点。”

第二天，老板带着全家回乡下了，留下冬妹一个人在看店，日子倒是过得悠闲自在。眨眼到了正月十五，冬妹看书累了，便早早躺下休息，很快就进入梦乡。

冬妹睡得正香，迷迷糊糊中觉得有个东西压在她身上，一只手粗鲁地狠抓她的乳房，一个硬邦邦的东西在她的内裤外摩擦着。她惊醒了过来，黑暗中，认出是老板，她拼命挣扎着想要推开身上的人，可她用尽全部力气，也推不动这个欲火焚身的男人，反惹得他征服欲大增，把她勒得更紧了。

老板一只手紧摁住冬妹，另一只手使劲撕扯掉她的内裤，淫笑着说："冬妹，我早就喜欢你了，只是那只母老虎看得太紧，找不到机会。今天你老板娘回家了，我要好好爱你，你只要听我的话，我保证让你吃香的喝辣的，明天我就带你去买衣服。"他边说边用臭嘴在冬妹身上瞎啃乱咬着，硬邦邦的下身像野猪刨食似的乱拱着。冬妹死命夹紧大腿，不让那只臭老鼠得逞。心想完了，自己的处女之身绝对不能毁在他身上。她又想到《红楼梦》里黛玉的葬花词："质本洁来还洁去，强于污浊陷渠沟。"她宁死也要保住清白！

她在他肩上狠狠咬了下去。"哎哟"一声大叫，老板终于放开冬妹，急忙去拉亮灯，用手摁住伤口，找来云南白药止住了血。回头看见冬妹已经穿好衣服，嘴角还留着血丝，手上拿着一把菜刀恶狠狠地瞪着他，不由得吓出一身冷汗，哪里还敢有半点想法，可又觉得在她面前丢了脸，大声骂道："你这只白眼狼，算你狠，快点滚出去，这半年多算白养活你了。"

冬妹冷冷地看着他，她本想说："我天天起早贪黑洗碗刷锅，没有白吃你们家的饭。"可她见老板一脸龌龊的样子，心里鄙视，不屑与他说话，就一言不发地去整理她的衣裳。老板知道冬妹无家可归，没处可去，他本来是想吓唬她，挽回点面子，没想到冬妹真的要走。这可把他急坏了，想她真走了，怎么向他老婆交代，又去哪里找一个如此乖巧的免费小工，可话已出口，不好收回，只好说："你要走可以，但不能带走任何东西。"

冬妹迟疑了一下，说："我不要你们家任何东西，可这是大明叔叔女朋友送我的衣服。"

老板咆哮说："我只知道你空手来，就要空手走，还有过年给你的红包，你要还给我。"

冬妹放下包裹，从口袋里拿出红包扔在桌子上，轻蔑地看了看老板，开门走了……

十四
遇到小流氓

这天是正月十五元宵节，大街小巷到处张灯结彩，万盏花灯似若璀璨星河。锣鼓声、鞭炮声、吆喝声、嬉闹声、歌唱声、祝福声，构成一部恢宏壮丽的交响曲；猜灯谜、踩高跷、扭秧歌、放河灯、舞龙舞狮，处处弥漫着花好月圆的吉祥气氛。一曲笙歌春如海，千门灯火夜似昼……

喧闹的大街和佳节的团圆喜庆，越发衬出冬妹的孤苦无依，她似断梗浮萍随风漂荡，偌大的晓城却没有她的安身之处，她走在长长的黑夜里，没有方向，没有尽头，只有两行泪水静静流淌……

随着午夜钟声的敲响，狂欢的人们逐渐散去，隆隆的爆竹声也慢慢淡去，街道又恢复了寂静。晓城沉睡了，只剩下冬妹蜷缩在街边发抖，天上的圆月似乎也耐不住孤寒躲进了云层，把自己盖得严严实实。凛冽的寒风席卷着沙土，如雪花妈妈的棍棒和美芳妈妈的恶语，咆哮着鞭笞她。“我会冻死吗？”她想。此时她真羡慕童话里那个卖火柴的小女孩。小女孩身上有火柴取暖，有光明，有幻想，有美丽的圣诞树，有烤鹅冒着香气向她走来，还有她最亲爱慈祥的奶奶把她搂在怀里，带她飞，飞到那没有寒冷、没有饥饿也没有痛苦的地方……而自己呢？

想到这里，她泪如泉涌，在心里呐喊着：“爸爸妈妈你们到底在哪里？我要被冻死了，可是我不能死，我一定要找到你们，问明白你们为什么要生下我，既然生下了我，又为什么要抛弃我？难道你们真的不在人世了吗？”想到伤心处，不禁失声痛哭，悲凉的抽泣声打破了街道的沉寂。

“有声音，是谁在哭？”几个醉醺醺的小青年闻声走过来。

“哎呦呦，兄弟们，快来看，还是个女的呢。”走在前面的小矮个阴阳怪气地叫了起来。

冬妹急忙止住哭声，睁眼一看，见到十来个青年站在面前。

“哭什么呀？离家出走还是做了坏事被你爸妈赶出来了？”其中一个瘦高个男人幸灾乐祸。

另一个自作聪明地补充道：“你这个瘦竹竿，又文绉绉地尽说废话，这他妈的还用问吗？小妞，你一定是跟我一样，受不了啰里啰唆的爸妈唠叨，偷跑出来的对吗？哈哈哈。”

“操他妈的那就从此别回家了，我们十三太保，天下无敌，你只要跟着我们好好混，保你风光无限，享受不尽。”小矮个忙不迭地说。他说着又走近几步捏了捏冬妹的脸蛋，献媚地对身边的刀疤脸说：“二哥，这丫头还很嫩，没准是个雏，今天是元宵节，真是天下掉下个林妹妹，秀色可餐呀！”

几个流氓会心地哈哈淫笑起来，小矮个问：“二哥，咱们是把她弄回去还是就在这里把她办了？”

冬妹吓出一身冷汗，她早听说过十三太保的臭名，他们横行晓城，无恶不作，今天竟然被自己遇上了。怎么办呢？她想站起来逃跑，可十来个人紧紧围着她，比身后的墙还结实，根本不可能跑出去，她惊慌失措地大喊：“你们要干什么？来人，救命啊！”

听到她的喊叫，几个小流氓笑得前俯后仰，说：“操你妈的小婊子，你下面发痒了？你喊什么喊，想找死啊？你试试，你喊破嗓门也没用，不要说是在晚上，就是大白天，兄弟们想玩个女人，又有谁敢阻拦？快跟哥们儿回去陪哥们儿玩玩，你只要让哥们儿高兴了，谁敢欺负你？在晓城谁敢让你不高兴，我们就把他揪出来撕烂，包括你爹妈，哈哈哈！”

那个铁塔一般的二哥朝同伙努努嘴，说：“别说这么多废话了，快把她带走吧！先让老大尝尝鲜。”

小矮个从身上拔出一把亮晃晃的匕首，在冬妹的脸上和胸部比画着，说：“你看看，这刀可不长眼睛，不过别害怕，咱哥们儿是讲信誉的人，你只要乖乖听话，保证不伤你半根毫毛。你只要让哥们儿高兴舒服，你就舒服，我也舒服，大家都舒服。”

全场人都笑弯了腰。

冬妹的心怦怦狂跳，想无论如何也不能被他们抓走，只是现在求生难求死都不能呀！她突然想到晓城有个吴老板，听说他神通广大，白道黑道都得给他面子。不由灵机一动，撒谎道：“吴老板是我爹，你们谁敢欺负我，小心我爹收拾你们。”

几个流氓先是一怔，继而大笑，刀疤脸拿来了手电筒，照着冬妹的脸蛋仔细地看了又看，越看越觉得酷似吴老板，心里发憷，嘴里却说：“开玩笑，玉皇大帝是你亲爹吧！我们怎么都没听说过吴老板有个女儿。你既然是他的女儿，半夜三更蹲在这里嚎哭什么？你要敢骗我们，小心把你撕烂，凌迟处死，五马分尸，大卸十八块。”

冬妹听刀疤脸的话外之音，知道吴老板在十三太保心中的分量和威慑力，感到自己有救了，急忙趁热打铁说：“我是我爸养在外地的女儿，你们不知道很正常，我也不需要你们信我，有胆就跟我去见我爸，你们不就知道了。”

“兄弟们，看来她脑子有问题。咱们不和神经病玩，算了，我们走吧！”刀疤脸说着带着一伙人扬长而去。

冬妹看几个流氓走远，悬着的心终于落下。她急忙擦干眼泪，不敢再在街上停留，站起来就径直地往大明叔叔家跑去。在心里，她始终觉得他是个好人，觉得他那里最安全，这也是她现在唯一可以去的地方。

大明叔叔家里的灯还亮着，不时传出女人的娇嗲声，冬妹听出是那个漂亮阿姨的声音。她不敢敲门，蹲在门口静静等待着，一会儿就昏昏睡去。一会儿，随着“妈呀”的一声尖叫，一只高跟鞋重重踩在她手上。冬妹瞬间清醒，看见是那个漂亮阿姨，她忍着剧痛急忙站起，怯怯地说："阿姨，对不起，是我，没有吓着您吧？"

那女人认出是冬妹，责怪道："你这死丫头，吓死我了，半夜三更的你坐在这里干什么呀？"

大明急忙跑出来，蹲下身去揉女人的脚，边说："亲爱的，脚没有崴着吧？疼不疼？快点回屋上药。冬妹呀，你这孩子，也不敲门进屋，鬼鬼祟祟躲在门口做什么呀？"

冬妹不知道怎样回答大明叔叔，只感到心里发酸，委屈的眼泪一直往下流。

那女人说："好了，有什么事先进屋再说吧！你怎么深更半夜跑来这里？怎么了？是不是那个老板娘欺负你了？我一看她就不是个好人，你快说给阿姨听，我帮你去收拾她。"

进了屋，冬妹哭着把事情经过向他们描述了一遍，直气得那个女人跺脚骂人，她拿来纸巾递给冬妹，说："不哭了，以后有阿姨替你做主了，看谁还敢欺负你！对了，我看你在小吃店没少干活，他们一个月给你多少钱？"

冬妹摇了摇头，说："他们只给我吃住，没有工资。"

那女人尖声说："欺负小孩算什么本事，我下回叫几个小兄弟去砸掉他们的店，让他们还敢再欺负小姑娘。"

大明若有所思地说："我也知道这小吃店的老板夫妻不是好人，可是冬妹以后怎么办？一个大活人要去哪里吃住？谁养活她呀？"

女人撇了撇嘴，媚笑着说："当然是在这里吃住啦，我们总不能让她去睡马路吧！"

大明为难地看着女人，说："那样多不方便！"

女人也暧昧地回望了他一眼，说："没事，就让她睡沙发吧，我都不怕，你怕什么呀？"

冬妹心里暖洋洋，除了感激，一句话也说不出来。她见到桌子上杯盘狼藉，就急忙去收拾碗筷。

女人说："这孩子多懂事呀！你就当请了一个免费小保姆，也好让她看着你，看你还敢去偷腥。”

大明就伸手在女人的腋下挠痒痒，女人咯咯地娇笑着……

这个菩萨心肠的女人就是荣华集团的副总经理张巧红。她在高中时暗恋大明，给他写纸条，谁知这畜生竟然把纸条交给老师，害得她面子扫地，辍学回家。她发誓要混出个人样给大明看看，没事就去街头买一些杂书看，心中萌生出许多想法。吃不到葡萄说葡萄酸，得不到爱情就说爱情是垃圾。从此，她看不起那些像傻瓜一样的女人，早早结婚生子，身材变得松松垮垮像猪娘，一辈子侍候男人，过黄脸婆的生活，到头来还被男人抛弃。

巧红立志要出人头地，可一时找不到机会，便天天去舞厅消遣。舞厅鱼龙混杂，她希望邂逅一个能帮助她的男人。在她不懈的坚持和等待下，终于等来了福星，竟然认识了晓城鼎鼎有名的吴老板。她使出在闲书上学的媚术勾引他，男人果然受不住诱惑，当晚就和她去了招待所。事后，吴老板扔给她一沓钱就要走人，巧红在背后抱住吴老板，抽泣着说：“我崇拜您，我不要您的钱，只想跟您学习做事，能在您身边侍候您……”听得吴老板好不感动，觉得这姑娘不同于别的女子，是个人才，就把她安排到厂里做销售。果不出所料，她天生是个业务能手，为企业拉来一单又一单的大业务，不到三年就升为分管业务的副总经理。

巧红崇拜英雄，敬慕吴老板，感谢他的知遇之恩，也曾真心实意地爱他。她用过很多手段，甚至偷偷怀孕想要感动他，试图取代老板娘的位置。然而，她越耍心计吴老板就对她越冷漠，压根没有要和她结婚之心。相反，传闻他和一个新来的大学生好上了。她忍痛打掉孩子，从此对吴老板不再抱任何幻想。她也想过要离开荣华集团，可又舍不得这来之不易的地位和高薪。就在这时候，大明出现了，虽然她已经不再爱大明，可他毕竟是她的初恋。况且，现在角色转换，她喜欢大明仰慕的眼神，爱看他拜倒在她的石榴裙下，就和大明重燃旧情，谈起恋爱，以此来排解内心的抑郁和落寞。后来，公司买车要选拔司机，巧红力荐大明，不久，大明便成了令人羡慕的驾驶员。

十五
“文革”中的爱情故事

邓小平说：“让一部分人先富起来，以先富带动后富，整个社会走向共同富裕。”改革开放的春雷，唤醒了酣睡的晓城，惊起了时代的弄潮儿。大胆的企业家陆续浮出水面，晓城的荣华集团吴向阳老板就是第一个“吃螃蟹”的人，他以神农尝百草不怕死的精神成为晓城的开路先锋，创立了荣华集团，成为当地第一批先富起来的企业家。

荣华大厦是晓城第一高楼，它与市政府办公楼并肩屹立在滨江大道，过往的人们都会投以敬仰的目光。但在大楼老板吴向阳的背后，也有人流露出鄙视和不屑。晓城的阿昌就常说：“嘿，没啥了不起的，还不是靠他海外的几个姐妹。从前啊，他都捡人吃剩的甘蔗头和西瓜皮呢。前些年‘文革’，他偷地瓜被我捉住，我叫他跪在地上叫我亲爹呢，哈哈，真痛快！”

后来，阿昌上公厕，掉进粪坑，吃饱屎尿而死。吴老板怜惜阿昌的弱妻幼子，亲自送去几百元钱，阿昌老婆也进吴老板的工厂当了工人。也有人怀疑过阿昌的死和吴老板有关，但在人前人后，谁也不敢提及此事。人们宁愿得罪晓城的市长，也不愿意得罪吴老板。晓城人遇到急事难事，父母死了无法下葬，孩子没钱上学，都去求吴老板借钱，他肯定有求必应，绝不收半分利息钱。光棍周麻子因无钱偿还赌债被人追杀，跪在吴老板脚下，吴老板不但替他还了赌债，还把他养在身边，从此，周麻子就铁心跟着吴老板，侍候他左右。

若有人问怎么能找到吴老板，晓城人会说：“在晓城的滨江大道上，在傍晚太阳将下山时，有两个彪形大汉拉着两只大狼狗，走在后面的就是吴老板。”路旁的行人都会伫步欣赏那两只威风凛凛的畜生，再向狗主人投以尊敬的目光。当然，吴老板比走在前面的两只恶狗还趾高气扬，他的身材高大魁梧，五官也端正，略有点秃的头发和凸出的油肚，使他看起来更像个老板。他满脸堆着哈哈又目不斜视，脸上始终带着一种暴发户特有的志得意满。然而，他大约听腻了老板两字，觉得自己是个土财主，不怎么光彩，不久前，他又弄来了一个晓城政协副主席的头衔。如今，已有人改叫他吴主席了。大概是相由心生吧！人们都说他的脸上又多了一份官员的庄重和威严了。

有个看相的说：“吴老板眉毛上扬，天生带笑，活脱脱的财神爷转世，谁跟了他都会吃穿不愁。”也有人说他是关公投胎，因他长得高大魁梧，酷似关公，平生有求必应，好打抱不平。

关于吴家的故事和传奇，晓城流传着很多版本。有人翻查了吴老板的家谱，追溯到吴老板祖上的祖上是吴王夫差。人们无从考证吴老板祖上的祖上到底是不是吴王，但老一辈的人都知道，吴家的祖上确实是殷实人家。说起祖上，今天的吴老板仍常常引为自豪，当别人夸奖吴老板惊人的成就时，他总会谦虚地说：“哪里，哪里，比起我们家祖上还差得很远！当年在土改时被夺去的金银珠宝是一车车地拉呀，还有‘破四旧’中被红卫兵砸烂的古董文物，哪一件也是价值连城。唉，不提当年了！”拍马屁者就会说：“是呀！要不是那个黑白颠倒的年代毁了吴家，整个晓城都会是吴家的产业。”

尽管，吴老板并没有见识过祖上的辉煌，但祖先富足奢华的生活，总是被他描绘得有声有色，并对此百说不厌。有人总结了经验，假如你想要获得吴老板的帮助，那么你在赞美他的同时，一定要先夸奖他祖上的显赫。

其实，在吴老板的记忆里，他们家绝对是穷困潦倒甚至是惨不忍睹。爷爷在解放时被划为大地主遭批斗而死，养尊处优的小脚奶奶受不了折磨，绝食七天活活饿死，一家人的日子从天堂跌入地狱。他从小就看着家里被抢被抄，人们像恨日寇一样恨他们全家。从小到大，没有过一天安稳日子，活得简直猪狗不如。两个姐姐在大跃进时偷渡去香港。

阿昌说吴老板捡别人啃剩的西瓜皮和甘蔗头活命，那是千真万确，偷萝卜挖地瓜更是他常干的事。大跃进全民炼钢，家里不准烧火，他肚子饿得受不了，逮住田鼠飞鸟便就地烤了吃，在河里捉到小鱼虾就整条往嘴里塞，他还能感觉到鱼虾在他的胃里跳动。

1966年8月10日，林彪在“庆祝无产阶级文化大革命群众大会”上发表演讲，号召红卫兵“大破一切剥削阶级的旧思想、旧文化、旧风俗、旧习惯”。于是，全国各地的红卫兵小将和造反派纷纷崛起，在“革命无罪，造反有理”的理论武装下，从“斗地主，打土豪”升级到“阶级仇，民族恨”，造反派打人整人成了冠冕堂皇的事情。

吴家被划为“历史反革命”，又由于两个姐姐逃去香港，被按上里通外国的罪名，他们家首当其冲成了批斗打击的对象，父母常常被斗得生不如死，各种各样的罪名多得不计其数。他们全家都被红卫兵剃成阴阳头，挂着牛鬼蛇神的大木牌游街示众，他亲眼目睹父亲被红卫兵双手反绑坐老虎凳，致使膝关节脱臼，又得不到医治，从此成为残废。

造反派头头丁勇军喜欢上了他的三姐吴向英，因三姐不同意，那个恶棍竟然指挥手下把鞭炮点燃了塞进三姐的阴部，致使三姐下身血肉模糊险些丧命，回家后直发高烧，从此精神失常，跳江自杀。亏得他的妹妹吴向云替代姐姐投怀送抱，委身于仇人丁勇军，怀孕后嫁到丁家，吴家人才没有继续受到红卫兵和造反派的折磨。

向云很快就生了个男孩，这本是大喜，然而，全家人心里都不是滋味。父亲卧床，母亲唉声叹气，他们一听到丁勇军的名字就吓得浑身发抖。妹妹虽然是为了家人牺牲自己，可她生的毕竟是仇人的孩子，心里说不出什么滋味，作为哥哥的吴向阳万般无奈，只好硬着头皮去看向云。

那天，吴向阳喝了几大碗酒，醉醺醺地去丁家看望坐月子的妹妹，半个小时的路，他却走了整整两小时。心里盘算着见到丁勇军，一定要借酒胆挥拳打他个半死。

然而，来开门的却是丁勇军的妹妹丁勇慧。她见是吴向阳不由羞红了脸，叫了声“哥哥”，低头抚弄着垂在腰间的长辫子，满脸是少女的羞涩和喜悦，却忘了请他进屋。勇慧约十七八岁年纪，虽然谈不上美丽，但却年轻有活力。婀娜玲珑的身材，一双柔情似水的大眼睛，足以让男人动心。向阳见勇慧温柔可人、善良清纯，觉得不像她哥哥勇军，心里多了几分好感，讷讷地说：“我能进去吗？我来看我妹妹。”

勇慧也自觉失态，一颗心狂跳着，说：“哥哥是来看我嫂嫂了，快进屋里来！”

向阳就去房里看妹妹，兄妹俩正说着话，勇慧端来了一碗热气腾腾的面条，碗底还埋了两个荷包蛋。

吴向阳也已经二十四五岁了，由于家庭成分不好，至今还未谈过恋爱，感情世界一片空白。

勇慧正是情窦初开的年龄，她陪嫂子回娘家串门，对高大英俊的吴向阳早就心怀好感。

自古爱情是一种感觉，不需要语言，吴向阳读出了勇慧眼睛里的爱慕之情，只是心里憎恨她哥哥勇军，不敢正面去迎接她的柔情蜜意。可她的一声声“哥哥”常常叫得他心猿意马，情难自禁……

丁家八辈贫农，祖上几代人都是地主家的长工，是典型光荣的贫农。父亲丁大牛打记事起就给地主放牛，常常是吃了上顿没下顿。为了填饱肚子，他加入红军，走上革命的道路。南征北战，打过很多仗，也受过不少伤，九死一生立下战功。

解放后，论军衔丁大牛本可以留在首长身边当官，无奈没上过学，大字不识，就调回晓城，享受军人优抚政策，过着有保障的生活。他是老红军，有许多战友在部队当官，于是，他的儿子丁勇军就被造反派们推举为头头，肆无忌惮地破四旧，立四新，横扫一切牛鬼蛇神。在那个疯狂的年代，丁勇军能看上向云确实是吴家的福气，追他的工农子弟都排成长队呢。

吴向阳尽管憎恨丁勇军，但也无可奈何，自妹妹向云嫁到丁家，吴家确实少受了许多迫害。但对勇慧的满怀柔情，他却始终不敢去面对和接受，而勇慧是个死心眼的女子，偏偏就对地主的儿子、里通外国的吴向阳情有独钟，找各种各样的理由接近他。向阳毕竟是热血青年，经不住她的温柔攻势，不由对她心生情愫，又为自己找借口，暗想，你哥哥欺负了我妹妹，我就要了你，这样比较公平。

那一年的冬天很冷，天上飘着鹅毛大雪。向阳到河边去钓鱼，饥饿难耐时，顺手在附近的菜地里拔了一个萝卜，没想到被造反派阿昌看见了。这个阿昌好像跟他前世有仇，一会儿就带来大班人马，抢走他的钓鱼竿折成几截，又把他打得死去活来，并罚他跪在雪地里向毛主席请罪。勇慧偷偷给他送去开水地瓜，才保住他一条命。

向阳对勇慧的深情厚意再也抑制不住了，爱情如疯狂的潮水滚滚而来，他们终于不顾一切地恋爱了。向阳从小跟父亲学过琴棋书画，他给她画的肖像可以和照片比美，他用鹅卵石做的棋子教勇慧下棋，用毛竹自制箫笛，在灰色的世界里演绎着“小妹妹唱歌郎奏琴，咱们俩是一条心”的爱情故事。

他为她去山上摘鲜花，她为他去林间采野果。他掏鸟窝、摸鱼虾，她生炭火、做烧烤。山间田野处处是他们的天堂，留下一串串欢声笑语，他们的爱情如熊熊野火燃烧着，双双陶醉在爱的世界里，像亚当和夏娃一样在伊甸园里尽情享受着男欢女爱，过着水乳交融的甜蜜生活。

冬去春来，花开花落，勇慧怀孕了。他们从爱情的美梦中回到现实，未婚先孕在“文革”时代是严重的作风问题，偷吃禁果的男女一定会受到无情制裁。

害怕、羞愧、担忧紧紧缠绕着他们，流言蜚语随着勇慧逐渐鼓起的肚子铺天盖地向他们袭来，让年轻的恋人吓得没了魂。堂堂的共产党革命家属、令人仰慕的造反派头头的妹妹，竟然能和流氓反革命干出如此不要脸的事情。

晓城绝不允许这种伤风败俗的事，他们给晓城人民丢尽了脸。唾沫口水吞没着他们，辱骂和咒语让他们无地自容。他们成了过街老鼠，人人喊打。他们没脸见人，只能东躲西藏，昼伏夜出……

丁勇军的妹妹丁勇慧未婚先孕，这真是丢尽了丁家的脸，而且搞大她肚子的居然是晓城的批斗典范吴向阳，实在是让丁勇军忍无可忍。他已经后悔自己娶了反革命地主的女儿吴向云，岂有再把妹妹嫁入吴家之理。这成了啥？丁家人真是瞎了眼，晓城这么多人，为什么非要和黑五类结亲，这不是明摆着要玷污丁家的世代清白。他扬言要打断吴向阳的腿，而妹妹却一副死猪不怕开水烫的样子，铁了心要和吴向阳在一起。碍于父母的面子，他不好置妹妹于死地，但对罪魁祸首的吴向阳，他有的是办法，他要把所有的罪过都算在吴向阳这个畜生身上。

晓城容不下他们，哥哥更是容不下他们，唯一的办法是逃离晓城，可是，他们又能去哪里呢？两个人苦思冥想，吴向阳家的亲戚大多是泥菩萨过河，自身难保。勇慧想到了从小被卖去大岭村做童养媳的姑姑，他们家一样是贫农。前几年姑姑回家认亲，对侄女很是喜欢。他们就商量着去大岭村投奔姑姑，想生下孩子再从长计议。

勇慧的姑姑家在一个美丽、宁静、祥和的深山冷坳里。这里远离都市的喧嚣，静谧得像一个梦境，一幅山水画，几十间茅屋房舍聚集在万绿丛中的半山腰中，林间山花烂漫，野果飘香。村后有一泓山泉喷薄而出，汇聚成塘，村里人用来吃喝洗刷，浇田灌溉，再把一片片湿地开拓成田园。这里总共二十来户人家，家家户户日不锁门，夜不闭户，处处弥漫着山里人的纯朴热情和与世无争。

姑姑和姑丈都是老实人，几个表哥表弟均已成家，他们用最大的热情接待了“侄女和侄女婿”。勇慧向姑姑简单地说明来意，姑姑什么也没有说，就把一间平时堆放杂物的屋子打扫干净借他们居住。村里人多数是姑丈的亲戚，对这两位山外来客很是友好，纷纷送来山珍野果，谁也没有怀疑和讥笑他们。小夫妻在乡亲们的帮助下开荒种地，养鸡喂鸭，小日子过得惬意舒心。

这里没有反革命，没有斗争，这是一个被“文革”遗忘了的世外桃源。向阳又用竹子做成笛子和箫管，吹奏着“寒窑虽破能避风雨，夫妻恩爱苦也甜”的千古绝唱，演绎着“你耕田来我织布，我挑水来你浇园”的爱情佳话。

吴向阳学过枪法，他用自制猎枪打鸟几乎百发百中，经常跟随乡亲们去深山打猎，又把动物皮毛换成各种各样的生活用品。

冬去春来，勇慧肚子里的孩子瓜熟蒂落，哇哇来到这个世界。孩子在父母和乡亲们的关爱下一天天长大，眨眼已经两岁了，吴向阳看着孩子粉嫩的小脸和天真的笑容，欣慰不已，也让他想到了山外的晓城，那里毕竟是生养他的地方，有他的亲人和牵挂。

在一个没有月亮的夜晚，吴向阳带了两只山鸡潜回晓城。想不到家里早人去楼空，年迈的母亲不知去向。只有父亲的遗照忧虑地看着儿子，他哭倒在满是灰尘的灵台上，直到天快亮，才踅回大岭村。

谁知，第二天深夜，山里来了几十号造反派，打破了大岭村的寂静，也惊醒了熟睡的梦中人。一阵阵剧烈的砸门声让茅屋里的小夫妻心惊胆颤，勇慧推了推身边的吴向阳说：“完蛋了，一定是我哥哥找到我们了，你快跑！”

向阳知道来者不善，想一定是昨晚回晓城被人跟踪了，他急忙拿起猎枪装上子弹。

一伙人已经破门而入，几盏手电筒齐刷刷地射向他们。丁勇军大叫：“果然在这里，快把这个反革命诈骗妇女犯给我抓起来。”

几十道恶狼般阴辣凶狠的目光，齐刷刷地盯着吴向阳，他们蠢蠢欲动地挥舞着手里的棍棒，恨不得立即把他撕碎打烂。眼看他们一步步逼近，向阳大笑着朝天开了一枪说：“谁敢动我一根毫毛，你们先看看墙上挂的动物皮毛，不怕死的就尽管来试试我的枪法。”

几十个人全怔住了，你看着我，我看着你，垂下了脑袋。丁勇军大吼：“同志们，咱们革命工作六亲不认，吴向阳是我们的阶级敌人，是毛主席最痛恨的反革命，我们要抓他回去向毛主席请罪，你们快动手呀！”

砰的又一声枪响，一颗子弹打飞了丁勇军的帽子，吓出他一身冷汗。文化大革命以来，丁勇军想砸就砸，想打就打，没有人敢违抗他，没想到吴向阳手中有枪，枪法又准，想到刚在险些丢命，便软了半截，只好转脸对勇慧说："父亲已经在前年被你活活气死了，妈妈也想你病得快不行了，你快跟我回家！"

听哥哥说自己气死了父亲，母亲又想自己卧病在床，勇慧早已热泪盈眶。离家三年了，她又何尝不想家，想爸爸妈妈……她又看了看几十个虎视眈眈拿着棍棒的红卫兵，觉得丈夫虽然有枪，但寡不敌众，今天已是在劫难逃，便对哥哥说："我跟你们回家，但你们不准再和向阳动手。"

丁勇军畏惧吴向阳手中的枪，想假如自己再不借妹妹的话下台，怕是真被他打破脑袋，便说了声："革命同志们，先留下吴向阳这条狗命，等我回去向毛主席请示。咱们撤！"

吴向阳目送着妻女离去，觉得一颗心慢慢沉入谷底。屋中死气沉沉，他仿佛是一头受伤的野兽，独自躲在山洞里坐卧不安地舔着伤口。这样过了半个月，他再也坐不住了，决定潜回晓城，去找他的母亲，去看勇慧和孩子……

深夜，吴向阳偷偷回到晓城。晓城已经沉睡，可依然弥漫着浓重的革命气息。各种各样的大字报布满了街道的每个角落，一幅幅墨迹犹新的"打倒拐卖妇女反革命流氓吴向阳"标语格外醒目，让他胆战心惊。他知道晓城的造反派，比山上的虎豹豺狼更为凶险狠毒，随时会把他撕烂。

他的父亲已死，母亲不知去向，唯一能找的就是妹妹向云。他躲在丁家附近，直等到仇人丁勇军出门而去，他才敲门进屋。兄妹俩抱头痛哭，向云抽泣着说："自你们走后，丁勇军这个畜生带着红卫兵去咱们家要人，三天两头在家里打砸抢。爸爸被那帮畜生活活打死，妈妈不久前被上海的姨妈接走。"

向阳也是泣不成声，哽咽着说："都是我害了爸爸妈妈，我罪该万死呀！"

兄妹俩哭了很久，向阳又向妹妹打听勇慧和孩子的下落。

向云恨恨地说："那个畜生觉得勇慧玷污了他们家的清白，不允许妹妹带孩子回家，听说已经把她远嫁他乡了。至于孩子，可能是也跟着去了，我到现在也没有见到她们。”

向阳瘫坐在了凳子上，半天才咬牙切齿地说：“我一定要杀死丁勇军这个王八蛋。”

向云幽幽地说：“你杀死丁勇军，你也会完蛋的。不管怎样，勇慧是他的亲妹妹，你杀掉她哥哥，她能原谅你吗？俗话说留得青山在，不怕没柴烧，你还有母亲和我，你赶快跑，跑得越远越好。我相信天一定能亮，我会在这里看着这个畜生，看他还能张狂多久！”

向云给哥哥换上她老公的旧军装，戴上红袖章，还有一本丁勇军的红卫兵证，让他赶紧离开，去没有人认识他的地方。吴向阳听了妹妹的话，当晚就离开晓城去上海，从此，他也成了红卫兵，南下北上，东征西进，四处流浪。

1976 年 9 月 9 日，毛主席在北京逝世。10 月 6 日“四人帮”被捕，持续十年的文化大革命宣告结束。10 月 21 日北京一百五十万军民举行声势浩大的游行，热烈庆祝粉碎“四人帮”的伟大胜利。街头小巷的大字报已换成“打倒四人帮”的红色大标语。接着就是清算“文革”余孽，那些当时张牙舞爪的造反派得到了应有的惩罚。

吴向阳踏着疲惫的脚步回到晓城，意外见到家里有灯光，他忐忑不安地敲响了家门，来开门的是妹妹向云。

看见儿子向阳回家，老母亲泣不成声，全家回忆血淋淋的往事，都是相顾无言，唯有泪千行。

向云说：“你走后没多久，我发现那个畜生私藏了一块抄家所得的手表，就去告发他。人赃俱获，他被关了一年。出来后就精神失常，彻底疯了，现在经常见他在路边捡垃圾吃。粉碎‘四人帮’后，政府把我们家的房子还给了我们，我就去姨家接回母亲，带着孩子搬回家已经一年多了，就等着你回来。”

“真是老天有眼，恶人恶报。你知道勇慧和孩子在哪里吗？”向阳急问妹妹。

向云哼了一声，说：“你就别想她了，怎么说她也是丁家的人，她和那个畜生才是亲兄妹。上个月，我还见到勇慧和她现在的老公回来过晓城，手上还抱着个几个月的孩子。”

向阳瘫坐在椅子上，眼眶里溢满了绝望的泪水。

第二天，向阳去大街上寻找丁勇军。果然见到当年耀武扬威的造反派头头丁勇军，蓬头垢面的在垃圾堆里找东西吃。向阳忍着恶臭走近他。天哪，他竟然在死耗子里挑蛆虫吃，腐水烂肉粘满了他的嘴脸。再看地上，周围堆着许多严重腐烂了的死老鼠和野猫，这些腐肉里的蛆虫竟然是他的口粮。向阳一阵阵作呕，他掩鼻递给了疯子一支烟和一盒火柴，说："你还认得我吗？我就是当年被你批斗的反革命阶级敌人吴向阳呀！你快说，勇慧和孩子去哪里了？"

疯子点燃了烟，嘻嘻地傻笑着，继续去找他腐肉里的蛆虫，一条条往嘴里送，边吃边说："好吃，好吃，我是小鸡鸡，大公鸡，最爱吃虫子。"

向阳实在忍不住哇地吐了出来。一切仇恨恩怨似乎全部放下，心里如打翻了五味瓶感慨万千，只好摇着头走开了。

文化大革命结束后，祖国大地千疮百孔，国民经济到了崩溃边缘，物资匮乏，食品紧缺，百业待兴。随着改革开放的政策一步步推行，国家打开国门，欢迎海外游子还乡投资报效祖国。

向阳的两个姐姐逃去香港后，在夜市摆摊做生意，姐妹俩聪明伶俐，不久就开起了服装店。加上她们天生美貌，都嫁了个好老公。现在事业有成，家庭幸福，又逢改革开放，终于能够衣锦还乡荣归故里。当年人人喊打"里通外国"的特务叛徒，眨眼成了侨胞侨眷，让晓城人羡慕不已。

两个姐姐回到日思夜想的家乡，面对贫穷落后的祖国，看着破烂不堪的故乡、风烛残年的母亲以及穷困潦倒的弟妹，不由黯然神伤，心疼不已……

她们看上了内地廉价的劳动力，就与弟弟合作投资建起服装加工厂。弟弟在晓城管理工厂，两个姐姐在香港承揽业务。他们业务充足，管理有方，企业蒸蒸日上。

吴家在改革开放后又站起来了。吴向阳长得高大魁梧，一表人才，来说媒的人踏破了门槛。最后在母亲的张罗下，娶了服装厂里的裁剪师陈桂香。

婚后，妻子给他生了一儿一女，小日子过得美满幸福。向阳也渐渐淡忘了下落不明的勇慧和那个可怜的孩子。

十六
狗认血亲

在巧红的帮助下，大明当上了吴老板的司机，这实在让他感恩戴德。大明虽然听说过巧红和吴老板的故事，但因为心怀感激，又逃不脱她含情脉脉的销魂目光，便自欺欺人地沉醉于她的温柔乡中。

吴老板也怀疑过巧红和大明的关系。从前，他确实也曾被巧红热烈的痴情所感动。她能干聪明又年轻，还替他怀过孩子。但自己对她确实只是逢场作戏，从没想过和老婆桂香离婚，对她的挚爱深情只能不闻不问。

前段时间，他又迷上了新来的大学生冯秀英，更没心思去管巧红的事情，倒是少了个人纠缠，乐得清闲。

拿破仑说过："大山近处不显高，仆人眼里无伟人。"大明成为吴老板的司机后，一下就走近了他，老板的优点缺点，他都了然于心，想象中的伟人、智者，原来和自己一样也是个平常人。老板高大伟岸的英雄形象，也随着对他的深入了解慢慢冰消瓦解。

吴老板的财富像吹气球似的疯狂膨胀着，渐渐地，他被胜利冲晕了头脑。虽然还是满脸堆笑，内心不免张横跋扈，整天带着两只大狼狗纵横晓城，吃喝嫖赌。

大明虽然坐过牢，可他毕竟是个爱读书之人，内心依旧充满了正义和理想，他对老板的所作所为不敢苟同。由于老板的得意忘形，公司大权一步步旁落在老板娘桂香手里，公司只要涉及用钱的事，没有桂香的签字是不能生效的。大明常接送老板娘外出办事，在大明眼里，老板娘像王熙凤一样泼辣精明。她虽然文化不高，但对公司的大小事务却有猎犬般的警觉，管理得滴水不漏，一切尽在她的掌控之中。

桂香对老公吴向阳的所作所为，早就心知肚明，只是这女人天生是个工作狂，一心只爱公司和钱财，每天沉湎其中，忙得不可开交，也就隐忍不发。桂香对年轻帅气的小司机很有好感，常常以小弟相称，给他一些小恩小惠，嘱咐他多看着点老板……

冬妹感激大明叔叔和巧红阿姨的收留之恩，她唯一能做的只有尽心尽力地侍候好他们。她把家里的每个角落都擦洗得一尘不染，还烧得一手好菜，把大明和巧红照顾得舒舒服服。正如巧红所说找了个免费的小保姆，两人都觉得家里越来越离不开冬妹了。冬妹手脚麻利，干完活，她还有大量时间看书，很快就把大明家里的书通通读了一遍。巧红也常会带一些书送她看，还不时给她一些零用钱。

冬妹真心认为大明叔叔和巧红阿姨是她的亲人，这是她自记事以来过得最快乐的日子。唯一让她感到尴尬的是他们常常当着自己的面调情，尤其是在晚上，巧红的呻吟声常让她久久不能入眠……

巧红阿姨出差去了上海。就在当天晚上，大明叔叔竟然带回另一个女人，这令冬妹实在困惑和气愤。这个女人比巧红阿姨要大很多岁，她的五官虽然端正，可脸色苍白，像一具死去已久的死尸，连她的笑都是那么僵硬生冷，让冬妹觉得冷飕飕的心慌，吓得她大气也不敢出。

也许是习惯成自然，大明似乎把冬妹当作小狗或者是空气。他周旋在两个女人之间，毫不避讳冬妹。冬妹喜欢巧红阿姨，替她鸣不平，暗骂大明叔叔花心。可她更知道自己要向着大明叔叔，不许乱说话。因此，她总觉得有愧于巧红阿姨，尽量躲着她，不和她说话。巧红想冬妹这丫头怎么越来越不讨人喜欢，也就不再关注她。

有一天，那个死尸脸女人从床上捡来一根头发责问冬妹，说："你大明叔叔是不是有带别的女人来家里？"

冬妹虽然年少，但她从小过惯了寄人篱下的生活，早已学会看人脸色行事，觉得这事绝对不能说。那女人软硬兼施用尽办法也没问出一个字来，急得她大骂冬妹不识抬举。

又过了几天，那女人买了一堆零食和衣服送给冬妹，又从包里拿出一张照片让冬妹看，问："是不是就是这个臭婊子常来这里？"冬妹一眼就认出了照片上的女人是巧红阿姨，吓得她使劲摇头不敢说话。可那女人明察秋毫，她已从冬妹的神色里确认了自己的想法，狠狠地大骂说："臭婊子，你勾引了我的老公还不够，又来抢我的情人。大明你这个忘恩负义的王八蛋，我让你们都不得好死，走着瞧。"说着发疯似的冷笑，吓得冬妹毛骨悚然。

日子一天天过着，冬妹像大明叔叔一样，每天小心翼翼地伺候着两个女人。

那天晚上，大明叔叔和巧红阿姨醉醺醺地回到家。冬妹还是像从前一样假装睡着了。

一会儿，大明对巧红说："以后我们还是少见面为好，最近那个臭婆娘的眼神常常看得我浑身发毛，我真的好担心！"

"怕什么？难道你被那个老巫婆迷住了，动真情了不成？"

"你胡说什么？我对你可是一片真心，和那老妖怪的事可全是你安排的呀！我那么的委曲求全，现在你倒是说起了风凉话。"

巧红哈哈大笑："你紧张什么呀？难道是真的做贼心虚了？我一想到你和她在一起我就像吃了蟑螂似的难受。这一切还不是为了我们的将来，为了我们远郊外的那个厂子，现在我要把荣华集团的一批外单送去咱们厂加工，万事俱备只欠东风，你一定要在这个月向那个老妖精再借出五万来。"

"我已经向她借了五万了，这几天她对我忽冷忽热的，绷着脸阴阳怪气的，前天还突然问我和你是不是也有一腿，说我们俩是不是合起来骗她。我真的好担心，要是被她知道了我们的关系，我们还骗她的钱在外面建厂，挖了他们的业务，怕是我们真的完蛋了。"

巧红冷笑："谁怕谁呀！她要真敢把我们怎样，我就把她和你的事告诉吴老板，看看谁更厉害！"

大明着急地说："那样你不是把我往死里推吗？吴老板非崩了我

不可，都是你出的馊主意，现在我是骑虎难下，你让我怎么办才好？”

“什么我出的馊主意？什么骑虎难下？还是我把你弄硬了不成？你和她好的时候难道你就不舒服？没有用足力气？要不，她怎么可能就离不开你，假若你真不同意，我还能勉强你吗？”巧红的话酸溜溜的充满了火药味。

“我可是什么都听你的呀，现在又全成了你的理，你到底要我怎么做才好？”大明委屈地说。

巧红突然感到心酸难受，这几年受的委屈化作两行泪水流了出来。她爱吴老板，而他的行为让她一次次失望。如果说当年她和大明好是为了报复吴老板，想以此来排遣内心的空虚和孤单，现在她可已经真心实意地爱上了他。她已是荣华集团的得力干将，知道公司的实力和利润，这些年她为公司立下了汗马功劳，拉回一个个大单，可那个狠心的老板娘却连奖金都不给她，她心里产生了严重的不平衡，就想着决不能一辈子给别人打工，只有另立山头才能出人头地。创业需要本钱，可这些年在荣华集团只是表面风光，并没有多少积蓄，便常常苦思冥想寻找机会。

一夜，大明向巧红诉苦，他每次开车接送老板娘，她对他一口一个小弟，眼里满是暧昧，还经常向他数落老板的不是，几次对他动手动脚，还让他过两天开车送她去上海，他不知道该怎么办。

巧红听了心里虽不是滋味，但突然计上心头，想机会来了，老板娘桂香就是最大的一块肥肉呀！

她鼓动大明主动上钩，陪老板娘去上海。

从上海回到晓城后，桂香果然从此离不开大明，对他出手大方，有求必应。大明便用各种理由向桂香借钱，不到几个月就从她手里借出了五万块。

大明和巧红在郊区租了房子，开起了加工厂。巧红用略低于荣华集团的价格把客户拉到他们厂里，现在他们订单很多，就差本钱购买设备扩建厂房。

巧红掏出手帕擦干了眼泪说：“没事，天塌不了，我谅那个老巫婆也不敢拿我们怎样。再说，难道就许他们州官放火，不许我们百姓点盏小灯？这几年，我给他们拉了多少业务？北京上海那么多业务，哪个单子不是费尽了我的心血，现在又不是旧社会，我们没有卖身给他们。”

大明叹了口气说：“主要是我向桂香借了那么多钱，现在你还让我再问她借钱，尤其是你从荣华集团拉出来的几个大单，要是让她知道一定完蛋。你也知道桂香心狠手辣，又财大气粗，就怕她什么事也干得出来。”

黑暗中，巧红仿佛看见了老板娘阴森森的毒辣目光，吓得她把头埋在了大明怀里，不再说话。

冬妹听得云里雾里，觉得大人的事真是复杂。一会儿又传来巧红阿姨销魂的呻吟声，冬妹捂住耳朵迷迷糊糊睡去了。

冬妹睡得正香，一阵急促的敲门声和狗叫声把她从梦中惊醒。她赶紧爬了起来，门已被撞开，闯进两条威风凛凛的大狼狗，后面跟着一个高大魁梧、满脸杀气的男人。

巧红匆忙披上睡衣，她看到吴老板和两只大狼狗，吓得尖叫：“你，你怎么来了？你来干什么？是你先不要我的，现在来干吗？”

那男人狠狠地给了巧红一耳光，她跌倒撞到桌角，额头鲜血直流。他骂道：“你他妈的臭婊子，还敢狡辩，你和这个小白脸偷偷在外面建厂，还把公司里的业务拉走，你们是在找死。”他骂着对两只龇牙咧嘴的大狼狗吹了声口哨，见大明扑通跪倒在地不停磕头，嘴里求饶：“我错了，老板饶命，老板饶命。”

冬妹知道面前这个男人，就是晓城的传奇人物吴老板。吴老板哼了一声说“上”，两只训练有素的大狼狗凶狠地朝大明扑了过去。大明哇的一声惨叫，吓得闭上了眼睛。

冬妹的心跳到了嗓子眼，眼看大明叔叔要被狼狗撕烂，她的脑袋里只有一个念头，拼死也要救大明叔叔。冬妹不顾一切冲了过去，挡在了大明叔叔的面前……

大狼狗见到了冬妹，突然停下来嗅了嗅她，不但不咬她，还反敌为友，摇起尾巴，依偎在她身边舔她没穿鞋的脚丫。冬妹从小怕狗，可她感觉到了面前两只狗对她非常友善，不由大着胆子伸手去抚摸它们。

这一幅人狗和谐图把气势汹汹的吴老板看呆了，他最通狗性，见这样子，心里掠过一丝疑惑。不由仔细打量面前这个小女孩，感觉像是在哪里见过，可一时又想不起来。难道……他若有所悟，问跪在地上瑟瑟发抖的大明说："算你命大，快说，这小丫头是谁？说清楚了今天就饶你狗命。"

大明本以为今天命休于此，听见吴老板的问话，这才睁开眼睛，看到两只狼狗依偎在冬妹身边，也感到纳闷，颤抖着说："那天，她发高烧昏死在第二市场，我把她救了回来，我不知道她是谁。她说来晓城找她的父母，可又不知道她父母的名字。"

吴老板三两步走过来拉着冬妹的手，盯着她仔细端详了很久，问冬妹："你妈妈叫丁勇慧吗？"

冬妹茫然地摇了摇头，说："我没有见过妈妈，也不知道我妈妈是谁。"

吴老板颤抖着和蔼地问："那你从哪里来？今年多大了？"

冬妹依旧摇着头，只有那止不住的眼泪在脸上流淌着。

吴老板点燃一支烟，心绪随着烟雾缭绕在遥远的往事里。半响，他对着大明喊："快去拿碗水和一根针来。"

大明如获大赦，连滚带爬地去取来清水和针。吴老板用针刺破手指，挤出鲜血滴在碗里。又把针递给冬妹，说："孩子，快跟我一样，扎破手指滴几滴血在碗里，今天我们滴血认亲，我可能就是你的亲生父亲。"

冬妹的心狂跳着，她接过针往手指头扎了下去，鲜血在水里绽开又相溶到了一起……

吴老板已是泪如泉涌，紧紧把冬妹搂在怀里，说："孩子，老天保佑，我终于找到你了。我就是你亲爸，你爸爸我叫吴向阳，你妈妈叫丁勇慧，爸爸这几年找得你好苦。你妈妈呢？这些年你怎么过的？你怎么会在这里？快说给爸爸听。”

传说中的吴老板，眼前这个人就是她爸爸，是她千万次在梦里呼唤的生身父亲。冬妹脑袋顿感一片空白，苦涩酸楚一齐涌上心头。爸爸两字在心里翻滚着，却怎么也开不了口，不知道这是真是梦。

吴老板转身对呆愣在旁的大明和巧红说：“算你们走运，救了我的女儿，看在我这个可怜的女儿分上，咱们的事一笔勾销了。你们趁早滚出晓城，以后不要让我再见到你们。”

十七
后妈的陷害

吴向阳带冬妹来到荣华集团下属的一个丝绸厂。在办公室里，父亲抱着女儿痛哭涕零。父亲给女儿讲文化大革命的故事，讲她妈妈丁勇慧，讲她小时候的可爱劲。直到冬妹累了，他为冬妹铺好被子，说让她先补个觉，才依依不舍地离开，说要先回家告诉奶奶和小姑，让她们也高兴高兴，等她睡醒后就来带她回家。

冬妹一觉睡到中午，刚睁开眼睛，就看见父亲坐在床边爱怜地看着她，这是一种慈父特有的眼神，是父亲挚爱深情的流露。日思夜想的父亲真到了面前，想到这几年受的委屈和对父母的思念，滚滚热泪奔涌而出。

吴向阳也是热泪盈眶，把冬妹紧搂在怀里，说："孩子，都是爸爸对不住你，没有照顾好你，你一定受了好多苦，快和爸爸说说，这几年你是怎么过来的？"

"爸爸，我终于找到你了！"

说不完的心酸往事，叙不尽的骨肉亲情……

"哥哥，我来了，我侄女呢？"冬妹抬头看见一个珠光宝气的女人连喊带嚷闯了进来。

"是你小姑来了，快唤小姑。"父亲轻拍冬妹的后脑勺。

还未等冬妹张口，小姑已一把搂过她哭了起来，说："我可怜的侄女呀！你这些年你在哪里呀？我们都找你找得好辛苦呀，你妈妈呢？你怎么没和她在一起？”

父亲替冬妹简单地向小姑讲了她的经历，听得小姑捶胸跺脚，泪流满面，开口大骂“文革”那个黑白颠倒的鬼时代……

吃过午饭，小姑提议先带冬妹去选几套漂亮衣服再回家看奶奶。

三个人到了百货商店门口，小姑说：“这是晓城最高档的商店，小姑帮你选几套衣服，你自己看见喜欢的东西尽管挑选，你爸爸可是大老板，不要心疼花钱。”

面对眼花缭乱的商品，冬妹觉得自己似乎到了小说里面，大有童话中灰姑娘变成公主之感。

小姑一口气帮冬妹也为自己选了十来套衣服和许多生活用品，他们提着大包小包，一左一右挽着冬妹回家。一路上，大凡认识吴老板和小姑的人，都会停下脚步向他们问好，吴老板就会骄傲地把冬妹介绍给大家。冬妹觉得所有人都在重复同样的话，夸她长得漂亮、聪明，和父亲一模一样，将来一定青出于蓝胜于蓝。她自记事以来，从来是在别人的咒骂和冷眼中成长，哪里受过如此夸奖，真有飘飘然不知所以之感。

回到家，两只大狼狗亲热地围着他们，摇着尾巴欢迎主人回家。

小姑大叫：“妈妈，您快看看谁来了。我和哥哥把您的大孙女给带回来了。”

满头银发的奶奶端坐堂中正在喝茶，背后有个中年妇女在给她捶背，桌子上摆着许多水果甜点。

冬妹急忙唤了声奶奶。奶奶颤抖着把冬妹搂在怀里，老泪纵横，父亲和小姑也都跟着流泪。他们又聊到了当年“文革”的伤心往事，三个人都是义愤填膺，恨之切骨。好在是善恶有报，苦尽甘来，他们吴家总算又站了起来。

正说着话，保姆领着放学的弟弟妹妹回家了，父亲喊他们：“快过来唤姐姐，以后要好好听姐姐的话。”

两个孩子不明所以，见来了个姐姐，想有人跟他们玩了，心里高兴，急忙跑了过来，吵着要和冬妹一起玩。

父亲对弟妹说："姐姐还要跟奶奶说话呢！以后再跟你们玩。"两个孩子才悻悻离去。

奶奶拿了两百元钱给冬妹，算是见面礼，又让小姑去找了许多毛线，说是给冬妹织毛衣。

很快到了吃晚饭时候，保姆大叫："老板娘回来了，快点来吃饭了！"

冬妹放眼望去，顿时吓得面色苍白，惊出一身冷汗，呆立在那里。

桂香显然也是被吓着了，她的脸一阵阵发白，表情十分紧张。

小姑似乎觉察到什么，疑惑地问冬妹："你们以前认识吗？"

冬妹懵懵地刚想开口，那女人急忙抢过话，说："我哪里认识她？她是谁呀？我怎么从来没有见过？"

"这是我当初和前妻丁勇慧生的女儿，今天被两只狼狗给我认了回来，以后我们就又多了一个女儿啦！"父亲干笑着拉冬妹到后妈面前，又说，"来孩子，快叫妈妈。"

桂香哇的一声哭开了，醋意十足地骂道："吴向阳你这个大骗子，你什么时候有过前妻？还跑出来个女儿？你快给我说说，你到底还有多少事瞒着我？你快说呀！"

父亲见此气得把桌子上的茶杯狠狠摔在了地上，说："我什么时候骗你了？你是从国外回来还是天上飞来的？晓城人谁不知道我吴向阳在文化大革命时，犯了反革命拐卖妇女罪，和丁勇军的妹妹丁勇慧结过婚，有个女儿？"

桂香冷笑："我还以为是什么比我高贵的大家闺秀呢，原来是那个疯子的妹妹呀！我就听人说过疯子有个妹妹跟人跑了，原来是被你拐跑的呀！你可从来没有和我说过呀，更没有说过你还有个女儿。既然疯子的妹妹是你老婆，又有了宝贝女儿，为什么还要和我结婚呢？我可是一个黄花大闺女嫁给你的呀！当年，我还看过那个疯子妹妹又抱着个男孩回过晓城，那一定也是你的野种吧。"

吴向阳气得暴跳如雷，啪的一记耳光狠狠地甩在后妈脸上。桂香坐在地上哭得伤心欲绝，两个孩子看到父母吵架，急忙跑过来跟着妈妈大哭。

后妈边哭边骂说："好你个没良心的，我为你们吴家生儿育女，忙里忙外，你却仗着有几个臭钱一天到晚在外面花天酒地，不要以为我不知道你在外面做的烂事。你们吴家现在是翻身了，可公司上下都是我在操心。你现在给我领了个孩子回来，指不定将来你还要给我生出几个野种来。不如我带着我的孩子先走，让你那个疯子妹妹，巧红婊子，还有什么狗屁大学生，把她们全领回家团聚，我们离婚。"

吴向阳想到这些年在外面做的浑事，也觉得自己理亏，况且他确实也没有和她说过自己和勇慧的故事，心里便软了几分。毕竟桂香给他生了两个孩子，家里家外她都是尽心尽责。离婚是万万不能的，这些年他当惯了甩手掌柜，现在荣华集团的财产大权全由她掌控，要是真离婚，公司上下一定塌了半边天。再说，家里两个孩子怎么办？只好哄桂香，说："都是我不好，咱们别当着母亲和孩子的面吵架了，我们回房间再说。"

桂香见老公已经服软，又嚣张了几分，哭哭啼啼道："回房间干什么？要老婆就不要这个野种，要野种就不要老婆。"

吴向阳见桂香得理不饶人，不耐烦地大吼："别哭了，烦死人了，离婚就离婚，随便你。"

桂香刷地站起来牵着两个孩子的手，说："你爸爸不要我们了，我们走，你们不是他的亲生孩子，他的亲生孩子是那个野种。"

"妈妈，妈妈……"三个人哭成一团。

"嫂子，在晓城谁也知道您是我们吴家明媒正娶的夫人，谁走您也不能走，您走了我们吴家可要塌了半边天呀！"小姑半讨好半酸溜溜地说。

父亲对着那两个孩子说："不许哭，快过来和姐姐在一起，你妈妈要走就让她走，随她便。"那两个孩子听说妈妈要走，吓得把桂香抱得更紧了。

小姑叹了口气，说："哥呀，别勉强孩子们了，毕竟是各窝的鸡，从来也不认识，冷不丁冒了个姐姐出来，你让他们怎么在一起？"

父亲瘫坐在椅子上说："她就是先你们来到这个家，这是事实，你要离婚就离婚吧！"

小姑讨好嫂子说："哥哥你说得倒轻巧，只是这两个孩子也不能没有妈呀！他们比冬妹都小。他们怎么办？哪个都是你亲生的呀！再说了，嫂子也没有说错，这些年，你的心思全在外面，一天到晚在外面吃喝玩乐，公司的一切全是嫂子在操心，离婚了，企业怎么办？谁来管这个家？"

后妈的哭声更大了。

向阳陷入沉思，凭良心说桂香确实勤劳能干，可以说里里外外一把抓，无论是对家庭对企业，都立下了汗马功劳。结婚这么多年，自己确实是对她关心不够，这些年在外面做的荒唐事也不少，尤其是与巧红和女大学生的事，桂香好像也都知道。他感到自己理亏，不觉又矮了几分，讷讷地说："你只要让这孩子回家，我以后什么都听你的。"

后妈嚷了起来，说："妈妈、小姑你们都听见了，向阳说了，只要让这孩子回来，以后什么都听我的。我可以答应认这野孩子，可绝不会允许那个疯子的妹妹，还有什么张巧红李巧红、大学生研究生的再来搅乱我们的家庭。为了保险起见，我要和他订好协议。以后，公司所有的财产全归两个孩子，我们要立字为证。否则，我就带着两个孩子走人。"

此时的吴老板只要桂香能容得下冬妹，他什么事都能答应。桂香说的话也不无道理，自巧红的事后，他看透了女人，那个女大学生也并非什么善类。何况，所有的财产都归孩子，也没有不对，桂香虽然有私心，但毕竟为的是这个家，不由点点头说："你说怎么办就怎么办，但孩子必须回家。"

桂香终于破涕为笑，说："一言为定，我们马上就签订协议。"

冬妹想着是否应该把后妈与大明叔叔偷情的事说出来，又担心父亲生气再放狗去咬人，只好将此事埋在心底。

桂香走过来用犀利的眼光看着冬妹，摸了摸她的头，说："都怪你爸爸，从来没和我说过你的事，你妈妈呢？她怎么没有带着你？这些年你在外面一定受了好多苦。好了，以后回家了，现在咱们家什么都有，可以好好享福了，你只要乖乖听话就行。”

在外人眼里，现在的冬妹是个让人羡慕的千金大小姐，有钱有势的父亲那么爱她，经常带她出入各大饭馆，父亲的每个朋友都对她特别友好，夸她聪明漂亮。表面上，后妈也把她当作心肝宝贝，常常给她买衣服买鞋子，把她打扮得像个公主。

在外人面前，尤其是父亲在家的时候，后妈对冬妹总是百般关心，口口声声喊她大闺女，恨不得把所有好东西都给她。可是，只要家里没有其他人，后妈就会立即换了脸面，对她冷若冰霜，让她感到有一股无形的压力笼罩着她，常常不寒而栗。

有一回，桂香下班回家，冬妹也忐忑不安地随着弟弟妹妹跑过来唤她妈妈，可后妈恶狠狠地说：“你的眼睛瞎了吗？都长这么大了，自己的妈妈都不认得吗？你记牢了，你的妈妈是个疯婆子，什么叫疯婆子你懂吗？我可不是你妈。”

多少次，冬妹可怜兮兮地看着弟弟妹妹依偎在他们妈妈身边，品着香茶，吃着零食，看着电视，亲热地吵着笑着闹着，只有她躲在角落里默默流泪，思念着自己的亲生母亲。

这天，全家人刚吃完早饭要去上班，只听桂香大叫了起来：“啊呀，遭贼了，我刚刚放在包里的两万块钱不翼而飞了，这可是我今天要去给客户的货款呀！就吃早饭一会儿时间，应该不是外人，一定是三个孩子拿了。”

她嚷着拿来了鸡毛掸子作势要打她自己的两个孩子，兄妹俩哇哇大哭，哥哥说：“我们从来不做小偷，一定是那个野种姐姐偷走的。”气得吴老板狠狠给了他一耳光。

桂香看向阳打她儿子，也跟着哭嚎了起来，骂说：“他们都不是你亲生孩子，你就打死我们，好让你那个疯婆子回来，你们好一家团聚。”她拉着哭成了一团的儿子女儿，冲过来要和向阳拼命，非要逼他继续打死他们。

正闹得不可开交，只听保姆说：“钱包找到了，大家别吵了。”

后妈立即停止哭泣，问：“真的吗？在哪里找到的呀？”

保姆看了看父亲，低下头不吱声。父亲咆哮着说：“你支支吾吾做什么？钱包到底是在哪里找到的？”

“在冬妹的枕头底下。”阿姨清脆的声音如利剑般穿透了冬妹的心房，看着父亲失望的眼神，冬妹的心跌入谷底，她刚想开口说话，后妈急忙大度地打圆场：“好了，好了，找到就好，乡下小孩没见过那么多钱，喜欢钱爱钱很正常。”

从此，家里常常丢东西和钱，但每次都会在冬妹的房间里找到。

父亲对冬妹越来越冷漠，很少再带她出门了，还常常用怀疑的眼光看她，父亲的眼神让她感到比后妈陷害她偷东西还要难受，她如一只不合群的鸡，每天耷拉着脑袋一个人默默发呆，在自己的世界里黯然神伤，思念着从未见过面的妈妈。

每次，只要父亲在家，保姆去买菜，都会讨好地问冬妹要吃什么菜。饭后，冬妹要帮保姆洗碗，后妈会立即制止：“她小时候受了好多苦，现在回到家，可是父母的心肝宝贝和千金小姐，绝不能去洗碗刷地，干下人做的活，要不，别人会以为我这个后妈虐待她呢！”自己却反而有说有笑地帮保姆一起干活，仿佛她们俩是亲姐妹。

一向做惯了粗活的冬妹哪里受得了如此清闲，只好每天在孤单和各种压力下惶惶不可终日。

弟弟妹妹也有意躲着冬妹，仿佛她有传染病。

有一天晚上，吴老板出差在外，奶奶去香港探亲。妹妹让冬妹去街上帮她买东西，冬妹兴冲冲地去了，回来时却发现门已紧锁，任凭她在门外喊破喉咙，也不见有人来开门，冬妹只好在寒冷和黑暗里坐到天明。

冬妹的笑容越来越少，几天也不说一句话，整天耷拉着脑袋，眼睛又红又肿，活像是一个阴沉晦气的倒霉鬼。问她哭什么她也不说，连父亲都烦了，觉得这孩子怎么去外面学了一身毛病回来，真如妹妹向云说的成了一只不合群的鸡。

后妈不失时机地说：“是呀，我也常常看到她一把鼻涕一把眼泪地哭个没完，好像是哭丧鬼现身，我最近老是心神不宁，公司的事又处处不顺，你那个巧红和大明带走了我们许多老客户，听说他们的单子都要赶上我们了。我前两天去问了胡大仙，大仙说一定是我们家里有不干净的东西。”

保姆忙不迭补充道：“记得那一年，我们家诸事不顺，就去找胡大仙，大仙说我儿子命硬，是个讨债鬼，若不送人必定家破人亡。我们死活不信，还骂大仙胡说八道，孩子是我们身上掉下来的肉呀！我们就是拼了命也不能送人。然而，第二年我可怜的老公就死于横祸，可怜我一个人辛辛苦苦赚钱供儿子上学，可这个没良心的又死活不肯读书，整天在外面鬼混。现在都要三十岁了，还只会问我要钱。俗话说，养儿不孝，胜过强盗呀！我这辈子就毁在这个逆子身上了呀！”她说着已啪嗒啪嗒掉起了眼泪，让人看了好不心酸。

“你也别太难过了，你儿子虽然克死了你老公，但毕竟也是你的亲生骨肉，谁碰到这样的儿子也只能怪命。你老公既然已经被他克死，后悔也没有用，好在你也不用他养你，就当你没有生过他。以后你只要在我们家好好干，什么都不用担心，有我吃的绝不会少你一口，你放心吧！”后妈安慰保姆。

保姆急忙擦干眼泪，说：“谢谢老板和老板娘了，没有你们对我的关心，我怕是早被这个逆子气死了。老板娘说今年公司家里诸事不顺，还常常头痛脑热，我去请胡大仙来家里看看？”

后妈说：“有劳大姐费心了，让他先看看我们家宅院风水，再把全家的生辰八字排排，图个心安。”

“好好地看什么大仙呀，现在是什么时代了，我们家不搞这些迷信活动。”父亲十分不耐烦。

又过了几个月，到了季节转换的时候，先是奶奶受了风寒，紧接着弟弟妹妹也陆续发烧，后妈也跟着咳嗽了起来，最后连平时很少生病的父亲也感冒头痛，全家人病了一个多月仍不见好。

保姆心疼大家，着急地说：“我来吴家这么多年，从来没有发生过这种事，咱们家到底是怎么了？好好的怎么可能会全家一起生病？

想必是遇到了什么煞星，我还是去请胡大仙，让他帮我们看看宅院，破破煞气，再排排八字看看。”

后妈有气无力地说：“有劳大姐费心了，我和孩子们事小，主要是家里有老人。婆婆是我们的天，一定不能让她受罪，要不，我们又怎么对得起香港的两个大姐？”

第二天，胡大仙在保姆的陪同下来到吴家。大仙是晓城奇人，自称“活神仙”，从小离家，周游名山大川拜师学艺，带回一身本事，周易算卦看风水无所不能，预测占卜治杂病样样精通，还会许多特异功能，神术医道名满晓城。

胡大仙身着青色道袍，蓄灰白色长胡子，头戴青色莲花冠，手拿拂尘，腰中佩剑，脚踏棉布鞋。乍一看，颇有几分仙风道骨。他仔细检查了屋里的每个角落，找到几件破瓶烂罐，说阴气太重，要拿去埋在地里。

大仙又把全家的八字命理一一排算，直到剩下冬妹。父亲把冬妹的八字报给大仙，见大仙一会儿站起，一会儿坐下，用左右手不停地做着掐指算命的动作，直累得满头大汗，大呼天机不可泄露，站起来就要走人。保姆费了九牛二虎之力才把大仙拦下来。

后妈急忙拿来一沓钱递给大仙，哀求大仙指点迷津。

大仙铁青着脸，半天不说话。

父亲终于按捺不住了，说：“有话请直讲，别吞吞吐吐了，若能治好大家的病，必有重谢。”

大仙见此，又沉默半天方才开口：“我本不应该泄露天机，但念在吴家世代积德行善，不忍心看你们家破人亡，我甘愿折寿十年，换你们全家平安。”

他目光如炬地盯着冬妹问：“这孩子是否受胎于山间田野？”

父亲一脸疑惑，不由点点头。

大仙拍案而起，说：“果然不出我所料，父母在天地间行事，得罪了山神花仙，引来恶鬼附身，阴邪入侵。出生时辰年月环环相克，子午相冲，天煞孤星命。八字带劫煞，先克爹娘，再犯兄弟，后刑丈夫，必致家破人亡。摸花花死，摸树树枯，靠墙墙倒，这孩子的父母尚在人世吗？”

大仙又让父亲去检查家里的花花草草，问是否都枯竭不鲜。父亲将信将疑，在院子里走了一圈，发觉家里的花草皆死去一大半，连他亲手种的几株山茶花和腊梅也都半死不活。

父亲毛骨悚然，后妈更是颤抖不已，她急忙去屋里拿来一大包钱跪在大仙面前，求他高抬仙手，救全家性命。

大仙斩钉截铁地说：“这孩子来自山间也要送回山间，那样或者还可免灾活命。若留在家里必会招来家宅不宁，克祖宗，克爹娘，克兄弟姐妹，克死全家。”

后妈已嚎哭起来，说：“我还纳闷呢，最近怎么那么晦气，不是病就是灾，原来是家里来了扫把星。与其我们坐在家里等着被扫把星克死，不如我们先走，把这个家全让给她。”她哭着拉两个孩子要去房间收拾东西，多亏保姆死活把她拽住，弟弟妹妹也跟着母亲大哭，全家乱成一锅粥。

父亲痛苦地垂着头，发出一声声长叹。

在旁冷眼看着一切的冬妹强忍着眼泪，走到父亲面前说：“爸爸，真对不起，这几个月我确实给您造成了很多烦恼，让您为难了，我现在就走！”

父亲刚想阻拦，却听后妈喊保姆说：“大姐，你快把冬妹的衣服去整理好给她带走，再从菜钱里先拿出一千块给她，让她快回山里的养父母家去。”

“谢谢阿姨，我不要您的钱。”她又转头对父亲说，“爸爸，我不知道我是不是扫把星，但我不是小偷，从来没有偷过东西和钱，奶奶给我的两百块，我还一分都没有花呢！”

她说着拿起保姆递过的包裹头也不回地跑了出去。

父亲心里想着去追冬妹，可他的脚却始终没有动，目送她消失在茫茫的暮色中。

十八
小姑坐庄赢钱

冬妹双眼噙满了绝望的泪水，悲伤、无助、愤怒和屈辱似洪水般向她袭来。她想要哭，渴望发泄，如一只负伤的野兽奔跑在晓城的街道上。她的心麻木空洞，脑袋似乎也停止了思考，就知道漫无目的向前奔跑着，唯一的信念就是逃离那个卑劣无情、阴险狡诈的地方……

她不停地奔跑，直到实在跑不动了，双腿像灌了铅一样沉重，才无力地停了下来，身体像一条失去了水的鱼，烂软地瘫坐在江边的草地上。她的精神也随之崩溃，时光仿佛静止，只能听见自己心碎的声音。父亲怀疑的眼神让她心如刀割，那一声声沉重的叹息像是无情的丧钟，敲打着她的灵魂。她终于号啕大哭，哭得昏天暗地，地动山摇，直到迷迷糊糊睡去。

她醒来后，眼前已是漆黑一片。可她的心又沉又凉，比这无尽的黑夜还要凄迷茫然。父亲的影子在她脑海里挥之不去，她忘不了父女初次见面时的情景，忘不了父亲将她抱在怀里悲伤地哭泣，忘不了冬夜父亲用他的大手温暖着她冰冷的小手，忘不了父亲慈爱的目光……

前尘往事犹如云烟，她知道再也回不去了。她不怪父亲，只是实在受不了父亲对自己的不信任。她不怨后妈，也理解后妈对她各种处心积虑的陷害，谁让自己不是她的亲生孩子呢?

现在，她又成了黑暗里的孤舟，没有家的流浪者，不知道下一刻的风往哪里刮，她又会漂去哪里。小城偌大，何处是她的栖身之处？在心底里，她觉得父亲还是爱她的，但他也爱后妈，爱弟弟妹妹，更爱他自己。自己就如小姑所说的是不同窝的鸡，没有办法生活在一起。

此时的冬妹特别想念她的亲生母亲，父亲也给她讲过许多关于妈妈的故事，但毕竟没有见过面，也不知道妈妈在哪里。她太渴望母爱了，哪怕被妈妈爱一天她都满足，她相信自己一定能找到妈妈……

她伫立在空旷无人的江滨大道上，思索着下一步该怎么办。有了上回遇到几个小流氓的经历，她实在不敢再在街上过夜了。她又想到了大明叔叔和巧红阿姨，不知道他们现在怎么样，也许他们还会像从前一样收留自己。

她来到大明叔叔家，然而，门却紧锁着。邻居告诉她，他们已在几个月前就搬走了。想到他们对自己的好，泪水又模糊了她的眼睛……

现在她该去哪里？小姑，她想到了小姑向云，去小姑家是她现在唯一的选择。

小姑的家不远，走路约摸十多分钟。小姑见到冬妹，兴奋地说："可怜的孩子，小姑一直在等你呢！我就知道你一定会来找我的，我下午回家，就听说你后妈请来了胡大仙，说你是克父克母的扫把星。谁也能看得出是你那个后妈买通胡大仙来陷害你，这个狠毒的女人，欺负小孩子算什么本事？没事，找机会小姑替你报仇。"

冬妹鼻子一酸，扑在小姑怀里大哭起来。

其实，向云憎恨丁勇军，讨厌丁家人，也不喜欢冬妹，毕竟冬妹是那个畜生的外甥女。虽然自己和她的母亲勇慧并没发生过什么矛盾，更知道冬妹是无辜的受害者，可她看见冬妹就会想起那段伤心往事，想到丁勇军对她身心的摧残，尤其是那个畜生现在恶心的模样，让她觉得像吃了蟑螂似的难受。尽管，她的内心对冬妹没有感情，可表面还是装出很爱她的样子，边给她擦眼泪边安慰说："可怜的孩子呀！俗话说'有后妈就会有后爹'，你那个爹呀，外人看着威风凛凛，实际上却是个外强中干的蠢蛋。以后你就在小姑这儿住，小姑就生了你表哥这个儿子，小姑就把你当女儿了。"

原来，向云和嫂子桂香一直是面和心不和，她看不惯嫂子桂香的霸道独权，心里盘算着利用冬妹这颗棋子做些文章。

一向拒绝平庸、追求不凡的向云在情窦初开时嫁给丁勇军，有时候连她自己也分不清，是为了拯救家人还是迷恋他当造反派头头的叱咤风云。直到丁勇军带人害死自己父亲，她才状告丁勇军私藏手表，让他卸职挨批，并迅速和他离婚。

“文革”结束后，她尽管带着孩子，依旧未改英雄主义情结。普通男人入不了她的眼，而能入眼的男人又嫌她离过婚还有孩子。好在她貌美俊俏，又擅蜜语甜言，尽管没有找到如意郎君，却让区长拜倒在她的石榴裙下。美女爱英雄，两人情投意合，如胶似漆。可区长毕竟是有妇之夫，纸包不住火，两人的私情眨眼间就在晓城传得沸沸扬扬，连区长老婆都知道了，那母夜叉带着一班人马非要来撕破她的脸皮，是哥哥向阳帮助才解了围。

街坊邻居天天在背后指指点点骂她，“破鞋、不要脸、骚货”成了她的别名，区长也一改往日的热情和她保持距离。伤心难过之际，她把孩子托给母亲，签证去香港投奔两个姐姐。她见大姐、二姐都凭着美貌嫁给有钱人，有了幸福美满的家庭，看着镜子里的自己比两个姐姐年轻美丽，却为救吴家落了个身败名裂，至今仍孤苦伶仃，让她心理严重失衡，觉得老天爷对她不公平。

因她不懂英文，也不会粤语，在香港很难找到称心的工作，只好待在家里帮二姐做家务。二姐夫是广东人，祖上在民国时迁居到了香港，经过几代人的打拼，已有了自己的家业。他是个花花公子，对这个漂亮小姨子很有好感，两人眉来眼去，趁二姐不在家时，迅速苟合在了一起，两人郎情妾意，一发不可收拾。二姐知道后对妹妹恨之入骨，把她赶回晓城。

小姑的房子是一栋两层楼的独家小院，原先的主人为送儿子出国贱卖掉房子，被向云捡了个大便宜。为此哥哥向阳和嫂嫂桂香闹得不可开交，嫂嫂说是向阳出的钱，还当面责问过他们兄妹之间是否有乱伦关系。而香港的二姐又怀疑是二姐夫给她出的钱，到现在也不允许丈夫回国。

寡妇门前是非多，向云恰又是如狼似虎的年龄，她喜欢男人又想得开，犹如流淌着蜜的花，引来无数蜂蝶在她身边盘旋。她破罐子破摔，日日做新娘，夜夜入洞房，每天乐在其中，任凭晓城女人们对她妒火中烧肆意谩骂。她仗着哥哥吴向阳的势力，买来一副麻将牌，从此天天沉迷于坐庄赢钱。

俗话说，物以类聚，人以群分。小姑的牌友清一色都是男士，他们臭味相投，先是喜欢上小姑，继而又迷上麻将，一个个成为小姑的裙下之臣。他们心甘情愿把自己赚的辛苦钱装进小姑腰包。小姑有文化有品位，她常说："麻将是中国的国粹，是博弈文化的集大成者，更是游戏中的'名门望族'。"

小姑打得一手好牌，手气也好。小姑说她从小爱读《水浒传》，喜欢里面的梁山好汉，一百零八张牌代表《水浒传》里的一百零八个好汉，牌中九条喻为"九条龙"史进，二条喻为"双鞭"呼延灼，一饼喻为"黑旋风"李逵，《水浒传》里一百零八个好汉的名字和称号她都能一一叫出。小姑自喻为梁山第五十九条好汉，地慧星一丈青扈三娘。可小姑的朋友们都说她是杀人越货、卖人肉包子的孙二娘。其实，在心里，小姑也承认自己酷似孙二娘，她尽管没有像孙二娘那样杀人夺货，但却将色狼们口袋里的钱捞进了腰包；虽然未把他们杀了烹饪做肉包子，但却是活吃，让他们忘我舍命地流汗流血。

她打麻将赢了全收，输了分文不给。好在这些牌友大都贪恋她的美貌和床上的销魂时刻，又碍于她哥哥吴向阳在晓城的威望，没人敢把她怎样。更何况，这也是一个愿打一个愿挨的事情，彼此都心照不宣，心知肚明。到了晚上，他们玩牌尽兴后，每天都会有幸运者留下来陪小姑过夜，有时候小姑高兴了，就几个牌友一起留下，轮流和小姑做好事。

每天，冬妹帮小姑烧水煮饭洗衣服，帮她的牌友们点烟泡茶做卫生，过得忙忙碌碌，热热闹闹。小姑和朋友们都爱讲黄段子，常常听得冬妹面红耳赤，但也让她知晓了不少事情。

不知不觉过去了一个月，这天午饭后，冬妹正在洗碗，发觉有个人站在身后冷冷地看着她。冬妹一回头，见是后妈，吓得她手上的碗掉到地上，“乓”的一声摔成碎片。

小姑在屋里，闻声大嚷着责备冬妹：“你乒乒乓乓地干什么？吓死人了，你摔破碗了吗？别总是毛手毛脚的，这碗可是要花钱买的。”

她边说边趿着拖鞋走了出来，抬头看见了嫂子桂香，急忙赔笑说：“哟，是哪阵风把嫂子吹来的，您这一来，我的小屋可是蓬荜生辉呀。嫂子您快坐，冬妹，快给你妈泡茶。”

后妈白了小姑一眼，皮笑肉不笑地说：“小姑子果然不是常人，竟然敢把扫把星供在家里，我这做嫂嫂的自愧不如。对了，我听派出所所长说，我家小姑子在家里开了赌场，每天只赢钱，不输钱，你可真是给咱吴家挣够了面子，想必你哥哥现在也不用再给钱养你了。可谁让我是你嫂子呢？今天正好有空，特意来看看你，陪你打几圈麻将，一来学些牌技，二来顺牌送点钱，也不枉我们姑嫂一场。”

后妈说的话句句带刺又软硬兼施，听得小姑脸上一阵红一阵白。她了解嫂子，知道她一向阴险毒辣，倘若真惹恼了，怕是什么事都做得出来。她也知道哥哥向阳尽管在外人眼里阳刚武断，但在家里却是只纸老虎，外强中干虚有其表。尤其是上回为让冬妹回家订了那份协议后，家里越发阴盛阳衰，哥哥对桂香更加服服帖帖，言听计从。她也曾问过哥哥，可哥哥却说家和万事兴，自己是个大男人，不与女人一般见识。何况，桂香对他对孩子对家庭都是一心一意。现在家里公司全是嫂子说了算，她虽然对这个巫婆嫂子一万个不满，却也无可奈何。

向云知道嫂子是为冬妹而来。她本想利用侄女讨哥哥的好，让哥哥送钱送物，再从中做点文章看嫂子好戏。她不止一次跟哥哥说冬妹在她这里，然而一个多月了，这个狠心的父亲竟然没有来看冬妹一眼，相反还等来了嫂子，真是猫舔狗鼻子，自讨没趣。刚才听嫂子说要打麻将送钱，她明白嫂子的意图，想何不顺水推舟做个人情两全其美。于是眉开眼笑道：“嫂子，瞧您说的，在晓城谁不知道我嫂子财大气粗，有多少人受过我们吴家的恩惠，我是您妹妹自然也跟着您沾光。嫂子要打麻将太好了，像您这样的老板娘本不该一心忙于工作，也要抽空消遣消遣，毕竟打麻将是一项很高雅的娱乐活动。”

后妈笑骂：“好你一张甜嘴，怪不得那么多男人都甘愿拜倒在你的脚下，对了，怎么没见你那些男友来陪你打牌呢？”

“我这几天身体不舒服，想休息几天，就没让他们来了。”

后妈从包里拿出了两沓钱，说：“那好吧，今天就咱姑嫂俩切磋切磋。”

于是，两人来到牌桌，唱起了对台戏。不大工夫，后妈的钱全到了小姑的口袋。

后妈站起来说：“我们吴家没那个野种，小姑子是聪明人，应该知道怎么做。我看你是个享乐派，会生活，也对。人生苦短，尽可玩得开心，你那儿子有咱妈照顾。前不久你几个牌友的老婆去派出所，举报你聚众赌博，是派出所所长压了下去。但你也要悠着点，现在正在严打“黄赌毒”，外面风声很紧，你千万小心，万万不可丢了我们吴家的脸。”

小姑唯唯诺诺地答应着送走了嫂子，内心恨她到了极点。和冬妹相处了一个多月，她对冬妹多少有点怜悯和感情，要赶走她心里颇有几分不忍。何况，冬妹是个绝对勤快的孩子，她已经习惯了使唤冬妹，比请保姆不知道要强多少倍。然而，她更知道嫂子的厉害，知道她给自己送钱的用意，倘若不顺嫂子的意，让冬妹继续留在家里，真保不准她会做出什么事来。

心中郁闷，又想到了第一任丈夫疯子丁勇军和那个狼心狗肺的区长。现在尽管不缺男人，但又有谁是真心实意对她，这些色狼图的都是她的年轻美貌，等到将来人老色衰，又该去依靠谁？想到伤心处，便抽抽嗒嗒哭了起来。

冬妹知道后妈今天的来意，未等小姑开口，早已识相地去整理自己的东西了。然而，她发现奶奶给她的二百元钱不翼而飞，顿时呆若木鸡，心想，怎么会呢？明明是放在包里的呀。

看到小姑在哭，冬妹木然地送上一条手帕说："小姑，您别哭了，我知道后妈来找您的意思，我不会让您为难的，我这就走。只是我包里的二百块去哪里了？那是奶奶给我的。"

小姑本想再留冬妹住几天，觉得无论如何也要让她见她父亲一面，再从长计议。可一听冬妹说丢了两百块钱，气得跳了起来，铁青着脸指着冬妹的鼻子骂道："你这孩子，怎么说的话？我怎么会知道你的两百块钱去了哪里？小小年纪就学会血口喷人，你说说，你什么时候把钱交给小姑了？谁又见过你的钱？怪不得你后妈那么讨厌你，现在连你的亲生父亲都不要你了，亏了我一直还在替你鸣不平，原来你后妈并没有冤枉你，你偷钱、偷东西、说假话全是真的，真的是个克人的扫把星。我们家可是清白的大户人家，真不知道这些年你到哪个垃圾堆沾了一身腥臭。小姑好心收留你，没钱你可以向我要，干吗要赖说在我家丢了钱，这事若传出去，以后叫我怎么做人？"

冬妹被小姑机关枪似的一顿抢白，心里无比委屈，感到一阵阵心寒和恐惧，觉得世界上的人怎么都这么可怕。她用鄙夷的眼光看着小姑说："谢谢小姑，我知道小姑收留了我，给我饭吃，可我也是在拼命干活偿还您的饭钱。我放在包里的二百元钱确实是丢了，我又没说是您偷的，您为什么要如此紧张？您真的拿去了也没有关系，就当是我这个月的饭钱了。我知道我是个没爹没妈的孩子，你们怎么欺负我都行。"未等小姑开口发作，她已经拿起包，头也不回地开门走了。

十九
舅舅卖血丢命

冬妹又一次徘徊在晓城的十字路口。生活的磨难在她心里凝结成了一层层厚厚的铠甲，一般的刀剑利刃已伤害不了她。她抬起头望着远方，苦笑着告诉自己必须坚强，要活下去只能依靠自己。她静静地思考着，下一步该怎么办呢？她想去找妈妈，可妈妈勇慧在哪里？怎样才能找到妈妈？

找疯子舅舅丁勇军。冬妹的心突然亮了起来，“疯子舅舅”曾经给她带来过多少屈辱，此刻却给了她希望和温暖，舅舅一定知道妈妈的去向，要找到妈妈就要先去找疯子舅舅。

她问了许多人，按人们所指的路找了很多地方，在晓城郊外一个年久失修的小庙里，看见一个蜷缩着身体、坐在菩萨面前生火取暖的叫花子。他骨瘦如柴，两眼凹陷，满面灰尘，脸上看不到任何表情。又长又乱的花白头发上沾满稻草屑，一件脏兮兮的大衣破烂不堪，丝丝缕缕挂在身上。一阵寒风吹来，他瘦弱的身躯瑟瑟发抖，不时传来一阵阵咳嗽声。

冬妹被吓得汗毛直竖，想面前这个人难道真是她的舅舅丁勇军？他比想象中更让她感到害怕。她实在不敢往里走，只好在门口唤了声舅舅，站在一旁看他的反应。

疯子见到有人来，也没来得及多想，就立即颤抖着站了起来，习惯地唱跳着：“孽海茫茫，回头是岸，放下屠刀，立地成佛，阿弥陀佛，菩萨保佑，善有善报，恶有恶报……”

他又歇斯底里猛打自己的脑袋大哭起来：“天作孽，犹可违，自作孽，不可活呀！”一会儿又跪倒在佛像前，念叨着求菩萨恕罪，快带他走之类的话。

冬妹虽然听不太懂他含含糊糊在说什么，但看他撕心裂肺痛苦的样子，也感到揪心难受。她大着胆子安慰说：“舅舅，您别难受了，过去的就让它过去吧！我是您的外甥女冬妹，我来看您了，您知道我妈妈在哪里吗？”

半晌，舅舅才回过神来，他止住哭声，从手指缝里偷看面前这个女孩，直到他确定这个孩子对他没有威胁，才疑惑地嗫嚅着说：“我，我没听清楚，刚才你叫我什么？你说你是谁？为什么来找我？”

冬妹提高嗓门说：“舅舅，我叫您舅舅，我是丁勇慧的女儿，您的外甥女冬妹，我来看您了，您知道我妈妈在哪里吗？我要去找我的妈妈。”

“舅舅”两字如千斤巨锤砸在丁勇军心头，他的脸在火光下一阵阵泛白，浑浊的眼睛里流下了泪水，双唇翕动着说:“你刚才叫我舅舅？你刚才真的叫我舅舅？”

冬妹诚惶诚恐地点点头。

“你真的是我妹妹生的那个孩子？我有罪，我忏悔呀！我不配你喊我舅舅，我对不起你妈妈，更对不起你！”舅舅号啕大哭。他半天才回过神来，问冬妹，“你是怎么找到我的？这几年你去了哪里？谁把你养大的？找到你父亲了吗？”

冬妹把自己这些年的经历简单地说了一遍，直听得他狠命地敲打着自己的脑袋和脸，哽咽着泣不成声。

冬妹听父亲说过是当造反派头头的舅舅害了他们，心里虽然也恨着舅舅，可看他今天如此痛苦的样子，着实不忍。又见他言行正常，根本不是人们传说中的疯子，便安慰说：“舅舅，您别难过了，我爸爸说了，您从前是做了很多坏事，但您现在已经遭到报应了，您就原谅自己吧！舅舅，人们都说您是疯子，可我看您好得很，您为什么要把自己扮成疯子呢？又为什么要住到这里来？”

舅舅又一次失声痛哭，说：“舅舅是害人害己，罪有应得，只是实在对不起你们母女，你是我这辈子最大的心病，现在菩萨保佑让我再见到你，真是太好了。我没脸带你去见你妈妈，舅舅给你地址，只要你能找到你妈妈，我死也瞑目了……”

原来，他因私藏手表被关进监狱，出狱后发现“四人帮”已经倒台，清理“四人帮”余孽的口号响起，造反派们顷刻间土崩瓦解。曾经威风凛凛、不可一世的造反派头头丁勇军，眨眼间成了过街老鼠、人人喊打。直到有一天不知什么原因家里失火，母亲葬身火海，他自己虽然幸免于难，但从此无家可归，露宿街头，还不时遭到从前仇家的殴打报复，只好装疯卖傻，苟且偷生。为了骗过人们的眼睛，他生吃老鼠虫子，胡言乱语，恨他之人也觉得他真的疯了，便不再和他计较，渐渐淡出了人们的记忆。

近些年，他白天行乞，晚上就借寺庙栖身。这座庙宇在从前香火很旺，附近的人们经常来烧香求签，求菩萨保佑指点迷津，据说非常灵验。在文化大革命“破四旧”、铲除“封建迷信”的风暴中，丁勇军率领造反派砸烂佛像。后来，尽管也有人简单地重塑了菩萨的泥身，但香火却一直不如从前，倒成了叫花子们歇脚的好地方。

勇军后悔从前的所作所为，常常跪在菩萨面前忏悔。好在菩萨大爱无疆，接受苟延残喘、生命摇曳如风中灯草之罪人的真心忏悔，即把人们带来的供品赏赐于他，他也把全身心交与菩萨，每天给菩萨掸灰磕头，虔诚祈祷。

那天晚上，两人在菩萨面前聊了很多很多。舅舅给冬妹讲她的外公外婆，讲她的妈妈勇慧，讲文化大革命的故事，讲他内心的悔恨，直到冬妹进入梦乡。

第二天，冬妹醒来时，太阳已暖洋洋晒在身上。舅舅不知去向，旁边放着两个烤熟的地瓜和一张纸条，上面写着让冬妹等他回来。

太阳将下山时，舅舅终于踉踉跄跄回来了，还给冬妹带来了一袋苹果和几个肉包子。让冬妹纳闷的是舅舅像换了个人，他的长发已剪短，身上也洗得干干净净，还穿了一身新衣裳。吃完晚饭，舅舅给了冬妹五十元钱和一张纸条，上面写着她妈妈的地址。

半夜，冬妹被一阵急促的咳嗽声吵醒，她急忙爬起来，见舅舅口吐白沫，浑身抽搐，脸色苍白得如同死灰，蜷缩着身体在寒风中瑟瑟发抖，上气不接下气。原来，舅舅为了给冬妹凑路费，竟然去医院卖血，他的身体本来就虚弱单薄，卖过血后更是摇摇欲坠，在路上又受了风寒，回来后就发起高烧。他看着可怜兮兮的外甥女，想到自己在“文革”时造的罪孽，真是罄竹难书，心里悔恨交加。多年来身上积留的各种病痛，连同风寒一起袭来，折磨得他痛不欲生，心里唯求速死。

舅舅已经半昏迷，冬妹也不敢再睡觉，只好在旁边侍候着，给他喂水擦身。不知过了多久，舅舅终于醒了过来，用沙哑的声音呼唤着峰峰。冬妹想到小姑儿子的名字也叫峰峰，难道舅舅唤的是表哥？

一会儿，天已微亮，温暖的阳光照了进来，舅舅睁开眼睛，回光返照的坐了起来。他紧紧抓住冬妹的手，从怀里拿出一张照片，说：“这是一张全家福，中间那两个老人是你的外公外婆，扎两条大辫子的姑娘是你的妈妈，身着旧军装、臂佩红色袖套、胸前戴着毛主席像的是舅舅，抱着孩子的那个女人是你的舅妈，也就是你的小姑向云，那个胖小子就是你的表哥峰峰。舅舅怕是不行了，我把这张照片交给你保管，等到将来你见到表哥时，把照片给他，告诉他，他的父亲叫丁勇军……”

舅舅说着，渐渐断了气。

冬妹放声痛哭，心里又吓又怕，面对着舅舅冰冷的尸体面前不知道如何是好。直到临近中午，庙里来了两个香客，他们帮冬妹一起在后山上挖了个坑，掩埋了舅舅的尸体。

二十
小矮个骗冬妹

有了舅舅给的地址和路费，冬妹终于可以去找妈妈了。

太公岭，也就是妈妈住的地方，在山城的一个荒郊野外，走路约要半天的时间。冬妹买了几个馒头，在人们的指引下往太公岭走去。尽管路上杂草丛生，荆棘密布，随处可见孤冢荒坟，还有毒蛇野兔不时蹿出，但冬妹一点也不害怕，因为太公岭里住着她最亲爱的妈妈，她只要往前走一步，就会离她妈妈近一步。

“小姑娘，你去哪里呀？”有个人在身后气喘吁吁地叫道。

冬妹停下脚步，转身一看，吓了一跳，只见面前站着个小矮人，个头比自己矮了半截，又黑又瘦，两个眼珠骨碌碌地盯着自己直转。好一只放大版的猴子！她心里想，奇了怪了，难道这山上的猴子还能说人话？莫非碰到《西游记》里的美猴王孙悟空了？

“小姑娘，你怎么一个人在山上行走？不害怕吗？哥哥来给你做伴，你要去哪里？我带你去。”那男人虽然长得像猴子，却伶牙俐齿。

冬妹仔细看了看，确认面前站着的真是人后，心里不由高兴，想太好了，来了个伴，可以问问他自己有没有走错路，虽然有个好心人给她画了详细的路线图，但面对苍茫阴森、没有人影的大山，心里仍不免害怕，于是高兴地说：“谢谢叔叔，我要去太公岭找妈妈，我没走错路吧？”

那男人讪笑着说：“小姑娘，别乱叫我叔叔，我今年才二十多岁，比你大不了几岁，你喊我哥哥就好了！”

冬妹看着他满是皱纹、像树皮一样的老脸，心想：有这么老的哥哥吗？我本来是想喊你伯伯的，只是看你个子小才叫了叔叔。她虽然觉得可笑，但也没工夫去理会他的话，急忙问：“您知道太公岭吗？我没有走错路吧？”

小矮个急忙说：“没有走错，没有走错，我就住在太公岭，你跟我走就对了。”

冬妹听说他也住在太公岭，心里更加高兴，想运气真好，他和我妈妈住同一个村，那他一定知道我妈妈的情况，就急忙问：“您知道太公岭有个丁勇慧吗？”

“我知道，我当然知道，丁勇慧是我的邻家大嫂，我带你去找她。”小矮个忙不迭地说。

“谢谢哥哥。”冬妹听他说是妈妈的邻居，顿时感到亲切了许多，把心中的疑问和防范都抛到了九霄云外，放心地跟在小矮个后面。

一路上，小矮个问七问八，冬妹不善撒谎，从她吞吞吐吐的言语里，他猜到了丁勇慧和这个小女孩是素未谋面的母女，心里打起了歪主意。两个人说着聊着就到了太公岭。

这是一个古老破败的村落，零零散散的几十间老式土坯房摇摇欲坠，坑洼不平的路面杂草丛生，山风吹动树叶的沙沙声和四处传来的虫鸣鸟叫声，仿佛都在诉说着大山里的寂寞和荒凉。这个自然村不知何时形成，祖上以打猎和挖草药为生，在人口最兴旺的时候曾有几十户人家，二百多口人。缘于缺少和外界的沟通，村里人的日子过得越来越贫穷。改革开放后，终于有几个年轻人走出大山，去城里当了建筑工人，赚到钱后，又回来带走了村里的人一起去建筑工地干活，女人也跟着去城里当保姆，照顾孩子。村落就此逐渐衰败，许多房子也慢慢被遗弃了。

小矮个的父亲因为家里一贫如洗娶不上媳妇，晚上忍不住就和亲妹妹好了，生了几个孩子，不是多病夭折，就是痴呆畸形，小矮个的几个哥哥姐姐都相继死去，只剩下他。他的身体倒没有别的大毛病，就是体形瘦小，浑身多毛，一双贼溜溜的眼睛还算有神，行动灵活，宛若猴子。人们说这是近亲结婚的返祖现象。

小矮个说冬妹的妈妈勇慧是他的邻家大嫂，并没有胡诌。只是丁勇慧已随村里的打工潮去了山城，离开太公岭已经很多年了，她的丈夫牛刚还做上了包工头。小矮个也曾经跟着牛刚去过山城，因为个子小，不适合干体力活，只好帮忙看管建筑工地。无奈这小子的心和他的长相一样，都是聪明不够，精明过头，爱占小便宜，喜欢偷东西，经常把工地上的钢筋拿去当废品贱卖，被发现后扫地出门。在城里又实在找不到其他合适的工作，只好回到太公岭，和母亲相依为命。

有一天，他在地摊上买了本《中草药大全》的旧书，就对照着去山上采些药草和菇类拿去山城卖，没想到还真能卖钱，从此发现了一条来钱之道，日子也勉强能过。俗话说，饱暖思淫欲，他的个子虽然矮小，但不影响他想女人，一来好给他做伴，二来他也渴望自己能像正常人一样生儿育女。今天，他去山城卖药，在回来的路上，远远看见一个女孩，急忙追了上来，问明情况后，心里就打起算盘，想这正是老天爷的恩赐，就略撒小谎，请君入瓮，很轻松把她骗到家里。

小矮个的家是三间破烂的土坯房，腐朽陈旧的门窗破损不全，被风雨剥蚀的墙体出现了一条条裂痕缝隙，山风从四面八方呼啸而入，茅草盖的屋顶已被雨水浸泡得腐烂不堪。冬妹虽然从小生活颠沛流离，也依稀记得山凹村的贫穷，但见到这副破败潦倒的景象，心里仍不禁打起冷颤，让她想起了读过的一句诗，“柴米尽可数，贫无一寸铁。”

小矮个说：“到了，你妈妈就在这里面。”

冬妹定睛细看，屋里有两张床，一个炉灶，还有个干瘪得像酸枣的老太婆坐在床上。她粗糙的脸像涂了层蜡，花白的头发稀稀拉拉，一双浑浊的眼睛流着清泪，喉咙里发出一阵阵喘息声，活像一具干尸木乃伊。

小矮个用本地话叽里咕噜地和那老女人说了些什么，她睁大了眼睛，把冬妹上下打量了一遍，挤出一点笑容。

小矮个对着冬妹说：“这是你妈，快叫妈妈。”

眼前这个人就是我妈妈吗？冬妹想，她心里不由一阵阵发酸，“妈妈”两字在喉咙翻滚着，她多想跑过去扑在妈妈的怀里痛痛快快大哭一场。然而，她虽然从来没有见过妈妈，但她有一张舅舅给的全家福，也听父亲和舅舅说过，她妈妈才三十几岁，可面前这个女人看上去至少也有六七十岁。凭直觉冬妹觉得自己被小矮个骗了，坐在床上的老太婆绝对不是自己的妈妈。她本能地转身想离开，可发现门已被小矮个锁上了。

冬妹心里又急又怕，说：“你骗人，我有我妈妈的照片，我认识我妈妈，我妈妈叫丁勇慧，她不是我妈妈。”

“她就是丁勇慧呀，你快喊妈妈呀！”小矮个着急道。

那老奶奶骂小矮个说：“你放什么臭屁，谁叫丁勇慧了？孩子，丁勇慧我知道，你别听他胡说八道。你就是勇慧和她前夫生的女儿？她跟我讲过你，说到你还经常哭。没想到你都这么大了，真好，她见到你一定高兴死了。你妈妈是个好人，她现在在山城，你后父在当包工头，很会赚钱。前几年我去过你妈妈家，她对我很好，我不能和这臭小子一起骗你，我这里有你妈妈的地址。现在很晚了，你先在这里住一夜，明天再去找她。”

只见小矮个跳起来指着老奶奶说：“妈妈，你胡说什么呀！我到底是不是你亲生的？我都四十多岁了，你也不给我娶媳妇。我靠自己好不容易弄了个女孩来，本想给你生个孙子为你传宗接代，你倒好，不但不帮助我，还来坏我的好事，你就不怕绝后呀！”他说着坐在一旁呜呜哭了起来。

老奶奶叹了口气说：“你牛刚大哥、勇慧大嫂对咱们家不薄呀！上回，我去山城找他们，你大嫂还送我衣服，给我路费。假如我和你一起昧着良心欺负她闺女，被勇慧知道了，你让我这老脸往哪里搁？再说她还那么小，就算你骗了她今天，你还能骗她一辈子呀？”

小矮个大嚷道：“知道了又怎样？我怎么就欺负她闺女了？我不就是想娶她闺女做媳妇，给你生个孙子，也给她生个外孙而已，有什么不好的？等到生米煮成了熟饭，她还能拿我怎样？”

“那你就要先问问这丫头同不同意，只要她同意，我也没话说。反正，只要她不愿意，我就不许你伤她一根毫毛。”她边说边带着冬妹去厨房，蒸了几个地瓜算是晚饭。

晚上，冬妹睡在老奶奶身边，听她讲妈妈勇慧的故事。

那时候，“文革”已经蔓延到了太公岭，小山村的人们也像城里人一样疯狂起来。尽管人们吃不饱、穿不暖，但却有的是力气闹革命，见谁都像反革命、臭流氓，他们大字不识几个，但能读懂毛主席语录，高呼毛主席万岁。

太公岭有个小伙子叫牛刚，小时候父母上山采药跌下悬崖坠亡，他靠吃百家饭、穿百家衣长大。因无人管教，养成了好吃懒做、游手好闲的毛病。他每天无所事事，家里穷得叮当响，到了二十五岁还没有姑娘愿意嫁给他。

文化大革命爆发，他觉得自己表现的机会来了。他把毛主席像章别在胸前，当上了英勇的造反派，带领村里的年轻人干起革命工作。他如一员横空出世的革命骁将，所向披靡。贴大字报，开批斗会，揪斗走资派，横扫一切牛鬼蛇神，随心所欲抄家、烧书、武斗和抓人游行。他借着南下、西进、东征、北上的革命大串连活动，免费吃遍全中国。在这期间，他遇见了造反派头头丁勇军，两人结为革命兄弟，便长期住在丁勇军家。他见到年轻漂亮的勇慧，心里产生了爱慕之情，无奈当时勇慧连正眼都没有瞅他，他只好悻悻而回。然而，让他做梦都没想到的是，两年后，勇军又找到了他，还亲自主婚把妹妹嫁给他，他便把勇慧带回了太公岭。

那一年，勇军率领造反派把勇慧骗回晓城，将她关进一个小黑屋，还强行抢走了她怀里的孩子。约过了十多天，哥哥告诉她：“你和那个反革命流氓吴向阳生了个杂种，我们丁家祖宗八辈子的脸面都给你丢尽了。父亲被你活活气死，母亲也绝不会再认你，吴向阳和那个小杂种已经被枪毙了。现在你在晓城已经没有家了，也无法再重新做人，看在兄妹一场的分上，我帮你在外地找了个好人家，以后你就永远别回晓城丢脸了。”

勇慧听到向阳和孩子已死，只觉得眼前一黑，脑袋爆炸了似的冲过去要和哥哥拼命，勇军狠狠给了妹妹一耳刮子，骂道：“你这个下流坯，不要脸的东西，要不是看在死去爸爸的分上早把你拉去枪毙了。革命工作六亲不认，而我还顾及兄妹情义，已经是仁至义尽了，你还不满足？”说完扬长而去。

第二天，又来了两名造反派，给奄奄一息的勇慧灌了几片安眠药。勇慧便神志不清，昏昏沉沉任人摆布了。

勇慧醒来时，她已经到了太公岭，迷迷糊糊成了牛刚的老婆。她虽然不爱他，但命运至此，也无可奈何。有了老婆后的牛刚痛改前非，再不参加革命运动，安心在家干活劳动，对勇慧更是百般疼爱。不久，勇慧怀孕生下了龙凤胎。

“文革”结束后，为了让勇慧过上好日子，牛刚走出太公岭去了山城。他掏厕所、拉板车、捡垃圾，样样都干，又他脑瓜子灵活，一看即会，一学就通，干什么像什么。后来，他又去建筑工地，做过木工、泥瓦工、油漆工、水电工……

这时候，改革开放之风吹进山城，政策开始活络起来，许多建筑拔地而起。牛刚慢慢开始承包一些零星活干，一个人忙不过来，就回太公岭招兵买马，带领村民们一起到山城干活赚钱，很快就拥有了自己的工程队，并渐渐发展壮大。他的腰包也随之鼓了起来，在山城买了房子，把老婆孩子接过来，成了当地的富翁。

二十一
咬断了后父的舌头

冬妹在太公岭被老奶奶保护着，一夜相安无事。

第二天，她按老奶奶给的地址找到了山城妈妈的家。

这是一栋独门独院的两层小楼，前后有花园假山，和周围低矮破旧的平房形成了极大反差。这里面住着她日思夜想的妈妈。

冬妹心里充满了兴奋和激动，她忐忑不安地在小楼门前徘徊着。从小到大，她做梦都想见到妈妈，然而，今天真的到了妈妈家门口，却又有一种“近乡情更怯，不敢问来人”之感。她一次又一次地看着舅舅给的那张全家福，注视着相片里妈妈的模样，喜悦、惶恐、忧虑、不安和焦急一起涌上心头……

她终于鼓足勇气按响门铃。

门开了，一个雍容娴雅的女人映入眼帘，她三十多岁的样子，身着一件白色高领羊毛衫，一条紧身的牛仔裤，脸上薄施脂粉，平添几分妩媚，一头大波浪卷发衬出她的时尚洋气，眼角旁隐约可见的几条鱼尾纹，并没有妨碍她的美貌，反而使她更流露出几分成熟和优雅。

她用身体挡住门，笑吟吟瞅着冬妹问：“小姑娘，你找谁呀？”

凭着直觉和舅舅给她的照片，冬妹认定眼前这个人就是她日思夜想的妈妈。她虽然已经不再是照片上那个清纯可人的姑娘，但从轮廓中，依旧能找到年轻时的模样。冬妹的心狂跳着，甜酸苦辣一齐涌了上来。多少遍在梦中呼唤着妈妈，多少回想象妈妈的样子，多少次期待和妈妈见面，多少个日日夜夜的痛苦思念，多少肝肠寸断刻骨铭心的思母之情……然而，现在妈妈真的站在面前，她又觉得脑袋发蒙，半天才支吾着说：“我找丁勇慧。”她的眼眶里溢满泪水，闪烁着期待的光芒。

那女人奇怪地看了看面前这个来历不明、有些莫名其妙的小姑娘，说：“我就是丁勇慧，你找我有什么事吗？”

母亲并不认识她，冬妹的心一阵疼痛，说不清是喜还是悲，满腔热血化作了滚滚眼泪，再也忍不住流了下来。她心里有很多话要和妈妈说，多么想扑在妈妈的怀里哭个够，好想抱着妈妈再也不分开。

然而，一个平常又崇高的称呼，一个简单而神圣的名字——“妈妈”，此时却像泰山般沉重，压得她透不过气。“妈妈”两字在她心里翻滚着，却怎么也叫不出口。

勇慧凝望着冬妹，觉得面前这个陌生女孩有一种似曾相识的感觉，她似乎想到了什么，颤抖着说：“你到底是谁？从哪里来？你为什么来找我？”

冬妹从怀里拿出舅舅给她的全家福，说：“这是舅舅给我的相片，是舅舅让我来找您的。”

妈妈看着那张旧照片，眼泪夺眶而出，急忙拉冬妹进屋，关上了门。她把冬妹紧搂在怀里看了又看，半天才呜咽说：“你真是我那个失散多年的苦命女儿吗？你真的还活着？这不是做梦吧！”

冬妹依偎在妈妈的怀里，抽泣着点了点头。妈妈早泣不成声：“孩子，妈妈一直以为你不在了，妈妈对不住你，是妈妈没有照顾好你。这些年你去了哪里？快点告诉妈妈。”

叙不完的骨肉亲情，说不完的母女情深。时间一分一秒过去，敲门声惊醒了她们。

“妈妈，妈妈，我们回来了，快点开门。”门外传来急促的敲门声。

妈妈急忙擦干眼泪，也帮冬妹擦去脸上的泪花，说：“不许再哭，你弟弟妹妹放学回家了，我去给他们开门。”

两个背着书包的弟弟妹妹，手上各拿一个大棉花糖，连蹦带跳地跑了进来，他们见到陌生的冬妹，很是好奇，异口同声地问：“妈妈，她是谁呀？”

妈妈迟疑了一下，说：“这是妈妈家的一个远房亲戚，比你们大三岁，你们要喊她姐姐，以后要听姐姐的话。妈妈去给你们做饭，你们和姐姐出去玩。”

两个孩子一听有姐姐和他们一起玩，都欢呼起来，这个说去跳绳，那个说去踢球，争得不亦乐乎。最后，妈妈决定给每人一元钱带姐姐去逛街，限一小时内回家吃饭。

等他们在街上买了许多小玩具回到家时，香喷喷的饭菜已摆满一桌，鸡鸭鱼肉一应俱全。一个约四十来岁的男人，坐在那里喝酒。

冬妹心想这一定就是后父，他的身材不算高大，但四肢发达健壮。扫帚眉、三角眼，双眉紧锁，嘴角下拉，让冬妹不由想到了小说中的特务和地主。

“爸爸，爸爸。”弟弟妹妹飞快地跑了过去，坐在他的身边。那男人阴沉的脸立即露出了阳光，哈哈大笑着在每人小脸上捏了一下，说：“你们跑去哪里疯野了，也不在家里等爸爸回家，快坐下吃饭。”他又瞅了瞅在一旁不敢说话的冬妹，问：“她是谁？”

妈妈很快给每人盛了米饭，说：“这是我表姐家的孩子，想来这里找点事做，冬妹，快叫姨夫。”

“哦？你哪一个表姐？是从晓城来的吗？”他用犀利的眼神把冬妹上下扫了一遍说，“你叫什么名字？今年多大了？”

妈妈一一替冬妹作了回答，后父显然有点不耐烦，对妈妈说：“她是个哑巴吗？我又没问你。”

妈妈急忙喊冬妹坐下一起吃饭。

看冬妹低着头不敢去夹菜，妈妈把一块块鸡鸭鱼肉往她碗里夹，后父的脸色越来越阴沉。

接下来的日子，妈妈虽然给了冬妹无微不至的关怀，可冬妹却并不感到幸福，也没有从前想象中有妈妈就有一切的感觉。相反，她感到自己给母亲带来了麻烦。有一回，她们看见后父骑摩托车走了，妈妈便开始教冬妹识谱唱歌，不知为什么后父又突然折回。他看见冬妹在勇慧怀里亲热的样子，脸色大变，指着冬妹问道："她到底是谁？是不是你从前生的那个野种？我真贱，竟然赚钱给别人养野种。"说完，气呼呼骑车走了。

后父不在家时，冬妹还能和母亲说说笑笑，但只要他在家，看到他铁青的脸，虽有妈妈的袒护，冬妹还是会吓得大气不敢出，常常感到不寒而栗。

一天下午，妈妈出去办事，家里只剩冬妹一个人，她正在帮妈妈洗衣服。后父突然回来，叫冬妹给他泡茶。她急忙泡了一杯端给后父，意外发现后父对她喜笑颜开，还让她坐在旁边，关心地问东问西。

"我第一眼见到你，就觉得你是勇慧生的那个女儿。其实，这有什么，你妈妈的女儿不就是我的女儿吗？唉！你也别怪我这几个月对你不理不睬，要怪就怪你妈妈，我就怪她骗七骗八，不和我说实话，这有什么呀？多一个女儿也不错。像你这么漂亮懂事的姑娘换谁谁也喜欢。说实话，我一见你就喜欢得紧，你和你妈妈说，叫她以后不要再骗我了，以后我就认你是我生的亲女儿了。"

后父的一番话听得冬妹很是感动，她静静站在一旁，不时添茶倒水。不一会儿，后父去打开电视机，还亲热地拉着她坐下一起看。她不敢违逆后父，只能坐在旁边。面对后父突然的友好，冬妹感到受宠若惊，但总有一种不祥的预感，让她觉得如坐针毡，

后父看着聊着，起身把一盘带子放进了录像机。顿时，电视里出现了不堪入目的淫秽画面，传来男人的淫笑声和女人的叫床声，赤身裸体的镜头和男女交配的画面，让冬妹面红耳赤。她虽然还年轻，可毕竟经历了许多人情世故，她知道后父一定对她不怀好意，紧张地思索着脱身之计……

后父突然从钱包里拿了五十元钱硬塞给冬妹，说是爸爸给女儿买衣服穿，让她不要告诉妈妈。还没有等冬妹说话，后父猛扑过来，把她压倒在沙发上，一张臭嘴在她脸上乱咬着。

冬妹拼命挣扎，急得后父火烧火燎，他拿起茶几上的剪刀三两下

剪破她的衣服、撕扯掉她的内衣裤，她像一只赤裸裸的小绵羊，在饿狼的眼皮下瑟瑟发抖。

后父淫笑着脱掉了自己的裤子，自摸着向冬妹炫耀说："你妈妈最爱的就是我这玩意儿，每次让她死去活来的就是这家伙。你也长大了，快让我玩玩，跟你妈妈比较比较，我保证让你舒服，你一定比你妈妈好玩。"

后父的话令冬妹作呕，觉得后父的行为简直就是大逆不道和奇耻大辱，她想到了一句话"士可杀不可辱"，"啪"一声清脆的耳光狠狠地落在后父脸上。后父大惊，这显然出乎他的意料，平时的冬妹见到自己如老鼠见到猫，今天哪里借的熊心豹子胆竟然敢打他，这事要是传出去，他还怎么管理手下的几百号民工。

"小婊子，老子养了你这么几个月，你竟敢打我！你不要命了，看老子今天怎么收拾你。"后父怒骂着冲过来对冬妹拳脚相加。

冬妹听了后父的话，心想，妈妈没有工作，她这半年吃的住的，的确用的是后父的钱，便觉得矮了几分，不由低下了头，任凭后父的拳脚在她身上乱打着。

后父看冬妹已经被他的拳脚征服，心里的气顺了一些，不觉又来了精神，冲过来把冬妹死命地摁在地上，说："小婊子，知道怕了吧！让你尝尝老子的厉害，看你以后还敢不听老子的话，看老子今天怎么收拾你。"他一边骂着又如狼似虎地扑倒在冬妹身上。

冬妹虽然被打得脑袋嗡嗡作响，但她的神智依然是清醒的，她用尽全身力气拼命抵抗着。后父看着像受惊小鹿一样的冬妹，欣赏着她含苞欲放的处女之身，见她皮肤细腻，凹凸有致。他又想到她的妈妈勇慧，嫁他时已不是处女，心里的疙瘩一直抹不去，现在正好母债女还。以后，我让你们母女共夫，一起侍候我。后父想着，只觉得征服欲和占有欲大增。

后父用尽全身力气搂住冬妹，把舌头塞进了冬妹嘴里。冬妹一阵恶心和愤恨，眼睛一闭，狠狠地咬了下去。

"啊哟！"随着一声杀猪般的惨叫，后父猛地推开了冬妹，捂着嘴巴痛苦地哀号起来，鲜红的血液从他指缝里汩汩流出。惊慌失措的冬妹“呸”地吐掉满口咸腥的鲜血和一截断舌。

后父怒不可遏地狂跳着拿了斧头要砍死冬妹。冬妹冲到房间关紧房门，急忙找来衣服穿上。凶猛的砍门声和后父的号叫声吓得冬妹心惊肉跳，她知道只要后父砸开门，一定会劈死她。

一下，两下，三下……眼看门快要被后父劈开，冬妹唯一的念头就是逃命，她急忙爬到窗户上，闭上双眼纵身一跃，从二楼跳了下去。

冬妹睁开眼睛，发现自己倒在草地上，居然毫发无损，站起来赶紧逃跑。她头也不敢回地跑了很久，直到确认后父没有追上来，她才上气不接下气地停下了脚步，倚在路边的树上休息。

看着来来往往的行人，回忆下午发生的事情，只觉得心脏怦怦狂跳和后怕。虽然吓得半死，好在有惊无险，算是逃过了这一大劫。只是下一步她该怎么办?

她在街上漫无目的地走着。天渐渐暗了下来，又到了吃晚饭的时间，肚子饿得咕噜咕噜乱叫。街头巷尾，到处飘散着饭菜的香味，街头瓜果小吃琳琅满目，令人垂涎欲滴，小摊小贩招徕顾客的吆喝声不绝于耳。冬妹咽着口水，下意识摸了摸口袋，里面没有半分钱。晚上她又要饿肚子了，此时的她，又一次感受到钱的重要性。

喧闹的街道慢慢恢复了夜的平静，她看见远处有个男人远远地看着她，惊出她一身冷汗。她又想到深夜在晓城遇见过的十三太保，急忙快步逃离了那个男人的视线。晚上该怎么办呢? 她又想到了妈妈，尽管她知道再也回不去了，也知道妈妈有许多苦衷和无奈，但妈妈毕竟是她唯一的亲人，她只能求助于妈妈。

家里的大门紧闭着，只有温馨的灯光从窗户透了出来。冬妹不敢去敲门，只能远远地躲在角落，偷窥妈妈家的动静。尽管成群的蚊子咬得她痛痒难耐，但仍敌不过困魔缠身……

醒来时，天已大亮。辘辘饥肠像枪炮般轰炸着她的身体，她实在太饿了。她无力地搓了搓眼睛，盯着妈妈家紧闭的大门，看见弟弟妹妹背着书包去上学了，却等不到后父出来。想后父可能是昨天被她咬掉舌头去了医院，还是在家里养病？终于，她见到妈妈开门出来。

“妈妈，妈妈。”冬妹呼唤着追了上去。

母亲见是冬妹，心中怒火中烧，骂道：“算你狠！”“啪”一记响亮的耳光落在冬妹脸上。

冬妹只觉得脸上火辣辣的痛，踉跄几步跌坐在路边的石头上。冬妹本想向妈妈解释昨天的事，可看到妈妈气势汹汹的样子，也就不再说话，委屈的泪水在脸上静静流淌着。

妈妈头也不回地走了。冬妹脑袋嗡嗡地响，她实在是太饿太累了，已没有任何力气去面对现在和思考未来，哭了一会儿又迷迷糊糊地睡去了。也不知道过了多久，一阵饭菜的香味扑鼻而来，唤醒了梦中的冬妹，她睁开眼睛，见妈妈坐在身边看着她默默流泪。

“妈妈！”满肚子的委屈和无助全化作了眼泪，她扑在妈妈怀里大哭起来。

“孩子，对不起！妈妈早上实在不该打你，妈妈也知道你委屈，是那个畜生不是人，可你也太狠了，昨天去医院，他的断舌虽然已被接上，但却不一定能够成活，就怕他要一辈子做哑巴了。妈妈没有工作不会赚钱，我们一家还要靠他养活呀！”妈妈哭着从篮子里拿出许多吃的东西给冬妹，说，“一定饿坏了吧！快点吃。”

妈妈看着冬妹吃饱喝足了，便从钱包里拿出二百元钱给冬妹，说：“孩子，怪妈妈太没有能力，我保护不了你，你走吧！人各有命，好自为之。”

冬妹哽咽着，心里虽然有千言万语想对妈妈说，却一句话也说不出来。

妈妈又催促道：“你快点走吧，等会儿被那个畜生撞见，他一定非宰了你不可，不是妈妈狠心，是我实在没有办法，我已经失去你父亲了，不能再没有这个家，更不能没有你的弟弟妹妹，他们比你小，都需要我的照顾！”妈妈说完便站起来擦着眼泪走了。

冬妹怔怔看着母亲越走越远，没有回头看她一眼，不知怎的，冬妹竟然没有再伤心难过。曾经魂牵梦萦的母亲已经弃她而去，没有了对父母的幻想，她的内心反而更加坚强。她用衣袖拭去脸上的泪水，紧揣着妈妈给的二百元钱和包裹，向火车站的方向走去。

二十二
火车上遇到两个好心人

傍晚时分，冬妹登上了开往上海的火车。她虽然饱尝人间心酸和世态炎凉，脸上依然还保留着少女的清澈和单纯。她的头老是低着，眼睛怯生生不敢看人，一双手不时摸着口袋里的火车票和剩下的一百八十元。当火车缓缓驶出站台，山城慢慢消失在窗外，她还是忍不住流下眼泪，毕竟这里住着她最亲爱的妈妈。往事如梦，未来一片迷茫……

"小丫头，好好的你怎么哭了？去上海找亲戚吗？"坐在她对面的年轻军官看着一脸茫然和泪水的冬妹，关心又好奇地问。

上海没有亲戚，连一个朋友都没有，她只听说过上海是一座好大好大的城市。在山凹村时，邻居张奶奶曾在上海当过保姆，她见多识广，村里的人们都非常尊敬她。还有她刚到小镇时，光头叔叔说要把她的腿打折掉，卖去上海要饭。面对年轻军官的问话，冬妹不知道如何回答，更担心他看出自己的落魄，只是本能地涨红了脸，把头垂得更低了。

年轻军官似乎猜到了什么，一会儿，他从行李架上的大箱子里拿出苹果和饼干，用一把雪亮的多功能小刀迅速削了一个苹果，递给冬妹，说："小姑娘，肚子饿了吗？吃个苹果。"

冬妹自吃了妈妈给的早点，已经一天没有再吃东西了，肚子早饿得咕咕叫。芳香四溢的大苹果让她口舌生津，勾得她肚子里的馋虫四处乱拱。她从来没有感受过年轻帅气男人的关怀，看着军官一脸的真诚和友善，一股温暖的春风直入心田，冬妹顿时觉得心怦怦狂跳。她涨红了脸，始终不敢去接他手中的苹果。

年轻军官见此，便整了整头上的大檐帽，用调侃的口吻安慰冬妹："小姑娘，你放心吃苹果吧，解放军是不会骗人的。"

冬妹不由偷看年轻军官，见他鼻直口方，一双炯炯有神的眼睛仿佛能洞穿人的心灵，笔挺的军装把他本就结实的身材衬得更是英俊挺拔，洋溢着一股浩然正气。

不知道是抵制不住面前苹果的诱惑，还是受了那句"解放军不会骗人"的影响，冬妹终于接过苹果。脆爽可口的果肉甜入心扉，她的嘴巴也变得灵活甜蜜起来，不由脱口说："谢谢叔叔。"

年轻军官怔了一下，哈哈大笑："我还在念大学呢！有叔叔那么老吗？"

冬妹又一次打量年轻军官，觉得他虽然高大魁梧气宇轩昂，但一张刚毅红润的脸蛋却显得非常年轻，看起来确实没有比自己大几岁，是应该喊他哥哥才对。想到这里，她的脸又变得通红，结结巴巴替自己辩解："解放军，解放军就是叔叔呀！"

"好一个解放军就是叔叔，小姑娘的嘴真甜。"坐在旁边的一个男人说。他约摸五十出头，白皙儒雅，戴一副金丝眼镜，文质彬彬的样子。

气氛一下活跃了起来。年轻军官又塞给冬妹许多糕饼，还热情地请瘦高个男人一起吃，说这是他妈妈亲手做的。

他们俩一见如故，海阔天空地聊了起来。谈笑中，冬妹知道了年轻军官叫楼宝强，就读于上海某军校，暑假回家乡，现在去学校上学。另一个男人是上海科学院的高级工程师，叫孙晓磊，去山城出差返沪。

他们俩都很健谈，从时事政治说到经济趋势，从体育赛事聊到个人情趣。话上海、讲深圳，天南地北，国内国外，全是冬妹没有听过的事。她还是第一回听知识分子聊天，尽管似懂非懂，但觉得新鲜有趣，听得津津有味，身体和精神也就慢慢放松下来。

聊着聊着，话题又回到冬妹身上。他们对面前这个小姑娘都一样充满了好奇。

“小姑娘，你去上海什么地方？是去上学还是找亲戚？怎么一个人去上海？你爸爸妈妈呢？”

他们嘘寒问暖的关怀，让冬妹心里暖洋洋的，她觉得年轻军官像是多年未见的大哥哥，工程师像是邻家大叔，心中产生了信任和依赖，却又实在不知道如何回答他们的问话，满腹辛酸和万语千言，全化作滚滚热泪奔涌而出。

“小姑娘，别哭了，我最看不得人哭，有什么委屈和困难慢慢说，我们都会帮助你的。”年轻军官一边递给冬妹纸巾，一边安慰说。

在世人白眼中长大的冬妹，平时很少言语，更不敢轻易表露自己。他们善意的眼神如冬日阳光，给了她无限温暖，他们真诚的关心似一道热情的火焰，融化了她心底的坚冰。

从冬妹断断续续的言语里，他们知道了她的身世和坎坷的命运，都不住发出一声声叹息，对这个孤独无助的小姑娘充满爱怜同情，他们都想帮助她。

在火车快到上海时，他们已经商量好让冬妹先去工程师家暂住。年轻军官送给她二十元钱和一本《钢铁是怎样炼成的》，扉页上有他的住址，还当场写了一首小诗赠她。冬妹仔细读了，小诗的内容是：

不要因不幸而哭泣
苦难是人生最好的老师
面对无奈的现实
你唯有学会坚强
像河蚌经历磨砺
孕育出晶莹剔透的珍珠

临别，年轻军官告诫冬妹，一定要好好读这本书，学习保尔·柯察金的精神，在任何困难和逆境中都要坚强不屈，迎接命运的挑战……

二十三
求助年轻军官

工程师孙晓磊的家和工作单位在同一个大院，位于上海市区闹中取静的一个清幽之地。这里交通便利，院门口有二十四小时警卫值班，进出还要看通行证。他家的房子是一个大约六十平方米的两居室，在当时家家户户房子小得像火柴盒的上海，可称得上是豪宅了，屋子收拾得温馨整洁，看得出女主人的勤劳。

孙晓磊毕业于上海复旦大学，“文革”前是国家一个重点项目的学科参与人，谁知被卷入文化大革命的风暴，挨过批斗，关过牛棚，戴过高帽，吃尽了苦头，后又被当作臭老九下放到天寒地冻、渺无人烟的北大荒接受劳动改造。期间，经人介绍娶了当地的一个姑娘，好容易熬到“文革”结束，平反昭雪后带着老婆孩子回到上海。他们的独生女儿孙梦兰现在刚上初中。

女主人刘春英见到老公带回不速之客，脸色顿时像阴霾的天空，但当着老公面，没有立即发作。

冬妹从进门的那一刻起，就感觉到空气的凝重。女主人的脸上没有一丝笑容，冰冷的眼神让人在大热天也能立结三尺寒冰。她的话如刀子般锋利，毫不留情，不给人一点面子。

晚上，孙晓磊叔叔的意思是让冬妹和女儿梦兰同睡一张床，刘春英马上大叫起来，训斥老公：“你了解她吗？外面的野女人有传染病怎么办？”她非要把女儿的床给冬妹一个人睡，让十多岁的女儿和他们同挤一张床。

接下来几天，任凭冬妹怎么做，都很难讨得女主人的欢心。不是嫌她洗的碗不干净，就是嫌她擦的地板像个大花脸，还责骂她上厕所没有冲洗干净，要熏死人……

那天，女儿梦兰放学回家，和冬妹玩了一会儿，正好被刘春英看见，她狠狠地批评女儿："你是有身份有地位的上海小姐，怎么可以和乡巴佬野女人一起玩，你知道她以前是干什么的吗？她可能是麻风病医院里偷跑出来的，你不怕死呀？"

梦兰实在听不下去了，为自己也替冬妹辩解："妈妈，您别乱怀疑人，姐姐什么病也没有。今天爸爸已经带她去社区医院检查了，医生说她健康得很，爸爸还说晚上让我跟她一起睡呢！"

刘春英听女儿说她老公还带冬妹去医院检查身体，便觉一股无名之火油然而生，气得大骂："上个月我头痛，我让你爸爸陪我去看医生，他偏说工作忙抽不开身，怎么竟然有时间陪这个小婊子去医院？一个大老爷们儿陪一个来历不明的野女人去医院，这成什么体统呀？这里面肯定有猫腻。"

冬妹强忍着泪水，委屈地说："阿姨，您说话好听一点。这几天我吃了您的饭，还睡了梦兰妹妹的床，您可以打我骂我，但您不能侮辱叔叔，他是天下最好的人，根本不可能有您想象的什么猫腻，叔叔一直把我当女儿看待的。"

刘春英听冬妹说老公一直把她当女儿看待，心里更是来了气，冷笑着说："怪不得，原来你们已经发展成父女关系了呀！现在上海有的是干爹搞干女儿的，要不我让位给你这个乡巴佬？好让你来做上海人。"

女儿梦兰实在看不下去了，她替冬妹鸣不平说："乡巴佬怎么了？我看姐姐就挺好，你嫁给我爸爸之前不一样也是乡巴佬吗？"

刘春英看自己唯一的宝贝女儿，为了帮冬妹说话竟然挖起了自己的老底，不由气得语无伦次，口不择言地骂女儿："你这个吃里扒外的东西，你爸爸是狗，喜欢舔烂疮毒脓，难道你也是狗不成？你明明是要帮着你爸爸把我活活气死。你们父女俩，好一个换老婆，一个换亲娘！”

梦兰听母亲越说越不像话，心里反感，就说了句“不可理喻，神经病”，摔门出去找同学玩了。

冬妹尽管从小看尽世态炎凉，可她也有自尊，面对春英阿姨赤裸裸的蔑视和侮辱，她恨不能钻地三尺。她宁愿在外面饿死，也胜过在这里受恶心的窝囊气。其实，她早就想走，可看到孙晓磊叔叔对自己的关心和梦兰妹妹对自己的友好，很是舍不得。回想这些天孙晓磊叔叔为了自己没少和春英阿姨吵架，受了不少冤枉气，她觉得实在不能再让叔叔为难了。思考再三，趁着叔叔还没回家，她收拾完自己的行李悄悄地走了……

冬妹来到上海著名的外滩。

璀璨的霓虹灯流光溢彩，如一颗颗巨大的彩色钻石，照得她眼花缭乱。一座座金碧辉煌、被点缀得如水晶宫似的摩天大楼让她望而生畏。路灯、车灯、彩灯、装饰灯交相辉映，如一条条蜿蜒飞舞的火龙，令她目不暇接。街上人来人往，上海小姐浓妆艳抹打扮得花枝招展，处处弥漫着大都市的繁华和魅力。

外滩迷人的夜景，并没有给冬妹带来喜悦，相反越发令她感到自己的渺小和卑微。她知道，她虽然脚踏着上海的土地，可她不属于上海。尽管上海很大，可却找不到一个她能栖身的地方……

她站在黄浦江畔，遥望着来往船只，泪水在她脸颊上无声滑落。

午夜，喧嚣和浮华慢慢退却，路上的行人已不知不觉散去，只有闪烁的霓虹灯，依旧不知疲惫地卖弄着耀人的光彩，仿佛一群群被冷落的、没有了观众的舞女，自爱自怜地燃烧着青春，卖弄着妖娆。

不夜的上海犹如天堂，可生活在天堂里的人一样也是凡人，需要休息睡觉，连江面上来往的船只也都安静地停泊在江边。冬妹实在走累了，她坐在黄浦江边的石凳上，困魔袭击着她，她多么渴望有一张床，能够舒舒服服睡一觉，但这对她来说是一种遥不可及的奢望，尽管她的身上还有母亲给的二百元钱。

她也曾去了几家旅社投宿，都因为没有居民身份证被拒之门外，旅社服务员不屑一顾的态度和怀疑的眼神让她无地自容。她的面前一片黑暗，没有身份证和户口簿，她就是黑人，是社会的盲流，人人都可以当她是坏人，可以欺负和鄙视她。没有人会给她工作，没有人愿相信她。

冷酷的现实和极度的自卑如大山压得她透不过气来，想到自己多舛的命运，心酸的往事似翻滚的浪涛跌宕起伏，不停地向她袭来。死，她想到了死，只要闭上眼睛纵身跳进黄浦江，就能摆脱一切烦恼和忧愁，再不用受人世间的白眼和悲苦。

她向江边走去，慢慢闭上了眼睛。肆虐的风声和汹涌的波涛像狰狞的魔鬼，随时要把她吞噬掉，在漆黑无边的江面上，仿佛浮现出雪花妈妈的棍棒、美芳妈妈的冷言冷语、后妈的陷害、生父的叹息、后父的无耻、生母的眼泪，一幕幕令人恐惧的幻象阻止了她的脚步，求生的本能让她停了下来，她用力咬了咬嘴唇，疼痛顿时使她清醒过来，她猛地转过身，眼前是明亮的灯光，光环里映射出养父慈爱的面孔和深情的呼唤，还有那个年轻军官善良的嘱咐和殷切的期待。

她下意识摸了摸怀里的《钢铁是怎样炼成的》，想到了保尔幼年丧父，受尽欺辱，后来还双目失明，全身瘫痪，然而，他却以坚强的毅力，在病床上书写了一部激励后人不懈奋斗的巨著。

冬妹突然想自己比保尔幸运多了，至少她身体健康，没有疾病，她怎么可以轻生。“不能死，我不能死，我还有养父，他一直在等我。”她迈开了脚步，向着光亮处跑去……

晨曦微露，街道上已经布满勤劳的小摊小贩。“豆浆、烧饼、油条、肉包子、豆腐脑，快来吃早点。”小贩阿姨用清脆的声音，亲切地吆喝着。冬妹摸了摸口袋里的钱，找了个位置坐下，吃着热腾腾的豆浆油条，看着太阳从东边冉冉升起，心情也豁然开朗。真真切切感受到了生活的美好。她吃饱喝足，就去附近公园的凳子上休息，一会儿便沉沉睡去，醒来后疲劳顿消，浑身是劲。可发现抱在怀里的包裹不见了，她急忙摸了摸缝在内衣口袋里的钱，好在没有丢。

现在连换洗的衣服都没有了，她仅有的财产只剩枕在头下的《钢铁是怎样炼成的》和口袋里的钱。以后的日子怎么过？没有居民身份证和户口，她寸步难行，谁能相信她呢？对，去找年轻军官！解放军叔叔是最乐于助人的，她想。她按年轻军官留下的地址找到军校。

当冬妹找到他住的宿舍时，已是傍晚。年轻军官楼宝强正在寝室里和同学们得意洋洋地吹大牛。同学看见邋里邋遢的冬妹来找楼宝强，心里纳闷，猜想着她是他的什么人。一个刚才被楼宝强取笑了的同学，终于找到了报复的机会，起哄说："楼宝强，你老家的女朋友来找你了。好你个楼宝强，保密工作做到家了，现在女朋友都找上门来了。小姑娘，你放心，假如你那个宝强哥哥敢不要你，我们帮你做主。"十来双眼睛齐刷刷地射向了低着脑袋、脸涨得绯红的冬妹。只见她面色憔悴，头发凌乱，一件不合时宜的T恤衫皱皱巴巴，眼睛里写满了迷惘和不知所措。

楼宝强被突然来的冬妹吓坏了，他尴尬地站起来跺跺脚，摆摆手说："你们胡说啥呀？她是前几天我在火车上刚认识的。"

却听另一同学大嚷了起来："好你个楼宝强，原来还是在火车上勾搭上的。哈哈，真够浪漫，现在人家找上门来了，你是不是已经把她搞定了？"同学们哄堂大笑。

"啊呀，这本书不是楼宝强从前常看的那本吗？我说最近怎么没见着，原来在你手里，一定是他送你的定情信物，哈哈哈！"

他们个个二十岁上下，正是青春骚动的年华。军校管理严格，不允许谈情说爱，他们被熊熊燃烧的青春烈火炙烤着身心，心底里压抑着的原始欲望正愁无处发泄，见来了个女孩，不由兴奋异常。再加上楼宝强平时爱抢风头，总是不可一世的样子，大家好不容易找到个奚落他的机会，就都跟着胡说八道起来。尽管，他们明知面前这个落魄潦倒的小姑娘与他们的同学楼宝强绝不般配。

同学们的笑话，对平时就有点心高气傲的楼宝强来说，简直是一种深深的挖苦嘲笑，挑战着他的虚荣和自尊。他虽然同情这个小姑娘，可这与爱情无关。他是当代的天之骄子大学生，是未来的国之栋梁，他的爱情怎么可能会和一个没有文化又来历不明的盲流小姑娘扯上关系？这事实在是太丢人了。转念又怪她怎么就冒冒失失地跑来学校找他，害他在同学们面前丢尽了面子。心里想越生气，皱起眉头，语气生硬地对冬妹说："你怎么来了？你来找我干什么？你要向我的同学们解释清楚，我们只是在火车上遇见，我只是出于同情你，送你这本书。我们什么关系也没有，那个工程师孙晓磊可以作证。"

滚烫的泪水在冬妹的脸颊上滑落着，羞涩、紧张、委屈、无助一起向她袭来，她的脑子一片空白。是呀！在朦胧的潜意识里，她又何尝没有对年轻军官的幻想。她毕竟是个发育良好、青春懵懂的少女，也有着对爱情的希冀和渴望。每天，她都是枕着他送的书入眠，只要想到他英俊帅气的面庞，她的心就会升起无限的情愫，她不知道这是否就是爱情，但她也明白自己的身份，根本不敢幻想爱情，她来找他和爱情绝没关系，她只是在心底里觉得他是好人，希望他能帮助她。

然而，她的到来却引起了同学们对他的误解和取笑，这使她的心隐隐作痛，感到深深的愧疚和不安。她很想和他说声对不起，告诉他的同学们，自己绝对不敢对他有半点幻想，更不可能是他的女朋友。然而，她实在受不了那些年轻军官嘴角的坏笑和嘲弄，还有楼宝强那冷漠的眼睛，流露着反感、鄙视、戒备、厌恶之情的眼神，和她在火车上遇见的那个热情善良的大哥哥判若两人。

自卑和自尊让她恨不得找个地缝钻进去，她扭头跑了出去。

也不知道跑了多久，直到实在跑不动了，她才瘫坐在路边的地上。绝望、悲伤、耻辱在她脑子里排山倒海般倾泻而出，她忍不住放声大哭起来，哭得昏天暗地，哭得死去活来。时间似乎在她的哭声里静止，万物仿佛也在她的悲伤中寂灭。直到哭干了眼泪，身上没有了一丝力气，她才勉强忍住悲伤，睁开了眼睛，面前早已一片漆黑，夜色茫茫。晚上怕是又要在街上坐到天明了，她想。

漫长的夜晚总是让她一阵阵发憷，可长夜总会有太阳升起的时候，可她的明天、她的前途、她的未来在哪里呢？

她又饥渴又疲乏，两只脚像灌了铅一样的沉重。无论如何，先吃点东西填饱肚子再说，她擦干眼泪，走进路边的小饭馆要了一碗馄饨。当把五角钱递给老板娘时，她又想到了晓城的那家小吃店，不由得大着胆子问："老板娘，您这里需要小工吗？我不要您的工资，只要管吃住就行。"

老板娘的眼里透着精明和能干，她接过冬妹的五角钱，用她那明察秋毫的利眼，把冬妹上下看了个透，在确认面前这个女孩不太像社会上的流氓后问道："你先把你的介绍信给我看看。"

听老板娘说要看介绍信，冬妹的希望又幻灭了。这些日子，她已经向人们解释过好多次了，可没有介绍信，任何的解释都没有用，也没有人相信她。她绝望地摇了摇头说："真对不起，我没有介绍信，但我向您保证我一定不是坏人，也很能干活。"

老板娘好心地说："小姑娘，不是我怀疑你是好人还是坏人。你没有这东西，干活不要工资，人家也一样不敢用你。小姑娘，你要小心点，千万不要被别人知道你没有证明，不然，派出所要把你抓走的。"

冬妹感谢老板娘的好心提醒，付完饭钱就走了。

她已经习惯了流浪，还积累了一些经验。夜里她不敢去人少的公园，觉得不够安全，她会在人来人往的大街上找个地方，坐在路灯下看书直到天明。早晨天微亮，她就去吃豆浆油条，再去公园找一个安静的石凳子，躺在上面补个好觉。

好在是夏季，天气暖和，夜短昼长，日子还是比较容易度过的。

二十四
流落上海滩

日子一天天过着，冬妹早忘了时日，只是身上的钱已经越来越少。渐渐地，小吃店老板嫌弃她脏，不肯再卖饭菜给她，路人也开始远远躲避她，还有经常有小朋友拿石头砸她。她身上长了很多虱子，瘙痒难耐。她突然想到了她的疯子舅舅，觉得现在的自己已经和舅舅一个模样。她知道别人一定也把她当作疯子了。舅舅没有疯，她也不是疯子，她又翻开了《钢铁是怎样炼成的》贪婪地读了起来，她要学保尔精神活下去，一定要像保尔一样百炼成钢。现在的她已经没有对父母的幻想，没有亲人，也没有朋友，她知道也只有自己才能救自己。

她数了数身上的钱，只剩三十元了。她去河边洗了个澡，咬牙花二十元钱买了连衣裙和鞋换上，又去理发店修了修头发，看着镜子里的自己妩媚动人，感觉和时髦洋气的上海小姐没有两样，她忽然变得自信起来，学着上海小姐的样子，哼着小调昂首挺胸地走在大街上，确实引来许多男人觊觎不已的目光。

她又走进了驱赶她、不许她进门的那家小餐馆，老板娘已认不出她，满面堆笑地向她打招呼，小伙计热情地给她倒茶端水。果然是只重衣裳不重人！

可是，漂亮衣裳只是给了她短暂的一点自信和陶醉，而生活却是实实在在摆在她面前。晚上，她又垂头丧气地坐在黄浦江畔的石凳子上。沧海茫茫，冷月如霜，犹似她心里无边无际的哀愁。深秋的夜早有了浓浓的寒意，秋风萧瑟，落叶纷飞，漂亮的连衣裙已经抵挡不了冷秋的寒意，她在秋风冷露里瑟缩成一团，身上已没有一分钱。其实，她的要求很低，只要有张床，有口饭吃，让她干什么活都行，可这对她来说是一种奢望。

冬妹总觉得身边不时有走过的男人，用色眯眯的眼睛盯着她看，有个老头终于按捺不住，问冬妹："小姑娘，打洞吗？"

她第一回听到打洞这个词，不知道也不理解打洞是什么意思，实在忍不住好奇问道："什么叫打洞？"

男人的脸上掠过一丝怀疑，说："你装什么逼呀，你是真不懂还是假不懂？不打洞大半夜的你坐在这里不做生意想做什么？小姑娘出来哪个不是为了赚钱呀？"

冬妹终于明白打洞的含义，满脸羞得通红，垂下头不再搭理他。男人看冬妹确实不像是卖色的人，只好悻悻然离去。

夜越来越深，她又要在黑夜里坐到天明了。她的肚子早叽叽咕咕地向她抗议着，它需要食物，可现在的她又是身无分文。

不远处，有个三十岁左右的男人远远地观察着冬妹，按他的丰富经验和认真分析，确认面前这个雏儿不是卖淫女，心里暗喜，觉得是老天爷赐他一个活宝。他耐心地等待着，思索着要怎样获得她的信任。当手表时针正对着十二，男人走近了冬妹，用大哥哥一样的语气关心地说："小姑娘，我看你坐在这里好久了，你饿吗？你冷吗？我一看你就是个好姑娘，可是为什么半夜三更坐在这里？你多大了？哪里人？和你爸爸妈妈吵架了？唉！你一个人坐在这里多危险，遇见了流氓坏蛋怎么办？"

冬妹看他长得眉清目秀，头发梳理得油光整齐，西装革履，衬衣领带，彬彬有礼，一副道貌岸然的样子。她虽然对面前这个男人也充满警惕，可觉得他的话悦耳动听，不像其他人都怀疑她是婊子，心里多了几分好感，大着胆子说："我想在上海找工作，可是我没介绍信和证明，没人相信我，我也实在不知道该怎么办。"

男人走近冬妹，仔细审视面前这个小姑娘，看她虽然没有发育成熟，看上去还有些面黄肌瘦，但一双明亮的眸子楚楚动人，穿的连衣裙虽然不合时宜，但身材修长挺立，玲珑有致，觉得是个美人坯子，就差好好培养打扮。

他暗暗点头，表现出对她的无限理解，用怜悯和同情的口吻说："小姑娘，我一看就知道你是个好姑娘，你一定肚子饿坏了吧？走，我先带你去吃饭再说。"

此时的冬妹早饿得头晕眼花，听说这个叔叔要带她吃饭，心里好不高兴，涨红了脸急忙道谢："谢谢叔叔，谢谢叔叔。"

男人看冬妹一脸真诚感激的样子，突然觉得自己崇高伟大起来，他吹着口哨，怀着像上帝一样的慈悲胸怀，带冬妹去了家小餐馆，为她要了菜和米饭，耐心地在旁边等着她吃饭。

等冬妹吃饱喝足后，那男人看了看表打着哈欠说："啊呀，都已经凌晨两点了，怪不得那么困，要睡觉了，你在哪里住？我送你回去吧！"

冬妹心想，我刚才明明已经告诉你我没有介绍信住不了旅社，你还问我住哪里，假如我有地方住，怎么可能半夜三更坐在路边？她不知该如何回答他的话。想到天已经越来越冷，身上又没有一分钱，以后的日子该怎么过？眼泪已忍不住流了下来。

"小姑娘，快说话呀，大半夜的你总不能睡大街上啊！现在的流氓坏人可是越来越多，况且，天气那么冷，你穿得又单薄，即使没遇到坏人也会被冻死的。"那男人边哄边吓唬说。

冬妹的心仿佛提到了嗓子眼，焦虑和不安向她涌来，她怕黑怕冷，更怕流氓坏蛋，此时真的好担心他会离她而去，他似乎成了她的救命稻草，她哭泣着哀求说："叔叔，您能帮我找份工作吗？管吃管住就行，我不怕苦，不怕累，什么事都能做。"

那男人像是被她感动了，同情地说："我尽量试试吧！可晚上你怎么办呢？我想起来了，你刚才说过你没有介绍信，那样我即使给你钱，你也住不了旅社。假如你不怕我是坏人，你就跟我住吧。"

冬妹虽然觉得和一个大男人一起住不妥，可也没有其他办法，想即使在他的房间坐到天亮也比在马路边受冻强吧。况且，看他也不像个坏人。

冬妹跟男人来到了一个小旅馆，房间里摆着两张单人床。

她虽然知道男女有别，心想女孩子怎么可以随便跟一个陌生男人同睡一个房间。可她从工程师家出来后，已经不知多久没有沾过床，实在是太困太累了，身体已经不允许她再犹豫和思考。

男人体贴地安慰冬妹说："你放心睡觉吧，我保证不会碰你。"说着就倒在床上呼呼睡去。

冬妹和衣躺下，一觉醒来时天已大亮。那男人在旁边静静地看着自己，床边的桌子上还放着豆浆油条肉包子。

冬妹不安地看了看自己的衣服，在确认昨晚什么事都没发生后，急忙起床，说："谢谢叔叔，太谢谢您了！"

"小丫头嘴还挺甜，快去洗脸，吃早饭。"

那男人叫谢振轩，高考落榜后凭着自己出众的长相和机灵劲，在一家私企玩具厂做产品供销员。在当时，供销员是一种令人羡慕的职业，用他自己的话说是"东西南北游四方，吃喝玩乐全报销"。他脑瓜子灵活，见多识广，与人交往临危不乱，推销产品战无不胜，小日子过得无忧无虑，假如再娶一个门当户对情投意合的女子，相信他也一样有能力创造出美好的未来。

然而，他却被老板的女儿雪梅看上了，倒插门当了上门女婿。雪梅是老板的小女儿，也是公司的继承人。她的两个哥哥都考上了大学，有他们自己的工作。他本以为自己攀上高枝变成了凤凰，没想到却成了只囚鸟。雪梅常常趾高气扬，对他颐指气使。有人说过：男性在家里没有地位大多是因为没有能力，女性没有地位大多是因为没有收入。他有能力也有收入，可任他怎样努力，在家里始终翻不了身，骄纵的妻子尽管爱他，但在人前背后，从不给他面子和自尊。自他结婚以来，厂里连他的工资也省得发了，不管他接了几万甚至几十万的大单，一分奖金和业务费都不给。尽管，岳父一再强调，雪梅的两个哥哥在外地都有自己的事业，等他们老两口百年之后，他将是公司全部财产的继承者。

开始时，他也觉得没有什么，反正都是自己家的钱，有吃有喝有住就行。直到有一回，弟弟娶弟媳妇来问他借钱，因他没有经济收入，只好问妻子要。谁知道他妻子雪梅不但不拿钱出来，还将他数落一番，这让他面子丢尽，忍无可忍。心里的怨气越积越多，想自己表面上是娶了老板的女儿，成了二老板，而实际上却变成不用工钱的义务劳动者。

从此以后，他越想越感到憋屈，就常常借出差的名义不肯回家，以陪客户的理由出入于歌舞厅、洗头房、桑拿中心等各种娱乐场所，大肆挥霍厂里的公款。在风月场所结识并领略了小姐的味道和风骚后，迷上了妓女的全方位服务，喜欢她们的骚媚激情。在妓女身上，他找到了男人久违的自信和快乐。嫖妓也像抽大烟，一玩就上瘾。妓女给了他皇帝般的享受，让他深陷其中。

然而，夜路走多了总要遇见鬼。一天，他来上海出差，在大街上邂逅了个叫秋香的妓女，正在和她云雨时，门突然被砸开，闯进几个满脸杀气的男人，不问青红皂白暴打了他一顿，理由是谢振轩欺负他的女朋友，把他身上的钱洗劫一空。

他不敢报案，只能自认倒霉。挣扎着去邮政所让岳父给他汇钱，在里面遇见了个清纯漂亮的女子，人如其名，叫如花，她看他一瘸一拐疼痛难忍，就热心地搀扶他去医院，甚至还帮他垫付医药费，令他万分感激。

后来，她带了几个好朋友和他认识，几个人经常在一起吃饭聊天。有一次，他做东请他们吃饭，醉醺醺回到旅社后，如花提出一起打扑克消遣，也不知他们用了什么手段，他迷迷糊糊把几十万货款输得一干二净，吓得他从此不敢回家，只能是今朝有酒今朝醉，想方设法编故事搪塞家里，让他岳父继续给他汇钱供他在上海挥霍。

直到有一天，他在饭馆看见如花、妓女秋香以及打他的几个流氓在一起吃饭，他才恍然大悟，明白原来他们是合伙陷害他，心里后悔不已，便想起在家的千般好，老婆虽然爱耍大小姐脾气，可她单纯善良，对他的感情也是挚真挚爱，又给他生了个宝贝儿子。岳父尽管没有给他算工资，可他要花钱就直接去财务开支票，他的花费也早超过工资。

做过的事没法回头，可明天的路还要继续走，一定要把输掉的货款赚回来，要不，无法向家里人交代。受那句“在哪里跌倒就要在哪里爬起”的启迪，他决心要将这场骗局弄个明白。于是，他和小混混交朋友，从他们嘴里，知道了许多江湖险恶和各种骗局。他还去赌博点仔细观察，终于知道了其中的奥秘。

他们一般都是团体作案，三五人一伙，团伙里都有女人。通常的作案手法是先利用女人去诱惑客人，俗称“拜猪”或者“钓鱼”，等男人上钩后，再慢慢收拾他们。你只要进了他们设的陷阱圈套，轻则散财，重则丢命，完全要看自己的造化。去赌博更是必输无疑，他们几个人合伙打你一个，又暗号多多，或眨眼睛，或咳嗽，搔头抓耳全是信号，怪不得他输得这么惨。

谢振轩是个聪明人，一点就通，觉得赌博赚钱实在是件非常容易的事，便和几个小流氓合伙干起了赌博生意。想只要赢回输掉的货款，就回家好好过日子。他们用各种办法，扮演不同的角色引诱客人上钩，只要客人一动心掉进他们的骗局，他们就毫不留情地把客人身上的钱掏得一分不剩。可是几个大男人要“拜猪”实在不容易，他们急需一个女人来引诱客人。他原打算去找从前认识的老相好一起合作，可一朝被蛇咬，十年怕井绳，想到妓女，他至今仍然不寒而栗。很久以来，都没有找到理想的合伙人。

昨天在公园见到冬妹，不由眼睛一亮，凭他的经验判断，她可能是刚出道的雏儿，心想就是她了。他远远地坐在旁边观察她，在确认她没有同伙后就上前搭讪，不费吹灰之力把她带回旅馆。

一连几天，谢振轩给冬妹买吃买喝，还给她买换洗的衣服，令她感激不尽。开始，冬妹对他还怀有戒备之心，可每次看他都是上床就打呼噜。他们虽然孤男寡女，但她觉得他是个正人君子，对她没有非分之想，慢慢也就放松了警惕，觉得自己真遇到了好人。有时候，他的眼神里也有一些让冬妹害怕的冲动，但他总能很好地克制住自己。

说来也怪，从前风流成性的花花公子谢振轩，自从被骗后，像换了个人，一颗心全回到家中的老婆孩子身上，发誓不再去碰外面的女人，甚至对无依无靠、共处一室的冬妹也能克制住心中的邪念。

冬妹的内心仍深感不安，觉得这样白吃白喝实在不是长久之计。反倒是谢振轩一再安慰她，说供她吃住只是多双筷子而已，叫她别放在心上，他就当是多了个小妹妹。他还让她放心待着，说他有个朋友在公安局，可以想办法帮她办理户口，有了户口她就会有居民身份证，才是中华人民共和国的合法居民，才可以像别人一样找工作。听得冬妹感激涕零，一心幻想着谢叔叔帮她落下户口，自己能有一张居民身份证。

这样过了七天，谢叔叔给她带回一张盖着红印章的介绍信，说："你快来看看，这就是我托公安局朋友帮你弄的，以后你就可以光明正大住旅社了，哈哈。你要怎样感谢我呢？"

冬妹握着这张盖着大红印章、梦寐以求的介绍信，喜极而泣，想她终于有身份可以去找工作了，只要有了工作就不会再愁吃喝，没有人会再认为她是盲流了。

她猛地跪下，学小说里的样子对着谢叔叔叩了三个响头，说："我一辈子也忘不了您的大恩大德，以后我当牛做马来报答您！"

谢叔叔急忙将冬妹扶起："冬妹，你要感恩不用着急，这只是张介绍信，用来住旅社的证明，你的户口和身份证还没有办好，去找工作是一定要有身份证的。"

冬妹的心又沉了下去，仔细看了看证明，上面写着"此介绍信仅限于住旅社用"，不由着急难过，眼泪啪嗒啪嗒掉了下来，说："那怎么办呢？我都白吃了您好几天了，心里好不安，我想要去找工作。只要您能帮我办个身份证，我就可以去工作赚钱报答您。"

谢叔叔用同情的口气说："我知道你是个好姑娘，更没有要白吃白喝我的意思，我也是恨不得立即就给你办户口的。可落户实在不是件容易的事，需要有出身证明。别人办户口都是在孩子刚出生时就去居委会申报的，你没爹没娘，什么证明也没有，来历不明，谁敢担这么大的风险去给你办户口？能开到这张介绍信已经很不容易了，我也是花了好多钱，求了我公安局的小弟好不容易才办成的。”

看着泪流满面的冬妹，谢振轩心里暗暗高兴，假装安慰说：“不过，你也别太难受，落户口也并不是完全不可能的事情，只要有一万块钱去打点领导和同事，还是有希望办成的。”

冬妹听到有可能落户口，心里又燃起了希望，可一万块钱是天文数字，去哪里弄这么多钱，她讷讷地说：“可是，我怎样才能赚到一万块呢？”

谢叔叔安慰冬妹：“我知道你是个知恩图报的好姑娘，更不是盲流，这一切只能怪你狠心的亲生父母。天总是会亮，路也会越走越宽，你放心吧，我已经帮你想了个赚钱的办法，只要有了钱去打点，我保证帮你落下户口。”

冬妹哭泣着说：“只要能赚到一万块钱，能办成户口，让我做什么都行！”

“你放心吧！只要你乖乖听我的安排，我保证你很快就能赚到一万块，有了钱你就有户口喽……”

二十五
钓鱼拜猪

经过半个月全封闭式“家有淑女”礼仪培训和形象设计后，冬妹仿佛完全变了个人。她看起来约十六七岁年纪，一袭粉红飘逸的真丝长裙，衬得她本就粉嫩的脸蛋，宛若一朵含苞欲放的带露玫瑰，一双乌黑闪亮的大眼睛顾盼生辉，微抿的红唇笑意盈盈，乌云般的秀发自然披散在肩上，一双精致小巧的细高跟鞋，更是衬出了她的婀娜多姿，她又随时保持着从礼仪班学会的收腹、挺胸、提臀、抬头的优雅姿态。她无论走到哪里，都像一颗闪烁耀眼的钻石，吸引着无数火辣辣的目光。

谢叔叔说她的工作就是用她的青春美丽和妩媚动人去诱惑男人。现在，无论她走到哪里，都会引来一群好色之徒轻佻的目光和赤裸裸的搭讪。她虽然讨厌这种色眯眯的眼睛，可她毕竟还年轻，有着女孩子的虚荣，心底里又莫名的喜欢这种受人瞩目的感觉。

她坐在酒吧里，等待着客人上钩。

“小姐，我能请你喝杯酒吗？”一个四十多岁的男士暧昧地邀请。

冬妹怔了一下，脸颊因困窘和羞涩涨得通红。看那男人鼻直口方，温文尔雅，可眼睛里却露出色眯眯的光芒，知道对方已经把她当作妓女了。不知为什么，她突然想到了她的生父，他的年龄和她生父差不多，长得也有几分相似。她的心隐隐生疼，像是被蝎子蜇了一样，站起来落荒而逃。

她一口气跑到旁边的公园里，坐在石凳子上哭了起来。在不远处紧盯着冬妹的谢叔叔急忙追了过来，递给她一张纸巾安慰说："不许哭，给别人看见了不好，不过也很正常，无论做什么事，第一次都是这样的。没事的，那些色鬼都不是好人，你又不卖身，你的工作只是接受他们的邀请，剩下的就交给我们啦！要大胆一点，慢慢就习惯了，凭你的美貌不怕没人上钩。"

他看冬妹两眼茫然、无动于衷的样子，又补充说："这样做还不是为了你的户口，没有户口你就是黑人和盲流，就要一辈子流落街头，警察随时能抓你去坐牢，你自己看着办吧！"

"我知道了，谢谢叔叔，我知道您对我的关照和培养。您给我花了许多钱，您一切都是为我着想，您还要帮我办户口，我心里除了感激还是感激的。"冬妹擦干了眼泪机械地说。

听了冬妹酸溜溜的话，谢振轩的心似乎被什么戳了一下，尽管这些话都是他每天灌输给冬妹的，可今天从她嘴里说出来却是格外刺耳，真有些分不清楚是感谢还是挖苦。他干咳了两声佯笑说："哈哈，这就对了。我们做人最关键的是要知道感恩，你只要听叔叔的话好好干，蛋糕会有，面包也会有，你的户口会有，居民身份证也会有。"

听到有户口和居民身份证，冬妹的瞳孔里又闪烁着希冀的光芒，垂下头说："我一会儿再去试试，我会努力做好的。"

"加油啦，不用害怕，胆子越大越好，我会在不远处保护着你。"谢叔叔说着就若无其事地走开了。

冬妹又回到了酒吧。

一会儿，又来个男人，他打量了冬妹一会儿，在她旁边坐下来，他操着一口浓厚的广东口音，用蹩脚的普通话拖着长长的腔调说："小姐，你怎么一个人坐在这里呀？陪我喝杯酒可以吗？"

冬妹没有回答他，只是用眼角余光瞅那男人。他约三十七八岁，很壮实的样子，涂满了摩丝的头发油光发亮，大眼睛，塌鼻梁，一口被烟熏得黑黄的牙齿中镶了几颗大金牙，脖子上戴着一条牛绳似的黄金项链，一枚硕大耀眼、镶嵌着天然猫眼的金戒指格外醒目。黑西装，花衬衫，暗红色领带，崭新雪亮的黑皮鞋里却没有穿袜子。

冬妹在礼仪培训班学习了许多知识，知道面前这个人就是“暴发户、土财主”。

那男人自以为潇洒地点了支烟，把烟雾喷到冬妹脸上，说：“小姐，你想什么呢？发什么呆呀？大哥是广东的老板，来上海是做大生意的，大哥有的是钱，我可以给你很多钱，你要多少钱？”他说着从包里拿出一张十元大钞，直往冬妹的酥胸里塞。

假如在从前，冬妹一定会毫不犹豫地走开，可现在她的工作就是“钓鱼拜猪”，现在鱼要上钩，她岂有放过之理。冬妹轻推男人的手臂，把胸罩里的十元钱放进了她的小皮包，娇嗲道：“谢谢大哥，我知道大哥有钱，我的包在这里呢！这里是公共场所，你这样子被人看见了不好的。”

男人看冬妹收起了钱，心里越发地酥痒难熬，恨不得立即把她摁倒在地，嘴里说：“钱真他妈的是个好东西啊，谁会跟钱过不去呀？有钱能使鬼推磨啊。快走，跟我去房间，你只要把我侍候舒服了，我会给你很多钱的啦！”他说着狠狠把烟头扔在地上，学舞厅里请伴入舞的样子作邀请状，可他夸张的曲背弓腰超过了九十度，滑稽得像狗熊演小品。

冬妹心里厌恶，觉得他俗不可耐，更担心随他去房间会有危险。她飞眼向不远处的谢叔叔求救，见他若无其事地点燃了烟。

谢叔叔点燃烟的意思，是告诉冬妹身边这个男人是个肥猪，先随他去房间和他周旋，等待救援。

冬妹忐忑不安地随着男人来到他的房间。刚进屋，他就迫不及待地把冬妹搂在怀里，在她脸上身上瞎啃起来。他的裤子不知什么时候脱掉，如捣米榔头的东西在冬妹的大腿中间瞎戳着，嘴里咿咿呀呀乱叫着：“小姐，老子好久没有碰女人了，我胀得实在受不了啦！你快让我搞一下，我给你钱啦。”

他说着就要来扯她裙子里面的内裤。冬妹挣扎着想逃跑，可男人力大无比，似一张无形的网，冬妹像是被网在里面的小鸟，挣扎了几下立即被捉回。冬妹的内裤终于被撕扯了下来，那男人如狼似虎地扑了过来。

冬妹大喊救命，可外面静悄悄的，谢叔叔并没有如约来救她。

她只好拼命夹住双腿不让男人得逞，紧绷的大腿根部僵硬得像是铁娘子把门，任谁也别想进门。男人在上面又急又紧张，费了九牛二虎之力，累得大汗淋漓，却仍然连门都没有摸着。又听冬妹在下面口口声声大喊救命，心里着急，那玩意儿就不听使唤疲软下来，这让他觉得面子丢尽，好不扫兴，起身扇了冬妹一耳光大骂："臭婊子，气死我了，你装什么逼，较什么劲？老子给你钱是让你侍候我，你搞什么搞，你不就是个卖逼的吗？我玩你是看得起你，又不是不给你钱，你乱喊乱叫想找死？小心公安局把你抓走。"他骂着去包里拿出一沓钱砸在冬妹脸上，一张张十元大钞撒了一床。

冬妹已经哭了起来，呜咽着说："我真的不是卖的，我不要你的钱，我要走。"她说着就去捡地上的内裤。

那男人怔了一下，抢过她手里的内裤笑弯了腰说："你这是怎么了？装什么假正经呀，难不成你还是个处女不成，你要是处女，我今天真是中了头彩，不过，你今天卖也要卖，不卖也要卖，反正我是买定你了。待会儿要是真见了红，我明天就带你去广东，把你养起来，保你吃香喝辣，给你花不完的钱。"他又抓过冬妹的手放在他的玩意儿上说："这是我的命根子呀，更是你们女人的宝贝，你们女人就喜欢这玩意儿，你试试就知道了，你会很舒服的。"说着猛地往冬妹身上压过去。

冬妹躲闪不及正要喊叫，那男人又用臭嘴堵住了她的嘴。她正急得乱打乱踹，忽然听到一阵急促的敲门声，那男人一怔，冬妹趁机挣脱，急忙打开了门。

谢叔叔带着几个小兄弟冲了进来，他假装气呼呼地给了冬妹一耳光骂道："臭婊子，让你出来勾引男人，打死你。"既而指着床上赤身裸体的男人，嚷道："兄弟们，都是他勾引了我的女人，给我打。"

几个小弟一拥而上，棍棒雨点般落在那个男人身上，直打得他屁滚尿流，跪地求饶："我有钱，我全给你们，求你们高抬贵手，放过我吧！"

他哆嗦着把密码箱恭恭敬敬交给了谢叔叔，他们才带着冬妹大模大样地离去。

冬妹不知道密码箱里到底装了多少钱，但谢叔叔给了她二百块作为奖励，说是让她去买漂亮衣服。其他的钱先给她攒着，攒够了就给她买户口。

谢叔叔绝顶聪明，他因人而异精心策划骗局，冬妹的骗技也越来越娴熟，几乎都是手到擒来屡战屡胜。每次，谢叔叔都会奖给她二三百块钱买衣服和化妆品。谢叔叔带着她吃香喝辣，住高级宾馆，好不潇洒，她甚至慢慢地忘掉户口和身份证的事了。

直到有一天，冬妹在宾馆看报纸，一则新闻让她跳了起来。上面说一位年仅四十岁的副市长在某某大饭店坠楼而亡，旁边还附有他的照片。天哪！这就是前些日子被自己骗的那个大老板呀。回想这一个多月的所作所为，她的良心受到了深深谴责。照片上这个温文尔雅的男人，他可是个好人。悔恨的泪水迷糊了她的眼睛，她沉浸在回忆中……

冬妹记得很清楚，那天和谢叔叔一起吃午饭，他拿了一张照片让冬妹看仔细了，让她无论如何都要搞定这个男人。冬妹看照片上的男人西装领带，戴副金丝眼镜，文质彬彬的样子。谢叔叔还用激将法说："这个男人不是一般人，他的眼光很高，就怕他不上你的钩。"

冬妹自信又不屑地说："我才不信有猫不吃腥，何况，还有谢叔叔在做导演。"

她在宾馆的咖啡厅等到了十点，谢叔叔派小弟送来纸条，说大鱼已回房间，让她赶紧去。她慢条斯理地去洗手间补了点粉，画了口红，洒了香水。哼着小调按响那男人的门铃，来开门的正是照片上的那个男人。

"您是田光荣先生吗？"

那男人说："在下正是田光荣，请问你找我有什么事？"

冬妹按谢叔叔编好的台词说："我是台湾光明集团黄光明的女儿，这次随父亲来大陆考察投资环境。父亲有意到贵市投资，他现在有事走不开，让我先来拜访您，他一会儿就到。"

田副市长对打扮入时、一脸天真的冬妹几乎没有半点怀疑，高兴地说："快进屋坐，进屋坐。"

冬妹翩然进屋，田副市长热情地要给她倒茶。

冬妹说："我来吧，您是市长呢！"

田副市长哈哈大笑，说："我女儿和你一般大呢，应该我来。"

他边倒茶边问冬妹："为什么年纪轻轻不上学？"

"我看到书头就大，最不爱读书了，从小喜欢随父亲做生意，想要做商场的巾帼英雄。"

田副市长很健谈，他的语言风趣幽默，总能逗得冬妹哈哈大笑。她听他聊了很多，当他聊到和冬妹一样大的宝贝女儿时，眼里流露出的父爱和慈祥，让冬妹久久不能忘怀。那一刻，她甚至有放弃在他杯子里下药的想法。可田副市长把他们的全家福的照片拿给冬妹看，看他女儿穿着学生装，春风满面小鸟依人依偎在父母怀里，那么的幸福甜美，她心里说不出是羡慕还是嫉妒。

趁田副市长去卫生间时，她把谢叔叔给的药倒进了他的杯子。他喝了茶后一会儿就昏昏失去知觉。等在外面的谢叔叔和几个马仔冲进来，他们三两下脱光田副市长的衣服，把赤身裸体的田副市长压在冬妹身上，摆出一副强奸她的样子，并照了各种不同角度的相片。

第二天，谢叔叔奖励给冬妹五百元钱，他好不得意地吹嘘："总算是找到了座金山，以后我们要发财了。"

为什么田副市长眨眼就自杀了呢？她猜测一定是他们拿照片去威胁田副市长，他受不了自杀了！

想到这里，冬妹的良心受到严刑拷打，对谢叔叔产生了极大的畏惧和反感，觉得他可恶可憎是个坏人。她虽然不知道他们到底赚了多少钱，但估计绝不会少。因为每次立功后，谢叔叔都会给她二百元的奖金。虽然，她习惯了大手大脚花钱，可身上也已经有两千元的积蓄了。

跟着谢叔叔是很好，吃香喝辣住高级宾馆，什么都由他安排，万事不用她操心，赚钱又容易轻松，还常常能给她一种莫名的成就感，可在潜意识里，她觉得不能再这样下去，这样做丧尽天良，现在她已成了一个不折不扣的害人精。不，她宁愿被饿死也不能再去骗人了。可是，假如离开谢叔叔，自己又要流落街头。谢叔叔答应过的，要给她办户口和身份证，自己已经帮他赚了那么多钱。

冬妹拿着报纸按响谢叔叔的门铃，他和几个兄弟正在玩扑克。他见到冬妹双眼红肿、一脸忧郁的样子，放下了手中的扑克，叫他们先出去，关上房门问冬妹："看你好像哭了，谁欺负你了，叔叔替你去揍他。"

冬妹把报纸递给谢叔叔，哽咽着说："上星期被我们下药的那个田市长自杀了，他死了，都是我们害死了他，你快看看报纸，他死了！"

谢振轩夺过报纸，扔到垃圾桶里，训斥冬妹："你胡说八道什么呀？谁是田市长，我们怎么会认识他，他活着死了和我们有什么关系？"

冬妹看着谢叔叔如此虚伪恶心的嘴脸，更确定他是个坏人，擦干眼泪，说："你不认识他就算了吧，反正我认识他，我以后再也不干这种伤天害理的事了。"

谢振轩脸色铁青，冷冷地说："你也不想想你从前是什么样子，是谁给你的好日子，你不想干可以，那你就像以前一样去睡马路。"

"睡马路我也不去害人！这样做会不得好死的。"

"臭婊子，谁害人了？谁不得好死？要死也是你先死。"谢振轩怒火中烧，一记响亮的耳光打得冬妹眼冒金星。

冬妹呜呜大哭，说："你们就是害人，别以为我不知道，田市长已经被你们害死了。你们一定是拿照片讹他了，要不，好好的他怎么会跳楼自杀？他就是被你们害死的，你们杀人。"

谢振轩急忙捂住了冬妹的嘴巴，说："我们不认识什么田市长地市长，田市长的死和我没关系，和你也没有关系。千万记住了，打死你也不能承认。要不，是你给他下的药，你就是主犯，你就得拉去枪毙，要枪毙主犯懂吗？你只要承认了你就得被枪毙一百次。你给我记住了，我们从来就不认识田市长。”

冬妹被吓得连连点头，苍白着脸嗫嚅说：“我的户口和身份证呢，您答应过要给我办的。”

“你的户口和身份证快办好了，晚上我们就去广州。咱们去广州再干几个大票，再赚些资本，你就有好日子过了。”

“我不去广州，我死也不去害人了！”冬妹的语气坚决。

“你不去不行，你的户口差一步就要下来了，现在你只要再去赚点钱，到时候你才会有户口有钱，这样你才能光明正大做人，不会再露宿街头。”谢叔叔软语相慰。

冬妹想这一个多月赚的钱，无论如何也超过一万了吧！于是就说：“反正，广州我是不去了。您和我说过的，您先给我二百元买衣服，其他的钱帮我存着办户口，您要说话算话的。”

“你真是太不懂事了，你别忘了，你哪次也没有白干，我每次都有分你钱的。你再好好算算，你穿的衣服、用的化妆品、每天的吃住要多少钱？你哪天的花费都超过别人一个月的工资。再加上跟我们一起干的几个小弟，难道他们就不用分钱？我们每天的花销多大你知道吗？就那次我送你去礼仪班培训，都花掉我几千元的，你仔细算算，我还能剩下多少钱？你现在是打扮漂亮像个人了，可这一切全是我用钱把你包装出来的，你好好算算，我花在你身上的钱都可以给菩萨塑金身了。”谢振轩气急败坏地说。

谢叔叔的话似乎很有道理，当初流自己落街头的画面犹在眼前，确实是他一直在帮助她。想到这里，她的气焰便矮了几分，低着头哀求说：“我知道您一直在帮助我，我现在只求您兑现您的诺言，给我户口和身份证，我要去找工作。”

谢振轩冷笑道：“我的大小姐，你千万别搞错，不是我不给你去办，而是我实在没有钱，等咱们这次去广州，再赚些钱，我立即就给你去办户口。”

冬妹似乎突然看透了他的嘴脸，抬起头坚决地说：“就怕我跟你去了广州，再给你干成大票后，你还是一样告诉我没钱。你别想骗我了，你以为我还能相信你吗？你要么帮我办户口，要么我们去公安局，大不了我们全部被拉去枪毙。”

谢振轩做梦都没想到冬妹竟敢威胁他，知道她已经成长，不再是从前那个听人摆布的小女孩了，想只能先用缓兵之计哄住她再说，便从包里拿出两百元钱递给冬妹，说：“其实，我给你存的钱也差不多够办户口了，咱们去广州只是想再多赚点，谁会嫌钱多呢？没有钱寸步难行呀，我知道你为户口着急，才会讲出如此不尊重我这个大恩人的话，我也理解你！可是你扪心自问，这几个月我对你如何？我尽管在心里很喜欢你，可是我连你的屁股都没摸一下，你这么漂亮我能不想摸吗？就是因为我是真心想帮助你，把你当作我的小妹妹，才克制住自己的想法。你知道我刚才为什么要打你吗？这可是我第一次打你，你还小，不知道你刚才的话有多严重。这事并不是拉你去枪毙那么简单，还要遗臭万年的。你千万记住了，把这事给忘了，你从来就没做过什么坏事，打死你也不能说。既然你不想去广州，我也不去了，我这就去找我的朋友帮你把户口办了。你放心，我一定会负责任，好人做到底，以后你就是我的亲妹妹了。”

冬妹在谢振轩的软硬兼施地哄骗下回到自己的房间，心中闷闷不乐，一会儿就迷迷糊糊睡了过去。还在梦中，服务员来敲门，说：“已经快十二点了，你要续房费还是退房？”

冬妹起床去敲谢叔叔的房门，服务员告诉她他们早就退房走了了。

回到房间，冬妹彻底意识到自己被谢叔叔骗了，忍不住倒在床上号啕大哭。

二十六
智斗流氓

冬妹又一次流落街头。现在她身上虽然有两千多元钱，可以花一阵子，可是那张能住旅馆的介绍信在谢叔叔身上，她梦想的户口和身份证，也随着谢叔叔的离去彻底粉碎。难道她还要像从前一样每天坐到天明？可现在是冬天，她一定会冻死的。

深夜，凛冽寒风如咆哮的狂狮怒吼着，冬妹如一只无力的小船，在黑暗和恐惧中漂荡。她蜷缩在路边冰冷的石凳上，与困魔顽强斗争着。她的身边不时有男人走过来问这问那，他们都把她当成妓女了。是呀！哪有正经女孩深更半夜流落街头呢？

“小姑娘，你一个人坐在这里多孤单呀！快跟哥们儿走，去陪我们玩玩。”不知什么时候，身边出现了几个流里流气的小伙子。

又遇见了流氓，怎么办呢？赶紧逃跑。还未等她起身，其中的两个流氓走过来，夹起她的胳膊说：“小姑娘，跟我们走，陪哥们儿玩玩。”

冬妹大喊救命，可街上冷冷清清，虽然也有行人走过，但都是脚步匆匆，装作没看见他们，谁也不敢停下脚步来管闲事，更不可能指望有人出手相救。相反，却把那几个流氓惹得火起，拔出一把亮晃晃的尖刀在她脸上比画着，怒吼道：“你敢再叫，找死啊！”

冬妹被他们紧紧夹在中间往前拖着走，他们个个牛高马大，比铁笼子还要结实，让她插翅难逃。她的心狂跳着，知道每往前走一步就会更逼近危险一步，一定要想办法脱身。

这一个多月，她跟谢叔叔学了一身伎俩，可谓是见多识广。知道若与他们来硬的只会是死路一条，只能先服软，设法获得他们的信任再找脱身的机会。

她想到了射人先射马，擒贼先擒王。便撒着娇向大哥说："哥哥，你让他们先把刀子放下，你们这么多大男人，对付一个小女孩还要动刀动枪，传出去多没面子。你们这么多人还怕我跑了不成，既然我们有缘相识，以后我就是你们的小妹妹了，那么多哥哥，可不能欺负小妹妹。"

那大哥听冬妹口口声声自称小妹，心里多了几分好感，又觉得她言之有理，想这么多人谅她也逃不掉，就让小弟把刀收起来。

冬妹看他们似乎对自己放松了警惕，便试探着说："我爸妈天天逼我读书，我最讨厌读书了，早上和他们吵架，我就离家出走。听说上海好，就来到上海。我没有带身份证，不让我住旅社，正愁没处可去，能遇见你们真好，以后我就跟定你们了，我也不用再回家了，请哥哥们多关照。"

冬妹的一番话引起他们的共鸣，觉得她和他们是一路人，尽管他们没说话，不搭她的茬，但态度已缓和了许多，几个人一起放慢脚步。

走着走着，冬妹看见路边有一家大排档，里面灯火通明，看样子还在营业中。冬妹灵机一动，对大哥说："哥哥，我肚子饿了，你们一定也饿了！我有钱，我请哥哥们一起去吃宵夜。走，咱们先去点东西，吃完饭再走。"

听到冬妹要请他们吃宵夜，几个小流氓一齐看着大哥，大哥早是心旌神摇，点了点头向大排档走去。

几个人坐了下来，冬妹恭敬地请大哥点菜，又要了许多白酒红酒加饭酒。

"第一杯酒让我们先敬我们尊敬的大哥，以后还要仰仗大哥多照顾小妹。我从小跟爷爷学习麻衣相法，看大哥天庭饱满地阁方圆，耳大口方，非富即贵，将来一定称霸上海。能跟着大哥是我们的福气，我们以后做事一定要让大哥高兴，大哥高兴我们就高兴。来，咱们一起敬大哥，祝大哥心想事成，万事如意。"冬妹口若悬河，妙语连珠，宛若交际花。

一番话说得大哥心花怒放，小流氓们拍手称好。大哥玩的女人不少，从没见过像这样会说话的，心里想着要把她占为己有，当他的压寨夫人。

“这第二杯酒，是敬各位兄弟，以后还要哥哥们关照和帮助小妹，让我们齐心协力，在大上海共创辉煌。

“第三杯酒，是祝各位哥哥晚上吃得高兴，喝得开心。我爸爸是大老板，大家想吃什么尽管放开吃，小妹买单。”

一片掌声，气氛变得异常轻松。大家推杯换盏，畅所欲言，尽情地胡吃海喝，忘乎所以。

一小时后，冬妹醉倒在大哥怀里，嚷着要大哥带她去厕所。几个小弟要来帮忙，都被大哥止住了，大哥得意地搀住跌跌撞撞的冬妹往厕所走去。

他要陪冬妹走进女厕所，冬妹在他脸上亲了一口，娇嗔说：“羞不羞，男厕所在那边呢，你急什么呀？我已是你煮熟了的鸭子，还能飞掉不成。”

一个吻，几句话说得大哥欣喜若狂，急急跑去男厕所。

冬妹迅速走进女厕所，用手伸进喉咙把刚才吃的酒精食物全部吐了出来。终于，又进来个阿姨，冬妹扑通跪在她面前，说：“阿姨，我被几个流氓劫持了。我现在假装在和他们周旋，求您快点帮我向公安局报案！”

大哥早在外面等得不耐烦了，正要闯进女厕所，冬妹摇摇晃晃地走了出来，向大哥撒娇说：“酒醉的感觉真好，飘飘然真的好舒服，我还要喝酒，今天要一醉方休，我们继续再喝再战，你说好不好嘛？”

回到座位，几个小流氓已喝得东倒西歪，冬妹又要了两瓶好酒和大哥喝起交杯酒。时间一分一秒地过去，半小时后，大排档外警车鸣耳，他们被包围了。手枪警棍手铐对准他们，几个流氓举起了手。

二十七
遣送站

他们都被戴上手铐押上警车。

第二天，关了一夜的冬妹终于摘掉冰凉的手铐，被带到审讯室做笔录。公安局庄严肃穆的气氛，让她阵阵颤栗，她又想起曾经跟谢叔叔做过的坏事，还有田副市长的死亡。谢叔叔的话始终在她脑海里盘旋，“你是主犯，主犯要枪毙一百次……”

两个民警利剑般的目光仿佛要看透她的内心，让她不觉心中发毛。她知道公安局打黑除恶抓坏人，她跟谢叔叔做过的坏事，假如被公安局知道了，岂不完蛋。不由垂下头后悔不该求人报案，也许有更好的解决办法。

“你叫什么名字？”民警严厉冰冷的声音把她从沉思中拉了回来。

“我叫冬妹。”她脱口道。

“你姓什么？”

冬妹迟疑，不知道怎么回答。她从来没想过自己姓什么，是应该随养父姓王，还是跟生父姓吴。

“你姓什么？”民警提高了嗓门。

“我姓王，吴……”她含糊不清地回答。

民警不耐烦了，说：“小姑娘，看你长得还蛮不错，看起来也还聪明，怎么连自己的姓都说不清楚，你到底姓什么？”

“我姓王。”冬妹终于大声说。

民警继续问："出生地在哪里？"

冬妹思索了一会儿，说："应该在晓城吧！"

民警火了，大吼："到底在哪里？"

冬妹看民警盛气凌人、咄咄逼人的样子，想他一定是把自己当成了流氓或犯人，可今天她是受害者，是她求人报的案，觉得警察不该对她这么凶。心里委屈，又加上她实在不知道该怎样回答民警的问题，一幕幕辛酸往事浮现在眼前，眼泪从脸颊滑落，忍不住哭了起来。

"我又没打你，你哭什么？要哭回家找你父母哭去，别跑来警察局耍赖。"民警十分不耐烦。

这时，在旁边一直沉默不语的另一位民警开口了："小姑娘，哭啥哭，有话好好说。我们知道是你让人报的案，我们相信你不是坏人，只是例行公务做个笔录，了解情况而已。你只要把问题讲清楚了就行。"

"我真的不知道我的家在哪里，假如我有家也不会出来流浪了……"她抽泣着把她的家庭情况向他们复述了一遍。

两个民警都表示同情。一个说："真看不出你小小年纪还受了那么多苦！"另一个说："这是社会问题呀！离婚对大人来说可能是一种解脱，可对孩子来说却是无形的毁灭，有多少孩子因家庭得不到温暖，造成心理阴影，走向犯罪。"

冬妹察言观色，觉得这两个警察同情她，心想他们是警察，别人一定会相信他们，看能不能求他们帮自己找份工作，于是哀求道："警察叔叔最神通广大，求两位叔叔帮我找份工作。我不要工资，管吃管住就行。"

那个年龄大点的警察叹气说："你这小丫头是很可怜，也懂事，可你来历不明，什么证明材料都没有，介绍你去做保姆也没人能相信呀！我们也没办法给你找工作。"

另一个说："这么大的姑娘也不能天天睡马路呀！外面坏人多，很危险的。幸好，你够机灵报了案，假如不是我们去救你，真被他们抓走了，你就完蛋了，怕是连你的小命都不保。"

听得冬妹一阵阵后怕，她抬起头，直视民警的眼睛说："叔叔，我看过电影《少年犯》，里面的人有吃有喝，还有书读，你们能带我去吗？”

两个民警显然是被逗乐了，互望了一眼，说：“小姑娘还蛮有意思，可这个事我们做不了主。按照《上海市收容遣送管理条例》，你露宿街头，生活无着，符合收容遣送条件，先送你去遣送站吧，那里面一样有吃有喝有地方住。”

冬妹从来没听说过遣送站，但她心想只要不用睡马路，去哪里都行。于是，她就在警察给她的同意遣送的文件上签上名字，又按了手印。

冬妹又被关进一间黑乎乎的小屋子，一股浓烈的异味扑鼻而来，她看见里面密密麻麻挤满人，有腿脚残疾、蓬头垢面的乞丐，有目光呆滞的疯子，他们或哭或笑，或癫或狂，或惊恐忧郁，或迷茫空洞……

冬妹望着身边这些老弱病残，顿觉恶心害怕，想自己前些天还出入于高级宾馆，怎么眨眼和乞丐共处一室。她知道自己现在和身边的人是一样的命运，将被拉去遣送站。

也不知道过了多久，铁门被打开，两个警察拿着电棍把他们全部都押上警车。警车在路上颠簸了约两小时，终于在一个高墙外停了下来。冬妹抬头看见一块黑白的牌子，上面写着“上海市卢湾区收容遣送站”。

他们在警察的指挥下排成长队，像货物般被一一作了移交后，进了遣送站的审讯室。遣送站的管教从里面叫出号长，所谓号长其实也是和他们一样命运的人，但在里面待的时间长，资格老，又讨管教干部喜欢，便被封为号长。号长过来把他们包里的东西全倒在地上，清点登记后上缴给管教干部。最后，号长给他们一一搜身，那双机械、冰冷的手在冬妹身上乱摸着，麻木不仁的眼睛，肆无忌惮地践踏着冬妹的尊严。号长从冬妹身上搜出了二千二百元钱，上缴给民警。

冬妹本以为自己来遣送站是为了避难，可这些警察却并不把她当人看，不但搜她的身，还要收走她的钱，这钱是她冒着被枪毙的危险换回的，无论如何都不可以上缴。委屈和羞辱喷然而出，她发疯似的跑了过去，从女管教手里夺回了钱，大叫道：“还我钱，遣送站是个鬼地方，我要走，我宁愿睡马路也不在这里待！”

站在旁边的男管教火了，走过来狠狠地抽了冬妹十几个耳光，骂道：“你疯了，你以为这是在你家，想来就来，想走就走，你去死吧！”

冬妹被打得鼻青脸肿，脑袋嗡嗡作响，屈辱和本能让她不顾一切冲过去要和管教拼命。

一向趾高气扬、自认为神圣不可侵犯的管教，没想到面前这个女孩竟敢挑战他的尊严。他猛地一个扫堂腿将冬妹撂倒在地，又在她身上狠踢着，嘴里大骂：“反了，简直反了，哪里来的野婊子敢在这里撒野，岂有此理。”

冷眼旁观的女管教拿来一根电棍，说：“我让你凶，让你再凶，电死你！”她用手中四万伏直流型电警棍，在冬妹身上击打着。

冬妹被关了一夜，今天早晨到中午，警察只给她一个馒头。刚才受男管教一顿暴打，现在又承受电棍的袭击，身上已没有一点力气，只能像死人一样躺在地上，全身麻木失去知觉，渐渐什么也不知道了。

冬妹睁开眼睛时，已是凌晨两点。这是一间大约三十平方米的黑屋子，里面没有窗户，只有大铁门上一个送饭的小洞口，透进一丝微弱的灯光，粪便在马桶里泛着恶臭，几十号人挤在一张水泥大通铺上。她记起这两天经历的噩梦，怀疑自己是否已经被警察打死了，想这里难道就是传说中的地狱？她觉得口干舌燥，浑身散架般的疼痛，身体里仿佛有一股熊熊大火在燃烧。她想要坐起来讨口水喝，可身上没有一点力气，根本动弹不得，相反，剧痛让她又晕厥了过去。

迷迷糊糊又做起了可怕的噩梦，梦见自己到了十八层地狱，上刀山，下火海，石磨刀锯，到处都是妖魔鬼怪、毒蛇猛兽，时而把她撕扯开，时而将她吞噬掉，她被折磨得死去活来……

当她再一次醒来时，已是第三天中午。

冬妹看见一个三十多岁的阿姨在给自己擦汗，阿姨见冬妹睁开眼睛，高兴地说：“醒来了，终于醒了，你都昏睡三天了，我们急死了。老天保佑，醒来就好，醒来就好！”

一个比冬妹大不了几岁的短头发姐姐说：“要不是小萍阿姨帮你

去求管教要退烧药和水，你怕是早就被烧死了。”

冬妹张了张嘴想要说什么，可喉咙里却发不出声音。

小萍阿姨急忙过来扶冬妹坐起，那个姐姐从破棉被里拿来一盒稀饭，阿姨把稀饭喂进冬妹嘴里，酸臭味让她忍不住一阵呕吐，连同胃汁胆水全吐了出来。阿姨拿来毛巾帮冬妹擦掉身上的污物，说：“小姑娘，我知道你一定是嫌这里的食物难吃，可没有办法呀，彭德怀将军在监狱里面还喝自己的尿呢！何况，我们吃的还是白米饭，你很快就会习惯的。人是铁，饭是钢，不吃饭可不行，你还小，一定要活下去。”

冬妹终于哭出声。阿姨抱着冬妹安慰说：“哭吧，哭出来好受一些，哭完吃东西就香了！”

她说完去铁门旁，对着小洞大喊：“报告干部，高烧昏睡三天的犯人冬妹，现在已经苏醒，需要喝水，求干部给点水，我喂她吃药。”

约过了半小时，警察慢吞吞地送来了一碗水。冬妹吃完药，一会儿又昏昏睡去。迷迷糊糊中，她只觉得魂魄脱离了身体，像个孤魂野鬼在地狱里冥冥杳杳四处飘荡。

饭菜的香味把冬妹从地狱拉回人间。她睁开眼睛，看见周围的人正狼吞虎咽地扫荡着饭盒里的食物，整个屋子都是津津有味的咀嚼声。冬妹也咽起了口水，她挣扎着坐了起来。

小萍阿姨见冬妹醒了，放下手中的饭盒，走过来摸了摸冬妹的头，说：“老天保佑，烧总算是退了，快起来吃点东西，吃完饭就好了。”她说着端来一盒饭递给冬妹。

小萍阿姨看冬妹吃完了饭，语重心长地说：“傻孩子，好汉不吃眼前亏，在这里，我们除了服从还是服从，因为我们别无选择，反抗也只是自讨苦吃，会带来更大的痛苦和伤害。唉！我们在这些管教眼里，连畜生都不如。没办法呀，谁让我们进了这鬼地方。我相信总有一天，政府会撤掉这暗无天日的活地狱，你看看，这屋里除了乞丐、扒手、傻子、疯子以外，每个人都觉得冤枉委屈。刚来时，很多人也会像你一样又哭又闹，挨了几次揍以后也就慢慢学乖了，你很快会习惯这里的。”

以后的日子，冬妹真的如小萍阿姨所说，很快就适应了。她和短头发的姐姐都喜欢听小萍阿姨讲故事，她们互诉各自的经历。实在无聊了，就帮对方捉跳蚤和虱子打发时间。

阿姨叫郭小萍，是安徽省的一个小学老师，因和丈夫吵嘴，赌气跑来上海，谁知她的钱和身份证被偷，就去派出所报案。她做梦也没想到派出所会把她送来遣送站。一时赌气竟落到这般田地，在这鬼地方叫天不应，叫地不灵，心中万般后悔。

短发姐姐叫赵雅丽，比冬妹大两岁，不太爱说话，一件肥厚的军大衣几乎遮住了她的全部身材，有点半男不女。可她的皮肤白皙，仿佛一捏就能出水，一双丹凤眼带着淡淡的忧伤，高而直的鼻子，微厚的嘴唇，一口整齐雪白的贝齿，好一个美人坯子。冬妹想假如雅丽化点淡妆，穿上漂亮衣服，一定和电影明星一样动人。

从前，冬妹一直以为自己是天下最不幸的人，可听完雅丽姐姐的故事，她的心很酸很酸，第一次为别人流下同情的眼泪。

雅丽出生在安徽省的一个小镇，她的童年也曾幸福快乐，爸爸、妈妈、妹妹和她一家四口其乐融融。可在她十岁时，爸爸不幸得病死去，妈妈就带着她们姐妹改嫁，后父是个杀猪佬，很快妈妈又生了个弟弟。

有一天，妈妈带着弟弟妹妹去外婆家，家里只剩她和后父，雅丽也像平常一样洗完碗筷去睡觉。半夜，下身一阵钻心的疼痛把她从梦中唤醒，她惊恐地睁开眼睛，看见后父狰狞的面孔在她身上晃动着，有个铁一样的棍棒在她下体狂戳着，痛得她哇哇大叫，却被后父用短裤堵住嘴。等后父终于满足离开，她的下体黏糊糊一片，摸了摸全是血。

从此，后父隔三差五来折磨她，让她夜不安眠，她再也没心思读书了。她把这事告诉妈妈。妈妈却不惊不怪，仿佛早就知道了，还说：“谁让我们是女人呢？认命吧！我们一家都要指望他养活呢。”

直到有一天，雅丽怀孕，妈妈和后父才开始着急，他们匆匆把雅丽嫁给了村里的老光棍，不久就生下儿子。老光棍又穷又丑，他受够了村里人的鄙视，回家就朝她们娘儿俩撒气。直到有一天。她一岁的儿子发高烧，没钱治疗夭折了，她才不顾一切跑到上海，在火车站徘徊，被警察看见了，莫名其妙被送来遣送站。

小萍阿姨知书达理，她像妈妈一样给予她们无微不至的关心，还教了她们许多做人的道理，她经常说：“人的生命只有一次，小不忍则乱大谋。”

小萍阿姨几乎每天都在后悔，怪自己不该和老公意气用事跑来上海，她的儿子还那么小，一定天天在想妈妈。愁死了，不知道什么时候才能离开这个活地狱，她的眼泪都快流干了。

雅丽姐姐的话不多，但唱歌好听。她虽然没有受过专业训练，但天生有一副好嗓子，让冬妹实在是羡慕不已。一首凄婉绝美的《小白菜》，常常听得号里的人泣不成声，泪流满面。那悲怆的歌词，凄美的声音，在脏乱臭的牢中似若天籁，夹杂着数不尽的幽怨苦难，似漫天雪花般在难姐难妹的脑海中久久回荡。

小白菜呀地里黄
三两岁呀没了娘呀
跟着爹爹还好过呀
就怕爹爹娶后娘呀
娶了后娘三年半呀
生个弟弟比我强呀
弟弟吃面我喝汤呀
端起碗来泪汪汪呀
亲娘想我谁知道呀
我思亲娘在梦中呀
亲娘呀亲娘呀

在里面，冬妹知道只要乖乖地听管教话，他们一般不会打她。其间，也有管教来提审她，她柔顺得像只绵羊，把她的故事讲了一遍又一遍，还每次都添点油，加些醋，描述得连管教都有点同情她了，有个管教开玩笑：“我们把你遣送去哪里呢？说你没有家，你好像又有好几个家，说你有家，你好像还是没有家，爹妈三五个，但却没有一个愿意要你，看来你只能在我们这儿待一辈子了。”

有时候冬妹也这么想，在里面虽然没有自由，但毕竟生活无忧。仔细思考，假如她真的出去了，也不知道去哪里。她就把这个想法告诉小萍阿姨和雅丽姐姐。雅丽没有说话，可小萍阿姨却生气地说：“你傻呀，这哪是人待的地方？一定要想办法出去，实在没地方去了，你就去我家，我来帮你想办法。对了，我有个同学在派出所，我去问问他，让他帮你办户口，就说你是我的亲妹妹。”

冬妹感激地点了点头。

日子一天天过着，两个多月后的一天早晨，广播上响起了郭小萍和赵雅丽的名字。她们高兴极了，终于可以离开这里了。小萍和雅丽都给冬妹留下了联系地址，彼此依依不舍，直到管教来打开铁门，她们才含泪告别。小萍和雅丽是同一个地区的人，今天统一遣送。

她们俩走后，冬妹难受了几天，但很快也就习惯了。每天都不断有新人进来，她像小萍阿姨一样喜欢去关心和安慰她们，听她们讲自己的经历。每个人都有不同的故事，各自的不幸。这些患难姐妹的故事让冬妹增长了许多见识，原来自己并不是天下最可怜的人，比她不幸的人还很多很多。

慢慢地，冬妹似乎已经忘掉了外面的世界。反正她无牵无挂，在哪里都一样。

一年后，广播上响起冬妹的名字。冬妹的心里不知是喜是悲，她不晓得警察将把她遣送去哪里。她和患难姐妹们含泪作了道别。随着“哐啷”的开门声，冬妹走出了铁门。

她随管教来到传达室，他们把没收的物品归还给她，却只字不提她的两千二百块钱，她也不敢问，只能在各种表格上签了字，随其他遣送人员一起上警车。警车开到了火车站，十来个人排成队，在一男一女两个警察的看管下上了火车。

男警察是个五十多岁的中年人，满脸笑容，和蔼可亲。冬妹讨好地问他：“叔叔，您要送我去哪里？”

警察对冬妹的情况好像了如指掌，说：“你想去哪里我们就送你去哪里。”

“我没处可去呀！”冬妹试探。

警察耸耸肩，假装叹了口气说：“可怜的孩子，那怎么办呢？”

女警察半开玩笑说：“还是送你去美芳妈妈家，那里有你小土哥哥等你，没准你美芳妈妈还等着你给她生孙子呢！”

冬妹脸色发白，认真地说：“假如你们真要把我送去美芳妈妈家，我就跳下火车。”

女警察在鼻子里哼了一下，说：“吓唬谁呀，谅你也不敢！”

男警察看冬妹的表情不像是讲假话，只好安慰说：“按规定我们是必须送你到地方政府，再由地方政府通知你家人领回。可你情况特殊，我们遣送站的工作人员都知道你不是个坏姑娘。这样吧！等会儿下火车，你可以选择自己走，我们不拦你。”

女警察不屑地伸了伸舌头，在心里暗想：你是个地地道道的黑人包袱，我们正愁甩不掉你呢，你自己走了才好。

男警察的眼里掠过一丝不安，发出一声长叹，说：“火车到站后你就走吧！人各有命，我们也管不了这么多，你好自为之吧！”

下了火车，警察把冬妹的生活费、遣送费、城市增容费等各种费用扣除后，把剩下的钱还给冬妹，冬妹按警察要求一一签字画押。警察走后，她数了数，还有一千一百多元。

二十八
小萍阿姨上吊自杀了

突然恢复了自由之身，这反而让冬妹无所适从，心里空荡荡的不知道如何是好。蓝天、白云、阳光虽然很美，可她却无心欣赏，外面的世界很精彩，可对一个无家可归、生活无着的流浪者来说，有什么用呢?

她站在火车站售票处思索了很久，最后决定去找小萍阿姨。

冬妹辗转两天两夜，终于找到小萍阿姨所在的和坪村。

和坪村在离城市不远的一个郊区，村民们大多靠种菜为生，虽谈不上十分富裕，但生活安逸恬静。村子背风向阳，周围到处古木参天，村里三百多户人家，每到做饭时，原始古朴的炊烟飘飘袅袅，如一幅天人合一的水墨画。

温暖的阳光照耀着大地，村里的人们三三两两坐在广场上晒太阳，他们或伸懒腰，或打呵欠，或聊天叙旧，或缝衣织裤，或抱着孩子在看小猫小狗追逐嬉戏。不时传来鸡鸣狗吠声，处处弥漫着宁静祥和。

“大爷，小萍老师的家在哪里？”冬妹问一个半睁着眼睛闭目养神的大爷。

那大爷似乎没听明白，舒展一下肢体，慵懒地用手擦了擦眼睛，问：“小姑娘，你说你找谁？”

“爷爷，小萍老师住在哪里？”冬妹大声地重复。

那老人皱了皱眉头沉下了脸，摇摇头低沉地说：“你说找小萍老师，她已经死了！”

冬妹心想怎么可能，她还那么年轻，一定是大爷搞错人了，便补充道：“大爷，我说的是那个才三十多岁，在村里做老师的郭小萍老师。”

“没有错，我们村就一个郭小萍，活着的时候是村里的小学老师，她在半年前上吊死了。”

冬妹忍不住哭出了声，想：这么好的人怎么就死了呢，她说过要等我来村里找她，还答应过要帮我办户口，现在我千里迢迢来到这里，您怎么可以就死了呢？您不能死，您说过要等我来找您的呀！

几十双眼睛齐刷刷望着冬妹，交头接耳议论这个陌生姑娘的来历，猜测着她与小萍老师到底是什么关系，为什么哭得如此伤心。

等她好容易止住眼泪，有个约四十来岁的女人走了过来，她仔细地看了看冬妹，警惕地问：“小姑娘，你是哪里来的？怎么认识小萍老师的？”

冬妹经历了许多人情世故，她当然不会告诉别人，她们是在遣送站认识的，便答道：“小萍老师是我妈妈的一个朋友，妈妈让我来看望她，她年纪轻轻的怎么就死了？”

那女人半信半疑，但一时又找不出有力的证据证明冬妹讲的是假话，一股浓得化不开的敌意从她的眼睛里流露，满是厌恶地说：“她是自己用绳子吊死的，死相好恐怖！”

小萍阿姨的一言一笑、一举一动仿佛就在眼前。在遣送站，假如没有她的安慰照顾，也许自己早就死了，想到小萍阿姨的种种好，冬妹的眼泪又涌了出来。她怎么也不愿相信，那么宽容豁达的人会去上吊自杀，于是自言自语道：“怎么会呢？小萍阿姨说过，生命最宝贵，她怎么会去寻短见？”

那女人仿佛和小萍阿姨有仇，冷冷地说：“小萍可是我们村最骄纵的女人了，她老公对她那个好呀，不说了。一年多前，她和老公为一点小事吵架，挨了老公一个耳光。男人打女人天经地义，没什么大不了的，可她却赌气跑去上海。跑就跑了，消消气也就算了，可她却在上海做起了婊子。做婊子就做婊子嘛，大家不知道也就罢了，可她却又被公安局抓住了，结果被警察遣送回来，你说这丢不丢人，我们整个村的脸面都被她丢尽了。她老公做了活乌龟，哪里受得了，就给她一顿狠打。这也不算什么，哪里晓得她就上吊自杀了，我看真是活该！”

冬妹狠狠地瞪着那个女人，大声说：“小萍阿姨没有做婊子，我可以作证，不信你们去公安局问。说话可要负责任，不许血口喷人，乱说话的人会被阎王割掉舌头，下辈子做哑巴。”

那女人从鼻子里哼了一下骂：“哪里来的小婊子？谁血口喷人了？看来我猜得没错，你一定是小萍在上海一起做婊子的同伴，你们是同行，你肯定向着她说话。你作个屁证呀？我们又到哪个公安局去问？”

“你们谁敢说我老婆是婊子我就劈死谁！”一个男人手里捏着一把锃亮的斧头，怒气冲冲地跑过来，通红的脸上一根根青筋暴起，一双睁得如铜铃般布满血丝的眼睛赤红欲滴，口中鼻中喷出阵阵酒气，五官因悲愤和耻辱拧成一团，牙齿咬破了嘴唇渗着血水。他全身打着哆嗦，说话含糊不清，咬牙切齿地挥舞着手中的大斧头，像程咬金似的杀了过来。

那女人见势不妙，跑得飞快，看热闹的人也纷纷散去。

终于，他挥舞着斧头的手渐渐落下，“哐当”一声掉在地上，身子一软颓然坐在地上捂面大哭，嘴里呜哩哇啦唤着小萍的名字，哭得歇斯底里，震天撼地。

冬妹想这人一定就是小萍阿姨的老公。她在遣送站时，经常听小萍阿姨讲起，说他是个好人，就是有点小心眼，比较敏感多疑，爱钻牛角尖。小萍阿姨一定是受不了她老公的怀疑和邻居的流言蜚语，忍无可忍才会选择自尽。想到这里，心里不由对这位姨夫生了几分反感，她本想掉头离开，可又觉得自己应该告诉他小萍阿姨绝对没有做婊子，以及被送进遣送站的冤枉。可看他伤心欲绝的样子又有些于心不忍，觉得不该再给他火上浇油。自己本想来投奔小萍阿姨，谁知却阴阳两隔，冬妹越想越心酸，便在旁边抽泣起来。

过了很久，那男人终于停止哭泣，擦干眼泪问冬妹：“你是谁，你怎么认识我家小萍的？”

“我是在遣送站认识的小萍阿姨，你可不能相信别人乱造谣，她没有做对不起你的事，她是冤枉的。”

男人猛打自己的耳光，哭泣说：“是呀，小萍到上海当天就被抓了，要做婊子也没有时间呀！都怪我太小心眼，不该乱怀疑她，是我逼死了她。”

冬妹看他真心后悔，只好宽慰道：“人已经不在了，您打死自己也没有用，我能去祭拜她吗？”

森冷的灵桌上摆放着小萍阿姨的遗像，那微笑着略带忧郁的眼神似在迎接冬妹的到来，也像在苦叹自己的人生。遗像两侧是白色和黄色的菊花，两根蜡烛在冷风里惨然无力地摇曳着，三炷香在炉中幽幽燃烧。冬妹久久凝视着小萍阿姨的遗像，有满腹的话要对她说，然而，她能听得见吗？

一会儿，有个小男孩从外面跑了进来，抱着冬妹大哭着问：“姐姐，爸爸告诉我你认识我妈妈。邻居说我妈妈在上海做婊子，被公安局抓住了，你可以作证我妈妈没有做婊子。姐姐，你告诉我，我妈妈没有做婊子。”

冬妹知道这一定是小萍阿姨的儿子涛涛，她替他擦干眼泪把他抱在怀里，流泪说：“你妈妈是被冤枉的，姐姐向你保证。”

冬妹给他们父子一遍又一遍地讲小萍阿姨如何进遣送站，如何在里面后悔自己的任性，如何思念他们父子……

直讲到雄鸡叫更，他们才依依不舍地去睡觉。

冬妹在床上辗转反侧，毫无睡意。穿上衣服起床，在小萍阿姨的遗像前烧了炷香，和她说了许多心里话，蹑手蹑脚开门走了。

早晨的空气清新甜润，被雄鸡叫醒的人们，揉着惺忪的眼睛，走出家门。扛着锄头，挑着水桶，朝自己家的菜园、庄稼地走去赶早工。女人们在家升起了炊烟，和坪村其乐融融。

冬妹站在静谧的小道上，她怎么也难以相信如此美丽的小村庄，竟然也有冤枉、鄙视和不平……

她突然担心起雅丽姐姐，她和小萍阿姨是同乡，相隔不远，想无论如何，也一定要去看看她。

冬妹问了许多人，找到了雅丽姐姐居住的村子。这里离城市稍远，看起来更破烂贫穷。冬妹找到雅丽家，大门敞开着，全家正在吃午饭，唯独不见雅丽。

听见冬妹来找雅丽，一个凶巴巴满脸横肉的男人放下碗筷，警觉地问："你是谁，你来找她做什么？"

"我是她的一个朋友，请问雅丽姐姐在家吗？"冬妹低沉地说。

抱着一个小男孩、面无表情一脸迷茫的女人站起来说："我是雅丽的妈妈，雅丽不在家，我们也不知道她去了哪里。"

旁边一个比冬妹小一两岁的少女，听冬妹说是雅丽的朋友，便用眼睛偷偷地看着她。

后父恶狠狠地说："谁知道这个小婊子去了哪里，你在哪里和她认识的？来找她有什么事？"

冬妹知道这个臭男人一定是强奸雅丽的禽兽后父，这个畜生非但没有半点后悔和愧疚之心，竟然还口口声声骂雅丽是婊子。冬妹恨得咬牙切齿，狠狠地说："雅丽姐姐没有做婊子，你才是强奸犯，毒怪雅丽姐姐太善良，换成我早就去告你强奸幼女罪了，判你个死刑。"

"哪里来的野婊子，跑到我家来撒野，看我打死你。"雅丽后父气得暴跳如雷，大骂着冲过来要打人，好在被雅丽妈妈死命拉住了。

冬妹吓得浑身冒汗拔脚就跑，半天才气喘吁吁地跌坐在路边。小萍阿姨死了，雅丽姐姐不知道身在何方，自己孤零零的该去哪里？汗水混着眼泪从脸上滑落。山风吹过，落叶漫天飞舞，她想到人死了就如一片落叶，很快将会化为灰烬。不，她不能像小萍阿姨做一片风中残叶，她要学习树的顽强，任凭风霜的摧残，依旧傲然屹立。只要挨过冬天，明年的春天又会花开满枝。

正当她胡思乱想之际，一阵急促的脚步声由远而近，刚刚在雅丽家见到的那个少女跑了过来，上气接不上下气地说："姐姐，我终于追上你了，你去哪里？我要跟你走，我们一起去找我姐姐，反正这个家我是待不下去了。”

冬妹在遣送站听雅丽说过有个妹妹，知道她的名字叫雅静，比自己小一岁。现在的冬妹孤单一人，没人商量，没人说话，正愁没地方可去，见来了个妹妹要和她做伴，心里自然高兴，说：“好呀，太好了，可是听你姐姐说过，你还在上学，你不继续读书了吗？”

“我宁愿不读书了，假如我再在这个家待下去，我肯定会和姐姐一样下场，自姐姐走后，那个畜生就开始打我的主意，要不是我的床头随时放着剪刀，怕是早就完蛋了。他迟早不会放过我的。今天我跟定你了，你去哪里我就去哪里，咱们也好相互做伴互相关照。”雅静坚定地说。

“我做梦都想有个伴的，可我也没处可去，你知道雅丽姐姐在哪里吗？我们去找她。”

“我真不知道姐姐在哪里，但我们隔壁村有人去珠市，赚回很多钱，还给家里造了房子，姐姐可能也会去珠市，咱们去珠市如何？”

“对我来说去哪里都一样，只是你带户口和身份证了吗？”冬妹问。

“太匆忙，来不及带，现在也顾不了这么多了，我们先走再说吧。我在书上读过一句话：‘活人还能被尿憋死？’天无绝人之路，咱们先到珠市再说。”

二十九
当了陪酒小姐

珠市是南国的一个小岛，这里四季如春，气候宜人，处处风光旖旎，鸟语花香。蔚蓝的海水、金色的沙滩、参天的古榕、飞翔的白鹭、火红的凤凰花与中西合璧的建筑，构成了古朴与典雅共存的特色风光。

素有海上花园之称的珠市，被评为最适合人类居住的城市。她如美丽慈祥的女神，迎接四方游子的脚步，也如无私伟大的母亲，孕育出富饶丰足的物资，静静等待着儿女们回家。

珠市的美丽和温情，足以让人们在这里停住脚步。她三面环海，港口有利于货物流转，又紧靠宝岛台湾，有着得天独厚的优势。1980 年 10 月，被国务院设为经济特区。

珠市的经济以发展工业为主，实行工贸结合，并相应发展旅游、房地产、金融、饮食服务等第三产业。作为特区的试点，珠市领导们肩负党中央给予的使命，带着全国人民的厚望，不断探索新模式、新经验，开拓新局面，翻开了波澜壮阔的改革开放新画卷。

要想富，先修路，于是，一条条纵横交错的高速公路似闪光的玉带，一座座跨海大桥像巨龙俯视着滚滚浪涛，飞机场通往世界各地，港口码头四通八达。珠市与世界的距离越来越近，她如一颗耀眼的明星在中国的南方冉冉升起。

冬妹和雅静初到珠市，对一切都感到那么新鲜。她们在珠市的公园、海边、沙滩，沐浴着和煦的阳光，闻着沁人心脾的花香，看蜜蜂蝴蝶在花丛中轻歌曼舞，听百鸟在树上鸣春，赏独具风情的奇异建筑……处处让她们目不暇接，流连忘返。

冬妹虽然也见过大上海的繁荣，看过许多高楼大厦，但珠市还是令她耳目一新。

冬妹自和雅静在一起后，两人一唱一和，有说有笑，心理上相互慰藉，生活上同忧相救，结下深厚的情谊。尽管她们衣食无着生活困窘，但她们并没有感到那么害怕。尤其是雅静，更是个乐观主义者，她身上虽然没带一分钱，却始终保持“今朝有酒今朝醉”的潇洒。她脑瓜子灵活，点子多。她们俩没有身份证不能登记住旅社，她就带冬妹找私营旅社，竟然能说动老板以最便宜的价格让她们住下来，这实在让冬妹佩服不已。

半个月后，冬妹花光了身上的最后一分钱，接下来的生活该怎么办呢？两个人的肚子都饿得咕咕叫，她们相挽着来到海边，在沙滩石缝里捡一些小虾米充饥，

好在小虾米味道鲜甜，也不太有腥味，勉强还能对付肚子。

她们越来越喜欢大海，大海不但能让她们的胸襟阔广，也能让她们心情平静。退潮时，她们就学当地人捡海鲜，螃蟹、海贝、海螺每天都能捡两大袋，她们就把这些小海鲜直接拿去卖给饭馆，勉强还能维持生活。

涨潮了，她们就在海边听涛声，数星星，编织着梦想。

冬妹看着停靠在岸边的渔船，说：“假如我们也能有一艘渔船，就可以像他们一样下去捕鱼，那样我们就生活无忧了。”

雅静冷笑说：“这还不简单，你干脆嫁个渔民不就得了。你的目光也太短浅了！我们要在珠市买房买车，凭什么别人能有而我们不能有？我们除了出生不如别人，哪里比别人差了？你看看街上的女人，一个比一个长得难看，黑不溜秋，矮不隆冬的，我们比她们强多了。我们一定什么都会有的！”

“是呀，咱们就是差没有户口，没有身份证，不能去找工作而已。现在有聪明漂亮的雅静做伴，我真的没有从前那么害怕了。”冬妹安

慰雅静也安慰自己。

雅静噗嗤一声笑了，说：“瞧你那傻样。是呀，我们年轻漂亮，决不能这样窝囊地活着，我们一定要活出个人样来，证明我们是多么的棒。”

冬妹发愁地说：“咱们现在要面对现实，现在我们身上没一分钱，又没有身份证，连工作都不敢去找，你说怎么办？在上海，没有身份证是会被送去遣送站的。”

雅静也没了把握，低沉地说：“要不，我们先去试试找工作，珠市是改革开放的经济特区，也许和上海不一样！”

“也只能这样了。”

随着改革开放大门的开启，珠市四方商贾云集，各种走私服装、香烟、电子产品遍布大街小巷。大小饭店酒楼应运而生，海鲜酒家成了当地的一大特色，为人们提供了谈生意、交朋友、饮酒寻欢、放浪形骸的好去处。

冬妹和雅静沿着大街贴着招聘启事的店铺，一一进去应聘，几乎全是因为她们没有身份证被拒绝。工作无着，身无分文，她们又饿又困，坐在路边发愁，商量着是否再回去海边捡海鲜。

“小姑娘，你们在找工作吗？”一个肥头大耳的小伙子走过来问。

她们点点头，雅静抢着说：“我们的身份证和钱包都被偷走了，现在我们连吃饭的钱也没有了。这些该死的老板因为我们没有身份证就不相信我们，真是狗眼看人低。哎呦呦，我肚子饿死了，愁死我了。”

“没事，我先请两位小姐吃饱饭再说，你们的工作就包在我身上了，他们是有眼不识金镶玉。至于身份证嘛，简单，不是被小偷偷走了吗？我让小偷给你们偷回来就是了。办法在心里，路在脚下！”那小伙子笑着吹嘘。

小伙子叫陈跃进，原来是一个星级宾馆的厨师，因看朋友开酒家发了财，他也按捺不住辞职下海开起酒店，取名为快乐酒家。可是因为位置没有选好，加上没有管理经验，他虽亲自掌厨，无奈酒香也怕巷子深，依然生意萧条，严重亏损。心里发愁，想出来去其他地方看看能否取些生意经，受些启发。正好看见两个漂亮姑娘去应聘，因为没有身份证而遭到拒绝，心中灵机一动，觉得真是老天爷赐福于他，就跟在两人后面，很简单把她们拢到自己门下。

陈跃进带她们吃完晚饭后，去商场买了化妆品，又选了两件旗袍，就回到快乐酒家，作了简单培训后，第二天正式上班。

灯火璀璨，酒家的华灯流泻着七彩霓裳，宛若风情万种的女子，在迷人的夜色中披上诱人的面纱。寂寞的夜因为有了酒家而变得多姿多彩，客人们卸去白天的伪装，去酒家要几个海鲜，来几瓶美酒，再找个小姐作陪，成了当时珠市人最高的享受和放松方式。

酒家的老板各显神通，在硬件上，他们把包厢装修得浪漫温馨。在软件上大多都采用三十六计中的美人计招徕顾客，让客人们忘情迷醉于灯红酒绿，心甘情愿为软玉温香买单。

冬妹和雅静的工作就是陪吃陪喝陪聊，她们不用端菜洗碗，只要负责点菜，一个月给每人发一百元底薪，点菜有提成，客人给的小费全归她们自己，老板还包吃包住。她们做梦也没想到天下还有这等好事，心中万分高兴。

她们的工作出奇轻松，没有客人时，就一左一右站在门口。只要有客人投来异样的眼光，她们就报之以温柔一瞥，莞尔一笑。大多数客人都会意乱情迷地走进快乐酒家。两人就会笑盈盈地迎上去，将客人领进包厢。

在上海，冬妹在谢叔叔的导演下，有过许多的实战经验。而雅静脑子灵活反应快，两人配合默契，心领神会。只要进了酒家的客人，在她们你一言我一语的左右夹攻里，大多会心甘情愿掏出口袋里的钱。在她们的诱导下，点店里最昂贵的菜，要最贵的酒。这个向客人撒娇说爱吃蛇肉，那个吵着要吃鱼翅；雅静说爱喝白酒，冬妹又嚷着喝红酒。她们俩一唱一和、一呼一应常常把客人逗得捧腹大笑。

老板没有猜错，年轻漂亮的女人就是摇钱树，自她们来了后，酒家很快就扭亏为盈，给老板带来滚滚财源。

她们很快学会了掷骰子、划酒拳，成为不折不扣的陪酒女郎。她们互相保护，彼此依靠，虽然遇见过许多流氓色狼，但两个人配合巧妙，从未让客人得逞。偏偏男人就爱犯贱，越是得不到的东西越觉得好，他们原始的征服欲被激起，一次又一次地来酒家掏光他们的钱包，给她们的小费一个比一个多。

刚开始时，她们也以为找到了天下最好的工作，喜欢被男人追捧的感觉，有吃有喝还有钱拿，可没多久就开始自卑起来，知道自己是被人鄙视的陪酒女郎，做的是见不得光的龌龊之事，和卖淫的妓女不分高下。客人喜欢的只是她们的青春美貌，就像孩子喜欢玩具，新鲜感一过就丢。两人虽然从来没跟客人出过台，但总觉得别人都看不起她们，连服务员、厨师都投以不一样的眼光。

快乐酒家的业绩直线上升，这个月竟然超过了六位数，老板高兴，为两人各买了一张身份证，还给她们办了暂住证，在酒家附近租了个小房子给她们单独居住，令她们心中好不感激，便更加卖力地工作。

每天，她们都要忙到凌晨，每次，她们都是喝得烂醉。相搀着回到小屋，心里难受，就相拥着哭泣而眠。

她们周旋在形形色色的男人之间，遇见过许多大款老板，因为得不到，就说她们是出淤泥而不染，愿意花大价钱包养。里面也不乏英俊潇洒的有钱人示爱，好在她们都有自知之明，知道这跟爱情没有关系。越来越失望麻木，变成一种无所谓的心态。

她们常说：“等以后人老珠黄了又怎么办呢？我们的明天在哪里呢？”

冬去春来，她们像夜来香在酒家绽放着美丽，挥霍着青春。

中间，她们也曾试过去找其他工作，但却发现自己根本受不了那个苦。她们已经不适应再去干别的活了，一个月的工资还没有她们一天赚得多。

酒家是个大染缸，锤炼了她们对付男人的能力，也腐蚀了她们原有的单纯善良和吃苦耐劳。真是进去容易出来难，只能继续出卖她们的青春笑容。好在她们的廉耻还没完全丧失殆尽，虽然陪吃陪喝，但还没有为了钱跟客人出台。

年轻女孩是聚宝盆，她们为快乐酒家带来滚滚财源，老板对这两棵摇钱树钟爱有加，又觉得她们卖笑不卖身实属难得，心里产生好感，不时送这送那以示讨好。无奈现在的她们见多识广，身边的客人不是财大气粗的富商，就是位高权重的官员，自然不会把这位卑躬屈膝的小老板放在眼里。气得老板在心里大骂她们狗眼看人低，有眼不识泰山，迟早让她们知道自己的厉害。

没多久，老板又在外地招来几个比她们还年轻的小姑娘，在长相上也许不如她们，但年轻女孩都像鲜花，玫瑰和菊花各有各的美，真不好分上下。至少在穿着上，她们更性感妩媚，又善于和客人调情，甚至当着外人的面，都能毫不避讳地和客人进入角色，还常常恬不知耻地发出销魂的呻吟。客人图新鲜，寻刺激，慢慢就对冬妹和雅静失去了兴趣，她们在快乐酒家的市场已经越来越小。

夜晚，她们回到小屋，雅静气愤地说："这个酒家我们是待不下去了，来了这帮不要脸的女人，哪里还有我们的市场？"

"是呀，再说，待在这里也不是长久之计，我们还是想办法去找份正经的工作。"

"这一年，我们也积攒了不少钱，何不像别人一样去做生意，当老板。"雅静打开小皮箱数起了钱。

"可是我们从来没有做过生意，不知道要怎么做。"

雅静想了想，说："不怕，路是人走出来的，别人能做我们也一样能做，快来一起数钱，看看这一年多咱们到底赚了多少。"

两人兴致勃勃地数了一遍又一遍，天哪，竟然有六万多元，这简直是天文数字，她们兴奋得一夜没有睡觉，决定明天就向老板辞职，商量盘算着也去找个地方开酒家，和老板竞争竞争。

第二天下午，她们来到酒家。老板正左拥右抱搂着两个新来的女孩喝酒调情，见了冬妹和雅静连眼皮也不抬一下，旁若无人地和右边的女孩喝交杯酒，左边的女孩捧住老板的脸猛啃着。冬妹和雅静互望了一眼，只好低头坐在旁边等待老板。

半小时后，老板终于推开怀里的两个小姐，说："你们怎么还不上班，找我干吗？”

酒店自来了新人后，老板仿佛换了个人，对她们总是爱答不理。

冬妹清了清嗓子，说：“现在您酒家人手也够了，我们想要辞职。”

老板怔了一下，半天才说：“为什么呀？”

“我们知道您这儿来了新人后，已经不再需要我们了，我们也觉得自己不适合再待在这里，不如早点走，以免影响您的心情。”雅静冷冷地说。

老板是个精明人，自然知道两人对快乐酒家的重要性。她们手里掌握着一大批客源，尽管从不出台，但有许多回头客是专门冲她们俩来的。作为男人，他更了解男人的心理，男人永远追求得不到的东西，而轻易能得到，尤其是用金钱能随便买到的，很快便会失去兴趣，假如真放她们俩走，那对快乐酒家将会是不小的损失。

在心底里，他还是很欣赏她们俩，觉得在酒家这种大熔炉，女孩子竟然能抵制住金钱诱惑，一唱一和既把客人哄高兴了，又能守住自己，这实在是件不容易的事。有一阵子，他还曾经想过要娶她们中的一个，只怪这两个丫头太不识抬举，偏偏就没把自己放在眼里，他的自尊心受到了严重打击。为了打磨她们的傲气，也为了给她们制造一些危机感，就花重金托朋友介绍来了几个小姐，还当着她们的面和几个小姐调情。久而久之，由爱生恨，也就慢慢情感转移，不再把她们放在心上。

谁知，今天她们突然说要辞职，这怎么可以？想到她们去年找不到工作，流落街头，是自己出手相救，给了她们赚钱的平台。这一年多，两人赚的小费加工资提成没有十万也有八万，怎么可以说走就走！可看她们一脸坚决的样子，知道两人去意已决，一时又想不出好办法挽留，只好假装酒醉，说：“我现在头痛，你们今天先上班，这事改天再说吧！没有经过我的允许，谁也不允许离开快乐酒家。”

雅静正要和老板理论，被冬妹拉住了。两人换上工服，站到门口去迎接客人，迎来送往，直到侍候完最后的客人，筋疲力尽地回到宿舍，已是凌晨三点，她们也顾不得洗漱就迷糊睡着了。

一阵急促的敲门声惊醒了梦中人，她们迷迷糊糊挣扎着起床，问了声：“谁呀？”

门已经被撞开，闯进几个穿制服的警察，他们气势汹汹地说：“派出所的，查暂住证。”

冬妹急忙从抽屉里拿出暂住证、身份证给他们看。几个人仔细地看了，其中一个大声说：“这身份证是假的，你们已经犯了国法，小小年纪竟然敢假造中华人民共和国的居民身份证，还想用假身份证来欺骗警察，简直是无法无天，你们来珠市做什么？为什么住在这里？坦白从宽，抗拒从严。”

“上回也有派出所来查过暂住证，他们也没有说我们的身份证是假的。而且，我们老板也是拿了这两个身份证去办的暂住证，他们怎么没有看出来是假的？”冬妹的脸上掠过一丝怀疑。

另一个警察说：“还敢狡辩，一定是来珠市做婊子的，兄弟们给我搜。”几个警察一拥而上，翻箱倒柜，把她们的小房间翻了个底朝天，终于，在她们的床底下搜出了一个小皮箱，里面放着她们这一年多的全部积蓄。

听警察阴阳怪气地说：“小小年纪哪来这么多钱，一定是做婊子赚的，做婊子是犯法的，你们懂吗？赚的钱要全部没收，还要罚款判刑。这样吧，这些钱我们先保管着，明天你们来派出所交代问题。”

几个人拿着她们的钱转身就要离开。

雅静失去理智，她不顾一切冲了上去，死死抓住小皮箱，却被警察狠狠推开，又踢了她一脚，雅静后脑勺撞在了床柱子上鲜血直冒。

冬妹本想追上去，可看雅静满头是血，只好眼睁睁地看着他们坐上出租车呼啸而去。现在的当务之急是送雅静去医院，可她们的钱已经被几个警察抢光，现在又变回了身无分文的穷光蛋。该怎么办呢？只能向老板求救。可酒家已经关门，冬妹在门口喊破了嗓子也没人回答。她实在是没有办法了，只好拿着客人留的电话号码，挨个打电话。可这些客人来酒家时对她们情意绵绵，可一到紧要关头，都成了缩头乌龟，大多数还没有听冬妹讲完就匆匆挂掉，再继续打电话就提示忙音。只有一个叫李国安的客人，他耐心地听冬妹讲明情况，让她等着他。十分钟后，他打车赶过来。两人一起把雅静送到医院，好在她伤势不重，医生消完毒，缝了几针就回家了。

第二天，冬妹哭泣着把昨晚派出所查暂住证和钱被没收的事告诉老板，要老板和她们一起去派出所。

老板好像早就知道似的，没有听冬妹讲完就打断了她的话，说："既然派出所把你们的钱没收，也只能自认倒霉了，谁让他们穿制服呢？你们虽然没有直接卖淫，但陪酒也算是卖淫的一种，咱们假如再去公安局岂不是自投罗网，不但要不回一分钱，还要罚款判刑。不过没关系，反正你们女孩子赚钱也容易，先回去休息几天，等雅静伤好后，你们再继续上班赚钱，凭你们的能力很快就会赚回来的。"

老板说着从口袋里拿出五百元钱，让冬妹给雅静买点药和补品，早点养好伤，尽快回酒家工作。

冬妹怔怔地接过钱，在潜意识里，她总觉得老板哪里不对劲，心里对他充满怀疑。

回到小屋，冬妹和躺在床上养伤的雅静说了这件事。两人越想越觉得蹊跷，觉得老板是最大的怀疑对象，很可能是他策划的计谋，可又找不出有力证据。

两个人正迷茫，李国安来看她们了，冬妹就把心里的疑惑告诉他。他生气地说："一定是老板策划的，竟然有这种事，太可恶了，欺负小姑娘算什么本事？没关系，我有朋友在公安局，我让他帮你们查查。"

又过了两天，李国安给她们带来确切消息："那天晚上，珠市根本就没有公安出警，更没有没收过谁的钱。"

她们俩恨得咬牙切齿，发誓要一定报仇雪恨。在李国安陪同下，她们走进了公安局，她们要用法律的武器来捍卫自己。

警察耐心听完了她们的叙述，并作了笔录。一个年轻警察对她们说："太可恶了，我们请示一下，晚上就行动。"

有个年龄稍大的警察提醒她们立即搬家，以免遭到打击报复。

李国安非常同情她们，说要好人做到底，帮她们租房子、垫房租，还热心地帮她们搬家。

第二天上午，她们还在睡觉，李国安就兴冲冲跑来敲门，兴奋地说:“昨天晚上快乐酒家被查了，老板、几个陪酒小姐和里面的客人通通一窝端。我刚才路过那里，大门已经被贴上封条了。你们该怎么感谢我呀？”

雅静拍手称快，也不顾自己的伤势如何，非要请李国安喝酒以示感谢。席间，她一脸得意地问李国安：“快乐酒家已封，老板会被判刑吗？”

李国安借着酒意吹嘘：“要判刑，当然要判刑，至少要判十年二十年。他冒充公安人员，情节恶劣。这要是在从前严打时，一定判死刑，反正已经够他受的了，这辈子是别想再翻身了。”

雅静高兴得在李国安的脸上连吻三下，李国安像个少女似的羞得低下头，一双眼睛却看着冬妹。

然而，冬妹却高兴不起来，想到老板曾经给她们的关心和照顾，像是有块大石头压住她的心。回想这几个月，老板虽然是利用她们给酒家带去生意，可这也可以理解，毕竟是生意人。何况，他也给了她们一个平台。本来他们应该是很好的合作伙伴，可为什么变成今天这样？记得有一次，老板趁着酒意，强吻了冬妹。她不知为什么，本能地给了老板一个耳光，她至今都没忘掉老板伤心和酸楚的眼神。从此，老板就再也不用正眼看她们。直到后面又来了几个小姐，老板便天天声色犬马，不再理她们。是自己眼高没把老板放在眼里，才落到今天这个地步。她越想越觉得老板不是个坏人，至少从前不是。想假如那时候她们能像对待客人一样尊重老板，一定不会是今天这个结局……

李国安是个好人，冬妹和雅静都这样认为。

自快乐酒家被查封后，李国安包了她们全部的生活费，几乎天天和她们在一起，请吃、陪玩、买衣服、送化妆品……

记得几个月前，李国安带了一帮朋友来到快乐酒家，让她们去陪酒，临走给每人发了两百块小费。两人都不禁对这位出手大方的年轻人另眼相看，心生好感。他也不像其他男人，见女人就像猫嗅到腥味，色眯眯地动手动脚，相反还很尊重她们。后来，他隔三差五来快乐酒家，每次给的小费都是别人的几倍。

冬妹和雅静听说李国安还是单身，都不由自主喜欢上他，觉得他年轻有为，为人慷慨大方。虽然，她们也分不清是喜欢他的钱，还是喜欢他的人。好在她们知道自己的身份，是被人鄙视的陪酒小姐，男人对她们的感情只停留在肉体上，和爱情无关。她们两人都认为，男人全不可信，全是污浊的大色狼，一切都是逢场作戏。因此，她们从来不敢幻想真正的爱情，而是以一种看破红尘、读透男人的心态和他们周旋。

她们悟出的经验是女人不但要千娇百媚，更要深不可测。男人的劣根性和雄性的征服欲，让他们从来不珍惜唾手可得的猎物，反而觉得越是得不到的东西越好。对付他们最永恒的秘诀，就是不能让他们轻易得逞，对付男人最好的办法，就是若即若离地引人入胜，既不让得到，又给予希望。要把他们当作毛驴，把自己当成毛驴面前绑着的萝卜，不时在他们眼前晃荡、诱惑，给予无限的憧憬和希望，始终觉得再上前一步就能吃到，可又总是吃不到，于是乎，毛驴就一圈一圈地走下去。她们还时常使用左手扬鞭、右手给糖的招数对付色狼。与其做乖乖女被他们玩弄后抛弃，还不如直接把他们当猴子耍。

她们靠这种亘古不变的歪理在快乐酒家战无不胜，玩弄男人于股掌之中，让他们心甘情愿地花钱。两人共同得出的结论是男人在你身上花的钱越多，就会觉得你越珍贵，越在乎你。花光他的现金，你就变成他的唯一，花光了他的家产你就是他的财产。反之就会觉得无所谓，反正也没花钱，谁又会在乎廉价或者不要钱的东西呢？

就因为她们从来没有被男人真正得到过，男人就说她们像莲花一样，出淤泥而不染，与别的陪酒小姐不一样。

李国安也是被她们一步步地引诱了进来，听朋友说她们还是处女，跃跃欲试想去征服，结果慢慢跌进了她们的陷阱，让他欲得不成、欲罢不能，只好大把大把地花钱讨她们欢心。用他朋友的话说，用在她俩身上花的钱加起来可以买一个金屄了。

李国安虽然从来不在乎钱，可他毕竟也算半个商人，算得出在她们身上下的本钱，投资了就想要回报。于是，深陷其中，不能自拔。

有时候，李国安也觉得自己真犯贱，身边从来不缺女人，其中也有不少喜欢他的正经女孩，为什么偏偏对两个陪酒小姐情有独钟，明知道不可能会娶回家做妻子。只是感情这种东西偏偏不听理智的劝告，就像越挣扎越往下陷的沼泽地。

传言到了家人耳朵里，说李国安在外面养了两个陪酒小姐。全家人都陪着父母着急，亲戚邻居纷纷帮忙介绍对象。他也去相过几次亲，无奈他的心像是着了情魔，不是嫌人木讷就是嫌人年纪大，更看不惯女孩子在他面前唯唯诺诺，没有自我，觉得她们虚伪没劲。又想，这些所谓的正经女子，爱的何尝不是自己的家庭和财富，反而觉得冬妹和雅静不做作也不矫情，甚至连在酒家这种奢靡之地，也依然守身如玉，不为金钱所折服，实在是太难得了。

有了李国安的帮助，冬妹和雅静的生活虽然暂时无忧，但心里却高兴不起来。几天前，她们还有几万元的积蓄，满怀壮志想要做生意当老板，眨眼间就被抢劫一空，一无所有，现在只能靠别人接济过日子。虽然，李国安有钱，也舍得给她们花，可这毕竟不是办法。他尽管不错，但不可能真正娶她们。

她们想出去另找工作，可不是嫌工作累就嫌工资低，上不了三天班。也想过去酒家陪酒，可一朝被蛇咬，十年怕井绳，实在不敢重操旧业。考虑过做生意，可眼下既没本钱也没经验，不知从哪里做起。

在快乐酒家一年多时间，她们迷失了自我，已经不自觉变得好逸恶劳、爱慕虚荣、害怕吃苦。虽然也觉得这样不对，可一下又改变不了自己，只能像寒号鸟晒太阳，得过且过。

三十
雅静的爱情

冬妹和雅静住在珠市近郊的一个农家小院。这里环境优雅，交通方便，面朝大海，毗邻大学。自珠市被划为经济特区后，这里慢慢演变成一个出租村。随着特区经济的发展腾飞，来特区淘金的人猛然骤增，原本冷清的村落热闹起来，村民们看到商机，便把祖上留下的房子加层拓宽，盖起简易房，租给外地人。出租屋是村民主要的收入来源，也成了城市藏污纳垢的温床。

她们租住在二楼，虽然是个简易房，但里面家具电器一应俱全，房间也干净明亮。邻居有生意人、手艺人、卖艺人，也有被人包养的大学生，他们来自五湖四海，胸怀理想和对珠市这片土地的热爱，希望在开放的特区一试身手，寻找机会。

她们有一个隔壁邻居自称张天宝，此人三十出头，精悍强健，一脸浓密的络腮胡昭示着雄性激素分泌旺盛，他又爱袒胸露背，一大片浓黑胸毛直通下身。

他说自己是台湾人，在珠市做大生意。虽然，并没有人见过他到底在做什么，但他却好像有花不光的钱，一天到晚无所事事，只是不停地勾搭女孩子。

隔壁住着两个大美女，这可把他乐开了花。本以为她们也是一般女子，很容易就能勾搭上手。孰料，他穷尽对付女人的招数，请吃饭，送鲜花，给礼物，营造浪漫……但几个回合下来，根本没有占到便宜，相反还在她们身上花掉不少钱，让这位自封为情场常胜将军的人心里觉得憋屈，想自己出道以来，攻无不克，战无不胜，今天难不成要败在她们手里？暗忖无论如何也要搞定她们其中一个。他浑身如着了相思之火，百般难熬，夜不成寐，食不知味，几乎把全部心思都用在她们身上。

张天宝虽然读书不多，但闯荡社会已久，可谓是见多识广，嘴上功夫了得，脸皮厚得像城墙，整天像黏人的牛皮糖，投人所好死缠烂打，经常赖坐到深夜不肯离去。只是他这些花招，对同样阅男人无数的冬妹和雅静来说并不管用。真可谓棋逢对手，半斤八两。两姐妹始终是你唱白脸我唱红脸，形影不离地调戏着他，给他的感觉是近在咫尺又远隔天涯。他下了很多功夫，却连她们的手都没有好好摸过，这让他觉得心痒难耐，晚上睡觉，一闭上眼睛就是她们的影子。

冬妹和雅静倒也不讨厌他，尤其是对海峡那边的台湾有着浓厚兴趣，还想跟他学习做生意。于是，张天宝就把台湾吹成了人间天堂，再编一些奇闻轶事来逗她们开心，胡吹他在台湾的生意如何了得，讲得神乎其神，还许诺以后一定教她们做生意，赚大钱。姐妹俩爱听他讲台湾、谈生意，常常一聊就到深夜。

后来，张天宝就叫外卖把饭菜送到她们房间，几个人常常喝得酩酊大醉，忘乎所以。这事被突然来访的李国安撞见过几回，使他心里很是窝火。有一天深夜，他又看见张先生赤裸着上身，冬妹和雅静穿着睡衣，醉意蒙眬，千娇百媚。这让李国安实在忍无可忍，妒火中烧。他不愿意责备雅静和冬妹，只好怪张先生说："你是什么人？你有事没事跑来这里干什么？"

气得张天宝咬牙切齿，借着酒意跳了起来，一把抓住李国安的衣领挑衅说："混蛋，是你勾引她们还是我勾引她们，你去照照镜子，你有什么资格来多管闲事？你是她们谁的老公？你敢再嚎，小心我毁了你。"

李国安望着酒气冲天、霸气凶悍的张天宝，吓出一身冷汗，不由把身子缩了缩，果然不敢再说话。

冬妹和雅静显然也是被吓坏了，急忙跑过来拉开张天宝。

李国安从小在父亲的光环下长大，到处都是赞扬和顺从，可以说根本没有经历过风霜雨雪，哪里受过如此窝囊气，觉得很没面子，尤其是在自己心仪的女子面前。真想上去拼命，奈何他天生胆小，看着这个青筋暴露、浑身肌肉的野蛮家伙，早吓得凉了半截，知道若真动起手来，自己绝不是对手。好汉不吃眼前亏，便不再吭声，只是狠狠地瞪了张先生一眼，又看了看冬妹和雅静，扭头便走了。

冬妹急忙追了出去，可李国安头也不回地打车走了。

冬妹回到房间，见雅静还若无其事地和张天宝在喝酒说笑，不由埋怨雅静说："你怎么还在喝酒？李国安都被气走了，他毕竟一直在帮助我们，现在该怎么办呢？"

"凉拌呗！你刚才不是去追了吗？怎么没有追回来？"雅静头也不抬的说。转身又娇嗔地指着张天宝的鼻子又说，"你干吗那么凶，还揪他的衣领，好像要吃了他的样子。他可是我们的饭碗呀，你把他吓跑了，以后你养我们呀？"

"我要的就是你这句话，以后有我吃香的就有你们喝辣的，有我睡的决不会让你们站着，来，干杯。"说着，张天宝醉醺醺地举起酒杯一饮而尽。

雅静看着闷闷发愣、低头不语的冬妹，一股无名之火油然而生，不屑地说："人家还没把你当女朋友呢，你紧张什么呀？就凭给我们花了几个臭钱，就要来管我们，他凭什么呀？你放心，过两天他一准回来。"

"做人要讲良心，我们吃的用的花的全是他的钱，上回你被人打伤，还是他出的医药费呢。"冬妹闷闷地说。

"就你讲良心，谁也看得出他是黄鼠狼给鸡拜年，没安好心。假如我们是老太婆丑八怪，他还会帮我们吗？你说说，他什么时候正式和你我谈恋爱了？你还自作多情，不会是脑子发烧了吧？我的好姐姐，千万不要把他的不怀好意当作甜蜜爱情，我们在他眼里，还不知道是什么角色呢。你死了这条心吧！"雅静一脸的讥讽和冷笑。

“对呀，珠市人没有一个好东西，仗着家里有点臭钱，就想到处骗女孩子。一看他就是个花花公子，瞧那熊样，一点男人气概都没有，我要是真动了手，还不把他捏扁掉。就那脓包，能叫男人吗？”张天宝喷着酒气，自豪地把一双手捏得咯咯发响，想以此来证明他的力量和男子汉气魄。

冬妹白了张天宝一眼，说：“就算李国安不是个好东西，可是你呢？你敢说你就是个好人吗？李国安至少到现在还是单身，你敢说你家里没老婆孩子吗？没准你还是个有妇之夫呢。你敢说你是真心爱我或者雅静，真想和我们恋爱结婚不成？”

张天宝一时语塞，半晌才虚虚实实地说：“我在台湾是有老婆孩子，谁叫我认识你们这么晚呢。再说，有老婆可以离嘛，你们谁真要答应嫁给我，我立即就回台湾去和那个黄脸婆离婚，总比李国安那个王八蛋没有老婆也不肯娶你们强吧。”

冬妹明知张天宝鬼话连篇，可一时又想不出话来反驳。她心里又何尝不明白，她们和李国安之间只能恋爱不能结婚，因为他家里绝不会允许一个陪酒小姐进门。更可恨的是，李国安还常常在她和雅静之间徘徊，有一箭双雕之嫌疑，这实在让人忍无可忍。她们俩患难至今已亲如姐妹，尽管都对李国安心存好感，可知道爱情不能分享。彼此心知肚明、心照不宣，谁都不愿先去触摸和接受这份爱情，两个人都与他若即若离、周旋游戏，享受着他真心实意的帮助。她又想到假如没有李国安的帮助，以后该怎么生活？想着想着，眼泪不禁流了下来。

雅静见冬妹流泪，心里不忍，就去拿了纸巾，帮她擦去脸上的泪花，安慰说：“傻瓜才为男人流泪，男人没有一个好东西，咱们不哭。”

张天宝听雅静说男人没有一个好东西，急忙为自己辩解：“你说话也太武断了，谁说男人没有好东西，我就是个大好人。再说，冬妹为男人流泪也没有错，主要是不值得为李国安这样的脓包流泪。”

雅静笑道：“你的意思就你是好男人，我怎么没有看出来？现在我们的饭碗都被你赶走了，你这个大好人要说话算数，以后我们靠你养活，你做得到吗？”

张天宝听出雅静对自己有意思，兴奋不已，故意学广东话拖长腔调对雅静说："小妹呀，请放心啦，我向老天爷发誓，这辈子只要有我吃的，就不会少你一口，我穿衣服就让你穿裤子，我是真心实意地爱你的啦，只爱你一个人啦，我一定要娶你当老婆，保证你享福不尽，快活不完。"

看着张天宝滑稽搞笑的样子，冬妹忍俊不禁。

雅静不知是酒醉还是真的被他的话所感动，两颊涨得通红，一双眼睛含情脉脉地看着张天宝，说："你可不许甜言蜜语骗人，你敢骗人，我饶不了你，小心你的狗命。"

他色眯眯地看着雅静，只见她一头乌黑的秀发披散在肩上，粉脸在酒精的刺激下白里泛红，像三月里的盛开的桃花，大红色的胸衣和内裤在粉红色的桑蚕丝睡衣里若隐若现。肤如凝脂，气若幽兰，一双美目摄人心魄。他只觉得浑身躁动，血往上涌，真想牡丹花下死，做鬼也风流。

看雅静对自己情意绵绵的样子，知道这个女人已经开始钟情于他，觉得时机已经成熟，下一步要让她主动投怀送抱，最好今晚就能拥有她。想到这里，他急忙向雅静赌天发誓地说："我这辈子活着给雅静当牛做马，死后给雅静拉磨推车。生是雅静的人，死是雅静的鬼，若有变心，天打雷劈，出门被车撞死……"

说着张天宝伸手揽住雅静的腰，雅静顺势倒在他的怀里，四目相对，两情相悦，此时无声胜有声。

冬妹尴尬地站在一旁，走也不是，留也不对，不知如何是好。

雅静似乎理解冬妹的为难，她慵懒地推开张天宝，对冬妹说："你可不许走开，你一定要留下来保护我，要不我就完蛋了。你知道男人的嘴越甜就越不能相信，天知道他的话是真是假。"

此时的张天宝恨不得把心掏给雅静，凝视着雅静，说："你说，我要怎样才能让你相信我，我爱你，真的爱你！"

"我们都知道男人说话还不如放屁，放屁至少还能臭一阵，可男人的话恰恰都是说了后就没有影踪，你用什么来证明对我的真心？"

雅静春心荡漾，欲擒故纵。

张天宝沉默一会儿，开门走了出去。

雅静气得号啕大哭，借着酒劲把手中的杯子砸得粉碎，绝望地说："什么爱情，我就知道男人没有好东西，世界上压根就没有爱情，爱我们的全是他妈的一群大色狼，王八蛋。爱情对他们来说就是做生意，什么门第呀、出身呀、户口呀、学历呀，我们哪里比别人差了？尤其是那个王八蛋李国安，他竟然还说：'假如你们是珠市人，还能有娶你们的可能，谁让你们是外地人，我没法向家里人开口呀！'我们哪一点配不上他了，瞧瞧他那龌龊相，不就仗着家里有几个臭钱吗？就想来玩弄我们。还有王八羔子张天宝，口口声声说爱我娶我，可一让他拿什么来证明，他就跑了，他跑了，哈哈哈，跑了好啊。世上哪有爱情，我们的命真苦。"

冬妹紧紧抱住因酒醉失去理智、歇斯底里大哭大喊的雅静，想她是真的醉了。

正当冬妹忙成一团不知怎么办时，张天宝回来了，冬妹生气地说："都怪你灌她喝了这么多酒，她都醉成什么样了，你看怎么办呀？"

张天宝心痛地说："先别责怪我了，我也没想到她的酒量这么小，你快去泡杯浓茶给雅静醒酒，这里由我来照顾她。"

他用毛巾小心翼翼地帮雅静擦掉吐出的污物，雅静虽然烂醉如泥，可她酒醉心明白，听见了张天宝的声音，心里高兴不由也紧紧抱住了他，忘情地说："你刚才哪里去了，你说过要为我当牛做马的，怎么一让你证明你就掉头走了，你好狠心呀！"

张天宝一只手紧紧把雅静搂在怀里，另一只手把口袋里的东西全倒在床上，钱和存折撒满了一床，说："小傻瓜，我怎么可能离你而去呢，有你我这辈子死了也值得，你知道我刚才干什么去了吗？我是回去拿钱了，这是我身上的全部积蓄和存款，以后全交给你保管，这样你就该放心了吧！我爱你，小傻瓜，你让我知道了什么是爱情。以后我全听你的，我愿意一辈子做你的奴隶。"他也不嫌雅静满嘴的酒气和刚吐完残留在嘴上的脏物，深深吻了下去。

空气似乎静止，冬妹对他们瞬间表现出来的伟大爱情，既吃惊又感动，觉得好像是在小说里，好虚幻也好现实。她觉得雅静和张天宝就是爱情的化身，从心底里祝福他们。

冬妹悄悄地退了出去，沿着涛声向海边走去。

三十一
处女的元红

皓月当空，繁星满天，月光如银轻洒在海面上，海风如诗，涛声若歌，沙滩上一对对情侣卿卿我我，情语呢喃。夏夜的海滩若梦若幻，处处给人无限的遐想和无尽的诱惑，勾起了少女无穷的情愫。

冬妹拖着长长的影子，梦游般在沙滩上彳亍彷徨着，心中不时泛起悠悠情思。她知道自己长得很美，但在世俗男子的眼里，是个风尘女子陪酒小姐，谁也不愿娶她，只想藏着掖着不敢见人，好比是一盘可口的萝卜蔬菜，终究难登豪宴的大雅之堂。

她不知道自己将情归何处。雅静有了张天宝浓烈的爱情，不久将会另筑爱巢，剩下自己孤单一人该怎么办？自己在内心真心喜欢李国安，毕竟他是那么的富有大方，又对自己关怀备至。

她坐在海边胡思乱想着，看了看表，已是深夜十二点多，想雅静的酒该醒了，张天宝可能已经离开，自己也该回去休息了。她起身拍掉沙土，慢悠悠地走回了家。

房门紧闭，屋里黑着灯。冬妹刚想掏钥匙开门，里面却传来令冬妹面红耳赤、心跳加速的呻吟和呼叫声。冬妹呆立了一会儿，只好转身又朝海边走去。

深夜的海滩寂寥宁静，月光下的海面神秘而悠远，冬妹仿佛置身于梦境中，觉得自己如浩瀚海面上的一叶孤舟，随风漂荡，没有航线和方向，没有可以停泊的港口。心潮如海浪般起伏澎湃，往事如翻滚的浪花阵阵涌来。

冬妹自和雅静认识后，两人相依为命、患难与共，一路坎坎坷坷，历尽酸甜苦辣。如今，雅静已找到爱人，总算苦尽甘来有了依靠，而自己却依旧孤苦无依。漂泊的身心多么渴望能得到栖息，眨眼自己十八岁了，正是花季年华，有着对爱情的幻想和向往。她多么希望有个家，有个人爱她，能为她遮风挡雨。然而，心中的他在哪里呢？她想到了男人们赤裸裸充满邪恶的眼睛，无论如何，都不能把身体交给那些大色狼。

她记起了《红楼梦》里林黛玉的《葬花词》：“一年三百六十日，风刀霜剑严相逼，明媚鲜妍能几时，一朝漂泊难寻觅。”不禁感同身受，泪湿双颊。黛玉虽然父母双亡，可毕竟还有外祖母疼爱；自己尽管爹娘双全，却没有人愿意接纳她。这个世界上除了自身难保的养父，她没有一个亲人。黛玉生在富贵繁华之乡，每天锦衣玉食，而自己呢？从小颠沛流离，孤苦伶仃，如一片落叶任人践踏，随时可能粉身碎骨。想到这，不禁泣不成声。她披散的长发随风飘扬，月光下长长的身影显得鬼魅万分，犹如游荡的孤魂野鬼。

冬妹正想得出神，不小心被石头绊倒，恰逢涨潮时分，海风席卷着浪涛汹涌着向她袭来。等她回过神来，已是浑身湿透，她本能地向岸上跑去。

她像一只落汤鸡蜷缩在岸边的礁石上，身子发冷如筛糠般抖个不停。她必须马上离开，找个地方休息，可实在不愿回去惊扰雅静和张天宝的好梦。她突然想到李国安，他虽然是个花花公子，但却直率可靠，一定会帮助自己。犹豫许久，她找到一个公用电话，拨通了李国安的号码。让冬妹欣慰的是，不到半小时李国安便火急火燎赶来。他面带微笑，一脸的宠溺宽容，让冬妹心里暖洋洋的。

此时，天已大亮，海滨清晨的雾气渐渐散去，朝阳从海平线上喷薄而出，在蔚蓝的海面上迸发出万道金光，海鸥在空中盘旋飞舞，远帆近影尽收眼底。冬妹心里的抑郁愁云也一扫而光。

李国安知道冬妹一夜未睡，马上就去附近宾馆开了一间房，并买来早点，善解人意地让她先洗澡睡觉，说下午再来看她。

冬妹睁开眼睛时，看到床头放了许多水果零食，还有一件淡绿色连衣裙以及胸衣内裤，想一定是李国安看到自己的衣服被海水浸湿，专程为她买的，心中好不感动。要不，今天还真没有干净衣服可穿了。

她伸了个懒腰，起床吃了些水果，就穿上李国安买的衣服。这件绿色连衣裙好像是为她量身定做的，不大不小正合适。她来到镜子面前，只见身着蕾丝花边裙子的少女亭亭玉立，白里透红的皮肤洋溢着青春活力，大眼睛似水含情，嘴唇柔软粉红，飘逸的长发披肩，脸上挂着淡淡的慵懒倦意，浑身透着万种风情。她突然觉得镜子里的自己是一件让人挑不出半点瑕疵的艺术品。又想到昨天雅静和张天宝的疯狂激情，腮上泛起红晕，心跳不已。

正当她想入非非之际，李国安出现在了镜子里，从后面憨笑地抱住了她的细腰。冬妹心里甜滋滋的，可脸上却装出冷冰冰的样子，白了他一眼说："快放手，不许耍流氓。"

李国安摊了摊手，装作委屈地说："谁让你长这么美，不能怪我，我情不自禁呀！"

冬妹噗嗤笑道："我肚子饿了，怎么办？"

"能请冬妹小姐吃饭是我的荣幸！"李国安边调侃边拨通了餐厅的服务电话，点了晚餐让送到房间。

冬妹本想让李国安带她出去吃饭，可他却把饭菜叫到房间，她觉得孤男寡女在房间吃喝不太好，可不忍心也不愿意开口拒绝，况且，在内心她对李国安有着一种说不出的情愫。尽管理智告诉她一定不能接受他的爱，那样只会遭受伤害，但哪个少女不怀春，她实在很难压制自己内心深处的感情，也不舍得拒绝李国安的深情厚意，毕竟她也喜欢他。

一会儿，服务员送来饭菜。荤素搭配，海鲜居多，还有两瓶红酒。

李国安给两人各斟一大杯酒，深情地说："这是专门为你要的葡萄酒，喝了美容养颜。为了你的青春美丽，也为了我们的相遇相识相知，干杯。"

冬妹知道自己酒量不好，一喝便醉，更担心自己酒后失去理智，可在喜欢的男人面前，实在难以拒绝，遂端起酒杯一饮而尽。

李国安又给冬妹的杯子里倒满酒，说："从前，因为有雅静在身旁，我们连句知心话都没有机会说，这第二杯是庆祝你我终于今天能单独在一起，真是令人高兴。来，干杯。"

两杯酒下肚，冬妹已觉得浑身燥热，满脸通红。尽管明知醉酒误事，可此时不愿也不想抑制自己，反倒希望自己能喝醉，举起酒杯痛快地说："喝吧，我们干杯，人生难得几回醉，醉了就不会有烦恼和忧愁了，是吗？"

三杯酒下肚时，冬妹已经晕晕乎乎，难以自制。她想到了美芳妈妈逼她喝酒，醉后把小土当成大学生李强差点失身，想到了这几个月一次次陪客人喝酒，她和雅静巧妙合作周旋，趁人不注意时把酒吐掉，每次都是有惊无险。可今天，自己似乎疯了，不知为什么，就想往醉里喝，明知这样一定会像昨天的雅静一样，可她却不管那么多了，甘愿一醉方休。

席间，李国安总是不忘炫耀自己的家庭，掏心窝似的喋喋不休，讲他儿时的趣事，如何淘气和逃学；讲他父亲的伟大，为他铺平一切；讲他母亲的能干，处处呵护严管着他；讲他的生意如何了得，吹嘘家族的能耐，有着父亲的光环，他只需亮出关系和名字，合作伙伴就会趋之若骛，钱财滚滚而来；讲他什么都好，就是没有成就感，父亲给了他一切，但也给了他压力。

冬妹听得好生羡慕，越发自怜，感叹命运的不公平，心里酸楚难受，只好闷头喝酒。以为醉了就能忘掉一切，然而事实上却是越喝越忧愁，满腹悲伤和苦楚在酒精的刺激下似乎要爆炸，她再也抑制不住自己了，一杯接着一杯狂饮。两瓶红酒很快就瓶底朝天，可冬妹觉得还没有过瘾，嚷着要继续喝酒。

李国安当然知道冬妹已经醉了，可他仍打电话让服务员再送来两瓶。他目瞪口呆地看着冬妹一口一杯酒，心里惊叹她的好酒量。

冬妹一心只想借酒浇愁，麻痹神经，谁知越喝心越痛，十多年来的苦难伤痕如梦魇般浮现，在酒精的催化下，满肚子的话和着眼泪似决堤的洪水，一股脑倾泻而出……

从冬妹断断续续的哭诉里，李国安听出了个大概，他一直以为冬妹和别的女孩一样，家里贫穷来珠市淘金，用青春美貌换取金钱。他做梦也没想到面前的冬妹竟然有那么多心酸往事，越发产生怜悯之心，于是紧紧把冬妹揽进怀里，轻拍她的背以示安慰。

李国安尽管还没有结婚，可早已阅女人无数，也自以为最善于调情，知道怎样能挑起女人的情欲和如何让女人飘飘欲仙。想自己追求了这么久，今天终于要到手，心中倍感珍惜。于是抱住冬妹轻咬她的耳垂、脖颈、眼睛、鼻子，用舌头舔着她的嘴唇，熟练地撬开她的贝齿，探进口中卷起她的舌头拼命吮吸。此时的冬妹也是兴奋不已，浑身酥软，象征性地挣扎了几下，便沉浸在身体的愉悦和快感里。呼吸也随之急促起来，欲拒还迎地抱紧了李国安……

李国安觉得时机已经成熟，轻唤着冬妹的名字，说着爱她的话，一只手抚摸她的身体，一只手去解她的裙子。冬妹本能地颤抖着扯住自己的衣服，奈何浑身酸软，无力抗拒，只好任凭他把自己脱得一干二净。李国安抱着光溜溜的冬妹，用尽浑身解数挑逗她。冬妹感到强烈的电流弥漫全身，麻麻的、痒痒的、热热的、酥酥的，身体里似乎有一团火在燃烧乱窜，燥热难受中却有一种无比美妙的感觉。她现在已经完全没有了理智，什么都不管了，就需要这种美妙的感觉，渴望肉体上的满足。

李国安雄赳赳地爬到了冬妹的身上……

“啊哟！”冬妹大叫了起来，一阵撕裂般的胀疼让她猛地醒来，感觉下面被塞满了。完了，处女之身被占了，少女的清白被攫取了。她本能地想推开身上的男人，可他的家伙似中流砥柱般屹立在她的深处，根本无济于事。好在李国安也懂得怜香惜玉，猛撞了几下后便停止了动作，鲜红的血液随着液体流了出来。

看着雪白床单上印染着的少女元红，李国安兴奋地大叫起来：“你是处女，你还是处女？天哪，这是真的吗，太让我感动了！我要爱死你！”

热吻如狂风骤雨般落在冬妹的全身上下，让她回不过神也喘不过气来。不知为什么，冬妹感觉到这般热吻已不像刚才那样机械，而是带着一种欣喜深挚的情感，让人晕眩甜蜜。

李国安虽是情场老手，但做梦也没想到一个陪酒小姐竟然是处女，不由感慨万千、激动不已。惊讶、兴奋、爱怜、索取之情混合发酵，下身再次膨胀起来，缓缓推进她的身体，爱怜地抽插着。

冬妹觉得有点痛有点胀也有点痒。随着李国安缓急有致地爱抚抽插，她那点可怜的理智完全被一种从未有过的快感所击败。她已经抛却了少女的羞涩，忘记了《葬花词》中林黛玉的“质本洁来还洁去”，只觉得快感如潮水般一浪浪地涌动着，下体深处一阵阵悸动收缩，一股股热流从穴潭处喷射而出，她忍不住发出销魂的呻吟……

冬妹醒来时已是凌晨，她恍恍惚惚记起了昨晚的事，知道自己不再是处女，终究是没保住清白，她多么希望这只是一场梦。然而，李国安却实实在在躺在身边。想到从前，虽然遇到过形形色色的男人，在风月场所做过陪酒小姐，可身子至少是干净的。而现在，这些都已无从谈起。她不怪李国安，只怪自己不该喝酒失去理智。她突然很讨厌自己不争气的身体，为昨晚爆发的淫荡羞愧难当。她又陷入沉思与担忧，今后的生活该怎么办？人生的路途怎么走？身边的这个男人能成为依靠吗？她思绪万千，难以把定，想到伤心处，悲从中来，忍不住抽泣起来。

李国安睁开蒙眬睡眼，从后面抱住冬妹说：“宝贝，好好的怎么哭了？”

冬妹幽伤地看了他一眼欲言又止，晶莹的泪水如断线珍珠般从脸颊滑落着。

李国安似乎看懂了冬妹的心事，搂紧她说：“我会好好待你的，要多少钱我都给你！”

冬妹听了如刀剑穿心，凄怨地说：“你把我当什么人了，谁稀罕你的钱。”她的哭声更大了，怎么也劝不住。

李国安看她伤心的样子和床单上的处女印记，内心又多了几分恻隐，心想，面前这个女子绝不是钱能打发的，只好哄冬妹说："宝贝，不哭，你放心，我会负责任的，我一定娶你。"

冬妹停止了哭泣，本想再说点什么，可看见李国安攒眉蹙额，一脸沉重的样子，便识趣地擦干眼泪不再吭声。

李国安看冬妹不哭了，心里高兴，想到她疯狂的样子，下身又迅速膨胀起来，忍不住又抱着她亲吻抚摸起来。

他们在宾馆一连待了几天几夜，除了吃饭、睡觉、聊天，便是不停地做爱，直到李国安花光身上所有现金，才退掉房间。

三十二
重色轻友

冬妹目送李国安上了出租车，感到怅然所失。尽管李国安说明晚就来看她，她心里仍七上八下，将信将疑。回忆这几天的经历，恍若做了一场梦，只希望自己能常住在梦里。

已经好多天没有见到雅静，不知道她过得可好，她一定也像自己一样正享受着人间乐事，真的有好多话想和她说。冬妹一路胡思乱想，走到家时，门紧关着，敲了敲门，里面没有动静。

“这丫头去哪了，莫非是去张天宝那儿了？”她掏出钥匙打开门，只觉眼前一亮，房间收拾得干干净净，连被子也叠得整整齐齐。冬妹在房间里转了转，发现雅静的生活用品不见了，打开衣柜，她的衣服也全不见了。

冬妹蒙了，心想雅静走了，一定是随张天宝走了。她怔怔地坐在床上，回想着雅静的点点滴滴，与她一起度过的风风雨雨，曾经的亲密无间和相依为命，她怎么可能悄悄走了呢？不相信她真的不辞而别，冬妹四处寻找，希望她能留下点什么信息。然而找遍了每个角落，连一张小纸条也没看到。冬妹只觉得阵阵心痛，鼻子发酸，便一头倒在床上哭了起来。

哭了很久很久，直到昏昏睡去，醒来时屋里漆黑一片，周围死一般寂静，只听见自己怦怦的心跳和呼呼的喘气声。冬妹躺在床上辗转反侧，内心久久不能平静。她坐起来抱着双腿，往事又如梦般在眼前缓缓流过。她想得最多的还是雅静，想雅静的乐观阳光，聪明自信，总是给自己灰暗的生活带来希望。现在她走了，自己又成为一个人，连个说话的人也没有。又想到和李国安的关系，心里一阵不安，就这样一会儿胡思乱想，一会儿伤心流泪，一直挨到天亮。

第二天，只觉得饥肠辘辘，她记起昨天好像没有吃东西，于是，起床胡乱吃了点饼干，又继续昏昏沉沉睡去，一个个乱七八糟的梦搅得她头痛欲裂。她梦见了雪花妈妈、美芳妈妈、老板娘、后妈、小姑，她们都变成了面目狰狞的母夜叉，追逐着要把她撕烂，她拼命逃避却又跑不动，她惊恐万分却又叫不出声来，绝望无路之际，养父突然出现抱住了她。可突然间，雪花妈妈张开血盆大口，把他们吞了进去。"爸爸，爸爸！"她拼命挣扎，恐惧凄厉地大叫着。

"冬妹，醒醒，你快醒醒，是不是在做噩梦？"冬妹听见有个熟悉的声音在耳边呼唤着。

她睁开眼睛，见是李国安，不由扑在他怀里哭了起来，半晌才问："你怎么来了，你是怎么进来的呀？"

李国安得意地说："你忘了我是属鼠的呀？老鼠会打洞，可以钻进来。"

冬妹破涕为笑："就你会贫嘴，快说，你怎么进来的。"

"我到了门口，听见里面你在哭叫，吓我一大跳，琢磨着我那多愁善感的林妹妹又怎么了，就使劲敲门，可敲了很久也没人开，我急坏了，猛然想起我有钥匙，那还是我给你们租房子时，多配了一套备用的，今天还真派上用场了。你刚才一定是给梦魇缠住了，醒了就好，你梦见什么了？干吗大哭大叫的？快和我说说。"

冬妹眼眶一红，本想说梦见爸爸被妈妈吃掉了，可又担心被李国安听了笑话，憋了一会儿才说："我梦见我爸爸死了。"话未说完，早已泣不成声。

李国安看见梨花一枝春带雨的冬妹，感到手足无措，只好安慰说："不用怕，梦是反着的，你爸爸一定长命百岁，你放心！"

冬妹呜咽着说："但愿吧！我已经十多年没有见到爸爸了，真的好想他，这个世界上只有他是真心爱我的！”

“最爱你的人还有我呢！你爸爸爱你，我更爱你。”

冬妹听了心里宽慰不少，乜了李国安一眼，说：“真的吗？说话算数，一百年不许变。”

李国安心里一惊，刚才只是习惯性地讨好女孩子信口开河，她却认了真，觉得面前的女子不好惹，以后不能随意说话，便干笑几声不再搭话。

冬妹见李国安突然不吭声，似乎猜到了他的想法，满是希冀的眼睛瞬间黯淡，强忍着内心的悲凉，挂着一副心碎了无痕的表情说道：“我知道你只是哄我玩玩，我是外地人，没有户口，没有钱，配不上你的。既然如此，你又来找我干什么呢？你走吧，我再也不要见到你！”

李国安见冬妹这样子，心里着急难过。他虽然有很多女朋友，但却没有遇到让他下决心结婚的对象。在众多的女子中，比较而言，他内心更喜欢冬妹，觉得她身上有一种特殊的真善美，让人不忍割舍，更何况她的处女之身被自己开了苞，理应对她负责。他明白冬妹话里的意思和心中的期待，但想到冬妹的情况又实在难以向家人交代，不敢自作主张与冬妹谈婚论嫁。可又不忍心伤害她，也不想骗她，一时不知道如何回答。于是话题一转，问道：“雅静呢？她怎么不在，她去哪里了？”

“昨天我一回来，就不见她人影，连她的东西全不见了，一张纸条也没有留下。我想，她一定是跟张天宝远走高飞了，说不定是去了台湾。我们姐妹一场，她怎么说走就走。她什么时候走的，到底去了哪里，我都不知道，她也不告诉一声，真是让我担心。”

李国安安慰冬妹：“雅静一定是跟张天宝去台湾享福了。你看那天张天宝在这里喝酒，对雅静百般讨好的样子，肯定不会亏待她。你放心，她好着呢。”

“我现在是孤苦伶仃一个人，想起来真可怕。”

“有我呢，以后我每天晚上来陪你睡觉。”李国安拍着胸脯保证。

冬妹想到这几天与李国安的情爱经历，脸上泛起了红晕，心中狂跳，嘴里却说：“你们男人就是没有好东西，只会哄骗我们女孩子。可雅静怎么都不说一声就走了呢？”

“不要再为雅静难过了，她和张天宝舒服着呢，要不，她也不会丢下你，真是重色轻友呀。”他说着看见冬妹穿着睡衣娇媚可人的样子，顿生爱怜，悄声说，“我又想你了，我要好好爱你……”

冬妹羞红了脸，春心荡漾地说：“你们男人就会甜言蜜语，你可不许骗我。”

李国安看着她秀色可餐的样子，激动得不能自制，情不自禁地说：“我怎么会骗你呢？我爱你还来不及。”

屋内，春光满室……

三十三
灵魂出窍

李国安没有辜负冬妹，给予了她衣食无忧甚至是奢华的生活。

他经常来看她，每次都会给她用不完的钱。只要逛商场，总是毫不犹豫地为她买几百块一套的化妆品、衣服，把她装扮得一身珠光宝气。渐渐地，她出门不再坐公共汽车，而是学李国安，在路边优雅地招手打的。她开始喝洋咖啡，尽管她不太喜欢咖啡的苦涩味，可她觉得这样时髦洋气有品位。

她每天都精心打扮，本就细嫩白皙的肌肤薄施粉黛更显妩媚动人，高挑的个子穿上得体的衣裙越发亭亭玉立，一头乌黑的长发配以时髦的帽子被衬得格外惹人瞩目，一副红框太阳镜架在高挺的鼻子上给她平添了几分靓丽神秘。她走在街上，必引来百分之百的回头率，男士瞠目结舌，女士羡慕妒忌，猜想她不是明星，就是海外来的千金淑女。她在路人艳羡的目光里挺胸仰头，显得很高贵的样子，想以此来掩盖内心的忐忑和自卑。

她对“包养”两字特别敏感，被包养的人即使再美再洋气，人们也会看不起，她每天过得提心吊胆，生怕别人知道自己是被包养的坏女人。她终究是变了，不再是从前那个不怕苦不怕累的乡下女孩了，珠市的大染缸侵蚀了她的纯朴，她已经成了好吃懒做爱慕虚荣的女人。她内心充满了痛苦纠结，时常对着镜子说：“你堕落了，沦为了被别人包养的情妇，身子不再纯洁。你这个样子，将来恐怕是要下地狱的。”

好在李国安还是爱她的，这多少给她带来一些安慰。仿佛“包养”两字只要披上爱情的外衣，也就变得不那么刺耳了。随着与李国安关系的深入，她隐隐约约看出了他许多缺点。他是个声色犬马、吃喝嫖赌样样精通的纨绔子弟。可她已经委身于他，他是她唯一的救命稻草，如果被他抛弃，将来的日子该怎么过呀？她已经没有选择了，现在最大的梦想是和他结婚。

李国安对她一如既往地体贴关心，他有空就过来陪她玩，带她上珠市的各大餐馆吃饭，陪她跳舞、溜冰、开碰碰车，出入各种高档娱乐场所，给她买最好的东西，让她享受上层社会奢华的生活，心甘情愿地在她身上花钱花时间。他喜欢把她打扮漂亮了，从路人对她的回头率里，寻找满足和虚荣。

随着和冬妹交往的深入，李国安发觉自己越来越离不开她，他迷恋她的长相和身体，沉醉于她一双摄人魂魄又楚楚可怜的眼睛，动心于她细腻敏感的性格。她的一切都牵动着他的心，觉得没有她生活就失去了乐趣。

在与冬妹交往期间，他也奉父母之命去约会过几个家境般配的女孩，但没有人能打动他，总觉得都比不上冬妹，用他自己的话说就是找不到那种感觉。

李国安在外面与陪酒小姐相好的事，不久便传到他家人的耳朵。他父亲勃然大怒，觉得他丢尽了祖宗的脸，于是，一天突然强行抓他去外地做生意，不许他再待在珠市。

对冬妹而言，李国安失踪了，一天，两天，一个月。她等待着，多么想知道他的情况，然而，杳无音讯。她觉得自己终究是被抛弃了，每天躲在家里以泪洗面，面前一片混沌黑暗，再也没脸见人。她像一只受伤的孤雁，被恐惧和忧伤吞噬着整个心灵，天仿佛要塌下来了。

李国安在身边时，尽管有时也看他讨厌，可毕竟生活无忧，凡事无虑。这几个月，他给了她安定优裕的生活，让她不再担惊受怕，哭的时候逗她笑，烦的时候宠她、哄她、让着她。他答应过一定不会抛弃她，可现在却像人间蒸发般消失得无影无踪。难道他厌倦了她？还是他有了新欢？抑或是病了？

没有李国安的世界，她的面前一片黑暗，无依无靠，生计无着。

这一个月，她心里只有一个念头，想他、等他，满脑子都是他的身影。他的真诚善良，他的慷慨大方，他的喜怒哀乐，他的激情浪漫，点点滴滴，纷至沓来。无尽而又疯狂的思念，冷寂而又残酷的现实，折磨得她死去活来。多少个日日夜夜，她徘徊在街头路边，等待着他的脚步声，期盼着熟悉的身影出现。然而，望穿秋水，终是空落无形，只有刻骨的思念和悲伤凝聚成《妇怨》诗篇：

一阵阵脚步声
一阵阵激动
准是他回来了
已是深夜
一次次失望
一回回心焦
风打冷窗
催人心寒
喟叹落枕
叫我怎入梦乡

一个月，又一个月。等待，期待，失望，绝望，直到幻灭。

雅静不辞而别，李国安了无踪迹，冬妹连一个说话的人都没有，只好独自借酒消愁，在酒精的麻痹下挨过一个个昼夜。酒能麻痹神经，忘掉烦恼、忧愁和痛苦。她希望自己长醉不醒，于是，买回许多酒和零食，躺在床上抱着酒瓶喝醉了睡觉，睡醒了再喝，没日没夜，昏天黑地，浑浑噩噩以酒度日。她本以为借酒可以消愁，只要把自己喝醉就能把李国安忘掉，然而，酒精麻痹了她的神经和身体，却兴奋了她的记忆。醉里、醒里、梦里全都是他，想到他依旧是不可救药的心痛。

爱过方知情重，醉过才知酒浓，那种在酒精燃烧下的绝望让她痛不欲生。于是，她砸破酒瓶，用破碎的玻璃片刺划着自己的身体，蘸着鲜血在墙上、被子上写满李国安的名字，地上处处是破碎的酒瓶，空气里弥漫着浓烈的酒味。她不梳头不洗澡不换衣服，心里萌生了去意。她醉了、疯了、傻了，唯求一死了之。

是呀，与其生不如死地活着，还不如痛痛快快地死去。在心里，她并不怪李国安，只是想要问个明白，为什么不辞而别？“你不要我我也理解，我真的不怪你，我知道我配不上你，你有钱有身份，你抛弃我是迟早的事。我什么都没有，连我亲生的父母都不要我，现在连身体也不干净了，我只有死。”。

她就这样浑浑噩噩不知过了多少日子，直到有一天，房东来敲门催交房租，她才惊醒过来，咬了咬手指，知道原来自己还活着。擦干眼泪挣扎着去交了房租。然而，交完房租后身上已经没剩多少钱了，她去药店买了四十粒安定片，再把身上仅有的钱全部买了好吃的东西。既然决定要死，心里反而镇静了。想自己从小到大，都是一个让人讨厌的多余人。

死是一种彻底的解脱，一了百了。她没有父母，没有兄弟姐妹，没有一个朋友，没有人关心，她的人生一片惨淡荒芜，除了房东，没有人会在乎她的死活。她又想到了林黛玉的“质本洁来还洁去”，而自己的清白之身却被李国安玷污了去，想到这，她心如刀绞，觉得自己恶心，更没有脸面活在这个世上。于是，她起床去浴室冲了又冲，洗了又洗，希望能洗去身上的污点。然而，她知道，再也洗不干净了，只有以死来解脱。她又想到古代那么多的才女美女，有着沉鱼落雁之貌的西施、王昭君，闭月羞花之容的貂蝉、杨贵妃，还有一代女皇武则天，权倾朝野的慈禧太后，巾帼胜须眉的花木兰等等。她们都死了，自己没才没貌，活着就是遭人嫌弃，人终归是要走向死亡，不如趁早死去，死了才不会有痛苦和忧愁。

她已经续交了半年的房租，也就是说，这半年之内房东不会来找她，可以在这里安稳地睡上半年。她想象着这一百八十多个日子，也许，李国安会回来看她，当他打开房门，发现她已经死了，他是抱着她痛哭涕零，还是吓得扭头就跑？她是为他而死的，她要他永远记住她的死相，要让他忏悔痛苦一辈子。

她把四十粒安眠药和着酒一口吃了下去。突然想在临死前再看看自己的样子，踉跄着走到镜子面前，看到了一张因酒醉而变得扭曲的脸，肿胀的眼睛好像在淌血，一头蓬乱的头发像稻草，身上到处是酒瓶碎片划破的伤痕，衣服上沾满了血迹和污物，太可怕了，简直是个疯子。

她觉得自己应该洗干净了再死去，要不，这个样子被李国安看见了实在太恐怖了。她站起来要去卫生间洗澡，然而，发虚的脚步再也站立不稳，坐在了地上。她实在站不起来了，胃里止不住翻江倒海，如抽水马桶般翻涌着，哇的一声把刚才吃的喝的连同四十粒安眠药全部吐了出来。她苦笑着自言自语："我怎么就把药吐掉了呢？难道是我命不该绝？听天由命吧！"一会儿就什么都不知道了。

她在剧烈的酸痛和寒冷里苏醒，发觉自己躺在破酒瓶的玻璃碎片上，呕吐的酒精食物血水沾满了她的全身，刺鼻的酒精味和酸臭味弥漫了整个屋子。她记起了自己吃了四十粒安眠药，又好像吐了……

她想站起来，全身撕裂般疼痛，四肢酸软不听使唤，只好爬着去了卫生间，感觉又渴又饿，浑身像有团火在燃烧。她把水龙头放进了嘴里，喝了很多水，又冲洗着自己肮脏的身体，泪水像开闸的自来水一样流个不停。

一会儿便上吐下泻，时而冷得发抖，时而又热得难受，全身像散了架似的，真像是传说中的地狱，想自己终究是要死了。她又一次昏迷了过去，陷入一种虚无混沌的境界，随着自来水哗哗的流水声，她感到灵魂已经飘浮出了身体，她看见一个被酒精糜蚀得破烂不堪的身体，赤身裸体地倒在污物里沉沉睡着。她有点害羞，心里想去拿件衣服披在她身上，可灵魂却不由自主轻飘飘地腾空飞去，似随风飞舞的蒲公英，又像在空中飘浮的氢气球……

耳旁的风声似仙乐袅袅，又像凄厉的魔音肆虐。往上看是梦一般的天堂，向下瞧却是怒浪黑海，她在天堂和地狱间游离着，挣扎着。

她努力地想飞去天堂，然而，身体却不由自主地向下坠去。她忽然觉得面前一片漆黑，像是掉进了千年冰窟，寒冷彻骨，阴森恐怖，一个个龇牙咧嘴的野鬼向她扑来，狞笑着说："小婊子，装什么装，你的身体已经不干净了，要打入十八层地狱，上刀山，下火海，永世不得超生。"

她拼命逃跑，脚被一只硕大的老鼠咬住了，坠入了熊熊烈火，浑身如油煎汤滚般难熬。"爸爸救我，爸爸救我！"惊恐中，冬妹见到养父抱着她飞了起来，飞了很久很久，把她带回人间，她又看见了自己全裸着躺在洗澡间里的身体，心里担心被爸爸看见了多不好意思。"孩子，爸爸在山凹村等你，等你回来。"爸爸的声音已经慢慢远去。

"爸爸，爸爸！"冬妹挣扎着站了起来寻找爸爸，屋里哪有爸爸的影子，她知道是自己酒醉做的梦。她又躺在床上，回忆刚才梦中的情景，不觉又是泪湿枕头，她仿佛又看见养父那双充满深深父爱又满怀期待的眼睛。

"爸爸将来要靠你的，我等你回来，爸爸等着你来接我。"想到爸爸，冬妹的内心升起了一种强烈的勇气和责任感，生的本能告诉她必须坚强活下去，为了远方的爸爸。自己已经十八岁了，已经长大成人了，她不能就这么稀里糊涂地死去，她要活下去！

冬妹只觉得头昏眼花饥肠辘辘。人是铁，饭是钢，她起身吃了一些水果，迷迷糊糊睡去了。到底是年轻人，当她再次睁开眼睛时感觉已好了不少。她在心里发誓，以后决不再喝酒了，便起床收拾屋子，吃了些东西。

不知为什么，冬妹突然特别想吃酸食。她心里一惊，算了算日子。天哪，已经是几个月没有来事了，难道自己怀孕了？心里恐慌至极。

她翻箱倒柜，找到了十元钱，怀着忐忑不安的心情走进了医院，化验结果是怀孕。最担心的事还是发生了，她的眼泪不由自主流了下来。

她想到了"屋漏偏逢连夜雨，船迟又遇打头风"的老话，天下的不幸都被她赶上了。她也想过要生下孩子，可自己是个没户口、没身份证、没工作、没收入的盲流，拿什么养活孩子。不，她坚决不能让孩子和自己一样来到这个世界受罪。

眼前最重要的是去医院做手术，可身上没钱交不出手术费，怎么办？她想过借钱，然而，去哪里借呢？她试着给以前在酒家认识的客人打电话，但大多是还没等她说完话就已经把电话挂了。她也想重操旧业去酒家做陪酒小姐，赚够手术费再去医院，可她又实在不愿意再去那种地方丢人现眼了。左思右想，她最后决定卖掉首饰先渡过眼前的难关。

医生是个四十来岁的女人，苍白的皮肤没有一丝血色，那冷漠鄙视的眼神看得冬妹似寒冰彻骨，凉飕飕的无地自容。医生面无表情地说："现在的女孩呀，年纪这么小，看相貌长得也不错，怎么就干出这种事情来？这世道到底是怎么了？年纪轻轻的，你的胆子真大，还敢一个人来，你知道谁是孩子的爸爸吗？怎么没有陪你来？哦，是外地人来珠市鬼混的吧？还是你的男人太多了，根本就不知道是哪个男人？"她尖刻轻蔑的语言比她的手术刀还犀利锐利，把冬妹的内心世界刮割得疼痛无比。

冬妹恨不得找个地缝钻下去，只感觉鼻子酸溜溜，泪水在眼眶里打转，终没有流下来。她交完手术费，按医生的指示脱掉裤子，仰面躺在那张刑具一样的手术床上，两腿分到了极限被高高地举起，双脚放在冰冷的架子上，阴部在医生护士的眼前一览无余。

自作孽，不可活。冬妹觉得自己似任人宰割的牲口，悲哀可怜！

医生戴上了橡胶手套，机械地把骇人冰冷的器具伸进了她的体内硬生生地搅动着，剧烈的疼痛撕裂着她的下体，手术器械碰撞托盘的叮叮当当声音，让她的心差点要蹦出体外，她感到浑身痉挛僵硬。

时间如无法挣脱的噩梦分秒难挨，她闭上眼睛默数着自己的心跳，承受着生不如死的煎熬。一个多小时的手术，似乎比她的一辈子还要漫长。

当护士说手术结束时，她觉得自己的身体像被人掏空了一样，浑身疼痛酸软，勉强穿好了裤子，逃命似的离开了医院，逃离了护士、医生冷漠的眼神。

冬妹行尸走肉般回到出租屋，躺在家里休息。几天后，身体渐渐恢复了。

三十四
浪漫邂逅

半个月后，冬妹漫步来到海边。天还是那么高，海仍是那样蓝，几只似曾相识的海鸥在海面上盘旋。白云与海水嬉戏，海浪轻拍礁石，脚踩着细软的沙滩，一种久违的愉悦心情油然而生。她从心底里感到生活的美好，心境也随辽阔的大海博大起来。沐浴着沁人心脾的海风，每一个毛孔都舒展开来，躺在细柔的沙滩上，就像躺在母亲温馨的怀抱，大海宽广了她的心胸，让她感到了神清气爽和心旷神怡，一切烦恼忧愁悄然而去。

“小姐，我们认识一下吧！我是珠市大学美术系的老师。你一定是我们学校的学生对吗？什么系的？学什么专业？上大一还是大二？”

冬妹抬头看见一张俊秀帅气、棱角分明的脸庞，眼睛里透着坚毅，一双剑眉微微上挑，笑起来，脸颊两个深深的酒窝仿佛要溢出甜酒，像水晶般清澈的眼眸闪烁着期待的光芒。面对他殷切的眼神和温存的问话，她的心触痛了一下，不知道怎样回答，只是垂下头，脸颊涨得绯红。正要转身离去，却听他说了声“别动，就要这种感觉”，见他飞快地拿出笔在本子上勾勒起来。

冬妹看他一脸真诚友善的样子，也不好意思走开，只好站在原地。心里想面前这位英俊帅气的小伙子是艺术家，还是大学老师，真让人羡慕。

约一刻钟，一张少女的速写跃然纸上，冬妹看画稿上的自己婀娜动人，惟妙惟肖，虽寥寥数笔，却生动传神。她还是第一次被人画像，尤其是在如此浪漫的海边，此情此景，令她高兴不已，对面前这个年轻画家产生好感，说：“谢谢您了，您是画家，真伟大。”

画家大约是听冬妹的夸奖有点愣，嘿嘿地干笑了一声，说：“不敢当，是个画匠，刚留校任教，比你年纪大点而已。”

冬妹似乎被一缕莫名的感觉所牵引，她偷偷看他，发觉他正好也在凝视着自己，深邃的眼睛里有一股浓浓的柔情，像海水将她柔柔包围。她心里泛起丝丝涟漪，双眸对视，有股灼热的电流传遍全身，刹那间冬妹的心“怦怦”狂跳，一张粉脸直红到耳后根，怔在那里不知道该怎么办才好。

画家似乎看呆了，他以艺术的眼光欣赏面前这个女子，她的五官分开看也许不算顶漂亮，但凑起来却别有一番韵味，身上有一种让人如沐春风的温润恬静，素雅的脸上凝结着一丝淡淡的忧愁，让他想到戴望舒笔下的《雨巷》，“她有着丁香一样的颜色，丁香一样的芬芳，丁香一样的忧愁，带着些许的惆怅，带着淡淡幽香，结着愁怨的姑娘……”他的心一阵阵狂跳激动，有一种把持不住的冲动想要拥她入怀，用自己宽阔的肩膀去呵护她，温暖她，为她遮风挡雨。

冬妹被画家炽热的眼神看得脸火辣辣的发烫，羞涩地低下脑袋，一双眼睛看着自己的脚尖。

画家看冬妹温婉可人，一脸娇羞，心中又多了几分怜爱，挠了挠后脑勺用徐志摩的诗说：“最是一低头的温柔，像一朵水莲花不胜凉风的娇羞。”

冬妹听得似懂非懂，只觉得这句话特别唯美，一定是在赞美自己，可又不好意思问他是什么意思，只好说了声“谢谢”。

“你也喜欢徐志摩的诗？喜欢诗歌的人一定浪漫细腻，情感丰富。我自第一眼见到你，就觉得在哪里见过你，到现在我才明白，原来你就是诗，是诗歌的化身，或者说是一种难解的情结。你有李清照笔下的婉约含蓄，清新唯美，又有戴望舒诗中的忧郁芬芳，浪漫细腻。你在我心中就是天上的月亮，你让我知道了什么叫做一见钟情。”

画家一番情真意切的表白，让冬妹飘飘然到了云端，眼睛里不自觉地流露出了爱慕之情。

两双眼睛磁铁般彼此凝视着，胜过千言万语，仿佛是久别重逢的情侣，又像是亲密无间的恋人，此时无声胜有声，一切尽在不言中。他向她走近，走近，再走近，把她揽在怀里。

空气凝固，时间停止，只有两颗心热烈狂跳着，无限的激情如海浪般波涛汹涌。冬妹觉得一股浓郁的男性气息扑面而来，他抱着她似兵临城下的速度刹那间占领了她的城池，舌头在她的唇齿之间横扫侵略着。直吻得天昏地暗，日月无光。他终于放开了她，舌头却贪婪地在她的脸颊上口唇上徘徊，意犹未尽地在她耳边轻蹭着，说："你叫什么名字？你是我们学校的吗？读大一还是大二？"

虽然是轻轻的耳语，但每个字却铿锵有力，如一颗颗子弹射向冬妹，把她飘浮在云里的心打回了现实。一种窒息的黑暗和自惭形秽的情绪将她湮没。泪水悄然从脸庞滑落。她挣脱了他的怀抱，轻轻地推开了他，摇了摇头算是回答。

画家叹了口气，一双眼睛望着海面，说："这么美丽的女子为什么不是珠市大学的？假如你是珠市大学的多好！你是哪里人？来珠市做什么？"

冬妹擦干眼泪幽幽地说："真对不起，我不是大学生，我也知道假如是多好。我没有家，没有工作，也不知道自己是哪里人。我来珠市流浪。"

当画家回过神来，冬妹已经像梦一般飘然走了。他想追上去，可脚却没有动，直到看不见冬妹的身影，心里才开始后悔，觉得自己好容易遇见一个诗情画意、让自己心动的女孩，怎么就让她走了，甚至连名字也不知道。自己怎么就像别人一样俗气，讲究起学历出身。她说她没有工作，来珠市流浪，难道是……他知道来珠市赚钱的小姐很多，但他无论如何都不愿相信她也是这种人，他多想去问个明白，然而，她已经不见了，像梦一般凄婉迷茫的女孩，在雨的哀曲里，消了颜色，散了芬芳，消散了，甚至她太息般的眼光，丁香般的惆怅。他内心一酸，眼眶有点湿润，怔在那里久久地回味着……

画家叫尚超尘，出生在省城的一个工人家庭，从小痴迷画画，画什么像什么。十八岁那年，考进了珠市大学美术学院。大学毕业后，以优异的成绩留校任教。

改革开放浪潮推动着特区的经济，许多有胆量、有魄力、有本钱的同学都纷纷下海，为百业俱兴的特区添砖加瓦，也充实了自己的腰包。

尚超尘虽为大学老师，可画画是很浪费钱的事，他少得可怜的工资全买了笔墨，常常囊中羞涩，不由觉得自己和社会格格不入。在大学四年，尽管也有许多女同学喜欢他，但他却一直未进入角色，一心沉迷于绘画世界里。工作后，发现同学都已娶妻生子，自己仍然单身一人，父母着急，他也不禁为逝去的青春叹息。

他开始在学校里物色心仪对象，但能入他眼的不是名花有主，就是被校外大款包养。让他苦恼的是连其貌不扬无人问津的女生也嫌他穷酸。百无聊解，只好把自己置身于艺术世界。他突然迷恋上了大海，狂热于画大海，每天，他都会来海边写生，海洋的神秘莫测和幻化无穷让他深深沉迷。于是，沙滩、浪花、礁石、渔船、海鸥、夕阳都浓缩在他的一张张画作里，也为他换回许多大奖。尚超尘的名字如海边的一轮红日，在海面上冉冉升起。

随着声名鹊起，已经有人闻名来向他订画，他的腰包也慢慢地鼓了起来。随之，许多女孩向他抛来媚眼，奈何没有人能入他的眼。他的心思全寄情于大海，也就没有把男女之事太放在心上。可毕竟他是红尘中的凡人，不能不结婚生子，他必须给父母一个交代。

那天，在海边邂逅像丁香一样的女孩，她的每一个神情，都让他心醉，炽热缠绵的深吻让他久久陶醉。然而，她却走了，像梦一般地飘走了。

“真对不起，我不是大学生，我也知道假如是多好。我没有家，没有工作，也不知道自己是哪里人。我来珠市流浪。”她的话如一曲凄凉的音乐萦绕在他耳畔，她的身影如影随形，挥之不去。

一连几天，他都来到海边等她，然而，却再也没有等到她——那个寂寥、忧伤、在海边哀怨又彷徨的女孩。他的心里好难过，因为她是最让他心动也最难忘的女人，第一眼就似乎已经把她纳入了自己的生命。他倾心于她美丽而忧郁的气质，真的不希望就这么错过。然而，去哪里找她呢？除了那如醉如痴如梦的一吻，连她的名字也不知道。他真的好后悔为什么要问这么多，怪自己也和别人一样俗气，把名利、户口、面子放在心上，自己枉为男人。他想着只要还能见到她，就再也不管她的出身了，一定要娶她！

冬妹回到家，倒在床上大哭了一场，心情沮丧到了极点，又是病体初愈，十分累乏，也不敢再喝酒买醉，更不愿意再去海边，以免遇见他。

她本来是去海边散心，没想到遇见了他，像是在梦里，清新而诗意。她敬仰他的才华，爱慕他的儒雅，他身上仿佛有一股不可抗拒的魔力，少女的羞涩矜持土崩瓦解。唇舌的缠绵让她心跳颤栗，陶醉窒息，她似乎忘记了一切，忘掉了自己的身份。

当他问她是不是珠市大学学生时，她的心在颤抖，自尊和自卑在心中交织，她不顾一切地告诉了他，以为他能再拥她入怀，安慰她，呵护她，关心她，告诉她他爱她，什么家庭、出身、户口、学历都通通滚蛋，像童话里的白马王子一样带上灰姑娘远走高飞，带她到一个远离纷争虚伪、世俗名利的地方，从此过上幸福快乐的生活。

然而，他和别人一样，是现实生活中的世俗男人，他的爱并不纯粹。他的眼神和问话如冰冷的利刃，狠狠地刺向了她的心脏，她的心在滴血，知道自己配不上他，他是大学生，是天之骄子，而她却没有家，没有户口，甚至算不上是中华人民共和国的合法公民，她是社会最底层的流浪女……

三十五
瓜熟蒂落

这天晚上，冬妹正迷迷糊糊入梦，有一个再熟悉不过的声音在呼唤她的名字，这声音让她多少次魂牵梦绕。是奇迹？是幻觉？她唰地坐了起来，擦了擦眼睛以为是梦，可她确确实实看见李国安笑盈盈地看着她。

她看着让她爱恨交加的李国安，只觉得鼻子发酸，眼泪夺眶而出。

“宝贝，你想我了吧？我回来了！好好的可不许哭，我来了，我都要想死你了！”他说着要揽冬妹入怀。冬妹使劲推开了李国安，她尽管没有开口责怪，但忧伤得令人心碎的眼神，让李国安心酸愧疚。他叹了口气，安慰说：“宝贝，我知道这几个月你受委屈了，可是我也没有办法！我被人绑架了，实在脱不开身，可我的心每天都在想你。我度日如年地过了两个月，我琢磨着你身上一定快没钱了，真把我急死了。我想尽办法才跑出来看你。好了，宝贝，别生气了，我回来了，我真的好爱你！”他说着也不管冬妹的感受，搂过她疯狂地亲吻起来。

冬妹虽然有很多话想要问他，但在他热烈的亲吻和拥抱里，逐渐酥麻了起来。久别胜新婚，好了伤疤忘了痛，何况，李国安毕竟是她的救命稻草，她早就把从前的怨恨抛到了九霄云外。一会儿，已由刚才的勉强被动变成主动享受，身体又一次在激情里融化……

冬妹睁开眼睛时已是第二天中午，她看着熟睡的李国安，想到昨晚的疯狂，不禁面红心跳。他终究是回来了，他一定有他的苦衷，他是爱自己的。现在，她唯一能做的也只有相信他。

冬妹悄悄地起床，洗漱完后，急忙化妆打扮。再为李国安打好洗脸水，挤上牙膏，佯装拿了一本书坐在窗边书桌旁，回忆着昨晚的点点滴滴，静待李国安起床。

约半小时，李国安终于醒了。他看到坐在窗边、手捧一本《红楼梦》的冬妹，无瑕玉肌和绝佳身材在紫红色丝质睡衣里若隐若现。闪耀着粉红色光芒的水晶发卡，轻挽着她一头纤细柔软的秀发，面若芙蓉盛妍，眉如远山微蹙，清澈的双眸似一泓春水，嘴角带着一种似有若无的微笑，散发出一种妙不可言的优雅气息。

李国安看得着了迷，蹑手蹑脚起床从后面抱着冬妹，说："宝贝，你太美了，你让我着迷。以后去哪里都带着你，再也不离开你了。"

冬妹听到李国安的话，心里的石头终于落了地，说："不能骗人，一百年不许变。"

"我对灯发誓，一百年不变。"

冬妹跟随李国安来到一个叫东陵的小岛，虽然这里没有珠市繁荣，但风光秀丽，民风淳朴，人们热情好客，航运资源发达，是历史上与港、澳、台、东南亚联络最便捷的港口，是对外国籍船舶开放的一类口岸。

靠山吃山，靠海吃海，岛城也是著名的渔区，岛民世代靠打鱼制盐为生。解放后，伴随着新中国前进的脚步，渔船已从解放前的小帆船发展成机帆船、机动船、钢质船。改革开放后，随着渔业市场化，各种各样的水产品进出口公司、加工厂、养殖场应运而生。当地政府把原来的鱼市交易中心，扩建成了一个大渔港。

这里海底平坦，泥质粉沙，是理想的锚泊、避风港。每当渔汛旺季和大风天气，渔船在这里云集。渔民出海捕鱼，经常几个月回不了家，当地的百姓看准商机，宾馆、酒家、洗发店、按摩店接踵而至。精明的商家为了投其所好，去各地招来年轻漂亮的小姐招徕生意。为了发展地方经济，当地政府睁一只眼闭一只眼，警方更是乐得清闲，任由岛城发展成了红灯区、不夜港。

冬妹知道了李国安的生意就是利用关系，垄断渔业源头，流经东陵的鱼经他们分类加价后再批发给二贩子、水产公司。她还知道了李国安的合作伙伴是当地公安局长的女婿，大家都叫他文哥。

文哥人如其名，文气儒雅，知书达理，满口之乎者也，令冬妹常常半懂不懂，对这位才高八斗的大文豪肃然起敬。他喜欢讲故事，一有空就会跟身边的人讲老子、孔子、孟子、墨子的故事。

文哥毕业于一个著名大学的中文系，毕业后回到了东陵，在当地重点中学当高中老师。公安局长的儿子成了他的学生，有一天他去家访，认识了局长千金。两人一见钟情，很快陷入热恋，虽然门不当户不对，但他是大学生，而局长千金只是高中毕业，局长便默认了这门亲事。他们闪电般结婚，文哥成了局长家的乘龙快婿。

自他高攀上公安局长家的千金后，他的朋友越来越多。有一回，在朋友的引荐下认识了鱼行老板阿跃，阿跃有心巴结局长女婿，在他身上狠下功夫，两人成为挚友。在阿跃的鼓捣下，文哥辞掉教师工作，和阿跃在码头做起了贩鱼生意。阿跃本来就是地痞流氓出身，有办法，有手段，现在有了公安局长做后盾，生意做得风生水起，钱像潮水似的涌进了他们的口袋。

然而，他们并不满足，琢磨着要把生意做得更大。于是，找到了珠市李国安的父亲李豁达——珠市渔业公社的社长。李豁达和文哥的岳父有过交往，恰巧那时，他正在为小儿子包养陪酒小姐的事犯愁，也觉得这是个大生意，就让他们把儿子挟持到东陵，跟他们一起做起了贩鱼生意。

那时候，李国安虽然也想着冬妹，奈何父命难违，尤其是阿跃和文哥天天陪他吃喝嫖赌，寻花问柳，沉湎于声色犬马之中，早把冬妹忘到了九霄云外。直到有一天，有人告诉李豁达他儿子在东陵的所作所为，还得了淋病，父亲才开始着急，同意儿子回珠市看看，并默许他和冬妹的事，李国安才大胆把冬妹带去了东陵。

随着科学创新，渔船也进行了全新技术改革，船只越造越大，从最初机动渔船的 50 马力，增加到 100 马力、280 马力、350 马力。传统的捕捞技术与现代科学相结合，渔民出海总是满载而归。渔民们的口袋有钱了，腰板也直了，在船上憋久了，下船就想找小姐。找小姐就去东陵的红灯区，那里的小姐天南地北五花八门，放得开，功夫好。小姐也喜欢渔民，觉得他们单纯大方，赚他们的钱容易。虽然他们的皮肤被海风吹得黝黑发亮，穿着也土气，但对女人来说，金钱就是一种魅力。

李国安的公司在码头和不夜城中间，去两边步行都只要十分钟。这是一栋四层小楼，冬妹和李国安住在四层，一般没有人上楼来打扰他们。他们天天鸾凤和鸣，激情无限。渔船入港时，李国安也会去码头看看生意，然后去陪船老大喝酒赌博找女人。冬妹就在家看电视录像，或出去逛逛街，到理发店做做美容，生活惬意无忧，又过起了那种被包养的安逸生活。

有时候，冬妹也会去码头看热闹。

每当起风时，就会有许多渔船来岛城避风，平时冷清的港口人声鼎沸，热闹非凡。渔船纷纷入港卸货，一筐筐、一箱箱的鱼虾、螃蟹等海产品从船上运到岸上。冬妹常常看见阿跃和文哥在码头指挥手下搬运货物，买卖过秤。偶尔，也能见到李国安。

冬妹大概明白了他们是怎么做生意的，就是在第一时间要下渔船的全部货物，再经过他们加价把鱼批给各路商贩。冬妹尽管不知道他们一天能赚多少钱，但看他们的钱都是用麻袋装的。

冬妹还认识了李国安的大哥二哥，他们都是船老大。大哥叫李国丰，二哥叫李国龙。大哥长得慈眉善目，肉肉敦敦，对冬妹也是亲切有加。李国安说大哥是个好好先生，对谁都挺好，对谁也不得罪，可惜小时候没有条件读书，要不，一定比父亲还要出息。娶了个嫂嫂更好，边上班边照顾孩子，家里数她最贤惠。

二哥李国龙的长相和老大恰恰相反，本来就长得凶神恶煞一般，身上又纹着青龙，还整天绷着脸，让人看了不寒而栗。李国安说二哥从小就调皮捣蛋，从前在珠市以狠出名，外号龙哥，还曾经有过命案被判了死缓，后来父亲不知用了什么办法让他保外就医，这才改邪归正下海捕鱼做了船老大。他的老婆是从前和他一起混的小太妹，当初家里人坚决不同意，后来有了孩子才勉强结婚。他对冬妹很友善，冬妹总觉得他的眼神很邪气，笑得怪异。李国龙喜欢新鲜刺激，没有固定的女人，他每次回来都会换不一样的女人。

大哥的女人比较固定，是一个叫阿春的四川女孩，比冬妹大两三岁，个子不高，五官也不耐看，但一白遮百丑，又善打扮，懂美容，会化妆，卷曲的长发像瀑布般披在肩上，令人眼前一亮。她和大哥认识前在发廊做洗头妹，她第一眼见到大哥就觉得他是人中之龙，对大哥眉目传情，温柔有加，大哥就把她领去了宾馆。她把大哥迷得神魂颠倒，几次后就辞掉了发廊妹的工作，搬来了三楼，做起大哥的专职二奶。

她和冬妹很要好，没事时就拉她去逛街、买衣服。在阿春眼里，男人就是顾客，男人给她钱，她让男人高兴，各取所需，公平。她把大哥照顾得无微不至，她说只要大哥高兴了，就会多给她钱，大哥不高兴就会炒她鱿鱼。她可不想再去做发廊妹了，又累又脏，还得面对各种男人，赚的钱也不多。她们常常在一起闲聊，冬妹在她身上学了好多东西。

有一天，阿春兴奋地向冬妹炫耀："这个月大哥高兴，给了我整整五千元，我可是我们村唯一的万元户，存款很快就要突破六位数了，我都可以买下我们整个村庄了。我现在还年轻，还可以吃几年青春饭，过几年我就回家，开个小店做老板，再找个男人嫁了，好好过日子。对了，你呢？李国安一个月给你多少钱？你跟他几年了？存下不少钱了吧？"

冬妹摇了摇头。她只知道没钱花时就问李国安要，从来没有细算过他每个月到底给她多少钱，她身上也没有存款。她老实地回答说："我只是想跟他好，真的不是为了钱，我们也从来没有谈过钱。"

谁知，冬妹无意的一句话却刺伤了阿春敏感的心，她破口大骂："你装什么装呀，就你清高，还不爱钱。算我瞎了眼把你当朋友，什么话都和你说，你有本事就别当情妇呀！"

冬妹被骂得哑口无言，只好默默掉泪。

阿春看冬妹一脸无辜，不像是装的样子，心里不觉一软，想她可能就是个傻子，被李国安白白玩了。既然认识一场，就该教教她，可不能让她白白被玩弄。于是，她递一张纸巾给冬妹擦眼泪，说："男人没有一个好东西，喜欢喝酒，打麻将，玩女人，这可是他们的通性，就像猫改不了偷腥。你一定要趁李国安爱你时，在他身上榨些钱，等将来你人老珠黄，他爱上了别人，要钱就难了。"

其实，冬妹也明白这个道理，可她实在没办法开口与李国安谈钱，在这里毕竟是不愁生活，李国安对她也不错。自己尽管没有像阿春一样有存款，可她自跟李国安以来，从来没有缺过钱花，还能不时给养父寄点钱。前段时间，李国安说有时间要陪她去看养父，再把养父接来城里。现在她最大的梦想是能见到养父，让养父过上衣食不愁的生活。

虽然李国安天天在外面花天酒地打麻将赌博，可有了阿春做伴，冬妹的日子也容易过去。阿春八面玲珑，善于交际。大哥在家时，对大哥体贴入微，眼里只有大哥。大哥只要一出海，她又和阿跃、文哥谈笑风生，眉目传情。她和谁都有说不完的话，和谁都谈得来。

两个月后，阿春怀孕了，她非要坚持生下孩子，逼大哥离婚，寻死觅活非要嫁给大哥。大哥千哄万哄，阿春才勉强同意去打胎，条件是在东陵给她开一家美容美发店。大哥虽然知道这个女人在讹他，可感情这种事说不清楚，一个愿打，一个愿挨。

阿春发廊在不夜街的繁荣地段隆重开张，店里雇了五六个工人。老板娘嘴巴甜，会来事，又有公安局长的女婿文哥罩着，生意做得红红火火，日进斗金。冬妹羡慕佩服不已，她也和李国安商量要学阿春开一家发廊，李国安却说不让冬妹在外面抛头露面。

这样又过了半年，冬妹的例假迟迟不来，她去医院做检查，怀孕已五十多天。她一下蒙了，明明采取了避孕措施，怎么就怀上了呢？上回流产时受的耻辱和痛苦又浮现在面前，她该怎么办呢？

深夜，李国安终于醉醺醺地回到家，冬妹已佯装入睡。李国安也不洗澡，酒气冲天地上床朝冬妹扑了过来，也不管她的反应如何，口里念着宝贝老婆，就把他的家伙插进她又干又涩的阴道，疯狂运动起来。等冬妹刚品出味道夹紧臀部时，他却哇地大叫一声，瘫在冬妹的身上呼呼睡着了。冬妹好不懊恼，用尽全身力气推开身上烂醉如泥的死猪，想和他说话却怎么也唤不醒，只好一个人默默流泪，翻来覆去一宿未眠。

第二天中午，李国安终于醒来，看到冬妹一脸的疲惫和红肿的双眼，不由纳闷："好好的怎么又不高兴了？有话好好说，可不许哭。"

冬妹的眼眶一红，眼泪又忍不住掉了下来，说："你每天只管在外面花天酒地，哪里又有时间管我了。"

"我哪里花天酒地了，我只是在应酬，你以为我喜欢喝酒？我是没有办法。凭天地良心，外面的女人我一个都没有碰过，你还要我怎么样？像我这样的好男人你打着灯笼也找不着了。"李国安狡辩。

"你就吹吧！就你好，谁知道你一天到晚在外面干什么！"冬妹说着去包里找出医院的化验单递给李国安。

李国安看到怀孕五十多天，也吓出一身冷汗，说："这怎么办呢？我们不是一直避孕的吗？"

"医生说了，体外射精不科学，都怪你，偏偏不喜欢戴套，我已经为你流过一次了，再也不去受那折磨了。"她说完倒在床上抽抽搭搭哭成了泪人。

李国安想到上回她流产没陪在她身边，心中愧疚。已经在一起两年，冬妹并没有像其他女人一样只图他的钱，她是真心喜欢自己，她是爱他的，动物处久了还有感情，何况是人。他便安慰冬妹说："不哭了，宝贝，我们再也不去做人流了，我们把孩子生下来！"

冬妹终于破涕为笑，说："真的，我不去医院了？那你怎么和你家里人说？"

"船到桥头自然直，不管怎样，我先做上爸爸再说吧。大不了，我们也学二哥，来个先斩后奏，等到生米煮成熟饭，有了孩子了，家里人也没办法了。"李国安信心满怀。

李国安的话说得冬妹心里暖洋洋的，也沉浸在要做妈妈的喜悦之中。

从此，冬妹就在家安心养胎，等着宝宝出生。

阿春成了大忙人，不过还是一抽空就上楼来看她。冬妹总是一脸幸福甜蜜的样子，阿春说不出是羡慕还是嫉妒，经常说一些云里雾里的话，让冬妹摸不着头脑。

怀胎十月，瓜熟蒂落，冬妹生了个千金。李国安虽然生长在渔民之家，却并没有重男轻女的封建意识，对这个女儿分外喜欢。冬妹看着孩子在襁褓中一天天长大，心里溢满了做母亲的幸福。尽管她没有养育孩子的经验，也没有人教她，但却把孩子养得白白胖胖，人见人爱。初为人父的李国安也变得有了责任心，改去从前许多公子哥儿的毛病，一心做起好父亲。

不知不觉过了一年，呱呱坠地的婴儿，从牙牙学语到蹒跚独步，李国安都倾尽了无限父爱。两个大伯也都喜欢冬妹和孩子，在心里已把她当作弟媳妇，每次出海回来都会给孩子买玩具。

阿春似乎把这孩子当作了自己的孩子，每天都会来抱她、逗她玩。冬妹一心扑在孩子身上，似乎忘掉了自己悲惨的身世，她幻想着日子永远这么美满幸福。在文哥的帮助下，李国安还花钱给冬妹和孩子在东陵县落下户口。她托孩子的福，终于成了中华人民共和国的合法居民。

三十六
夺刀救人

据气象台报道，台风美娜在海上盘旋，出海作业的渔船全部入港避风，男人们都去了码头，只有冬妹和阿春在家里逗孩子玩。

“咚咚咚……”一阵急促的敲门声传来。

“谁啊？”外面没有人回答，只是敲门声更急更大了。

冬妹起身去开门，两个打扮入时的中年女子闯了进来。一个约四十来岁，长得肥胖白净。一个约三十多岁，苗条清瘦。她们面色阴鸷，凛冽的目光居高临下，带着藐视一切的态度把屋子扫了一遍，最后目光停留冬妹和阿春身上，直看得她们毛骨悚然。半晌，胖女人在瘦女人的耳边低语了几句，瘦女人坐在那里虎视眈眈地盯着她们，胖女人起身去检查房间。

冬妹的心怦怦狂跳着，想完蛋了，一定是家里的大嫂二嫂杀来这里了。

平时能言善辩、敢作敢为的阿春，今天似乎被她们的气势镇住了，站在那里和冬妹面面相觑，不敢说话。

胖女人大闹天宫似的把她们房间翻得乱七八糟，最后在三楼阿春的房里抱来许多大哥的衣服和物件，还有阿春和大哥的一张亲密合照。她气得脸色铁青，一身膘肉不停地抖动着，呼呼喘着粗气，紧盯着阿春，一双赤红的眼睛像要喷出血来……

瘦女人拿过那张合照，看了看冬妹，又看了看她怀里的孩子，说：

“你就是我们家老幺养的那个陪酒小姐？听说叫冬妹，这都有了孩子啦？小小年纪真够有魄力。”她接着把一双犀利的眼睛转射向阿春：“原来你就是那个勾引别人丈夫的臭婊子阿春，听说我家大哥还给你开了个理发店，臭婊子已经升级成为臭老鸨了。我还以为有多漂亮呢，原来不过是如此货色，给我家大嫂洗脚都不配呢，你到底是用了什么狐狸精手段勾引了我大哥？”

到这时阿春才彻底明白，果然是李国丰的大老婆找上了门，她想下楼逃走，可是已经来不及了，楼梯早被瘦女人紧紧把住。

胖女人把她老公的东西没头没脑地砸向阿春，瘦女人冲过去猛地把阿春摁倒在地，胖女人咒骂着用高跟鞋在阿春的头上脸上乱踢着。平时能干泼辣的阿春今天却突然短路，没有半点还手之意，只是本能地护着头，像只小绵羊似的任由她们暴打发泄。

“都是你这个臭婊子勾引了我老公，臭不要脸，我今天一定撕烂你的脸皮，看你以后还敢去勾引人。”胖女人骂着用她长长的指甲在阿春的脸蛋上狠抓着，一会儿，一缕缕鲜血像蚯蚓般在阿春的脸上蜿蜒而出。

冬妹看得心惊肉跳，想今天阿春不被她们打死，也要被毁容。阿春对她们母女不错，自己不能眼睁睁地看着她被毁容。她放下了手中的孩子，情急之下跑去厨房拿了一把菜刀，大声说：“你们谁敢再打阿春，我就杀了谁。”

那两个女人正打得起劲，突然看冬妹握着一把菜刀盯着她们，把她们吓了一大跳，那胖女人急忙起身哄冬妹：“你可不许犯傻犯糊涂敌友不分，我们家的老幺还没有老婆，你和他都有了孩子，你迟早要进我们家的门，做我们的弟媳妇，我们才是你的亲嫂子。而她是个外人，是个野婊子。你假如识相，就应该来帮嫂嫂杀死这个野婊子，这样你才是我们的好妹妹。”

冬妹面无表情地说：“谁是你们的妹妹，我从来就没有见过什么嫂子，阿春才是我的姐姐，你们胆敢再打她，就不要怪我的菜刀不长眼睛。”

看着冬妹手里亮晃晃的菜刀，她们终于放开了阿春。

阿春的脑子似乎突然来了电，她一骨碌爬起来，用力夺过冬妹手中的菜刀，疯了似的边挥舞边哭骂："你们谁敢再碰我一根指头，我就杀死谁。你有本事就去打你老公，你家老公就不要你这个老太婆，他就是爱我年轻漂亮，怎么了？国丰说了，你这个死骚货，又老又胖又丑，还经常死不要脸脱光衣服勾引他，可他就是没有反应，起不来。我还一直以为他是哄我高兴才这么说，今天见了果然如此。这下我是真理解他，他真是委屈，像你这样的胖猪傻婆娘，恐怕也只有我们家的公猪才愿意操你，国丰见到你怎么能硬得起来。死骚货，你有本事就去让他硬呀，管住你老公别来找我！"

胖女人的脸上一阵红一阵白，像是被阿春骂到痛处，又羞又气恨不得把她碎尸万段，又惧怕她手中的菜刀，只好冷笑说："这社会到底是怎么了？婊子竟然有理了！你等着吧，看你还能猖狂多久！"

看着阿春手里的菜刀在胖女人面前晃来晃去，冬妹的心跳到了嗓子眼。想阿春真是疯了，她拿菜刀的目的是想吓唬住两个嫂嫂，让她们别再打阿春了，没想到刀被阿春抢走。阿春好像已经失去理智，假如两个嫂嫂真的死在她手里，自己才是罪魁祸首，是自己先去厨房拿了菜刀。冬妹想到这里，不由哀求阿春说："你快放下刀，别伤害她，杀人是要枪毙的，你把她放了。她们打你是不对，但你也确实勾引了她老公，你也有错。"

听冬妹这么说，阿春气得暴跳如雷，破口大骂："难不成你转身就想去巴结她们？那么快就把她们当成你的嫂嫂了？你去问问国丰，他到底爱我还是爱这个臭肥婆？你记住了，我才是你的亲嫂嫂。什么枪毙不枪毙的，文哥的岳父是公安局长，连文哥都叫我亲大嫂的，杀死她有文哥在呢，你怕什么呀？"

阿春大嚷着用锋利的刀刃在胖女人的脸上、脖子上划着。看殷红的血液在她脸上流淌着，阿春狂笑说："好玩，真好玩，你用你的鸡爪抓破我的脸，我用菜刀在你脸上开花。血债血还，杀人不过头点地，不过，我今天要把你脸上的肉一块一块卸下来。哈哈哈，杀死你还有文哥撑腰呢，咱们谁怕谁？”

冬妹眼看要出人命了，血往上涌，不顾一切扑向阿春要夺去她手里的刀。

阿春没想到冬妹竟然过来抢她的刀，心想真是个变色龙，这么快就站到她们那边，觉得自己真是白对她们母女好了。心里又急又恨，眼睛里喷出了火，本能地挥刀砍向冬妹。鲜血从冬妹的手臂上、肩上汩汩流出。

冬妹终于抓住阿春手里的菜刀，哀求说：“你快放下刀，杀人要偿命的，别说是文哥，就是市长也救不了你！”

阿春听了冬妹的软语相劝，又看到她身上流淌着的鲜血，终于慢慢恢复理智。她抱着冬妹哭了起来，说：“对不起，刚才真的是被她们逼疯了。我不是故意要砍你的，你要原谅我。”

胖女人看到阿春手里的刀已被冬妹夺走，向瘦女人使了个眼色，两人一起朝楼下跑去，大喊：“来人，救命呀！杀人了，快报公安局！”

一会儿，家里陆续来了许多人，警察、大哥、二哥、李国安、文哥都来了，他们把冬妹送去医院。她的头上、手臂上、肩上都被缝了几针，虽然流了一些血，但并没有伤到筋骨，没什么大碍。冬妹心里想着孩子，不同意住院。李国安正在办出院手续时，一个护士跑来了，在医生耳边低语了几句。医生又掀开冬妹头上的纱布，仔细做了检查，说是伤到了一根重要神经，必须留院观察，硬把她安排在重症病房，她又被摁在床上挂起了吊瓶。

一会儿，两个嫂嫂赶来了，她们见到冬妹显得心痛不已。胖女人脸上也包着纱布，她抽泣着说：“感谢妹妹救了我们的命，若不是你夺下那个烂货手里的刀，我们怕是早就没命了，可是你却为了救我们而受了伤，实在是过意不去。你比我们小那么多，我们不但没有保护好你，还让你舍命相救，都是我们对不起你呀！”

“妹妹真是太勇敢了，那空手抢刀的镜头简直和电影里的女侠一模一样，你绝对是个巾帼英雄，我们自愧不如呀！我们商量好了，回珠市就去做公公婆婆的工作，咱家老幺没有看错人。现在你们孩子都有了，还长期住在外面成什么体统，快点搬回家和我们一起住。”瘦女人讨好地说。

两个嫂嫂一唱一和，一口一个妹妹，哄得冬妹感动无比。

没多久，警察来调查情况，电视台及大报小报的记者都来采访夺刀英雄。冬妹心中惭愧，想要坐起来解释，被两个嫂嫂强行按住了，说是医生嘱咐病人伤势危重，不适采访，由她们来替代冬妹回答。

面对警察和记者，两个嫂嫂你一言我一语编着故事，把冬妹描绘得神乎其神。说她当时为了救人，如何英勇挡刀，赤手空拳和婊子搏斗，被婊子砍伤等。听得冬妹好不舒服，觉得不是这么回事，可她又不好起床纠正，只好假装伤势严重，眯着眼睛对她们的话不予理睬。

第二天，二嫂就给冬妹办了出院手续。冬妹刚走出医院大门，一辆小车已等在医院门口，大嫂抱着孩子等在车上，说：“我们好说歹说，公婆才同意了你和我们家老幺的婚事，现在你就直接跟我们回家。以后，你就正式成为李家的儿媳妇了，你的眼睛真亮，能嫁到我们李家，小小年纪还真有心计。”

冬妹没想到今天就要回家，这确实让她有点措手不及，不知是福是祸，心里对两个口是心非的嫂嫂有着一种本能的恐惧。嫂嫂说李国安在渔港忙，让冬妹先回家。冬妹想到回家要独自面对李国安的一大家子人，心里感到害怕，可家对她来说是个很神圣的字眼，她太渴望家了，让她回家也就意味着自己正式成了李国安的妻子，这对冬妹来说是一种莫大的安慰，便听从两个嫂嫂的安排上了小车。

三十七
大家庭

这是珠市港口居民区闹中取静的一座小楼，离码头只有五分钟的路程。打开窗户，就可以看见海上的远帆近影，日出日落。精美的铁艺栅栏环绕四周，院外绿树成荫，鸟语花香，院内假山池塘，鱼戏莲荷。这就是李国安的家。

小楼共四层，每层约有一百多平方，父母住在一楼，每个儿子各住一层。女主人希望人丁兴旺，四世同堂。用她的话说，这么大的房子，等孙子娶媳妇也够住了。

女主人也就是李国安的母亲阿香，她虽然大字不识一个，但却有胆识，善持家。她天庭饱满，地阁方圆，鼻翼肉厚，耳珠厚大。相面先生说她是福寿满溢流不尽，富贵绵延及子孙的旺夫相。她自己也这么认为，觉得自己嫁谁就能成事，嫁谁就是谁的福气。

阿香从小生在船上，长在船上，船便是家，家便是船，是靠在海上捕鱼为生的疍家人，也称讨海人、水上人家。

从前，疍家人是常年生活在海上的流动渔民。由于常年漂在海上，随时都可能被风浪埋葬，命运如同蛋壳般脆弱，故称为疍家人。

中国历史上记载，疍人曾被中原汉人称为“南蛮”之一。岭南著名学者屈大均认为，疍人是岭南土著“真粤人”。当年正是这些“真粤人”为反抗暴秦，“逃入丛土，与鱼鳖同处”，坚持抗秦斗争，并最终大破秦军，“杀（南海）尉屠睢，伏尸流血数十万”。秦以后，随着中原汉人的大批南迁，又被官军所迫，逃入江海河上居住，捕鱼为生，世代相传。疍人没有户籍、人权，死后葬身大海。而岸上人也对居无定所的疍人百般歧视和制约，不准疍人穿鞋，不准建屋，不准与岸上人通婚，不准读书识字等。出海三分命，上岸低头行，生无立足所，死无葬身地。这基本就是疍人命运的写照。

世上最苦黄连树，人间最苦水上人。阿香十五岁时，父亲、哥哥被国民党军队抓去当壮丁，负责“炸鱼炮”、捕鱼给国民党官兵吃。好在阿香从小随父母在惊涛骇浪里长大，虽是女子，但熟识水性，练就一身胆量。为了生活，她替代父兄去海上捕鱼，勉强养活全家。

她的丈夫李豁达和她同岁。1939 年，珠市沦陷期间，李豁达随父母去讨海，遇到了日本军舰的巡逻艇，因为没有向日本人鞠躬行礼，小日本大怒，向渔船猛喷水，船只在日本人狂笑下沉没，全家十多口人全部淹死。年仅十五岁的李豁达趴在一块木板上漂浮在海面，正好被坐在船头的阿香看见，她用一根竹杆把他拉上了船，以后他就在她家的小船上当帮工。让阿香吃惊的是李豁达竟然能读书认字，这对当时的疍家人来说是很稀奇的事。阿香芳心暗许，毅然嫁给一无所有的李豁达。

新中国成立后，疍家人的生活才彻底发生了改变，政府开始给疍家人登记户口，给予公民应有的权利，还成立了渔业合作社，购置了许多机帆船，渔民陆续加入合作社，结束了无根之萍的水上漂流生活。阿香和丈夫李豁达都正式成了捕捞大队的渔业工人，回到船上打鱼赚工分。李豁达能识字，有文化，熟悉鱼的习性，直接当上了船老大。他是个有心人，爱学习，善钻研，鱼的生长情况、活动规律，哪里鱼多、哪里鱼少，什么时候能捕到鱼，他都了如指掌，他领导的船只，每次出海都是满载而归，很快就名震珠市，成了捕鱼达人。

李豁达人如其名，豁达能干，乐于助人，很受下属爱戴，领导器重。市政府为了发展珠市的渔业，渔业合作社领导受了“授人以鱼，不如授人以渔”的影响，把李豁达调进合作社做副社长，分管渔船，给渔民们教授捕鱼的经验技巧。几年后，合作社社长升官调走，李豁达名正言顺升为社长。

1978年，改革开放的春风吹绿了珠市，滋润了珠市的人们，也吹醒了珠市的渔民。1982年，渔业社大胆地实行岗位责任制，进行体制改革，把原来三级所有、大队核算的经营体制，改成作业单位渔民向公司承包经营。承包期内渔船的所有权属公司所有，实行以船为核算单位，公司和渔船两级管理。

李豁达为了起到表率作用，先给大儿子国丰承包了一艘渔船，国丰虽然没有文化，但有老爸做后台，父亲还为他选了经验丰富的副手。由于渔船设备的先进和海洋资源丰富，每次出海都收获颇丰，腰包迅速鼓起来。后来，老二国龙和哥哥一起，在父亲的指导下，购进了几艘渔船。李家真正富了起来，成了渔民的典范。

冬妹的房间在一楼，原来是李国安的卧室。虽然没有像别人的婚房布置得温馨浪漫，但里面家具电器齐全。唯一让冬妹感到不安的是和公婆同住一层楼，公公看起来不错，宽容友善，就是婆婆不冷不热。好在家里房子大，冬妹总是带着孩子躲在自己的房间，除了吃饭在一起，平时很少见面。

两个嫂嫂变得好像不认识她似的，有时候见面了，冬妹让孩子唤伯母，她们就会把头转开，当作没有听见，不愿意和她多说一句话。

中间，李国安也回来过几次，他像是换了个人，没有了从前的亲密激情，尤其是当着众人的面，更是一幅冷冰冰的样子。

倒是经常有怀着好奇心的邻居亲戚来看冬妹，夸她长得漂亮，说她命好有福，眼睛亮，嫁了个好家庭。除此之外，她的生活如一潭死水，连个说话的人也没有。

在外人眼里，冬妹一个外地女孩，仗着年轻貌美，嫁给李国安，小小年纪就拥有了别人梦寐以求的一切，让人羡慕不已。

可冬妹过得并不开心，漂亮小洋楼、优裕的物质生活并没有给她带来好心情，相反，她总觉得家里死气沉沉，没有半点意思。有时候，甚至觉得现在的生活还不如从前流浪的日子，那时候虽然生活无着，但毕竟自由自在，有希望，还有梦想，每天能遇到新鲜的事。可现在呢？她感到内心比从前流浪时还孤苦无依，生活像无边苦海看不到尽头，除了公公偶尔跟她说说话，全家人都避着她，李国安又经常不在家，偶尔回来也是对她爱搭不理。她像是《红楼梦》里的林黛玉初进贾府唯恐被人取笑，不敢多说一句话，不敢多走一步路。她常常连大气都不敢出，手脚没处放，不敢正眼看人，每天提心吊胆，患得患失，似若惊弓之鸟，不知所措，惶惶不可终日。

沧海月圆时，所有渔船都会回港休息，是家里最热闹的日子，也是全家大团圆的时候。每逢农历十五，全家都要祭拜海神娘娘，两个嫂嫂都会下楼帮忙烧菜，连两个嫁出去的大姑小姑也都会回家帮忙，只有冬妹抱着孩子，帮不上任何忙。祭拜完后，全家围餐团聚。

他们用方言有说有笑，只有冬妹听不懂，一个人抱着孩子发呆。

有一回，孩子吵着要吃鱼，大嫂就把吃了一面的鱼推到冬妹身边，冬妹和孩子说了句：“一会儿，等妈妈把鱼翻过来。”没想到婆婆脸色大变，后来冬妹才知道，原来疍家人忌“翻”字，渔民最怕覆舟。她本来应该说“顺转这条鱼”而不是“把鱼翻过来”。

家里的规矩她一个也不懂，偏偏不懂事的孩子不是打破碗，就是掀翻菜，一会儿想要大哥哥的玩具，一会儿又吵着要跟姐姐玩。哥哥姐姐们像他们的母亲一样，讨厌这个说普通话的小妹妹，嫌她烦，不愿意和她一起玩。要么是哥哥把她推倒在地，要么是挨了姐姐的打，总听到孩子哇哇的哭叫声，搅得一家人不得安宁。

一天，全家吃饭，冬妹的孩子突然大哭起来，大姑厌烦至极，便用普通话说：“奇怪，这孩子怎么就不像咱们李家的孩子，简直像个野孩子，实在没有家教，烦死了！”

大嫂接过话题：“有其母必有其女，我看着孩子像她妈，就不像我们家国安。”

“听说她从前在酒店做三陪小姐，就怕这孩子不是我们李家的血脉，最好是让老幺去医院做个亲子鉴定。”二嫂不失时机地说。

“你们都别说了。”婆婆勃然大怒，站起来大吼，她又直视着冬妹问，“冬妹，你说说，她们说的都是真话吗？我们可是清白人家，你不能来玷污我们。”

桌上十几双眼睛都盯着冬妹，又听大嫂说：“妈妈，我可没有冤枉人，您问问她，那个阿春是她的好姐妹，是她介绍给国丰的。谁都知道，我家老公最正经，可国丰是个男人呀，哪个男人能抵制得住风尘女子的诱惑，她们是专业吃这个饭的呀！”

冬妹强忍着眼泪没往下流，两颊火辣辣发烫，抱起孩子跑回房间，反锁了房门大哭起来，孩子也跟着哭。她的心情低落到了极点，精神简直要崩溃，唯一的发泄就是哭。到今天才真正明白，她不应该回这个家，不该嫁给李国安，他家里人根本接受不了她。

从此，她像个可怜虫一样躲在家里不敢出门，不敢见人，每天如同行尸走肉，觉得所有人都在嘲笑她，看不起她。聚餐她十有八九都是含着眼泪离开，到后来，她干脆不再上桌吃饭了。她买了一大堆零食、水果将就着充饥。到后来，她连电视也不愿意看了，除了偶尔带孩子出去走走，就是在家教孩子看小人书，幻想着能把孩子教成神童，替自己报仇。

家里人都说她疯了，她也这么怀疑自己，疯了好，疯了就可以不再顾忌别人的感受，想吃就吃，想哭就哭，想笑就笑，想闹就闹，反而变得自由了，再也不用忍气吞声做人。

于是，她又每天把自己打扮得漂漂亮亮，只要听到有人说她半句不好，她就会破口大骂。她还说自己从前不但是酒店的三陪小姐，还有个亲大哥是黑社会老大呢，她老爸吴老板就是黑社会，谁敢欺负她走着瞧，她就让谁家统统死光，还要株连九族。这一招真灵，大姑、小姑、大嫂、二嫂从此真的都不敢当面说她了，都远远地避着她。

婆婆显然更是气疯了，天天烧香拜佛，求佛祖保佑送走冬妹这个瘟神。只有在公公面前，冬妹不敢发疯，只是默默垂泪。好在家里公公说了算，大家也没拿她怎么样。

李国安回家的时间越来越少，他也渐渐觉得冬妹是个疯子，后悔那时候不该娶她回家，后来就干脆躲在东陵很少回珠市。

冬妹的心全扑在孩子身上，好在李国安也没有缺她钱花，她去书店买了许多幼教书籍，每天教孩子读书认字。假如没有孩子她宁愿回到从前去流浪，她觉得活着比死还难受，没有一点意义，看不到任何希望。

这样又过了一年，孩子一天天长大，最让冬妹骄傲和安慰的就是这个孩子，她三岁不到已经能背几十首唐诗宋词了。公公也特别喜欢这个孩子，觉得这个孩子最像他。全家人虽然不高兴，但也无可奈何。

冬妹慢慢习惯了这种生活，只是变得更沉默了，心里只有孩子。反正家里除了公公偶尔和她聊聊孩子的事，一般很少有人和她说话……

三十八
在台湾的非人遭遇

这天中午，冬妹正在睡午觉。迷迷糊糊中，听见门口有人大叫她的名字。这声音好熟悉，她奔到窗前拉开窗帘，天哪，竟然是雅静站在门口。她以为是做梦，咬了咬手指头，痛，雅静来找她了，真的是雅静来找她！她三步并作两步冲了出去，把雅静迎进屋。

千言万语，竟无语凝噎……

许久，雅静看见坐地上玩积木的孩子，把她抱了起来，说："瞧多可爱漂亮的孩子，我就猜你嫁给了李国安，果然没有错。这下你终于熬出了头，麻雀变成凤凰了，还是你有福气。"

冬妹叹了口气，刚想诉说心里的委屈，却听雅静又说："瞧多漂亮的房子，我要先参观参观你们家的房子。还是你的眼睛亮，找了李国安，能在这里住真是没有白活了。"

多年不见，冬妹只觉得雅静变得陌生了，心里明明有好多话要和她说，可又不知道从哪里说起。

雅静也不管冬妹的感受，自顾自挨层挨间去看房子。两个嫂嫂像躲瘟神似的赶紧关了房门，好在雅静已经把脸皮磨练得敦厚无比，她依旧不急不恼，脸上堆满笑容。

冬妹想她从前可不是这样的，觉得时光真能改变人。好容易等雅静坐了下来，冬妹赶紧给她沏茶。

"雅静，你这几年去了哪里？张天宝呢？那一年你怎么就不辞而别？真的好想你！”

“我也想你呀！真是人生如梦，一言难尽！”雅静说着突然安静了下来，泪水在脸颊上流淌着。

冬妹拿来纸巾帮雅静擦干了眼泪，哄劝说：“咱们姐妹见面要高兴才对，可不许哭。这几年我做梦都想你的，你到底去哪里了？我本来还想等孩子再长大点，去你们村里找你。今天你终于回来了，太让我高兴了，你是怎么找来这里的？”

“我是昨天刚回的珠市，就去了我们曾经的出租屋，可那片房子都已经拆掉建成高楼了。我就琢磨着也许找到李国安就能找到你，好在李国安是名人，在珠市港口，一问便知，还有人问我是不是他外地老婆的亲戚，我就知道他娶的一定是你。你果然嫁来了李家，还有了孩子，太好了。”

冬妹一脸苦笑，说：“先说说你吧！这几年过得怎样？张天宝怎么没和你一起来？”

说到张天宝，雅静泪如泉涌，咬牙切齿地说：“别提那个畜生了，都是他，我恨不得把他碎尸万段……”

五年前，雅静沉浸在张天宝的柔情蜜意里，尽情享受着肉体的愉悦和爱的激情。想自己遇上真爱，此生足矣。他们又缠绵了几天，张天宝突然说要去云县办点急事，可能要两三个月才能回，问雅静要否同往。那时候的雅静一分钟都不想离开他，毫不犹豫答应了。她本以为住一段时间就能回珠市，谁知道差点永远都回不来了。

雅静跟张天宝来到一个叫云县的海陲小镇。第二天晚上，他带她去见几个台湾老乡，说是生意上的朋友，他们一起吃宵夜喝酒。雅静只觉得其中两个人色眯眯地盯着她看，那时候，她臭美地自以为自己有魅力，也就没有放在心上。只是，他们一个劲地劝雅静喝酒，直喝得她晕晕乎乎，接下来便什么也不知道了。

雅静在一阵阵反胃、口渴、头痛中苏醒过来，眼前漆黑一片，耳边是狂风和涛声，汗臭、屎尿臭、霉臭味、脚臭味和呕吐物的臭味混合在一起扑鼻而来。摇晃颠簸的船只，让人觉得天旋地转，又是一阵无休止的翻肠搅肚，直吐得昏天暗地，似乎要把五脏六腑都吐了出来。她无力地呼唤着张天宝，没有人答应。

狭小的船舱里，横七竖八躺着二十多个妙龄少女，个个面容憔悴，奄奄一息，人叠人地挤在一起。浑身都被海水、呕吐物以及尿液浸泡着，窒息和恐惧笼罩着她们。风浪越来越高，小船像要随时侧翻，也不知过了多久，小渔船终于在一个无人区的岸边停下，她们像是赶鸭子似的被赶上岸，一个全身纹着青龙的男人数了两遍，说少了个人，就派人回船查看。一会儿，她们看见一具尸体被抛入大海。一行人上了路边的货车，在天快亮时，车才停了下来。

她们被带到了一间阴森森的地下室，一个五六十岁的老妈子给每人发了一件睡衣，吩咐她们先去洗澡，洗完给饭吃。吃完早餐，让她们在通铺上休息。两个男人负责看管她们，给她们好吃好喝，但不允许她们说话交流。

下午，来了两个医生模样的人，让她们一字排开，脱光衣服，强制做了身体检查，是否有妇科病和是不是处女等。又量了身高三围说是给她们定做衣服。

一会儿，来了个花枝招展、妖娆性感、四十多岁年龄、十七八岁打扮的女人，说是老板娘，身后紧跟着两个铁塔大汉。

老板娘看着这二十三个女孩，显然是非常满意，清了清嗓子娇滴滴装可爱说："姑娘们，欢迎你们来到台北。我姓史，也是大陆人，我父亲是国民党的高级军官，随蒋委员长一起来到台湾。我和我父亲都很想念家乡大陆，尤其喜欢大陆的同胞，更喜欢像你们一样年轻貌美的女子。大家都夸我长得美，那是因为我是大陆人。受家父的影响，我从小喜欢国学，欣赏古代的绝色佳人。我一直琢磨着去大陆选秀，今天终于如愿以偿。以后我们要把这里变成现实版的台北皇宫，你们就是皇宫里的妃子。以后，这里就是你们的家了，也是你们工作发财的地方，我会好好装扮塑造培训你们。我就是你们的皇太后，你们都是我的儿媳妇，我爱你们，以后，咱们就是一家人了。姑娘们只要好好听话，保你们吃香喝辣，享受不尽的快活，赚不完的钱。等将来你们赚饱了钱，你们回大陆就是荣归故里，再找个老公嫁了，一辈子幸福。但是，你们谁敢不听话，别怪我不客气，我可是花了大价钱买了你们的。说难听点，你们是被人贩子卖掉偷渡来这里的，只要出了这个门警察就会把你们抓走坐牢。记住了，我可是花了大价钱的。”

雅静如梦初醒，才知道原来自己被张天宝卖了，她真心相爱的男人竟然是个人贩子，雅静心如刀绞，忍不住泪流满面。

有一个江苏籍的姑娘已是哭叫了起来，嚷着要回家向门外冲去。老板娘向身边的两个人使了使眼色，他们扑了上去，像拎小鸡似的把她捉回。三两下脱光她的衣服，把她摁在地上，当着大家的面轮奸她，等到两个人终于气喘吁吁地停下来时，那姑娘已经下身流血，躺在地上动弹不得，浑身瑟抖不停。

“怎么样？够了吗？还不服吗？”老板娘皮笑肉不笑，又转头对姑娘们说，“我买你们的钱，再加上你们的偷渡费，一共花了三十万元台币。现在我们四六分成，你们只要赚够钱还我，随时都可以走，回你们的大陆去。”

老板娘又踢了踢倒在地上奄奄一息的女孩，骂道：“我好心好意买你们来这里赚钱享福，你却不知道好歹，不给你点颜色看看，我还怎么管人？”

她说着一打手势，一个男子带进来十几个披头散发的流浪汉，接着说：“他们可全都是免费的，姑娘们愿意陪客人高兴还是让他们轮流玩，你们自由选择，我从不勉强别人。”

姑娘们吓得面面相觑，惊慌失措，老板娘露出了胜利者的微笑，说：“我也理解你们，谁让你们是年轻女孩，刚开始都是这样的。其实，你们仔细想想，男人流血流汗在外面赚钱，我们只要动动屁股就有钱赚，男人舒服，我们也舒服，何乐而不为呢？你们想想，你们大陆现在多穷呀，还有多少人吃不上饭，假如你们在大陆找个男人结婚，还不是一样给他们玩，白天还要去干活赚钱。我们台湾的男人好呀，只要哄他们高兴了，他们最舍得就是给你们这些年轻漂亮的女孩子花钱。”

老板娘的话似乎句句在理，何况，她们已是瓮中之鳖，无处可逃。她们唯一的出路就是乖乖听从老板娘的话，赚够钱回大陆。这些女孩大多都是像雅静一样，被人稀里糊涂骗了，有说来台湾找工作的，也有自己想要偷渡来台湾，还给蛇头交了钱的。

老板娘最得意的就是自己的好口才，看姑娘们一个个低头不语，知道已经把她们说服了，就半调侃半认真地说："你们看看我是否长得最像武则天。算了，我也不和你们小姑娘争了，我还是做我的皇太后吧！你们仔细看看，你们二十三个姑娘里谁最像武则天，谁最像就由谁当家，管理姑娘们的生活起居。"

老板娘的目光在姑娘们的脸上扫荡着，最后停留在雅静身上。她把雅静拉到身边，笑盈盈地对姑娘们说："就是她，你们看看这位姑娘是否长得最像我？"

气氛一下缓和了许多，大家仔细看雅静，果然和电影里的武则天有几分相似。老板娘又给二十二个姑娘一一取了艺名，有西施、昭君、玉环、貂蝉、飞燕、妲己、褒姒、大乔、小乔等。老妈子把她们安排到各自的房间休息。

第二天，老板娘给她们每人发了一本古代美女的故事，让她们有空就读书学习，老板娘亲自给她们讲解，还简单教了一些琴棋书画、化妆打扮和礼仪知识。

第三天，她们就正式上岗接客。华灯初上，姑娘们身着宫服，浓妆艳抹，站在玻璃柜里任君挑选。

她们经常一天接客三次以上，虽然赚了很多钱，但由于她们没有合法的身份证明，既不能去存钱，也没法向家乡寄钱，只能把钱放在身边。因为她们是偷渡客，做的又是见不得人的事，又天天听着老板娘的威逼恐吓，生怕被警察抓住，根本不敢出门。吃穿住用全由老板提供，赚的钱一分都没有花掉。

老板娘对她们倒是很关心，天天给她们说古代宫廷的淫乱故事，还喜欢讲《金瓶梅》《肉蒲团》等小说。她教她们品音乐，论茶艺，如何施用媚术让男人高兴，怎样用身体语言去吸引男人，让男人乖乖掏钱等。其实，姑娘们内心都明白，自己只是老板娘的摇钱树。

让人奇怪的是她们自来到台湾，大多数人都没有再来月经。开始时，她们都没有放在心上，以为是水土不服，时间久了才有人怀疑，可能是老板娘在她们的饭菜里下了闭经药。长期的停经引发内分泌严重紊乱，又由于昼伏夜出，过着鬼一般的生活，还有那些像妖魔鬼怪变态的嫖客，姑娘们受着非人的折磨。不到三年，性病蔓延，年轻水灵的小姑娘眨眼都变得面黄肌瘦。其中，那个叫赵飞燕的江苏姑娘，突然发高烧昏迷，三天后便呼唤着爹娘抱着钱猝死在床上。

老板娘让人把她的尸体拖走，拿走她全部的钱，说要帮她寄回老家。

同船来的姑娘接二连三死去，老板娘都用同样的方法处理。又过了一年，同来的姐妹已经抬走了一大半，店里不断换着新面孔。

雅静担心下一个被抬走的将会是自己，又想到当年在珠市，陈跃进指使人假扮警察，没收了她和冬妹的全部积蓄，竹篮打水一场空。现在在台湾，连报案都是死路一条。可是继续留在这里，更是死路一条，抬走的姐妹就是自己的下场。千思万想，她只能把赌注压在嫖客身上，虽然把希望寄托于嫖客是多么荒唐可笑，可她又实在想不出更好的办法。古往今来，最毒老鸨心，她觉得嫖客比老鸨要强，而嫖客爱上妓女也是常有的事。

经过深思熟虑和精挑细选，她在千万个客人之中锁定了一个目标。

郑先生五十多岁，妻子患病去世，两个子女均在美国工作，都已成家立业。他靠丰厚的退休金过着丰衣足食的生活，虽然年过半百，但温饱思淫欲，长期的鳏居，让他常常寂寞难耐，忍不住去妓院寻欢作乐。

雅静用尽温柔妩媚讨好周旋，向他诉说自己悲惨的身世以及被骗经过，求郑先生救自己性命，她愿意侍候他一辈子。郑先生为之动情动心，觉得自己年事已高，倘若雅静真能嫁他，后半辈子也就知足了。雅静又把她的全部积蓄交给了他，他便对雅静深信不疑，觉得雅静对他是一片真心。

第二天晚上，台北皇宫“武则天”应召外送至香格里拉大酒店。两个小时后，司机去房间接人，雅静和嫖客都不知去向……

郑先生白白得了一个女人，还带回这么多钱，觉得自己似卖油郎独占花魁女，幸运至极。对娇妻百般疼爱，要什么买什么，还专门请了中医为她治病，就是绝口不提要还雅静的钱，雅静要是问起，他就装糊涂，搪塞而过。

雅静在家待了一年，身体也逐渐恢复。她虽然吃穿不再愁，可内心却越来越不高兴。她想念家乡，想念姐姐，还常常想冬妹。更憎恨张天宝，她觉得一定要亲手宰了张天宝报仇。

雅静一哭二闹三上吊，天天逼郑先生还她钱，郑先生被她折腾急了，便报了警。当天雅静就被抓走，关了三个月，遣送回大陆。

听了雅静的遭遇，冬妹泪如泉涌。她也把自己的处境简单向雅静说了一遍，同病相怜，姐妹俩相拥而泣。

雅静在冬妹的房间里暂时先住下来。有了雅静做伴，两个人说说笑笑，冬妹又有了往昔的笑容。

家里住了个外人，全家人都忍无可忍。婆婆每天都来警告冬妹，说绝不允许乱七八糟的人住在家里。她们俩忍气吞声像做贼似的过了半个月。警察来了，说有人举报，他们来查雅静的身份证和暂住证。若不是公公及时回家，雅静就要被带去派出所了。

“一定是两个嫂嫂举报的。”冬妹气愤地说。

“那天，我听说你嫁到李家，高兴坏了，以为灰姑娘真遇见了白马王子。到了这里，看见这么漂亮的小洋楼，我甚至有些嫉妒了，到现在才知道你的苦。我看你这个家是待不下去了，这简直比坐牢还难受。这样吧，咱们去找李国安，让他出些本钱，咱们俩一起去做生意。”

冬妹觉得雅静的话有道理，她也想过去做生意，可考虑到孩子还小，自己又没有做生意的经验。有了雅静，冬妹似乎有了商量和依靠，心里升起无限希望。

她们俩抱着孩子来到东陵，冬妹轻车熟路找到从前的住处。门紧关着，幸好钥匙还带在身上，她就开门进屋，径直走向四楼，推开门看见李国安和一个女子赤身裸体躺在床上呼呼大睡。直到冬妹大哭出声，床上的男女才醒过来。李国安又急又臊，怪冬妹说："你怎么来了？"

雅静抱着孩子闻声赶了过来，看到躺在床上一丝不挂的男女，明白了是怎么回事。她放下孩子找来了一把扫把递给冬妹说："打死她，快打死那个勾引男人的臭婊子。"

吓得那女人瑟抖着往李国安身后躲。冬妹却扔掉扫把，止住了哭泣对女人说："我不怪你，你快把衣服穿上吧！"

那女人急忙穿好衣服，看了看木讷的冬妹和哇哇大哭的孩子，三步并作两步逃走了。

李国安本以为冬妹要大吵大闹，没想到她却一言不发，平静地站在那里，这反而让他无所适从，只好过来哄冬妹说："她只是夜总会带来的一只鸡，我太想你了，把她当作了你随便玩玩而已，你可别往心里去。现在你已经是我正儿八经的老婆了，你要学会知足。"

冬妹还是一动不动地站在那里。

雅静忍不住了，说："谁稀罕当你老婆了，你知道她在你家过的是什么日子吗？你们家的每个人都欺负她，也只有她脾气好，能受得了，要是我早走了，你家简直是活地狱。"

李国安这时才认出雅静，于是说："你怎么来了？你不是跟张天宝走了吗？什么时候回来的？这几年你去了哪里？冬妹一直在找你，我们都好担心你的。"

"就因为我不在，冬妹才受你们一大家子欺负，全家都欺负一个弱女子，算什么本事？现在，我回来了，你们敢再欺负她，我和你们全家拼命。"

李国安听雅静口口声声说他们全家欺负冬妹，心里感到憋屈，气呼呼地说："你问问她，我可是正儿八经娶她当了老婆，现在孩子都生了，珠市人谁都知道我娶了个陪酒小姐，我们家八辈子的脸都被她丢尽了，我们怎么就欺负她了？"

雅静冷笑说："谁让你娶陪酒小姐了？也不想想，当年是谁像赖皮狗似的追着冬妹。你们家又有什么脸面了？不就是渔民吗？有什么了不起的。”

两个人越吵越凶，冬妹含泪说：“雅静别说了，我是个陪酒小姐，配不上他，咱们走吧！”她说着抱起了哇哇大哭的孩子。

李国安冷冷地说：“你要走可以，孩子不许带走。”

冬妹的心颤抖了一下，只是把孩子抱得更紧了。

“把孩子留给他带吧，孩子需要家，需要受教育，她不能跟我们一起去流浪！”雅静说着抱过冬妹手里的孩子交给李国安，拉着冬妹走了。

“妈妈，妈妈……”孩子的哭声搅得李国安一阵阵心痛，尽管，他受家人的影响，对冬妹已没有了爱情，但在内心，他还是不希望她走。这么多年了，他对她也有一定的感情。他虽然经常玩女人，但这是天性使然。他本来说不让冬妹带走孩子，是以为能留下她来，然而，她真的被雅静拉走了。回忆着这几年的风风雨雨，李国安的心只觉得一阵阵难受，抱着孩子不知如何是好。

雅静紧拉着呆若木鸡的冬妹回到珠市，一路上，冬妹目光呆滞，身体僵硬，没有说过一句话，只一脸呆傻地跟着雅静。她的脑海里盘旋着孩子稚嫩的声音和弱小的身影，心似乎已被孩子的哭声撕成一片一片。孩子还那么小，多么需要她的呵护，然而，她却丢下了孩子。好几次，她忍不住要回去看孩子，都被雅静拉住了。

雅静告诫：“人是需要有骨气的，我们去学习做生意，我就不相信我们会比那些臭男人差。现在，我们已不是小女孩了，一定要靠自己干出一番事业来，男人能做的我们一定也能做。至于孩子，请你千万想清楚，是绝对不能带出来的，除非你愿意让孩子和我们一起过颠沛流离的生活。我们可以受苦，但孩子必须接受正常的教育，她需要读书，需要安定的生活，这些我们都不能给，而她爸爸能给。如果你真心爱孩子，就应该把她留在爸爸身边，千万不要害她，就当先寄养在他们家，等我们将来稳定了再把她接出来。”

三十九
上门女婿

冬妹和雅静回到珠市，租了间房子。往事如烟，尘缘似梦，两个人心中都是感慨万千。下午，她们来到海边散心，看着辽阔的大海，沐着惬意的海风，冬妹却高兴不起来，满脑子全是可怜的女儿，她现在一定是在哭喊着寻找妈妈，她才三岁，以后谁照顾她？想到这里，眼泪止不住流了下来。

雅静看冬妹哭了，触景生情，想起了那个畜生张天宝把自己骗去台湾卖淫的经历，想起这些年遭受的非人折磨，只觉得前途茫茫，往事不堪回首，不觉也是泪流满面。

“小姑娘，为什么哭？有什么不高兴的事吗？”一个男中音和善关切地问道。

冬妹觉得声音有些耳熟，抬起头，见一个清秀俊朗的男人笑盈盈地望着自己。定睛一看，认出面前的男子，正是几年前在这个海滩给自己画像的尚超尘老师。回忆起那个令人难忘的浪漫、甜蜜之吻，不觉心跳加速，一脸的惊喜和羞涩。

“是你，真的是你，皇天不负有心人，我终于等到你了！好几年了，我一直在这里等你，我就知道终有一天一能在这儿等到你。”尚超尘高兴地大叫着，情不自禁走过来想要拥抱冬妹。

冬妹似乎还没缓过神来，本能地紧拉雅静的手一步步向后退缩着。

尚超尘见状，急忙说：“你一定还记得，我是给你画像的尚超尘呀。这些年，我真的好想你，一直在找你，经常在这里等你，见到你真是太高兴了！”

一旁的雅静先是丈二和尚摸不着头脑，听了他的话又见他紧张激动的样子，噗嗤一声笑了，打圆场说：“好你个冬妹，平时看你少言寡语的，还有这么浪漫有趣的事，他什么时候给你画的像？快把你们的爱情故事说来给我听听。”

冬妹脸上泛起一抹红晕，抬头望着尚超尘，甜酸苦辣涌上心头，晶莹的泪水在眼眶里打转，嗫嗫着说不出话来。

尚超尘看着冬妹一脸忧伤凄美的样子，怜惜呵护之情油然而生，多么想走上前去拥她入怀。苦苦的期盼，漫长的等待，仿佛是在梦里。她还是从前的样子，纯朴、羞涩、腼腆、恬静、含蓄、婉约若诗。虽然身材略微丰腴，但这更增添了几分成熟的韵味。她是让他心动的女子，是第一眼见到就喜欢的女人，是那个甜蜜之吻后再也忘不了的女孩。

从他们深情专注的眼神里，雅静看到了彼此深深的倾慕和爱恋，想这对痴男怨女到底发生了什么故事，本想悄悄走开，让他们单独说说话，可转念一想，这几年她们遇见的坏人实在太多，在她眼里，男人都是一个德性，好色爱财，巧言令色，可不能让冬妹再上当受骗。又想到她们租了房子后，身上的钱已不多，生活无着，何不与他交个朋友，多一条生计，好渡过眼前的难关。

于是，她学着《红楼梦》里老祖宗，叹了口气，说：“唉！这老冤家是哪世里的孽障，偏生遇见了这么两个不省事的小冤家，没有一天不叫我操心。真是俗语说的，‘不是冤家不聚头’。几时我闭了这眼，断了这口气，凭着这两个冤家闹上天去，我眼不见心不烦，也就罢了。偏又不咽这口气。”逗得尚超尘和冬妹都忍不住笑了。

雅静得意于自己的表演，半开玩笑对尚超尘说：“俺们姐妹此番来到珠市，钱财用尽，已是三天没有进餐，先生能否赏口饭吃？”

尚超尘听罢，忙不迭弯腰做个邀请状，说：“能陪二位小姐共餐，小生实乃三生有幸，前面有大排档，海鲜侍候，姑奶奶这厢有请！”

冬妹虽然觉得尴尬，不好意思去吃饭，但一双手却被雅静紧拽着，不由自主跟着他们来到大排档。

三个人临海落座，尚超尘请女士点菜，雅静要了清蒸螃蟹、牡蛎煎、海瓜子、黄花鱼、蛤蜊汤，还要了时鲜蔬菜和几扎啤酒。她给每个人的杯子斟满酒，举起酒杯说："这第一杯酒，先庆祝你们在海边再次相遇，愿天下有情人终成眷属，来，干杯。"三个人端起酒杯一饮而尽。冬妹低头不语，只是脸更红了。

雅静又给每人斟满第二杯酒，端起来直视着尚超尘说："我不管你们从前如何，我只想问问你现在还爱着冬妹吗？"

尚超尘一怔，深情的看了看冬妹，反问道："你说呢？我不爱她，能在这儿等好几年吗？"

雅静又端起第三杯酒直视尚超尘的眼睛，说："你的意思是说，你是真心爱冬妹，从前、现在、将来永远不变，是吗？"

尚超尘若有所思，刚想回答，腰上的传呼机响了起来，便起身说："真对不起，我去回个电话。"

雅静望着一直沉默不语的冬妹，问："看你们感情很深的样子，是什么时候认识的？到底发生了什么美丽感人的故事？我怎么从来没听你说起过？"

冬妹叹了口气，说："我们只是一面之缘，几年前，也是在那片海滩，他给我画过一张像，彼此间都有好感。可他是大学老师，而我什么也不是，尤其是现在，我连孩子都有了，还能再幻想什么爱情，你不要问他了。"

雅静点燃一支烟，深吸一口，说："大学老师有什么了不起，有孩子又怎么了？他看起来是道貌岸然的，谁知道心里想耍什么花招。"

正说话，尚超尘回来摊了摊手说："家里有急事，我要先走，明天晚上八点还在这里相聚，不见不散。"说完就去买单匆匆走了。

她们继续喝酒，冬妹已有几分醉意，断断续续向雅静叙述了她和尚超尘邂逅的经过，雅静听得津津有味，说："有点意思，很浪漫，和大学老师谈恋爱就是不一样，我看他挺爱你的。你说说，你怎么就配不上他了？我们尽管读书不多，但也不能自卑，何况我们还年轻。现在改革开放了，赚钱才是硬道理，邓小平说过，不管白猫黑猫，捉住老鼠就是好猫。我们一定要想办法赚钱，赚好多好多的钱，到那个时候，什么天之骄子，什么大学生，什么教授老师，都不如我们神气，要让他们统统跪在我们的石榴裙下。哈哈，哈哈哈，真痛快，我们干杯。”

“是呀！我也觉得咱们应该去做生意赚钱，可是我们既没经验，也没本钱，怎么做生意呢？”冬妹一脸的茫然。

雅静一口喝完杯中酒，说：“天下无难事，只怕有心人，事在人为。咱们既不缺胳膊也不少腿，别人能做到咱们也一定能办到。”

“话是这么说，可万事开头难，现在我们连生活费都很艰难，哪有本钱做生意，咱们最好是先去打工，积累资金和经验，再慢慢寻找做生意的机会。”冬妹思索着。

“可去哪里打工呢？咱们没有学历，要找正经工作真的很难，除非再去做陪酒小姐。”雅静猛吸一口烟，鼓腮嘟嘴，将吞进去的烟雾长长地吐了出来。

“那种地方咱们是绝对不能再去了，看起来很容易赚钱，实际上全是黑吃黑的无间道。我们在快乐酒家也没少赚钱，可是到头来还是遭人洗劫，因为赚的钱来路不当，报案也没用，真是哑巴吃黄连，有苦说不出。陈跃进那个坏蛋虽然被抓，可我们的钱也要不回来了。”冬妹沉浸在痛苦的回忆中。

雅静想到自己被骗去台湾落入淫窟，老板为了赚钱丧尽天良，害死了多少患难姐妹，心中不寒而栗，现在好容易逃了出来，岂能再入魔穴？便说：“是呀，那种地方全是妖魔鬼怪，咱们两个弱女子哪是他们的对手，即使赚了钱也用不踏实，走正道才是长久之计。俗话说，和什么人交往就会有什么样的思路，有思路才会有出路。咱们现在要广交朋友，寻思路，找出路，我看这个画家老师不错，兴许能帮上我们。”

“事到如今，咱们也只能摸石头过河——走一步看一步。”

第二天，冬妹和雅静如约来到海鲜大排档，尚超尘已经点好菜等着她们。

尚超尘毕竟是大学老师，见多识广。他出口成章，妙语连珠，常常引得两位美女捧腹大笑，也让她们长了许多见识，为他的口才深深折服，佩服得五体投地。

雅静拍马屁说："大学老师果然是才子中的才子，真是听君一席话，胜读十年书呀！以后我们只要多听听您说话，就可以不要再读书了。"

尚超尘被夸得高兴，又喝了酒，更是海阔天空神侃个没完。

雅静看他高兴，试探着问："我们俩刚回珠市，想做生意，可人生地不熟，没有经验，一下不知道从哪里下手。您是画家，又是大学老师，有地位、有朋友、有资源、有人脉，能否给我们指点指点，当下做什么生意赚钱？"

这可把尚超尘难住了，他从小除了读书就是画画，对生意可谓是擀面杖吹火—— 一窍不通，虽然也有几个同学陆续下海，赚了不少钱，却又很少联系。可看两位美女一脸期冀和崇拜自己的样子，不忍心让她们失望，更不愿意在自己心爱的女子面前丢脸，只好猪鼻子插葱——装象，硬着头皮说："我虽然没有做过生意，但是我有很多同学朋友，有的已经当官了，有的也在做生意，混得都还不错，我什么时候找他们一起商量试试。"

在以后的日子，尚超尘一有空就来找她们玩，或请吃饭，或泡茶聊天。三人说说笑笑，好不开心。因为有雅静的形影不离，他虽然近不了冬妹的身体，但两人之间都有种一切尽在不言中的微妙感情。冬妹尽管很少说话，但眉目传情，一个眼神、一个微笑便胜过千言万语。她常常表现出一副小鸟依人的温柔样子，激起男子汉本能的保护欲望，让他的虚荣心得到极大满足。

雅静和冬妹毕竟是在风月场所混过的女子，知道男人的需求和弱点，她们俩虽然文化不高，懂得不多，但都有灵性，又善于聆听，好学爱问。尚超尘觉得她们比学校那些老逃课的大学生不知要强多少倍，他越接触越喜欢冬妹，大有一种一日不见如隔三秋之感。在她们面前，他有永远讲不完的话，焕发出从未有过的自信，燃起心中智慧的火花。他和她们讲政治，说历史，谈人生，聊理想，教画画，论诗词，从女娲造人到亚当夏娃，从炎黄时代到改革开放，从进化论到相对论，简直是无话不谈、无所不能。

尚超尘的家在珠市大学海滨东区的教工宿舍，这里背山面海，环境优美。房子是学校分给岳父的福利房，是学校专为德高望重的著名专家及领导修建的公寓。这是一个一百八十平方米的四室两厅，屋子装修得温馨典雅，仿古精美的红木家具，满屋的书籍，一看便知是书香门第。这里住着他和妻子黄小慧，岳父、岳母、一周岁的儿子和保姆。

这个家曾经给他带来短暂的虚荣和满足，他的岳父是珠市大学著名教授，岳母是学校的财务处处长，妻子黄小慧是他们的独生女儿。小慧留学日本读博，学成归来，却已错过了最佳婚配年龄，经人介绍认识了同样高龄未婚的尚超尘。小慧虽然看不起艺术系的人，但他长得高大清秀，又是一个人在珠市，想可以倒娶回家做上门女婿。尚超尘虽然也嫌女博士年龄大，貌不出众，但却迷恋她海外留学的博士光环和良好的家庭背景，想娶了她就可以少奋斗几十年。两个人都打着小算盘，各有所图，很快便结婚并生下儿子。

尚超尘生在工人家庭，许多生活习惯与高级知识分子的岳父母格格不入。儿子出生后，尚超尘的工人父母不远千里从老家赶来看孙子，儿媳妇却嫌公婆土气邋遢，坚决不开金口唤爸妈，不同意他们在家里住，要老两口住招待所，两老伤心而归。最让他难以忍受的是妻子擅自给孩子报了户口，让儿子随母姓黄。

尚超尘在家中总感到有一种无形的压力，岳父岳母嘴上虽然不说他是倒插门女婿，可脸上却早流露出来，令他觉得憋屈难受，心里苦恼万分。好在孩子是岳父母的宝贝，家里又有保姆，不用他操心，他有的是时间，便把身心全投入绘画。

自结婚后，尚超尘的生活如一潭死水，激不起任何涟漪。现在重遇冬妹，心里又不禁对她升起了悸动之情，更觉得自己的博士妻子木讷呆板难看，没有半点情趣，心中越想越后悔，觉得自己完全有能力过上好生活，不该为了虚荣和一个不爱的女人结婚。

为了不负心上人所托，尚超尘请在《珠市文学》杂志社担任编辑的江海云吃饭，雅静和冬妹作陪。

江海云是珠市文坛鼎鼎有名的诗人、作家。他长了一张小白脸，算得上眉清目秀，留一头齐肩长发，常常让人分不清男女，引来不少误会，他却满不在乎。他母亲相信相面算命，说男生女相非富即贵，他便在路边买了本麻衣相法仔细参照，看自己前额发际高，丹凤眼，龙鼻，耳白过面，聪明有官相，便生出了远大抱负，觉得自己是人中之龙，不是一般人。

他毕业于珠市大学中文系，后去了《珠市文学》杂志社做编辑，常有文章发表于各大报纸。自以为才华横溢，但怀才不遇，已过了而立之年，仍旧是小编辑一个。心中愤愤不平，便整天在外面拈花惹草，处处留情。

他见到两个美女，不由两眼放光，对风情万种的雅静更是情有独钟，一杯酒下肚，便开始吟诗作赋，卖弄文才。酒过三巡，就有些把持不住，趁雅静上厕所时跟了过去，在卫生间要抱着她亲吻，被雅静狠狠打了个耳光，骂说："你把我当什么人了，想抱就抱的？你这叫非礼，叫龌龊，连尊重人都不会。你去问问尚超尘，他认识我们几年了，手都没有碰过。"

江海云的脸一阵红一阵白，还没来得及恼羞成怒，雅静咯咯笑了起来，半嗔怪半安慰说："乖乖，瞧你风流倜傥，一表人才，又是大编辑、大作家，哪个女孩见了你也会动心，可怎么就像个花花公子死不正经的。我又不是三陪小姐，随便就能摸，就能抱。你是看不起我还是把自己当成了流氓？正经女子谁会喜欢刚见面就动手动脚的，你太不懂女人了！"

说得江海云反而不好意思了，只好讪笑着向雅静鞠了个躬，辩解说："我是真心喜欢雅静小姐，只怪你长得太美，我实在是情难自禁，冒犯小姐，望您见谅。"

雅静听得舒服，指了一下他的鼻子说："就你会说话，我不会和你计较的。好了，我们回去吃饭。"她边说边拉着他的手笑吟吟回到座位上，俨然是一对热恋中的情侣。

四个人谈天说地，聊工作，说生活，很是投缘。

江海云说：“超尘，你今天请我吃饭，一定有什么事求我，”

“就是面前这两位美女的事，她们想在珠市做生意，可是人生地不熟的，不知道从哪里下手。而我是个穷老师，不像你是大作家，门路广，认识的人多，想请你帮忙出出主意。”

江海云仔细端详身边两位美女，心里打起了算盘。

随着刊号的放开，各种类别的杂志越办越多，家家八仙过海，各显神通。《珠市文学》是纯文学杂志，而现在中国的文学热已经过去了，现在可谓是举步维艰，发行量还不如后起之秀《知音》的零头。虽然有财政补贴印刷费，但还是每个月都在亏本。杂志又是文联的小金库，领导的吃喝玩乐都要在这里报销，越来越入不敷出。白总编已是黔驴技穷，上个月全体开会讨论研究，决定成立董事会，向企业拉一些赞助，还给每人分派了广告任务。

江海云也去过几家单位，但从前都是以高高在上的编辑记者身份出现，现在却要低声下气开口要钱，实在是拉不下面子，一个月了，自己一个广告也没拉到，正愁没法向领导交代。今天，两位如花似玉的美女求他指点，不由计上心头，想何不把她们推荐给领导，利用美人计去公关，也许能带来意想不到的效益。他喝光了杯中酒，说：“你们还真是找对人了，我有一条生财之道，就看你们的胆量和能力了。”

“你别卖关子了，到底什么好事快说。”三个人的眼睛齐刷刷地望着他。

“我想办法去说服白总编，让两位美女来我们杂志社工作，给你们冠上记者的头衔，去向企业拉赞助，给你们百分之二十的提成。百分之二十呀，你们拉到一百万的广告就有二十万的提成！这样既有面子又能赚大钱的事，打着灯笼也没地方找呀！两位美女出马，一定战无不胜。”

尚超尘有点不放心，问道：“这么好的事，你们杂志社的人怎么不去干？”

江海云吞云吐雾地说：“你还不知道吗？我们杂志社全是一些老

学究，说起来一套一套的，实际上全是纸上谈兵，没有一个行的。”

雅静和冬妹听得挑战欲大增，冠名杂志社记者深深吸引着她们，这是她们从前做梦也不敢想的。两人互望了一眼，异口同声说：“好，我们愿意干。”

“不过，这份工作也不是随便什么人都能干成的，你们要怎么干？从哪里下手？能做主给赞助的全是单位的一把手，他们都不是一般人，你们可以吗？”

“有什么可以不可以的，一把手就不是人了？比我们多长眼睛了还是三头六臂了？有什么好怕的。”雅静一脸的不屑。

“天下无难事，只怕有心人。我们是还年轻经历得少，可我们可以学习的。况且，有两位知识渊博的大学生做我们的老师，我们没什么好怕的。”冬妹打圆场。

“你们俩马上写一份简历，我明天就去跟总编说。”

这可把雅静和冬妹难住了，她们从来没有写过简历，两人你看我、我看你，不知道怎么写。

尚超尘看她们为难的样子，也觉得两人没有学历，怕去杂志社误事，惹得大家都不愉快，就把她们没有学历的事告诉了江海云。

江海云看她们打扮入时，气质不凡，心中只想着美人计，却忘了问她们的文化修养。假如真介绍两个没文化的人去杂志社做冠名记者，闹出笑话丢了杂志社的脸，自己也脱不了干系。

尚超尘见他沉默不语，生怕他变卦，急忙说：“现在学历不重要，能力才是最重要的。这样吧，咱们一起帮她们编简历，等两位美女拉来了赞助，你举荐有功得了奖金，可不能忘了我们。”

“话是这么说，我也看得出，她们俩确实很机灵，会来事。只是杂志社要求有学历证明，怎么跟领导说？”

“没事，我在海滨公园经常看到有人在卖证件，我们花钱去买两本就是了。这样可以吧，我的两位好哥哥！”雅静撒娇。

江海云看雅静娇嗲嗲的一脸妩媚，心想就凭她这副骚样，那些领导准上钩，一定能拉来广告。有学历的女孩一般都有正式工作，尤其是有几分姿色的，更以为自己了不起，怎么可能放下身段去拉广告。没学历就没学历吧，管他白猪黑猪，能长肉就是好猪。于是便说：“谁让你们碰到我呢？我今天就送佛送上天，好人做到底，你们俩尽快去买学历证书，我和超尘负责给你们编简历，先过了领导这关再说。”

四十
杂志社拉广告

雅静和冬妹跟着江海云，来到文联大楼。这是中山公园里的一栋嘉庚风格建筑，建于三十年代初期，解放前曾是珠市市政府的办公楼，后来市政府搬去海滨路，就给了文联。《珠市文学》杂志社在文联大楼的半地下室，一间不到五十平方的小屋横七竖八摆满了办公桌，在尽头的唯一临窗位置，隔出了一个七八平方的总编室。

江海云带着她们径直走进总编室，白总编正在埋头办公。他已过知天命之年，头发灰白，戴一副变色大眼镜，饱经沧桑的脸庞略显严肃，又干又瘦的身材有些佝偻，穿一件褪色中山装，口袋里插着一支钢笔，典型一副老学究的架势。他抬头瞅了一眼，点点头示意他们坐下，继而又低头批阅稿件。

他们等了好久，老头子终于放下手头工作，把眼光投向她们，江海云忙起身介绍："白总编，这就是我前几天和您说过的冬妹和雅静，您看看还行吗？"

她们急忙起身，对着白总编深深地鞠了一个躬，雅静说："白总编好，以后需要您多指导。"

白总编摘下眼镜足足盯了她们一分钟，点燃烟深吸一口，说："小江在我面前一个劲地夸奖你们，你们看起来确实不错，至于工作能力，以后才知道。不过，看你们的简历也是受过高等教育的大学生，怎么想来这里工作？拉广告是很辛苦的，还有你们不是正式工，一个月只有四百元的工资，拉成广告后提成百分之二十，你们能接受吗？”

“白总编，我们听江海云说您是珠市最深邃独到的作家，我们最崇拜的就是作家。能在您身边工作，沾沾墨气，是我们的荣幸，也不枉我们来珠市一趟。”雅静笑吟吟地讨好。

白总编哈哈大笑着站了起来：“小丫头，嘴真甜。不过，年轻人是应该出来闯闯。你们内地和特区还是不能比的，有压力才会有动力，不像他们这些编内人员，一个个自以为是，一出去什么也做不了。小江，你这个月的广告任务完成得怎么样了？”

江海云尴尬地摇了摇头，不敢吱声。

“要是她们能拉来广告，看以后你们的脸往哪里搁！”白总编说着找来了一个本子递给她们，说，“这里面全是珠市政府领导和各大企业领导的电话，就看你们的啦，预祝你们成功。”

“白总编，那要不要给她们办个采访证？还有名片怎么印？”

白总编沉默了一会儿，从抽屉里拿出两本采访证，填上名字，盖了红印章，交给她们，说：“这是你们的采访证，至于名片，还是印实习记者比较妥当，这事小江你去办吧！还有你给她们讲讲杂志社的情况，再传授一些你们失败的教训，好让她们以史为鉴，不重复走你们的失败之路。两位姑娘先回去准备准备，关键是要把工作干好，拿出成绩来。”

两人点头答应着，退出了总编室。

回到家，翻开白总编给的电话簿，商量着下一步该怎么办。虽然她们在快乐酒家，也接触过一些貌似大人物的有钱人，但那种地方毕竟不是正经场合。现在两人的身份是实习记者，要去正儿八经地谈正事、拉广告，她们一点经验也没有，又没有人带她们，不免心里发虚紧张，越想越不对劲。

“咱们是不是被那个江海云骗了？我听白总编在训他拉不到广告，可他却口口声声说是在帮助我们。我看他明明是自己不行，想利用美人计替杂志社赚钱，还说得这么好听，真不害臊。就凭他这几下子，就要来骗我们，没门！冬妹，我都差点忘了告诉你，前几天吃饭时，我去卫生间，他还想来亲我，被我狠狠打了一耳光，想起来就爽。”

“该打，我看他也不像个好人。不过，无论他出于何种目的，对我们来说，这也算是好事。我想广告一定不好拉，要不，也轮不到我们，但不管多难，这毕竟是正道，就当是一个挑战自己和锻炼的机会，咱们就试试吧。现在咱们已经是杂志社的实习记者了，记者是无冕之王，在外人眼里，一定会以为我们是文化人，他们一定会高看我们的，这是很荣耀的事情。就冲这个实习记者的名分，我们也要好好努力。”冬妹的心中升起无限期冀。

“对的，实习记者的身份还是蛮吸引人的。我们是应该有一份体面的工作，才不会处处受人歧视。”雅静从包里拿出采访证，看了又看。

“那我们就接受挑战吧！”

“咱们是不是应该先排练排练。不然这样，现在我来当领导，你去做记者向我拉广告。咱们导演陌生拜访，比画比画，看能不能找到一些灵感。”雅静说着端来一把椅子眯起眼睛学着领导的样子，逗得冬妹哈哈大笑。两个人自导自演，直闹到深夜……

第二天早上八点，她们来到杂志社。编辑部大门紧关着，两人只好等在门口，一直等到九点，终于瞧见一个胖女人，像唐老鸭似的左摇右摆地走过来，掏出钥匙开门进屋。她们曾听江海云说过胖女人叫夏英，是个不在编制内的临时工。她丈夫是个小军官，她两年前随军来到珠市，因嫌部队家属工厂的同事没有文化，就通过关系来杂志社当出纳兼打杂。

雅静和冬妹急忙跟了进去，叫了声：“夏姐。”

没想到夏英高傲得像只企鹅，瞄了她们一眼，转过头说：“你们就是江海云介绍来拉广告的两个外来妹吗？我早就听说了，还说你们长得挺标致的，果然不错。唉！不像我，人老珠黄了。谁不喜欢年轻漂亮的？想当年我像你们这么大的时候，在百货商场卖东西，那些人为了看我，把我们商店都挤爆了。看你们长得也还可以，男人应该不会讨厌你们。希望你们能拉来广告，祝你们好运！”

冬妹和雅静一阵无语，只好站在旁边讪笑着。

夏英得意的泡了杯茶，坐到她的办公桌上跷起了二郎腿，指挥两位新人去抹桌子拖地。

等她们俩终于忙完，办公室里还是只有夏英一个人。冬妹忍不住问低头打毛衣的夏英："夏姐，咱们编辑部到底有多少人？为什么就您一个人上班？"

夏英头也不抬地说："他们是编内人呗，编内人是不用上班的，只要周一、周五来开个会就行，他们命好呗！在我们老家，我也是吃国家饭的，为了来珠市照顾老公孩子，我才辞掉工作的，现在想起来真后悔。对了，听说你们俩还是大学生，怎么也跑来这里做临时工拉广告？拉广告可不是好工作，那是求人的活呀，比要饭还难呢。看看他们这些编内人，会写几篇臭文章，就自以为了不起。对内勾心斗角，张牙舞爪，对外狐假虎威，缩头乌龟。几个月了，一个广告都没拉到，都把我们白总编愁死了。你们去试试吧！假如你们能拉来广告，羞死他们。"

她们听夏英说几个月都没拉成过广告，心里七上八下，但事到如今，也只能戴钢盔爬树——硬着头皮上。

她们俩悄悄嘀咕了半天，决定先打电话探探口风。

冬妹拿起电话本，拨通了第一个电话，说："张总，我是《珠市文学》杂志社的，你们单位需要做广告吗？我……"还未等她说完，耳边已传来"嘟嘟嘟"的忙音。冬妹一脸沮丧。

"没事，被拒绝是很正常的，反正我们不认识他，他也不认识我们，也没什么丢人的，咱们再接着打，就当是骚扰他们了。"雅静安慰。

两人轮流打了几十个电话，全部被拒绝了。她们越来越感到心灰意冷。

"不然，咱们还是走出去试试。俗话说见面三分情，咱们以送杂志或采访的名义和他们认识，先交上朋友，再谈广告，也许会有不一样的效果。"冬妹思考着说。

"对呀，昨晚我们还排练半天呢！现在就走。"雅静说着往包里塞了几本杂志。

她们按本子上的地址，先去了离杂志社最近的煤气公司，值班老头看她们探头探脑的样子，死活不让她们进去。雅静和老头吵了起来，冬妹从包里拿出采访证递给老头，说："我们是《珠市文学》的记者，领导让我们来采访你们黄总经理，他在哪个房间办公？"

老头仔细地瞅了瞅采访证，立即对她们肃然起敬，赶紧说："总经理办公室在五楼左边的最后一间，上面有挂牌子的，你们请进吧！"

"谢谢大爷。"她们目不斜视，把高跟鞋蹬得哒哒作响来掩饰内心的紧张。

到了五楼，两人先去卫生间补了一下妆，彼此打气："我们现在是记者，记者可是无冕之王，不怕不怕。"

她们按昨晚排练的一样，礼貌地敲了三下门。

"请进。"里面传来略带威严的声音。

她们屏声息气推开门进屋。黄总坐在高大的办公桌后面，笔挺的西装，鲜红的领带，凸起的将军肚，发光的金丝眼镜，一副老成持重的样子。他看了她们一眼，见是两个靓女，眼睛亮了一下，马上又恢复严肃，问："两位找我有什么事吗？"

两人急忙呈上名片，雅静说："我们是《珠市文学》的记者，我们领导不止一次提起您，说您是珠市最优秀的企业家，全珠市人民吃的喝的都离不开您呀！今天特意来拜访您，给您送一本我们新出的杂志，希望能得到您的指导！"冬妹毕恭毕敬地把杂志递给了黄总。

黄总本以为她们是推销员，看了名片，没想到还是记者。尤其是雅静一番话说得很有道理，声音又悦耳动听，还给他送来杂志，觉得自己受到了尊重，心里高兴，说了声"谢谢"，随手翻阅杂志，示意她们坐下。

两人拿出了昨天排练了好久的坐姿，"脊柱向上伸直，挺胸吸肚，两脚平行"，十分淑女地坐在了沙发上。

一会儿，黄总放下杂志站了起来，拿来了一次性杯子要给她们倒茶，冬妹急忙起身去帮忙，也帮黄总的杯子添满了水。

三人都坐着喝茶，雅静和冬妹微笑着看着黄总，沉默了约几分钟，谁也没有先开口说话。她们毕竟是第一次上大老总的办公室，把从前在家里背的台词都吓忘了，两个人都觉得时间过得很慢。气氛特别紧张。

她们尽管满脑子都是广告的事，可却怎么也不好意思张口，只好没话找话，冬妹借用在书上新学习到的常用语，说："今天的天气真好。"

黄总本能地看了看窗外，发觉外面天空阴沉沉的，心想哪里好了，也不好反驳，只好礼貌地嗯了一声，低头继续喝茶。

她们俩也随着黄总的目光瞟了一眼窗外，心想刚才说错话了，今天的天气很不好。

又看黄总自顾自喝茶不理她们，心中越发紧张起来。雅静心想，一定要打开话题，拍拍黄总的马屁。她看见黄总的头发长得真有意思，满头稀稀拉拉的，像是一块被推土机推过的庄稼地，脑门至头中央寸草不生，周围浓密茂盛。她突然想到在哪本书上读到过的一句话，不由脱口而出："热闹的马路不长草，聪明的脑袋不长毛，黄总肯定是个聪明人，看您的头发就知道了。"

冬妹正在喝茶，听见雅静这么说黄总，好容易忍住了笑，却被茶水呛到了，咳个不停。

黄总也不说话，两只眼睛直溜溜地盯着她们，直看得她们坐立不安，脸上冒汗。他又体贴地拿来了纸巾给她们擦汗。两人忙不迭地说着谢谢，心想糗出大了，广告是拉不成了，三十六计，走为上计，一起站起，冬妹结巴着说："我们也没什么事，就是来给您送一本新杂志，希望有机会能采访您。"

黄总站起来送客，大度地笑说："欢迎下次再来。"

她们逃命似的跑了出来，心里既高兴也难受。

"你听到了没有，黄总说欢迎我们下次再去。"雅静安慰自己也安慰冬妹。

"可我觉得他的两只眼睛好瘆人，我总担心被他看出来我们是拉广告的，假如我们真是记者多好呀！咱们第一次就碰到了软钉子，拉成广告真难。"冬妹心中又添了几分担心。

现在的雅静也没有把握，转而给自己打气说："得了，得了，你可别长他人志气，灭自己威风。什么真记者假记者的，不都是干工作吗？你看看那个真记者江海云，自以为自己是帅哥，一脸的娘娘腔，恶心死了。论长相，论年龄，我们都有绝对的优势。"

"是呀，他们是大学生，有学历有文凭，可他们一个个都是躺在铁饭碗里面的白米虫，不肯吃苦，好吃懒做。我们虽然没读什么书，可我们还年轻，可以多学习。况且，我们什么苦都受过了，还有什么大不了的事？我们只要有恒心有毅力，就一定能拉成广告。"说着冬妹的脸上已经多了几分希望和自信。

接下来的日子，她们平均每天拜访五个客户，虽然还没有谈成广告，但却已经积累了许多经验，在领导面前已经表现得越来越得体大方。尽管有时候还会为自己不是记者和大学生而心虚，但面对领导的提问，基本都能够应答自如，也不再为自己说谎而脸红心跳了。让她们安慰的是已经有领导答应考虑在《珠市文学》做理事了。她们的名片簿上渐渐夹满了珠市各大企业领导的名片，她们还有一个本子，记着拜访领导的时间、说过的话，以及领导的爱好等。

两人深信自己一定能成功。

杂志社里的记者编辑似乎习惯了她们的存在，她们是拉广告的临时工，虽然分油分米没她们的份，但白总编履行了他的承诺，月底一人发了四百元的工资。两人好不兴奋，尽管她们也赚过大钱，但对这四百元却有莫名的感情，这毕竟是光明正大赚的血汗钱。她们彼此鼓励着下个月一定能拉到广告，甚至拉到一个理事。

几天后的一个下午，她们来到联华集团，轻车熟路地敲响了刘怡和总经理的门。

刘总从眼睛的余光里认出了她们，急忙放下手中的文件站起来和她们一一握手，说："哟，是两位美女记者来了。快请坐，快请坐。"

她们落落大方地坐在沙发上，雅静从包里拿出散发着油墨味的杂志递给刘总，说："刘总，这是我们刚出的杂志，早上印刷厂才送过来的，我们在第一时间给您送来了，还望您多多指教。"

刘总谦虚地说："哪里，哪里。我们这一辈正赶上老三届，上山下乡，耽搁了读书。没有上大学，是我一辈子的遗憾呀！还是你们幸运，都是大学生，你们比我有文化。"

两人听了，心里又惊又喜，原来面前这个大人物竟然和她们一样没上大学。冬妹急忙说："怎么会呢？相由心生的，我看您就是特别有文化，有品位，觉得您比我们杂志社最有文化的老师还有深度，比军中高官还富有战略思想。孙子曰：'兵者，国之大事，死生之地，存亡之道。'这是从前战争时代的兵法至要。现在是和平年代，经济才是国之命脉，才是竞争比拼的现实战场，特区更是如此。您是著名企业家，眼光长远，大局在胸，引领企业，进军市场，战果辉煌，称得上是真正的商界将军。"

刘总哈哈大笑，说："不愧是记者，人长得漂亮，还能说会道。你们总编真有眼光，去哪里找来你们这两个高才高能的美女记者。"他心中高兴，津津有味地和她们聊起了联华集团的发展史，炫耀他们的企业文化和自己的战略思想以及领导才能。

她们始终面带微笑认真聆听，冬妹还拿着笔在本子上装模作样地记着，绝对像记者在采访一个大人物。

雅静看刘总口沫四溅、兴致昂扬的样子，觉得今天一定要拉成广告，要不这些马屁又白拍了。本要开口谈广告，可又担心遭到拒绝，心里实在没有底气。正在不知所措之时，她瞥见他的办公桌上摆着一张少女照片，心想，办公桌上不可能会放小情人的照片，这一定是他女儿，一个人最关注最爱的一定是自己的孩子。于是，她决定先打一张亲情牌试试，便趁刘总喝水的机会指着那张照片，说："好漂亮的靓女，好像在哪儿见过，是哪位大明星呢？"她说着故作沉思状。

刘总一说到女儿，眼神里闪过一丝温情，马上止住对企业的长篇大论，有些惆怅地说："不是明星，是小女，在美国留学，都快一年没有回来看老爸了！"

"好漂亮的妹妹，我还以为是大明星呢！原来是您的女儿。跟您长得真像，怪不得我一看照片就觉得面熟。"雅静边说边走近照片仔细端详。

刘总听雅静夸奖自己的女儿，顿感和她们亲近了许多。他去办公桌抽屉里，拿出十多本女儿的相册。两人翻阅着厚重的相册，一张张照片记录着他女儿成长的点点滴滴，从刚出生的婴儿到婀娜多姿的大姑娘。每张照片旁边都书写着细腻的文字，她们俩仔细读了，每一句话都是父母浓浓的爱意和殷切的期望。冬妹只觉得眼眶发红，眼泪不由自主滑了下来，想要擦干已是来不及。

刘总看冬妹突然流泪，心里好奇，问："你怎么哭了？是不是你爸爸……"

冬妹想到了山凹村还在被养母欺负的养父，让她又爱又恨的生父，还有那个被自己咬断舌头的后父，一下不知道该如何回答，只好摇了摇头。

雅静看冬妹流泪，也想到了自己死去的父亲与那个畜生后父，不觉也流下了眼泪，说："我们都没有爸爸了。"

刘总叹了口气，拿来纸巾递给她们擦眼泪，安慰说："小姑娘，我理解你们，没有爸爸一定受过好多苦，不过，没事，你们现在已经长大了，擦干眼泪，不哭！"说话的语气俨然是父亲在哄逗女儿。

她们似乎被刘总慈爱的语气所感染，两人都止住眼泪。

"太羡慕您的女儿了，要是我们能做您女儿，哪怕是只活一天都很满足。"冬妹一脸的真挚。

雅静接着说："是呀，我们一定要努力工作，等到有一天成功了，我们能否认您做临时爸爸？一星期或者一个月，享受一下您的父爱，那样，我们这辈子也就不白活了。"

刘总似乎被她们这番话所感动，说："傻孩子，干吗要等将来？干吗要等你们成功后？现在才是你们最需要父爱的时候呀，从今天起，我就是你们爸爸，以后你们就是我的女儿。"

两人感激涕零，可又深深自卑着，心想假如刘总知道了她们那些不堪回首的过去，他还能认她们当女儿吗？现在是《珠市文学》抬高了她们的身份，刘总错把她们当成了大学生了。而事实上呢？她们只是拉广告的临时工。

“爸爸”两字在她们喉咙里翻滚着，可两人谁也没有叫出口……

趁刘总去上厕所的时候，雅静告诫冬妹：“你可别忘了，咱们可是来拉广告的，我们是什么人呢？哪有这个福气做他的女儿，他女儿是千金小姐，而我们呢？死了这条心吧。已经一个多月了，我们一个广告也没拉成，要是再拉不到，白总编一定会开除我们的。我们趁他现在对我们印象还不错，抓紧时间让他参加我们的理事会，至少也要让他做一个页面的广告。”

正说着，刘总回来了，雅静赶紧止住话。

冬妹清了清嗓子，说：“刘总，我们白总编一直在说您，您是最有思想的改革家，想给您写一篇人物专访，用您的照片做这一辑杂志的封面，还想请您长期担任杂志社理事。我们白总编还说您什么时候方便，希望能请您吃饭，给我们杂志指点江山。”

冬妹的一番话把刘总说得飘飘然，嘴里说着“哪里哪里”，接过了雅静呈上的理事会章程，粗略地看了个大概。随即拨通了电话，叫办公室甘主任上来。

一会儿，一个瘦小精明的中年男人点头哈腰来到了办公室。他见刘总办公室坐着两个大美女，赶紧又是鞠躬又是作揖，对她们尊重万分。

“小甘，她们是《珠市文学》杂志社的记者，她们总编是我多年的老朋友了，非要邀请我参加他们的理事会。盛情难却，也算是支持文学事业、支持老朋友吧，你去给她们办办。”刘总说着把手里的那份理事会章程递给甘主任，又转头对她们说，“这位是我们办公室的甘主任，这事就交给他了，你们跟他去办手续吧！”

她们跟着甘主任到了他的办公室，主任猜不出她们和刘总的关系，一边审阅着理事会章程，一边旁敲侧击地问东问西。

两人看主任拿着章程协议翻来覆去，心跳到了嗓子眼，互相用眼神安慰着。尽管她们也知道刘总同意了，应该不会改变，但这毕竟是她们的第一份合同，她们不能不担心主任万一变卦。心里忐忑不安，表面又只能装作若无其事的样子和主任谈笑着。

当她们握着崭新的支票，简直激动得有点语无伦次了，雅静说：“感谢您，甘主任，太感谢了，您将永远是我们的恩人！”

甘主任被她们逗乐了，笑着送她们上电梯。

雅静和冬妹哼着小曲，手拉手兴高采烈地奔到了杂志社，社里的人全下班了。她们找了个公用电话，打了尚超尘的传呼，可他没有回电。她们实在太激动了，可惜无人分享这份喜悦。这张整整十万元的支票，里面有她们百分之二十的业务费，百分之二十就是两万元，两万元是江海云和尚超尘两年的工资。这笔钱是对她们能力的肯定，这钱来得光明正大，揣着放心，用着踏实。

第二天，她们把支票交给了出纳。杂志社轰动了，文联轰动了，连文联主席都知道了，让白总编带她们去他的办公室，给予两人鼓励和表扬，让她们再接再厉。

杂志社里的人都对她们刮目相看，肃然起敬，因为他们知道，她们拉到的钱，将能成为他们的福利和奖金。尽管，他们在内心也排斥、嫉妒，甚至是看不起她们，觉得她们一定是出卖了色相和身体拉的广告。

过了两天，支票终于到账了，她们去领取业务费。出纳边数钱边说：“我们家老赵和刘总还是战友呢，前几天老赵还说抽空去找他，没想到被你们捷足先登了，你们的脚真快，把我家老赵都郁闷死了。”

会计眼皮都懒得抬一下，酸溜溜地说：“女孩子，好赚钱，很正常。不像我们老了，跑不动了。”

雅静立在那里不说话，冬妹只好说：“你们可不能这么说，我一看你们年轻时就是大美女。昨天我还在书上看到一句话，‘昔年的美貌连皱纹也遮盖不了’，你们人漂亮，又是城里人，命好！不像我们乡下妹子，家里穷，再不勤劳岂不要活活饿死！你们是有见识有能力的前辈，以后一定要多给我们指教。”

出纳和会计都拥有珠市户口，一向最看不起外地人，尤其是讨厌外地年轻貌美的女孩。听冬妹的话顺耳，心里产生了好感。会计竟然站起来屈尊降贵地给她们倒了两杯水，还放了点她自己带的茶叶请她们喝，边说："小丫头，还挺能说话，怪不得这么快就拉到了理事。我要是男人，我也喜欢你们，也把好事都给你们。"

"是呀！现在的外地人真厉害，你听说过那个开学校的吕菱吗？她今年才三十出头，已经是千万富翁了，我们是要改变对外地人的看法了。"出纳脸上流露着对财富的向往。

"现在珠市人谁不知道吕菱呀，她的学校可是贵族学校，珠市有钱人的子女都在她那里读书。"会计说。

听到这里，雅静来了兴趣，两眼放光，说："真的吗？一个外地人能在珠市开贵族学校，怎么可能呢？她从前是干什么的呀？"

出纳肯定地说："当然是真的，听我们家老赵说的，她原来是在珠市大学当保姆的。可现在人家开学校、开银行，最近又开始经营房地产了。"

会计也感到好奇，说："她从前是当保姆的？我还真不知道，我只知道她是个外来妹，没听说过她的发家史。你好像很了解她似的，快给我们讲讲，让这两个小姑娘也学习学习。"

"我跟你们说呀！她出生在安县一个最贫穷的小山村，家里穷得吃不饱饭，跑来珠市大学一个教授家当保姆，不到两个月，她就辞掉了工作去珠市市场卖菜，认识了卖猪肉的龚小波，很快他们就恋爱结婚了。"

她们仨听得聚精会神，雅静着急地问："后来呢？"

出纳喝了几口茶，接着说："他们就一个卖菜一个卖肉，小日子过得很滋润。后来，他们在卖菜时竟然认识了市委书记的夫人，他们卖她一斤的肉，经常只收半斤的钱。到后来，他们干脆每天配好新鲜时菜、海鲜肉类送货上门，分文不收。时间一久，市委书记夫人越来越喜欢这对小夫妻，觉得他们会来事，就认了吕菱当干女儿。那年，市政府规定杀猪一律要进屠宰场，他们就去求那位夫人，后来珠市的屠宰场都被他们承包了，两个小贩摇身一变成了大老板。赚到钱后，就去开信用社，又赚了很多钱，到后来不知怎么就开起了贵族学校。

现在，他们老家六十岁以上的老人，她每个月都发三百元的福利呢！”

吕菱的故事让雅静和冬妹兴奋不已，她们俩立志以吕菱为榜样，要在珠市闯出自己的一片天地。

晚上，她们拨通了尚超尘和江海云的电话，邀请他们一起吃晚饭。席间，杯来盏往，两个人眉飞色舞，说个没完。

两人的口才、学识、自信，让尚超尘突然觉得不认识她们了，真是士别三日，当刮目相看，心里说不清是高兴还是难过，高兴的是冬妹成长了，他似乎看到了她美好的未来，难过的是，冬妹终究不能成为他的人。尚超尘心中胡思乱想，自顾低头喝闷酒。

江海云喜形于色，得意洋洋，因为是他慧眼识英雄，把她们俩推荐给白总编，今天他还受到了领导的表扬，心中高兴，端起酒杯敬她们俩说：“恭喜恭喜，还是我有眼光，有眼识得金镶玉。千里马常有，而伯乐不常有。我可是你们的伯乐呀，你们要怎样感谢我？”

雅静和冬妹急忙端起酒杯回敬，说了许多感谢的话，两人嬉笑着你一杯我一杯，直喝得几个人酩酊大醉。

四十一
甜蜜的颤栗

有了这次成功的经验，又有了两万元的业务费，雅静和冬妹心里有了底气和自信。她们总结经验，觉得会说的不如会听的，每个人都有说话的欲望，只要先挑开话题，一般人都会滔滔不绝地讲下去，只要装作很认真聆听的样子，用微笑和崇拜的眼神予以鼓励，再不时地点头表示认同，一般都能博得领导的好感。大多数领导都好为人师，侃侃而谈，喜欢听别人的夸奖。要是问到一些不懂或者不了解的话题，她们就设法绕开。

她们练就了一身见面熟的本领，秘诀就在于与人交谈时，脸带微笑，看着对方的眼睛表示尊重；因人而异，见什么人说什么话，察言观色说别人爱听的话。看火候差不多了就拿出协议，成功率非常之高。

凭她们掌握的这些小技巧，两人在珠市的各大企业可谓是畅通无阻。接下来，她们几乎每个月都能拉来理事，至于封面封底的广告根本是不够用，只好在里面插页。她们的业务费实在让杂志社的人眼红，但她们俩会做人，经常买些水果糕饼请他们，有时候还能请大家吃饭，因此大家表面上对她们也很客气，夸奖她们聪明能干。

最让她们骄傲的是认识了珠市路桥公司的总经理陆建成。他四十出头，在美国博士毕业回国，仕途得意，大权在握。珠市百分之八十的路桥都是出于路桥公司，陆建成的名字随着珠市的一座座路桥，横印在人们的心里。他的大名如日中天，在珠市的官场商场可谓是无人不晓。冬妹和雅静也一心想着有一天能认识陆总，希望能和陆总做朋友，得到路桥公司的支持。

冬妹终于拨通了陆总的电话。“喂您好，是陆总吗？”

“我是，哪位？”对方的声音沉着嘹亮。

“我是《珠市文学》杂志社的冬妹，收到消息，路桥公司承接了跨海大桥项目。我们希望能够采访您，写一篇关于您和路桥公司的报告文学，需要您的支持。”冬妹的声音甜美清新，让人实在不忍心拒绝。

电话里传来一个富有磁性的男中音：“不敢当，不敢当，欢迎你们。”陆总每天都能接到各种媒体的电话，他一般都会礼貌谦和地说自己在开会，以忙为借口把他们推给办公室。但今天听到冬妹甜软的声音，让他不知道怎样拒绝。尽管他下午还有会议，但还是约好了今天见面。

下午五点，冬妹和雅静如约来到路桥公司，漂亮的前台小姐彬彬有礼地接待了她们，将她们领进陆总的办公室。那小姑娘伶牙俐齿，边给她们沏茶边讨好说：“陆总还在开会，他这个人是个工作狂，常常开会到深夜，连饭都顾不得吃。两位姐姐先坐在这里喝杯茶。”

雅静边喝茶边和那个女孩聊天：“妹妹贵姓，看你长得真漂亮，你是哪里人呀？哪里的水土养出你这么好的皮肤？”

那女孩听雅静夸她漂亮，心里自是高兴，说：“我姓郭，叫晓蓉，以后叫我晓蓉好了。我看两位姐姐也很漂亮。我是安徽人，今年珠市大学毕业就来了路桥公司，我本来以为陆总说的两位记者，一定是老气横秋的阿姨和大叔，没想到却是大美女。看起来也很年轻，可你们却是记者，真让人羡慕。你们是哪个大学毕业的？”

冬妹本以为这个小姑娘是一般的服务员，可没想到她却是珠市大学的高材生，听后心里好不难受，想路桥公司的服务员都是漂亮的大学生，陆总又会是什么样的人？假如被他知道了她们没上过大学，只是打着记者的名义来拉广告，那他会用什么样的眼光看她们？

雅静心里也不是滋味，当然，以现在她们的经验和学识，胡乱编个什么名牌大学想必也不会露馅，可心里却突然不愿意欺骗她，急忙岔开话题，说：“太好了，我们是老乡，怪不得我一见到你就感觉亲切，多久没有回家了？想家吗？”

那姑娘说：“想的，不过，我父母都是老师，寒暑假他们一般都会来珠市。陆总说过段时间要给我分套大点的房子，等他们退休后就把他们接来珠市生活。”

“太好了，珠市气候宜人，最适合居住。你们单位还给分房子，真好。你们家有几个兄弟姐妹？”冬妹问。

正说着听见门外的脚步声，晓蓉说陆总来了，急忙退了出去。

冬妹和雅静赶快站了起来，陆总已微笑着站在面前，他中等身材，貌不出众，可身上散发着一种由内而外的自信和气质。他走过来和她们俩握了握手，说：“你们就是早上给我打电话的记者吗？真对不起，让你们久等了，你们请坐。委屈你们再等会儿，我的会还没有结束，等我开完会晚上请你们吃饭，算是道歉。咱们边吃饭边聊。”

她们俩只能应好，坐下来边喝茶边打量他的办公室。办公室约有五十多平方米，装修简约沉稳，办公桌上插放着鲜红的党旗国旗，办公桌后的靠墙是一排长长的书柜，整整齐齐摆满了书，俨然是一个书城，真够气派！书桌对面悬挂着毛主席的《沁园春·雪》，冬妹认出那是珠市文联主席的字迹。一个由三十多种玉石拼成的蓝宝石地球仪格外醒目，衬出了主人的大气和心胸。她们坐的沙发上面是一幅大写意水墨山水画，冬妹觉得面熟，仔细一看原来画中浓缩了珠市全景，是珠市美院院长赵一鸣的力作。一面落地的大玻璃窗，窗外的碧海蓝天尽收眼底，她们俩不禁端茶来到窗边，感受着清风徐徐吹过，觉得一切烦恼和压力都烟消云散。

冬妹说：“好有品位的办公室，我都要陶醉了，陆总真不愧是留美博士。”

雅静说：“是呀，珠市领导的办公室我们也去了很多，但真没有像陆总的办公室这么大气舒心。想必，陆总一定是个特别有深度的人。”

不知道是什么原因触动了冬妹内心那根敏感的神经，她突然觉得心痛，眼眶发红，说：“是呀，听说他的父母都是珠市大学的教授，他们是家学渊源。谁像我们呀，从小没爹没妈，看他们公司的服务生都是大学生，而我们呢？”

雅静最听不得的就是冬妹贬低自己，毕竟，她们俩境遇相同，同病相怜。在内心深处，她又何尝不自卑，只是冬妹太伤感，常常暗自垂泪，她不得不装作坚强的样子去劝慰冬妹，久而久之，自己的内心也就慢慢强大起来。她递过一张纸巾安慰说：“又来了，瞧你真没出息，这可是在陆总的办公室，快擦干眼泪，待会儿被人看见多不好。大学生又有什么了不起的，不是一样给我们倒茶吗？你忘了吕菱的故事了？她也没有上大学，照样做大老板，还办学校呢，多牛呀！我们也在报纸上见过吕菱的照片，她至少没有我们年轻漂亮。你昨天还说呢，苦难是一种财富，今天怎么突然又犯病了？”

“你是多么的幸运啊，因为你拥有了不幸。”冬妹用莎士比亚的话说。

雅静接着说：“没有经历苦难的人生，不是完整的人生，没有经历过苦难的人，是一个不幸的人，苦难是一种财富呀！”两人的眼神里闪烁着希望的光彩，内心也随之强大起来，她们总是这样互相安慰，相依为命。

窗外已是繁星闪烁，时针正对八点，陆总终于回来了。她们激动地急忙起身，冬妹说：“您真辛苦，现在都八点了，可您还没有吃饭，身体第一呀。”她感到对方在从头到脚审视着自己，想自己是否热情过了头，不由满脸通红垂下头看着自己的脚尖。

陆总善解人意地用爽朗的笑声打破尴尬，说：“真对不起，让你们久等了，因为彩虹大桥要立项，实在太忙了。我也真饿了，走，我请你们吃饭。”

陆总亲自驾车，在珠市最高级的老友海鲜馆停了下来，服务员将他们带到一个幽静的包厢，要了几个简单的菜。陆总突然沉默起来，久久不说话，好在雅静伶牙俐齿，不时搞笑作怪，逗得陆总和冬妹哈哈大笑。

直到陆总驾车送她们回家，他什么也没问，她们也什么都没有说。

回到家，雅静试探着说：“陆总好有魅力。”

冬妹心不在焉地说：“是吗？”

“哈哈，我看我们的冬妹要恋爱了，快老实交代，你现在的心是否跟那个有权有势有学历的魅力男人走了。”雅静打趣。

冬妹的脸红到了耳根，心怦怦狂跳，说：“你的心才跟他走了呢！”

“没走就好，我是担心你，路桥公司连服务员都是大学生，陆总哪能看得上我们，傻瓜才去自讨没趣！何况，他一定是有老婆的人了。我们是去拉广告的，路桥有实力，我们要想办法让他成为我们的理事长，让他赞助个三十万。”

“世界上哪有爱情？对，咱们就要他赞助三十万。”冬妹苦笑。爱情是一种很奇妙的感觉，这种感觉伴随着荷尔蒙的分泌牵动着神经中枢，说不清，道不明。她自见到陆总的一刹那，就感到有一股无形的力量在吸引着她，让她欣喜的是他的眼睛也一直在追随着自己，她不知道这是否叫爱情。

雅静又是何其的敏感，凭女人的直觉，陆总对冬妹一定有意思，但她自被张天宝骗过之后，年龄虽然比冬妹小，心智却比冬妹更加成熟。她看到冬妹患得患失的样子，心里担心她真爱上陆总，那样受伤的一定是冬妹。现在听冬妹说世界上哪有爱情，心也就放下了一半，说：“是的，谁见过爱情，如果有，那么一定就是生殖冲动。不过，我看得出，那个陆总色鬼应该是喜欢你的。咱们最好是能绑架住他的下半身，让他乖乖地做我们杂志社的理事，让我们多赚点钱，再去开店做生意才是硬道理，我们就不用再过到处求人的生活了。你去找你的养父，我想办法去找姐姐雅丽，都把他们接来一起过，那样我们的生活将会多美好。”

雅静总能给人美好的憧憬和力量，冬妹的心中又升起了冉冉希望，说：“我们不但要开店做生意，还要做大生意。我们不但要开学校，还要开孤儿院，让天下没有父母的孩子有一个家，不要再像我们一样受苦……”

雅静说：“我们一定会成功。”

第二天晚上，冬妹的传呼机响起，是北京的长途电话。冬妹回了电话，是陆总亲切而又富有磁性的声音，冬妹的心莫名狂跳起来。陆总告诉冬妹说因为急事到北京出差，三天后回珠市见面。

那一晚，冬妹偷偷做了个梦，梦里陆总吻她抱她爱她……第二天，神思恍惚，他的音容笑貌总在她脑海挥之不去。尽管，她也恼自己轻浮甚至有些荒唐，毕竟和陆总才见一面，哪来如此强烈的爱意？难道就是雅静所说的“生殖冲动”？想到这她总是面红心跳，可又情不自禁想着他。她就像陷入了一片沼泽地，越挣扎却越往里陷。她知道自己不该这样，可相思之情却又无以排解。虽然，她不相信一见钟情，但却又喜欢这种感觉，一种欲罢不能、欲止难休的感觉。

好容易熬过了三天，第四天晚上十点，冬妹的传呼机终于响了起来，显示的号码果然是陆总的大哥大号码，冬妹跑到公用电话亭回传呼。他告诉冬妹他的车在她家附近，让她马上过去。

此时冬妹早把雅静的话忘到九霄云外，急忙往前走去，见到了陆总打着双闪的轿车，冬妹上了车。

小车奔驰在路桥公司修建的一条条道路和跨海大桥上，几乎走遍了整个珠市。今天的陆总很健谈，他边驾车边给她讲路桥的丰功伟绩，讲珠市的前世今生，讲修路造桥的技术。他上知天文，下知地理，无所不知，无所不晓。他渊博的知识、幽默风趣的语言，让冬妹受益匪浅，对陆总更是发自心底地倾慕，她陶醉在他的成熟与从容里……

不知过了多久，陆总把车停在了海边，他们下了车。陆总像老情人似的牵着冬妹的手，漫步在柔软的沙滩上，继续畅谈他的过去未来、人生理想。柔和的海风轻抚着他们，月儿也在学着新娘羞，在粉白色的天鹅绒里半遮着脸，水粼粼，情绵绵，梦悠悠。

“冷吗？”他轻轻拥她入怀。

冬妹的心狂跳着想要挣脱，然而，他却抱得更紧了，有点霸道地在她脸上、耳垂上、嘴上疯狂吻了起来。他的热吻如暴风骤雨让她一阵阵窒息，浓浓的男子气息让她心醉酥麻。激情像滚滚潮水，欲望似火山爆发，一种从未有过的幸福感弥漫了她的全身。他把她压倒在沙滩上，他的手熟练地撩拨着她的敏感部位。隔着单薄的裙子，她感觉到了他火热的下体蠢蠢欲动。

她又羞又怕又渴望，耳边响起了雅静的声音："生殖冲动，咱们最好是能绑架住他的下半身。女人不能随便，随便就不值钱。"她喘着粗气，下意识挣扎着，却发现自己浑身酥软，激情根本就不听理智的劝告，只觉得陆总把她抱得更紧了。

又是一阵狂吻，冬妹觉得要化了，那丝丝入扣的美妙感觉伴随着奇妙舒痒的燥热若梦若幻，她顾不了啦，她什么都不要，只要他……

他的手已经伸进了她的内裤，灵蛇般向她的洞穴深处蜿蜒游去，轻轻拿捏着，抚摩着。她感受到有股热流倾泻而出，全身似着了火，熊熊地燃烧着。她紧搂住了他的腰，甜蜜的颤栗弥漫着全身，她只觉得实在受不了啦，需要他的爱，渴望他的进入，嘴里不禁呻吟起来。

然而，陆总却突然停止了动作，趴在她身上一动不动，一会儿在她耳边说："喜欢吗？以前有过吗？有过男朋友吗？我觉得你单纯得像一张白纸，我爱你，第一次见到你就喜欢。不过，我们的第一次不应该在这里，我们要克制住自己，等明天，明天找个地方，我一定让你舒服。"

冬妹听到陆总说"以前有过吗？"她的心似乎从云端跌到了谷底，激情瞬间化为乌有，一声轻轻的叹息代替了回答。

好在陆总也没有追问，只说了句："明天晚上，一起吃晚饭。"

回到家已是深夜两点，雅静急得像热锅上的蚂蚁，问冬妹："你去哪里了呀？怎么去回个传呼就不见了？急死我了，给你打传呼也不回。"

冬妹心不在焉地拿出传呼机看了看，里面有十几条雅静的留言，说："真对不起，刚才传呼机扔在车上了。"

雅静大叫起来："扔在谁的车上了？是陆总的吗？"

冬妹点了点头。

"我猜也是他，那天，我就觉得你们会有故事发生，可没想到来得这么快，你和他去哪里了？有了吗？女人万万不能随便呀！"

冬妹点头又摇头，她也不知道他们是否有了，只是刚才的情景和陆总的话在她脑海里盘旋："喜欢吗？以前有过吗？有过男朋友吗？我觉得你单纯得像一张白纸，我爱你，第一次见到你就喜欢。不过，我们的第一次不应该在这里，我们要克制住自己，等明天，明天找个地方，我一定让你舒服……"

雅静看冬妹呆呆的样子，过来摸了摸她额头说："冬妹，你别吓唬我，你没事吧？他到底带你去哪里了？他没对你怎么样吧？你快说呀，我都急死了。"

冬妹看雅静关心着急的样子，心里突然发酸，眼泪不觉流了出来，抽泣说："我们去了海边，他吻了我，但没对我怎么样。他是个好人，又那么有魅力，我配不上他。"

雅静拍拍她的肩膀，说："你又来了，你那么年轻，哪里配不上他了？是他配不上你才对，老牛吃嫩草！男人没有一个好东西，在没得到你时还好，一旦得到了，你就会一文不值，只剩下被抛弃的份了。他可是个肥猪呀！你可千万不能爱上他。女人只要遇到爱情就会变成白痴，那样就完了，一定要让他成为我们杂志社的理事长，赚钱才是王道。"

"我感觉到他很爱我，我都受不了啦，可他却控制住了自己，他真的很好。"冬妹一脸伤感。

雅静说："你没发烧吧，什么爱不爱的，阿弥陀佛，没有发生关系就好，要不，就怕以后要见他都难了！"

冬妹又把晚上发生的事向雅静复述了一遍。

雅静已经咯咯大笑起来，说："他能克制住自己？不会吧！一定是他受不了早泄了。看他长得挺强壮的，可惜外强中干，捣腾不了几下。不过，他晚上没直接把你带去开房，应该是喜欢你的，还有几分浪漫情怀。可他的话已经很明确告诉你了，他希望你是处女，也一定以为你是真记者，是大学生，就算他现在爱你，可假如知道了你的真实情况还能爱吗？死了这条心吧！就凭他希望你是处女，就可以断定他是个自私专制的男人。问问他自己是不是处男？你可千万不能为情所困，上他的当，明天一定不能出去。他现在只是我们的客户，我们要他当杂志社的理事长。”

雅静的话句句在理，他爱的是他想象中的她。想到这，她心如刀绞，泪水顺着眼眶滑落，此时的她仿佛没了灵魂，凄楚地说：“他说明天要请我吃饭，你说怎么办呢？”

雅静沉思了一会儿，说：“无论如何，你一定不能出去。因为去了，他不可能再放过你。我知道你喜欢他，可我们是女人，在性上我们一定不能随便，那样他就不会珍惜你，甚至觉得你人尽可夫。我们台湾的老板娘还说过，发于情，泄于性，谓之为发泄。对于陆总这样成功的男人，他身边的女人一定多得不计其数，他怎么可能会动真情？因此我们一定不能成为他发泄的玩物。我们要改变自己的命运，最好的捷径是利用有权有势的人帮助我们。要想让陆总这样优秀的男人死心塌地帮我们，还是老办法，那就是绝对不能让他得到，但又不能让他觉得没有希望。否则别的女人很快就会替代你，他就会移情别恋，将你忘得一干二净，那样的话，我们要找他帮忙就太难了。我们要利用自己的性感和妩媚去诱惑他，给他希望，投以暧昧，让他觉得可以登临可以采撷，但又采取十二倍的守势欲迎还拒，激起他雄性的征服欲望，让他觉得欲罢不能。那样，他的心全跑到了你的身上，我们就能争取到和他交往的时间，只要有交往的时间，才能有得到他帮助的机会。”

这番话虽然是她们俩经常探讨的，可今天听起来却别有一番滋味。她凝视着雅静，一件贴身得体的连衣裙，让她修长性感的身材尽露无遗，一头黑色的大波浪长发披散在肩上，柔嫩的肌肤像牛奶般白皙，天生含情的美眸宛如一泓深不见底的清潭，粉红的嘴唇微微翘起，带着盈盈笑意，好一个美丽动人的城市摩登女郎。是呀，她已经不是几年前那个什么都不懂的黄毛丫头了，她已经完全脱掉了农村的土气，变得比城里姑娘更加洋气、时髦、智慧。

冬妹故意装作若有所悟的样子打趣说：“你去哪里学了那么多？一套一套的。”

雅静笑着去找来了几本书放在桌上，说：“秘密就在这里。”

冬妹看了看书名，都是《女人魅力》《女人性感》《女人优势》《女人的一生》等书籍，冬妹说：“我说怎么越来越不认识你了，原来你在研究这些书籍。”

雅静得意地说：“这些书现在可流行了，听说那本《女人魅力》的作者一夜之间就成了百万富翁。谁像你呀，还天天看那些生涩无趣的文学书籍，有什么用呀！现在是二十世纪九十年代的信息化时代了，我们一定要追赶潮流。当下的传呼机都已经落伍，我看陆总拿的大哥大简直帅呆了，等陆总成为我们的理事长，我们一人去买个大哥大，再带上大哥大回老家转转，让从前看不起我们、欺负我们的人瞧瞧。我们是多么的棒，啊呀，想想都帅。”

冬妹的眼睛里也升起了希望，那一晚，她们聊到很晚很晚……

四十二
浪漫满屋

陆总自进门的那一刻起，就为满屋的浪漫温馨陶醉了，这是他有生以来第一次感觉到什么叫“浪漫满屋”。一张铺了粉红色蕾丝花边餐布的桌子上摆满了可口佳肴，宝石红葡萄酒在精致的玻璃高脚杯里宛若玉液琼浆，一个晶莹剔透的水晶盘中盛满了清水，大红玫瑰花香熏蜡烛摆成了心字形，散发着若有若无的幽香，红烛周围漂浮着不知名的小黄花，一束粉红的香水百合含苞欲放，如羞涩少女含情脉脉等待着她的情人，大大小小、五颜六色的氢气球飘满了整个屋顶，让人犹如置身于童话世界，收录机里的贝多芬钢琴小夜曲舒缓悠扬，浪漫柔和……

今天上班，他一想到昨晚和冬妹在海边的激情和今天的约会，就心猿意马，好容易挨到开完会下班，天已经全黑了。他急忙拨打冬妹的传呼机，约她半个小时后一起吃晚饭。可冬妹却支支吾吾说她已经做好了晚饭，让他去她家里进餐。虽然有些失望，好在他也希望去她的住处看看，于是来到这里。

佳人、香烛、花瓣、鲜花、气球，在浪漫柔和的音乐里谱写着爱的乐章，他仿佛置身于童话般的梦境中，这就是他梦中的伊甸园。

雅静应声从厨房走了出来，激动地说：“陆总来到我们小屋，让我们小屋蓬荜生辉呀，您请坐，快请坐。”

三人入座，雅静端起酒杯敬陆总，说：“真的好高兴陆总能来，这可是我们千年等一回的呀。昨晚，冬妹说晚上要请陆总吃饭，我听了好高兴，又想陆总那么大的人物，还是博士，国内国外，什么地方没去过，什么东西没吃过，我们便自作主张准备了家宴，我和冬妹一人各做了几个菜，让您尝尝我们的厨艺，还需要您多指导，让我们有学习改正的机会，更希望以后能经常为您做菜！”

陆总本以为家里只有冬妹一个人，见到雅静出来，他眼神里多少流露出失望。好在他为官多年，早已习惯喜怒不形于色，尤其是看雅静笑容可掬，媚态可人，比上回在办公室见到时更吸引人。他虽然不算是好色之徒，也不是见一个爱一个的轻浮之辈，但今天看雅静却别有一番味道，便回敬说：“谢谢，谢谢两位给我做了这么丰盛的晚餐，这是我有生以来见过的最浪漫最温馨的晚餐，来，我们干杯。”

席间，陆总的语言风趣诙谐，幽默睿智，他把官场上良好的口才，轻松自如地用到了面前两个年轻女孩身上，常逗得她们捧腹大笑又让人回味无尽。雅静在今天晚上尤其爱笑，无论陆总说什么她都会说：“太好笑了！您是我见过的最幽默、最智慧的人。”用崇拜和鼓励的眼神望着陆总，引导他往下说，继续发挥他的聪明才智。陆总的成就感大增，也自以为是天下最幽默和智慧的人。冬妹的话不多，除了偶尔和雅静会心一笑，大多时候是羞涩地低着头，不时投给陆总含情脉脉的目光。

陆总说：“平时工作压力大，今天晚上是我最放松快乐的时候。”

他们的晚饭整整吃了两个小时，雅静说要给陆总泡茶醒酒。她变戏法似的拿来一套功夫茶具，香炉里点上了熏香，将收录机里的钢琴曲换成了古筝《高山流水》，说：“寒夜客来茶当酒，从来佳茗似佳人，品茶贵乎茶鲜，好茶也要功夫泡，试试我的功夫茶泡得如何。”

见雅静端坐其中，静气凝神，一件白缎旗袍衬出了她前凸后翘的曼妙身姿和独特气质，在茶香袅袅里，宛若仙女下凡。柔和轻盈的手指熟悉地摆弄着一件件茶具，温壶暖盅，沸水冲瓯，银匙挑茗，请茶入宫。紧接着，提壶高冲瓯杯，谓之“高山流水”；揭瓯盖轻拂水面刮去浮沫，乃称“春风拂面”。她轻轻盖上瓯杯，过了几秒钟，慢慢掀开盖子，让陆总和冬妹闻盖上的茶香，一股氤氲之气沁人心脾。她又将瓯盖覆上，用大拇指按住，其余四指捏住瓯身，依次往茶杯中倒入茶水，来回循环，名曰“关公巡城”。最后，她把瓯中剩余的茶水，一杯一点、一盅一滴依次倾入一个个杯中，使里面的茗香水色均匀如一，这叫“韩信点兵”。杯里的茶水清香弥漫，金黄透亮，轻轻呷上一口含在嘴里，甘甜润滑，慢慢送入喉中，顿感清爽宜人，心旷神怡。

看着雅静的茶艺表演，陆总惊叹不已，啧啧称赞。冬妹也深感意外，忍不住问：“你在哪里学的一手好茶艺，我怎么都不知道？”

雅静看了陆总一眼，意味深长地说：“我的茶艺是在台湾时跟我姑姑学的，好多年了，一直没有派上用场。今天陆总来了，心里格外高兴，倘若此刻不献艺，更待何时？也只有文武全才的陆总，才值得我一试身手。古人说士为知己者死，女为悦己者容。能给陆总泡茶，真不枉我姑姑教我一场，也算是对得起她老人家了。”

雅静仿佛天生就是个拍马高手，她的话永远是那么得体有度、悦耳动听，让人舒服无比还能保持住自己的不卑不亢。陆总尽管天天被鲜花和掌声包围，身边更不缺趋炎附势之人，但雅静的话却是句句让他爽心愉悦，不由越来越生好感，不时点头赞许。他也天天喝茶，在办公室时可谓杯不离手，但这只是一种习惯。他只知道茶能提神醒脑，帮助消化，从来没有细究过茶文化，也没有工夫去细斟慢酌，今天算是让他对茶有了新的认识。

雅静接着说：“小时候读《红楼梦》，妙玉说茶一杯为品，二杯是解渴的蠢物，三杯便是饮驴。我在当时很不能理解，尤其是她欲把刘姥姥喝过的杯子丢出去时，更觉得妙玉孤傲得不可思议。可自去台湾跟我姑姑学了茶艺后，便慢慢理解了她。茶是有生命的，生命也如茶。一片片香叶嫩芽在水中宛如游龙、翩若惊鸿，好似一个个美丽的少女轻盈娇柔、楚楚动人。而茶具相当于茶的穿戴，俗话说，好马配好鞍，好茶配好茶具，就像少女置身芙蓉牡丹丛中，杯中的茶水，好似姑娘含情脉脉的相思之情。谁忍心把如花似玉的少女之心付与断井颓垣？好歌唱与知音听，好茶献给贵人品，陆总您最有品味，一定最爱茶也最懂茶。”

一番话又说得陆总心花怒放。此情此景，不由激起他埋在心底的诗情画意，他在上大学时，虽然学的是理工科，但也曾是活跃的文艺青年，还作过许多小诗。他最大的优点是博学广闻，善于激情发挥。今天在两个心仪女子面前，更是灵思涌动。他曾浏览过几本茶诗茶经，今天真是派上了用场，他品了口香茗，清了清嗓子，不无卖弄地说:“是的，我特别喜欢品茶，大臣讲国不可一日无君，乾隆讲君不可一日无茶。中国茶道吸收了儒、释、道三家的思想精华。佛教强调‘禅茶一味’，以茶助禅，以茶礼佛，在从茶中体味苦寂的同时，也在茶道中注入佛理禅机。而道家则说，茶道注入了‘天人合一’的哲学思想，融入了崇尚自然、朴素、纯真的理念，贯通了重生、贵生、养生的思想。饮茶须有佳茗、雅具、名泉，还须良辰、美景、雅处。茶之妙有三，一曰色，二曰香，三曰味。观其色、得其香易，知其味实难。”

冬妹不懂茶道，也插不上嘴，好在她不太喜欢说话，只是静静坐在一旁边品边听，乐得清闲。雅静今晚出尽了风头，与陆总谈茶论道，聊个没完没了，冬妹心中自然有些不爽，但她早和雅静亲如姐妹，不分彼此，尤其是雅静所做的一切都是为了抓住陆总的心，为了杂志社的理事，她也就没往心里去。相反，通过仔细观察，倒看出了男人身上花心的通病，觉得陆总已把目光转移到了雅静身上。是呀，女人总幻想男人只爱她一个，然而事实上，男人却大多是见一个爱一个的多情动物。而当女人得知一个男人当着她的面对另外一个女人有意思，尤其是对着自己的闺蜜萌生爱意，她对他的爱情自然就会大打折扣。

那一晚，他们聊到了十二点，还约好了下次见面的时间。

陆总走后，雅静看冬妹闷闷不乐的样子，说：“怎么不高兴？吃醋了？”

“我才不会吃什么干醋，况且，今晚的雅静那么迷人，如果我是男人，我也一样会被你迷倒。亲爱的，你去哪里学的茶艺？我怎么从来没听你说过。”

雅静已是眼眶发红，两行清泪顺面颊而下，说：“这真是我在台湾时学习的，那个老板娘不但培训我们床上功夫，还要求我们学茶艺、琴棋书画都学一点，以此来抬高我们的身价。我本来不想再回忆起台湾的日子，也就没再去碰茶艺，可现在我们需要陆总的帮助，我们一定要抓住他的心，没想到我学的那些东西，还能派上用场。”

冬妹拿纸巾帮雅静擦干泪水，说：“是呀，今天的雅静‘皎若太阳升朝霞，灼若芙蕖出渌波’，不要说是陆总一个大男人，连我女人看了也有些想入非非。你以后也要教教我，我向你学习。”

“你只要不吃干醋我就放心了。我知道你喜欢陆总，所以我就略施小计，他果然上当。你看到了吧？男人都是花心大萝卜，你说我们能相信他们的爱情吗？”

冬妹学习雅静的口吻说：“我们首先要让他成为我们杂志社的理事，然后，再想法去做什么生意，他们路桥公司每年几十个亿的投资，我们的要求不高，只要赚点小钱就行。”

雅静显然被冬妹逗乐了，她也学习冬妹的口吻说：“等以后我们有钱了，就办一个孤儿院，让天下没有父母的孩子都有一个家，不要再像我们一样受苦。”

眨眼又过了两天，又到了和陆总约会的时间，她们还是和上次一样把晚餐准备得浪漫温馨。陆总准时赴约，他没带鲜花，也没带水果，只带了一张散着墨香的宣纸，里面是他书写的毛笔行书。

雅静拍手称好，激情万分地把陆总的诗朗诵了一遍：“《咏茶》，‘高山钟风骨，云雾毓灵秀，纵历风霜千百年，依旧新芽嫩。餐露沐日月，汲天地精华，待到清香四溢时，芳香酬知音。’好词，好词，咱们的陆总不但是企业家，还是大诗人、书法家。”

冬妹也听尚超尘讲过书法，知道了王羲之、王献之的书法艺术。随着心里的爱情烟消云散，她也变得伶牙俐齿起来，附和着雅静的话说：“是呀，我也一直以为陆总是珠市数一数二的企业家、政治家，绝没想到您还是大书法家、大词人。如果说王羲之、王献之的书法是行云流水，我觉得陆总的书法艺术却是龙飞凤舞。”

“我们明天去装裱，挂在房间。以后我们不再临王羲之的字帖了，从今天起，就学习陆总的书法。”雅静也急忙献媚说。

“我听说过二王为了练习书法，墨染鹅池，成为书圣，可陆总您公务繁忙，日理万机，哪有时间练习书法？”冬妹假装困惑。

陆总笑了，笑得很灿烂，很开心。他本来只当她们和别的女孩一样，想玩玩而已，可她们的浪漫晚餐和雅静的茶艺表演，激起了他埋藏在心底年轻时的浪漫情怀，不由诗兴大发，随兴填了这首茶词，并用毛笔书写了下来。他小时候确实练习过书法，临摹过隶书、楷书。文章犹似自己的孩子，怎么看都是自己的最好，他也觉得他的诗词和书法都无可挑剔。今天，得到了心仪女子如此高的评价，万分高兴，嘴里却谦虚地说：“见笑，见笑，赶鸭子上架，临时凑的，还是小时候的童子功，好久没有握笔了。”

雅静早大呼小叫起来，故弄玄虚地说：“天哪，这么好的书法竟然只是童子功，我还以为陆总一定也像王羲之一样，苦练书法弃笔成冢、盘板皆穿呢，可惜呀可惜！”

“可惜什么啊？”陆总显然是被雅静那副捶胸顿足惋惜的样子逗乐。

“我也觉得可惜，可惜世界上又少了一个书圣。从前，我一直以为书法不但需要扎实的童子功，更需勤学苦练，要有铁棒磨成针的毅力。看完陆总的书法，我以后要改变想法了，原来书法更是一种天赋，苦练只是一方面而已。对于有天赋的人是不用苦练的，就像猴子，天生就会爬树，我们人类日夜苦练也不可能达到像猴子一样的灵敏。”

冬妹正说着，雅静抢过话题“是呀，是呀，就像蜜蜂蝴蝶还有鸟类，它们天生就有翅膀，展翅就能飞翔，我觉得天赋就是思想和智慧的翅膀，见到鲜花和蓝天，自然就能展翅飞翔。”她说着，一双眼睛无限深情地盯着陆总看，直看得陆总心荡神驰，欲火如炽……

尽管，陆总身边的女人无数，但他很清楚她们爱的是路桥公司总经理的权力和金钱，没有人深入了解过他这个人，更没有人真正地走近过他。经过了这些天的促膝长谈，他完全沉醉在雅静和冬妹精心营造的罗曼蒂克气氛里，被她们的柔和、亲切、热诚所包围，学识、诗意、浪漫在他胸中激荡着，久久不能平静。

尽管他在别人面前聪敏睿智，守之以愚，然而在爱情的王国里，他渐渐成了昏君，特别喜欢听到奉承赞美，甚至是常常不能自已。她们给他的感觉是唾手可得，却又得不到，使他一步步迷失在她们俩精心设计的柔情蜜意里。有时候他也觉得自己可笑，自己这个年龄这个身份，怎么被两个小丫头迷得像年轻人似的掉了魂，真有“老夫聊发少年狂”之感。可又想假如她们俩也像别的女子一样，三两下就上他的床，他还会如此沉湎吗？答案是否定的。他不喜欢这样的动物属性，觉得索然无味。

很多时候，男人面对心仪的女子，天生就情感丰富，激情无限，都喜欢炫耀自己的权力和财富。可陆总的成功有目共睹，他实在听腻了人们赞美他辉煌的事业，更希望在女人面前“重塑”自己的形象，渴望女人爱的不是他头顶的光环，而是他内心深处高尚浪漫的品行。

冬妹和雅静敏锐感受到了陆总的内在需求，她们在小屋里新添琴棋书画，摆设了笔墨纸砚、文房四宝，吸引着他一有空就泡在她们那里。而陆总每一次来，她们又总能给他意外惊喜，不是雅静给他弹一首“高山流水遇知音”，就是冬妹为他唱一曲“月亮代表我的心”。他也常常兴致盎然，沉浸其中，不是吟诗作画，便是挥毫泼墨，用他自己的话说，就是认识她俩后，才体会到人生真谛，感受到了真正的生活。

每次来到小屋，他的神经和欲望都要被她们挑动和点燃，兴浓之时，更是激情难熬，欲火焚身。好在，他身边不缺女人，常常是被她们激起了欲望后，再去找个女人匆忙解决。他什么都有，不缺女人，可他却渴望高尚的精神和纯洁的爱情。在这种现实与追求的矛盾中，他觉得对她们的喜欢和爱恋已经超越了本能的性冲动，而且越来越离不开她们了。

她们尽管常常让他魂不守舍，心痒难耐，可他又喜欢这种朦朦胧胧、若即若离的感觉。有时候，他也觉得她们有些惺惺作态，欲擒故纵，甚至有一种被她们当猴耍的感觉。但一看到她们那楚楚动人的眼神，博识达理的言语，甜美温柔的举止，所有的疑惑又立即烟消云散。

她们俩总是笑盈盈地问他：“鱼和熊掌不能兼得，你到底喜欢谁更多些？我们俩都掉进河里你会先救谁？”他没有说话，他不想骗她们，因为他常常连自己都分不清楚。雅静泼辣有味，冬妹柔情似水，他只觉得两个都喜欢，两个都想占为已有。而她们每次都是形影不离，让他根本没有机会表白和得逞。她俩亲如姐妹，深知爱情不能分享，尽管都有点喜欢他、仰慕他，但决不会为此伤害对方。

不知不觉过了一个月，又是一次爱意浓浓、情意绵绵地聊到深夜。陆总走后，两人都有点怅然若失。这段时间频繁的约会，让她们不由自主对他产生了情感依赖，在她们眼里，他真的很有男性魅力，他身上有一种磁性，强烈地吸引着她们，觉得唯有他才是真正的男人。

这样又过了几天，冬妹和雅静实在忍不住了，商量再三，终于拿出《珠市文学》理事会的章程协议，请陆总签字并出任理事长。当他看到协议上写着理事长需要赞助五十万元经费时，脸上掠过一丝不悦。他突然明白，这两个女孩的爱情终究不是纯粹的，而是处心积虑有所图的。尽管五十万元对动辄上亿工程的路桥公司来说并不算什么，但心里却是极度的失望，几个月来的狂热激情和美好愿望，顷刻间崩塌瓦解，感到自己的行为实在荒唐可笑，像是自己神圣的感情受到莫大的侮辱与嘲弄，但他还是在理事会章程上签了自己的大名。

从此以后，陆总对她们失去了兴趣，虽然偶尔也来吃个饭，但次数越来越少，更没有从前的那种融洽和感觉了，加上身边又不断有美女出现，也就慢慢把她们疏远淡忘了。

陆总不来了，她们心中都有些失落。雅静若有所思地说：“几个月了，他好像在我们心里植了根似的。他不来了，还真有些想他。好在他已成为了杂志社的理事长，我们的目的也已经达到，管他呢。要不，我们一定会更难受的。”

冬妹叹了口气，幽幽地说：“无情不似多情苦，有情总被无情伤呀！”

“这半年，我们天天想着给杂志社做广告，拉了不少赞助，可这毕竟不是长久之计。现在咱们在银行有了些存款，为了尽早实现做生意的梦想，现在要赶快想办法了解市场，学习经营，什么情呀爱呀，都统统滚蛋吧！”雅静斩钉截铁地说。

“咱们是该自己做点生意了。说起做生意，我倒想起尚超尘和江海云老师了，好久没见，什么时候请他们吃饭，一来叙叙旧，二来感谢他们介绍我们去了杂志社，三来请他们再帮忙想想办法，看有没有新的生财之道。”

雅静说：“是呀，自我们去杂志社后，社里的人吃不到葡萄说葡萄酸，自己没能力就横生嫉妒，说我们靠色相去拉广告要赞助，这话江海云一定会和尚超尘说的，也不知他们会怎么想。哼，现在的臭男人就是恶心，自己有老婆有孩子，对人根本不能负责任，却偏偏想要别人为他守节，真有意思。不过，我看这两个人倒是不坏，只是太娘了，没有男子汉气概。”

“就事论事，咱们还真得感谢他们，要不，我们也去不了杂志社。明天正好是周末，还是请他们俩吃个饭，试试我们的手艺。我这就去打传呼好吗？”冬妹说。

雅静大笑起来，说：“好哇，咱们也要像对待陆总一样，来个烛光晚餐，让他们享受一下什么叫诗意浪漫，什么叫难忘今宵，让他们回去和老婆、和别的女朋友比较比较，与我们在一起就是不一样，要让他们永远忘不了，哈哈哈！”

第二天晚上，尚超尘和江海云一起如约而至。

一进门，江海云大叫：“哇塞，这是做梦吗？实在是太浪漫了，这是为我们准备的晚餐吗？太丰盛了！两位小姐果然是名不虚传，我还听说过路桥公司陆总也常来这里吃饭，想必也是和今天一样的浪漫温馨。是呀，这么有情调的氛围，这么秀色的佳肴，不要说是陆总，就是咱们市长来了也一定会陶醉的。”

雅静听江海云话里有话，便装作生气的样子说：“不为你们准备，难不成是为小狗准备的？我们花了一天的时间张罗，你们倒好，不但不领情，还这么多废话，想必是怀疑我们的一片真心，嫌弃我们的饭菜不够丰盛。海云哥，你不吃算了，坐一边去吧！尚老师，咱们不理他，让他看着我们吃喝，馋死他！”

冬妹从厨房端出一锅山药排骨汤，给每个人盛了一碗，说："超尘哥，海云老师，好久没见了，真想你们，肚子饿了吧？快，坐下先喝点汤填填肚子，再喝杯酒。"

不承想，平时最宽容儒雅的尚超尘今天也变得酸溜溜的，他直视着冬妹说："是呀，有一回，我来看你们，里面传出好悠扬悦耳的琴声，我都听呆了，本想敲门，可里面传出了一个男人的声音，我想是谁呢？隔着门缝一看，差点把我吓死，那不是在报纸杂志上常见的那个风云人物路桥老总陆建成吗？我不敢惊扰你们，就悄悄地退走了，弄得我至今都不敢给你们打传呼呢。"

冬妹听了顿觉心跳加速，脸颊滚烫，好像是被人当众脱光了衣服，全裸在了众人面前，羞愧难当，本想解释两句，但话到嘴边又止住了。

雅静已经笑弯了腰，说："哎哟，我想起来了，记得有一回我在泡茶，依稀看见窗户外面有个鬼鬼祟祟的影子在偷窥，我也感觉到好像是尚超尘老师，可又想怎么可能呢？假如真是你，你一定会大大方方敲门进来。一个鼎鼎有名的大学老师，怎么也不会这般小里小气，干起偷窥的勾当。听你今天这么一说，那天还真的是你，怎么会呢？早就听说你娶了教授的女儿，儿子都上幼儿园了，一定是整天在家侍候老婆孩子当乘龙快婿，哪有闲工夫来偷窥别人家的事，若是被你那位留洋博士夫人知道了，小心抠掉你的眼珠子。"

尚超尘被雅静说得心里很不是滋味。在情感上，他始终未能放下冬妹，可在生活里，他又趋向于现实，妻子黄小慧不但有身份有地位有背景，还给他生了儿子，尽管缺乏诗情画意的爱情，但却实实在在拥有让人羡慕的家庭。有时候，他也想忘掉冬妹，然而，情感总是不听理智的劝告，时常不由自主地想起她，甚至自私地把冬妹当作他的人，希望冬妹永远单身。那天，他兴冲冲来看她们，听见里面的琴声悠扬，欢声笑语，便隔着门缝看看她们乐什么，却见到了在电视里经常出现的陆总，心里不免妒火大发。几欲敲门闯进，又想自己毕竟是有妇之夫，没有理由管她们，只好悄然而退。刚才听江海云挑起话题，本想附和几句，解解心头之恨，却被雅静一顿抢白，脸上一阵红一阵白，一时不知说什么好。

江海云见此情景，急忙替老同学开脱圆场，说：“这是谁做的菜，山珍海鲜，有荤有素，色香味俱全，真可谓美酒美女美肴、真心真意真情，馋死我了，秀色可餐，谢谢了，谢谢二位。”说着举起了酒杯。

于是，大家举杯痛饮，杯来盏往，觥筹交错，笑语连连。

几个月不见，雅静和冬妹已经脱胎换骨，她们见多识广，对时势、政治、社会都有了自己的见解。尤其是对珠市领导和企业家的名字，更是如数家珍，对他们的资历、学历、能力了如指掌，令两位珠市大学的高材生自叹不如。他们边聊边喝边笑，不知不觉已是醉意朦胧。

雅静借着酒意说：“真的感谢两位把我们介绍到《珠市文学》，在杂志社我们学到了很多，也认识了很多领导。想当初，我们来到珠市，没有钱，没有学历，没有身份，举目无故人，两眼一摸黑。好在，老天赐给我们两位朋友，那就是你们。可你们是天之骄子、是大学生，而我们是被人看不起的打工妹。我们虽然崇拜你们，仰慕你们，但人贵有自知之明，我和冬妹再喜欢你们，也不敢随意求得这种奢侈的爱，怕被你们看不起，更怕受伤遭到抛弃。我们穷，可人穷志不短。这段时间，我们拼命学习，遍访珠市大企业的领导，编织人情关系网，为的就是改变自己的命运，能在珠市拥有一片小天地，能够与你们比肩同行。”

尽管雅静的话绵里藏针，但句句在理，尤其是这些话出自这位如花似玉的美貌女子口中，犹如春风花香扑面，透着温柔摄人的力量，一下子化掉了尚超尘的心结，所有的嫉妒和小心眼都随之烟消云散。他心想，是呀，她们多么不容易，为了生活，为了改变命运，想方设法去巴结讨好领导，这没有错！可自己却枉为男人，心里明明爱着冬妹却又没有勇气接纳她，也没有给予直接帮助，还对她们的生存方式抱有偏见。

他正在胡思乱想之际，听江海云说：“雅静，就你好口才，把自己说得可怜虫似的，现在的文联谁不知道你们神通广大，能呼风唤雨，连文联主席都对你们礼让三分。你们半年的广告提成，超过我们十年的工资收入，相比之下，我们之间早已是乾坤倒转，要轮到我们仰慕你们了。斗胆说一句，只要雅静你愿意，我恨不能今天晚上就和你入洞房。”他边说边用色眯眯的眼神紧盯着雅静。

雅静笑嘻嘻地斜乜着江海云，说：“我们的大作家真能开玩笑，我前天还看到你和咱们文联的梅影副主席成双成对呢！她可是文联的第二把交椅，你今天敢说要和我入洞房，哈哈哈，小心，我明天告发你去。”

江海云被说得又羞又恼，气急败坏地说：“就你胡说，我知道现在你们是谈笑皆鸿儒，往来无白丁，明明是看不上我这种没钱没势的穷书生，还要血口喷人，梅主席都可以做我妈啦，你都想到哪里去了！”

“嘿，能做你妈才懂得疼你呢！那叫恋母情结，现代人最流行了。你们不也觉得我们和陆总关系不正常吗？他不也一样能当我们爸爸了吗！假如我们真与陆总有一腿，你怎么就不能和梅大主席有两腿呀？哈哈哈！”雅静笑得花枝乱颤。

冬妹急忙打圆场说：“好了好了，别再彼此取笑了，咱们言归正传。这段时间，我们确实是认识了几位企业领导，但这都是为了杂志社的广告，根本算不上什么朋友，我们始终觉得，你们两位才是我们真正的朋友，领导永远是领导，不可能成为朋友。我和雅静商量了，想琢磨着做点生意，想请两位哥哥一起出出主意。”

江海云还在为刚才雅静的狂笑而不欢，酸溜溜地说：“我还以为今天交了桃花好运，能得到两位眼睛长在头顶的姑娘的盛情款待，原来是有事呀！既然你们有那么多达官贵人的朋友，我们这种穷书生又能为你们干什么？”

“瞧海云老师说的，您今天不会是吃了火药了吧！人家找您商量，可您却来取笑我们。你们也知道，我们在杂志社只是临时工，人家只是利用我们赚钱而已，海云老师您应该很清楚，拉广告不能作为长久之计。至于认识几位领导，那又有什么用？俗话说靠山山倒，靠人人跑，这些领导大多都是拈花偷腥的主，哪能靠得住。我们想自己创业，开店做点生意，可实在是没有经验。俗话说，一个篱笆三个桩，一个好汉三个帮，想来想去，还是要请你们——我们最信赖最亲近的朋友，帮我们一起想想办法。”雅静说得情真意挚。

尚超尘沉思了一会儿，说：“我是有好多下海做生意的同学，但大多是搞外贸的，对你们可能不太合适。不过，我认识夏洋画廊的桃红姐，她认识的人多，和她聊聊也许会有启发。”

江海云说：“你说的是夏洋画廊？我也去过，听说这个老板娘可能干了，又漂亮又风骚，是珠市黑白两道通吃的大姐大。”

四十三
老板娘的奇谈谬论

第二天晚上，尚超尘带雅静和冬妹径直来到夏洋画廊。画廊位于中山公园南门左侧的一栋小楼，这里虽然没有金碧辉煌的奢华，但幽静舒心。古朴典雅的展厅散发着书香墨香，画廊不大，但却聚集了名山大川、花鸟草虫各类名人书画。她们在尚超尘老师耐心的讲解里享受着艺术大餐，在一幅幅灵动传神的书画面前汲取着艺术养分。尚超尘的一幅《观沧海》也在其中，雅静刚想说什么，传来一阵银铃般的声音："哎呦，是尚老师呀，好久没见了，我刚刚还真在想您，您怎么就来了，真是说曹操曹操就到，来来来，快坐下来喝茶。"

她们抬头望去，只觉眼前一亮，一个无比妖艳的女子看着她们。她约三十七八，精致的妆容让她看起来面若桃花，一双勾魂摄魄的眼睛仿佛要把人融化，一笑百媚生，再笑沁人心。凹凸有致的魔鬼身段，在一身华贵的锦袍里仿佛随时呼之欲出，一颦一笑，举手投足，尽现女人的娇媚。

尚超尘急忙走过去握手寒暄，说："本来早就该来看您了，只是最近比较忙一直没有过来。许久不见，桃红姐依然还是那么漂亮动人。"

桃红姐伸出了纤纤玉手握紧了尚超尘的手摩挲着久久没有放开，说："这些天姐姐特别想你，姐姐早想给你打电话请你吃饭，只是这几天来了几个华侨，实在脱不开身，你今天来太好了，我新加坡的一朋友特别喜欢你的画，他想用重金包装你，今天你来了，晚上你留下来我们好好聊聊……”

冬妹和雅静面带微笑站在一边，然而，桃红姐却正眼都没看她们一下，仿佛无视她们的存在。

尚超尘在桃红姐的热情攻势下，显然有点不知所措，他好容易抽回自己的手，指着她们两位说：“谢谢，谢谢桃红姐。我给您介绍一下，这两位是我老家的表妹，在《珠市文学》杂志社工作，今天路过这里，我就领她们来拜访一下您，还要您帮忙指点指点。”

雅静急忙说：“是呀，我听我表哥说桃红姐兰心蕙质，是珠市最漂亮最能干最智慧的女老板，今天见面，您比我们想象中的还年轻漂亮能干。”

桃红姐听雅静的话舒服动听，终于把眼睛转向了她们，并示意一起坐下喝茶。她边沏茶边用眼角余光上下打量着雅静和冬妹，若有所思地说：“两位妹妹是《珠市文学》的记者吗？真年轻，唉，年轻就是漂亮，不像我老了，岁月不饶人呀！”

“瞧您说的，您现在就比我们漂亮一百倍的，何况您年轻时候，我刚刚还在琢磨在哪里见过您呢，现在坐下来了我才想明白，您不就是《红楼梦》里的王熙凤吗？可又觉得不对，又比较像回眸一笑百媚生的杨贵妃，两者兼而有之。”冬妹讨好说。

听了冬妹的话，桃红姐心里受用无比，满脸羞红，宛若刚出阁的大姑娘扭捏地摆了摆手说：“老了，老了，我都四十多了，岁月不饶人呀！记得当年走在街上，那可是满街的回头率啊，现在怕是倒贴也未必有人要，尚老师您说是吗？”她说着一双眼睛直勾勾地盯着尚超尘，看得他面红耳赤，好不窘迫。

雅静看尚超尘坐立不安的样子，心里觉得好笑，想这女人真好玩。她半打趣半替尚超尘解围说：“我表哥说过，他心中的梦中情人就像桃红姐一样，就恨自己晚生了几年，要不，他一定是要追求您的。”

雅静的马屁在桃红姐面前似乎突然失灵，她横行珠市，是何等见多识广之人，怎么可能相信雅静的鬼话，脸上掠过一丝冷笑，说：“超尘老师，你表妹说的是真话吗？你们这些臭男人们，就一味地追求年轻，嘿，要年轻还不简单，我干脆让我们家大姐去农村给你们养两头小猪，保证既年轻又纯洁，还是处女。尚超尘老师，你会喜欢年轻的小猪吗？”

雅静听桃红姐指桑骂槐骂，好像是在骂她们小猪，心里甚是不悦，她本想说她小时候养的一头老牛，身边有许多公牛，可就是没有一头牛愿意追求它，追逐它的全是一些苍蝇蚊子牛虻。好在她憋住了心头之话没有说出口。

桃红姐也觉得自己的话说重了，半开玩笑半认真问她们俩：“两位妹妹好好瞧瞧，其实我怎么看都不老的是吗？我看起来还是好年轻的，你们看我和你们哥哥看起来谁更大？我们俩是不是郎才女貌，我们般配吗？”

“桃红姐真能拿我开玩笑，我们都知道桃红姐的爱人是新加坡大老板，怎么可能喜欢我这样的穷书生？我这次来主要是想带两个妹妹来和您认识认识，希望能跟您学习学习。”尚超尘好不狼狈。

冬妹一脸真诚地说：“是呀，我听表哥说桃红姐朋友多，最会做生意，我们下班时，待在家里也无聊，希望能跟您学习学习，给您泡泡茶、扫扫地什么的。”

桃红姐斜睨了她们一眼，说：“不看僧面看佛面，是尚老师的表妹也就是我的表妹，看在尚老师的面上，随时欢迎你们过来喝茶聊天。”她转头又对尚超尘说，“尚老师，前几天，咱们的田市长和书记都来了，都夸你的画不错，有气势，你尽快抽空给两位领导画两张大画送他们，我也好给他们建议，以后争取让你的画作成为珠市市政府的馈送礼品。”

尚超尘连连点头称好。

从夏洋画廊出来，雅静忍不住取笑尚超尘：“尚老师真是艳福不浅，处处桃花处处红呀，这桃红姐对你可真是情有独钟，她一会儿要把你推荐给新加坡大老板，一会儿推荐给市长书记的，我看她比你家那位留洋博士夫人还要厉害的，你一定要抓牢呀！”

尚超尘皱了皱眉，说：“别胡说！她就是一个花痴，她对每个男人都一样，以后你们就知道了。我虽然不喜欢她的风骚样，不过，她的人脉真广，做生意是真有一套，我觉得你们可以跟她学些东西。你们别看她一个人，可她在珠市可以上天入地，特别吃得开。”

以后的日子，冬妹和雅静白天去拉广告，晚上来夏洋画廊给客人泡茶、看店，打电话约朋友来画廊喝茶买画。刚开始时，桃红姐不太愿意搭理她们，好在她们两个脸皮厚，坐得住冷板凳，人又勤快，舍得花钱，不时买饭买菜，送这送那。雅静还泡得一手好茶给老板娘招徕客人，两人都能说会道，还经常带一些客人去捧场，帮老板娘推销掉不少画。桃红姐倒也说话算话，按约定给了她们百分之十的提成，但老板赚的毕竟更多。久而久之，她们倒和桃红姐成了好朋友，若两天不去夏洋画廊，就一定能接到桃红姐的传呼。

经过一段时间的接触了解，桃红姐果然如尚超尘所说的神通广大，她神秘得像中央派来的钦差大臣，又像是从皇宫里偷跑出来的公主。她不但对珠市各级领导的情况了如指掌，还对中央领导的履历如数家珍。她天生有吹牛不用打草稿的本领，无论怎么信口开河瞎吹，都能做到滴水不漏，自圆其说。

没有人知道她的身世，只听说她出身高贵，父亲哥哥同学均在各地当大官。尽管，谁也没有真正见过她当官的父亲兄弟，但大家都对此深信不疑。她长得漂亮，朋友多，门路广，经常有市委领导、各界名流光顾画廊。慢慢她们也知道了一点桃红姐的生意之道，她们经常会见到几个大官模样的人来送画给桃红姐，不出三天，就会有人来把领导寄存的画高价买走。她们知道了这叫洗钱，经过桃红姐买画卖画一转手，钱就会被洗白洗干净，不会背上行贿受贿的嫌疑。

几个月下来，尽管她们并没有机会实际操作买卖，但她们却熟谙了桃红姐的生意经。她对每个男人都含情脉脉，虽然，青春不再，她仍爱在男人面前装娇装痴，一副情深意切的样子，仿佛是非他不嫁，但人一走茶就凉，来的又全都是客，老老少少她都喜欢。她说：“男人有钱可以妻妾成群，女人为什么就不能人皆我夫？我喜欢男人，喜欢男女之事，男女之事最销魂，是世界上最好的美容养颜药。现在改革开放了，女人解放了，翻身了，一定要好好玩男人。生命有限，及时行乐是对生命的尊重，没必要在乎别人眼光，活得舒服才是生命的真谛。”没有外人时，她就会津津乐道地给她们讲她年轻时的情史，讲她如何周旋于几个男人之间的故事，讲武则天如何玩男宠，赵太后怎样和嫪毐偷欢，以及北齐王朝的胡太后和她的儿媳妇一起跑进长安城的妓院当妓女，胡太后还觉得当年几百个宫女侍候一个男人，而当妓女却是几百个男人侍候一个女人，于是有了“为后不如为娼更有乐趣”的感慨。

桃红姐的奇谈谬论腐蚀着雅静和冬妹的思想和灵魂，她们接受了桃红姐的思想，觉得她也没有什么不对，毕竟人各有志。好在两人都还年轻，没有为年华老去、青春易逝而感慨，又觉得自己是弱势群体，害怕被男人玩弄后遭抛弃，两个人依然是如影相随地保护着对方。

在桃红姐身上，她们看到了女人成功后的魅力，知道了什么叫潇洒人生。桃红姐的男朋友多得不计其数，她对谁都情意绵绵，对谁也没有感情，在她眼里，男人只是供她享乐的工具。她喜欢和他们打情骂俏，并委身于他们。只要男人能入她的眼，她就会告诉他说她是个有夫之妇，爱人在新加坡做大生意，就自己一个人在珠市，常常孤单寂寞。是个男人都想吃腥，尤其是面对一个长得漂亮、风情万种还不用负责任的少妇，一般男人都会抵挡不住诱惑与她共沐爱河。

桃红姐的口碑并不好，但那些臭男人依旧排着队在她面前跃跃欲试。她自信这辈子不会再为情所困。也许是因为夜路走多了总要遇见鬼，还是她觉得自己的年岁已大，想正儿八经地找个依靠，她却栽在一个笔名叫醉仙的书法家手里。在桃红姐的众多男朋友里，他不算长得很帅，但却颇具男人味，满嘴油腔滑调。他不知道用了什么魔法，深得桃红姐的喜欢，用桃红姐的话说愿意给他当牛做马。从此，桃红姐不再花心，相反倒整天跟在醉仙身后，变得疑神疑鬼。

不知为什么，冬妹看见了醉仙就会想到乡下雪花妈妈的姘头虎哥。不知养父现在怎样了，心里想着一定要安身立命，好去将养父接来。

在桃红姐不在时，醉仙就和她们俩讲笑话。

雅静问他用什么办法征服了漂亮又有钱的桃红姐。

醉仙开始时笑而不答，后来还是忍不住吹嘘了起来，他说："对付女人其实最简单，你追求她时，一定要慷慨大方，借钱也要给她送钻石玫瑰去满足她的虚荣心，再在床上征服她。等她爱上你时，哈哈，就连本带利全捞回了。女人是用右脑思考的感性动物，只要你嘴甜会恭维她，热爱她，对她温柔体贴，告诉她自己是多么的强大，以后有自己在，决不会让她受一点点委屈，告诉她永远正确，而自己却永远都是错，让她成为你怀里的小女人，她很快就会陶醉在你的花言巧语中，晕晕乎乎地飘去了天空，从此，她就会乖乖地听你的话了。"

冬妹若有所悟，想怪不得人们都说女人大多不爱君子爱流氓，好汉没好妻，赖汉娶花枝。

时间不知不觉地又过了半年。有一天，桃红姐请她们吃饭，问她们愿不愿意接下夏洋画廊，她要陪醉仙离开珠市去北京闯天下，做大事。

经过两人一年多的打拼，她们身上的积蓄足够桃红姐开的高价，两人商量后，便毫不犹豫地接下了夏洋画廊。

她们辞去了拉广告的工作，一心在画廊当起了老板娘。她们本以为接下了夏洋画廊也接下了桃红姐的生意，想自己不敢说比桃红姐漂亮，但至少比她年轻，以为她们的生意一定能做得比她好，而事实上却并非如此。桃红姐一走客户也仿佛全被她带走了，原来常来的领导也突然从人间蒸发，根本没有人来找她们买画，更没有领导来找她们洗钱。若不是她们从前拉广告认识的两位老总来开张买了两张画，交了房租，两人两个月一无所获。

这也就罢了，又有画家不断地来问她们要画钱，原来说这些画全是代售的，所有权不归画廊，若长期卖不出去，画就要被取回。而她们却已经把画钱全给了桃红姐，两人都感到被桃红姐骗了。

两人心急火燎，想尽办法，把能叫的朋友都叫了，可来看画的人少，买画的人更是寥寥无几。两人前些日子拉广告赚的钱全成了画廊的转让费和租金，身上已没有了多少积蓄。画廊举步维艰，若长期这样下去，怕连吃饭的钱都没了。

两人正灰心丧气，一筹莫展，她们又想到了尚超尘，就传呼他。尚超尘直呼她们上了桃红姐的当，桃红姐做的是经营了多年的人脉生意，她人走了生意自然被带走，怪她们不和他商量。

在尚超尘的建议下，她们把夏洋画廊改成了夏洋茶楼，里面也经营书画，但却多了棋牌娱乐和消闲品茗。尚超尘又给她们找了一个做装修的老乡，好说歹说，才答应给她们先装修，一年后再付钱。

经过一个月的日夜装修，大厅变成了二十来个大小包厢，夏洋茶楼隆重开业。这一次她们走对了路，两个年轻漂亮的老板娘热情大方，知人心意，善经营，会服务，加上地理位置优越、交通便利以及古香古色的装修、优雅情趣的品位、琴棋书画的点缀，和中山路喧嚣热闹的气氛形成鲜明对比。夏洋茶楼很快在珠市声名鹊起，来品茶的非富即贵，皆是社会名流。

四十四
夏洋茶楼

茶馆是聚贤会友之地。中国人喜欢喝茶，珠市人更是嗜茶成风，邀三五好友去茶楼，品香茗，赏名画，听一曲高山流水。谈生意，聊人生，体验茶禅一味。茶楼成了一种文化的象征，也成了艺术家以及商人们的沙龙。夏洋茶楼适逢天时地利人和，常常客似云来，座无虚席。年轻漂亮的女老板像两只美丽的花蝴蝶，在客人中来回穿梭，每天忙得不亦乐乎。

达官贵人们喜欢怜香惜玉，觉得这两个小姑娘不容易，纷纷慷慨解囊。她们终于苦熬出了头，钱财如潺潺流水不竭而来。每天，数着一沓沓钞票心里乐开了花，她们做梦也没有想到能有今天。

俗话说："读万卷书不如行万里路，行万里路不如阅人无数，阅人无数不如名师指路，名师指路不如自己悟路。"经历多知道就多，知道多感悟就多。她们两个虽然没有读过多少书，但悟性高，许多事一点即通。尽管，两人的内心依然敏感脆弱，心底还藏着挥之不去的自卑，但在外人眼里，她们年少貌美，事业有成，会为人处世，社会关系良好，是人们心中的女强人。没有人知道她们的过去，只听说这两个老板娘曾是《珠市文学》的记者，和珠市的领导以及北京的高层有着密切关系。

有了朋友，有了钱，她们的腰板越来越直，压抑在心底的欲望急剧膨胀。尽管，今天她们也算实现了自己的梦想，开茶馆，做生意，小有成就，但两人都觉得这只是万里长征的第一步，在珠市，她们还没房没车。苦难的童年和曾经受过的种种伤害，使她们对金钱有一种畸形的渴望和盲目的崇拜，觉得有钱才能被人看得起，没有钱就要遭人唾弃，有钱就有一切的思想在她们心里根深蒂固，她们在这种拜金主义的支配下，苦苦挣扎着，冬妹借用了屈原的话说："路漫漫其修远兮，吾将上下求索！"

两人每天都在研究做生意赚钱。她们各有一个本子，上面密密麻麻记满了客户资料。白天，她们凭着以往跑广告的经验，给各单位领导送茶叶，送代金券，晚上就在茶馆为客人表演茶艺，应酬客人。在和客人的闲聊里察其言，观其色地捕捉商机，寻找发财机会。

她们在与朋友的闲聊中知道市政府需要采购一批馈赠礼品，就暗记在心，觉得这也许是个机会，因为政府办钱主任是夏洋茶楼的常客。

第二天，两人带了一盒太平猴魁来到市政府。钱主任好久没有去茶楼了，她们要借送新茶的名义去看望他，看能否接来这笔生意。

钱主任办公室的门虚掩着，里面没人，他办公桌上的茶水还在冒着热汽，手机躺在桌子上，知道他没有走远，一定是去会议室开会了。这个钱主任对她们很有好感，聊得来，也算是老朋友了。从前，她们也来给钱主任送过茶叶，已是轻车熟路，便在沙发上坐下，雅静从包里拿出随身携带的茶叶，边泡茶边等待。

直等到十一点半，钱主任才推门进屋，他四十出头，站似松，坐如钟，斯文里透着干练，一看就是部队的转业干部，头发虽然有些花白，但脸色红润，精力充沛。他看到两位美女，脸上顿时堆满了笑容，走过来握手说："鄙人适才在开会，不知美女驾到，失礼失礼！"

雅静笑意盈盈，说："主任，我和冬妹每天都在等您去我们茶楼，可是都等了一百年，也没等到您。"

钱主任哈哈大笑说："我记得上星期才去你们茶楼的，哪来的等了我一百年。"

"君不闻一日不见，如隔三秋呀！这是咱老家的太平猴魁，昨天刚寄到的，我们第一个就想到了您，今天就给您送来了，您快坐下，我这就给您泡新茶。”雅静边说边从包里拿出一个包装唯美的陶瓷罐，还有一套上好的透明玻璃茶杯，说：“主任，我刚才试了试您的宜兴紫砂壶，真不错，只是泡绿茶还是用这套玻璃杯比较好。”

雅静用开水温烫了杯子，倒入三分之一的水，打开茶叶罐，用茶夹取出十来片茶叶放入茶杯，先给茶叶沐水涤尘，倒掉第一道茶水，又轻提水壶，沿着杯壁缓缓注入清水，水倒了七分满，一片片嫩茶在水里尽情舒展着柔美轻盈的身躯，像婀娜多姿的少女翩跹起舞，舞蹈过后，片片新绿宛若不娇不媚不染尘的仙子，玉立在袅袅的茶香氤氲里，静静地等待着她的情人……

沏好茶，雅静把杯子端给钱主任，小心翼翼地站在一旁侍候着。钱主任看她们一脸真诚，毕恭毕敬，对自己奉若神明的样子，心里甚觉满意，觉得两位美女自然得体，善解人意，又能干聪明，生意也做得不错，不像其他女子矫揉造作，只等男人供养，对她们又多了几分好感。他边啜着香茗，边欣赏着杯子里泛着清香的嫩芽，笑说：“谢谢，谢谢两位美女想着我，我受之有愧。这几天忙，没有去你们那里喝茶，我还正想着你们呢。”

冬妹急忙讨好，说：“能给主任泡茶是我们的福气，您是我们见过最有魅力最有风度的领导，我和雅静一直在说您呢。”

钱主任看她们俩一唱一和拍他马屁，心里得意也觉得好玩，便没话找话地嘿嘿干笑着，说：“你们在背后说我什么呢？不会是说我坏话吧？”

雅静讨好说：“怎么会呢？我们第一次见到您，就觉得您是最具有人格魅力的领导，身上有一种与众不同的气质。您稳重儒雅，眉宇间透着铁铸的信念和钢焊的意志，您挺拔的腰身，轩昂的气势，神采奕奕的双眼，让我们知道了什么叫豪迈矫健和英姿飒爽，您是文武全才呀！”

钱主任显然是被她们逗得很开心，但嘴上还是谦虚地说：“哪里，哪里，你们的嘴真甜。”

他们聊着，已到十二点半，该吃饭了，钱主任不好意思下逐客令，毕竟嘴里还喝着人家送的茶，只好不时看表，示意她们走。偏偏这两个姑娘就是假装读不懂他的身体语言，两张粉嫩的脸蛋竟然比城墙还厚，依然主任长主任短的说个没完，根本没有要走的意思。主任只觉得饥肠辘辘，他又有午睡的习惯，一阵阵困意袭来，他实在受不了啦，终于站起来摊摊手说："两位美女一定有什么事求我，有话尽管说。"

冬妹支吾了半天，终于说："听说市政府要采购一批政府接待礼品，我们和姐姐在深圳合开了一个礼品公司，专门生产加工礼品，还需要您的关照！"

钱主任哈哈大笑，说："我说呢，你们这两个丫头今天怎么一个劲地给我灌迷魂汤，一定有事相求，果然如此。谁让我上当喝了你们的茶，吃人嘴短，下午，选几件你们公司的产品，去找办公室的小燕主任，成不成就看你们的造化了。"

两人又说了许多感恩戴德、当牛做马的话，千恩万谢地退出。

她们兴冲冲地吃了一份简餐，去几家礼品公司借了几件样品。两点半，她们提着大包小包来到小燕主任的办公室。小燕主任约四十出头，心宽体胖，看起来一副食草动物与世无争的样子，她事不关己地冷眼看着两位来客。

她们从包里拿出了一张名片，恭敬地呈上，雅静说："是钱主任让我们来找您的，说市政府要采购礼品，我们带来了几个样品，还要主任您给我们机会。"说着把包里的礼品一一放在桌子上。

小燕主任一言不发，也不瞅一眼，半晌才慢吞吞说："既然你们是主任介绍来的，就把样品先放下吧，我是他的兵，他说行就行。"说完就不再搭理她们，自顾自地看起了报纸。她们纵有满肚马屁，在小燕主任这里却无法施展。两人站也不是，坐也不好，只好悻悻退出。

在回来的路上，雅静说："这次我们碰到钉子了，这个小燕主任不好搞定，看起来像个神，实际上是个鬼，最难对付的就是这种人了。"

"小燕主任这关必须过呀，俗话说'县官不如现管'，毕竟，我们和那个钱主任交情也不深，他一定不会为了我们跟小燕主任闹僵。她对我们不屑一顾的样子，一定是对我们抱有偏见，看她年轻时候也是个美女，没准她和钱主任有一腿，搞不好她在吃我们的干醋呢！”冬妹说。

“有道理，一定是这样的，那我们怎么办呢？这单生意真的很重要，这可是一个良好的开始，且不要说赚多少钱，更重要的是我们和市政府做生意多有面子，我们一定要成功呀！”

“现在我们已经是生意人了，生意人就不能单纯地把自己当作女人，官不打送礼人，为了好办事，就得送礼钱，咱们应该去送钱。”冬妹思索着说。

第二天，她们把两沓钱装进信封，直奔市政府。钱主任正在和人谈话，她们蹑手蹑脚地在门口等待着，好容易找到了空隙，她们像猫一样地溜进了钱主任的办公室，把钱主任吓了一大跳，不耐烦地说：“你们怎么又来了？不是说过了吗，让你们去找小燕主任，我还要开会。”

雅静看今天的钱主任像换了个人，急中生智地说：“是呀，是呀，我们又来了。不过，今天我们是代表我广州的姐姐来看您的，昨天晚上，我姐姐打电话来问礼品的事，我说您放心，我们已经找到市政府最高决策者钱主任了，有主任帮忙，且不要说是这样的小礼品，就是想要在珠市建栋大楼，也是很简单的事。姐姐说真是太感谢了，姐姐准备了一点心意，让我们一定要转达到。”她边说边把信封放在了办公桌上。

钱主任看了一眼，知道里面是钱，脸上露出了笑容，嘴上说：“你们这两块橡皮糖，被你们粘上了，甩也甩不掉呀！我马上就要开会了，你们去找小燕主任。以后你们少来我办公室，这样影响不好，等我有空时就去你们那里喝茶。”

她们只好又来到小燕主任的办公室，一样地把信封交给了她，就退走了。

走出市政府，两人如释重负地松了一口气，但心里仍忐忑不安。她们俩在珠市虽然有茶馆的收入，但毕竟是在创业阶段，赚的钱都用于还债和投资，并没有什么富余，早上送的钱基本上是她们的全部存款。心里总担心万一生意做不成，送出去的钱成了肉包子打狗一去不回。

雅静满腹牢骚，轻蔑地说："这个钱主任平时对我们一直色眯眯的，口口声声说有事尽管找他，现在我们真找他帮忙了，他随即就变了嘴脸，真是一个道貌岸然的伪君子。你看看他今天看到钱的样子，眼睛唰地就亮了，简直像猫遇见老鼠似的，两眼放绿光，真他妈的恶心。像咱们这种无依无靠无根基的人，没有钱寸步难行。可像他们这种当官的，住有房出有车，吃喝拉撒全报销，冬妹你说说，他们还要贪钱干什么，真不能理解。"

冬妹说："十年干事图干禄，千里做官只为财。当官有当官的难处，他们也一样需要向上面进贡的。钱主任现在变脸也可以理解，他是对我们不怀好意，可他一定也会算账，想这笔生意能赚的钱足够他找一百个小姐了，他怎么可能白白把生意给我们。不过，现在我们该做的也已经做了，尽人事，听天命，不要把成败太放在心上，以免我们自己痛苦。"

"可人们说当官的没好鸟，都是一帮吃人不吐骨头的货，假如这单生意做不成，咱们可是血本无归呀！"雅静忧心忡忡。

冬妹安慰雅静也安慰自己说："没事，做不成生意也没关系，咱们还有夏洋茶楼呢，至少茶楼可以保我们衣食无忧。吃人嘴短，拿人手短，我听钱主任的话应该是能成，除非是有人比我们送了更多的钱。我觉得咱们和当官的交往没有错，一定会钱途无量。你看路边的高楼大厦、公路、电线杆，每棵花，每棵树，都要经过官员的审批拨钱，由商人操办。咱们中国是政治经济，领导是核心人物主宰一切！官员就是财神爷活佛，我们要相信菩萨会保佑我们。"

正说着，她们已走到茶楼门口，迎宾小姐看到两位老板回来了，急忙笑脸相迎。回到茶楼，她们的脸上又有了笑容和自信，一种家的感觉油然而生，一会儿两人就活蹦乱跳地忙于应酬客人了。

她们尽管心里惦记着生意，两人互相告诫做大事一定要沉住气，强忍着没有给两位主任打电话。一周后，她们的大哥大终于响起，是市政府的小燕主任："你们送的那几款礼品，其中一款已经被市政府选为了接待馈赠礼品，下午请过来签订合同。"

她们俩兴奋得跳了起来，好容易挨到下午，两人来到市政府。这次，小燕主任对她们很是客气，热情地招呼她们，还给每人泡了杯茶，主动向她们嘘寒问暖。她们知道小燕主任已经在心里接受了自己，于是，两人又用了三寸不烂之舌，不到一个小时，小燕主任已经把她们视为知己。

订完合同，她们当晚就坐车去深圳，找厂家，比价格，下订单。又在深圳的礼品市场采购了大量的样品带回珠市，兼营起礼品生意。

她们的业务范围很广，大至电器服装，小至领带钢笔，还有茶叶礼盒，无所不包，无有不做。她们的朋友多，门路广，会说话，善送礼，生意做得风生水起。用她们俩的话说现在茶楼已经走上正轨，无需两人太操心。夏洋茶楼相当于她们放的羊，每天有羊奶吃，有羊毛穿，而礼品生意相当于出去砍柴，吃饱穿暖了，就有力气出去砍柴，砍一担就赚一担。

一年下来，她们的营业额高达上百万。苦尽甘来，她们在珠市真正拥有了梦想中的一切，有车有房有事业。

冬妹已经三年没见到孩子瑶瑶了，想她已经上幼儿园了。从前，在雅静的陪同下，曾去过李国安家几次，无奈每一次都是被他们家人关在门外。

现在她们已经成了老板，今非昔比，想必瑶瑶奶奶也会给她们面子。这天，两人忐忑不安地提着大包小包来到李国安家。雅静按响了门铃，没想到这次老太太竟然开门请她们进屋，还让瑶瑶出来喊妈妈。

瑶瑶已经长高许多，也懂事了不少，毕竟是骨肉连心，血浓于水，几年不见，孩子仿佛没有忘记掉妈妈，亲热地扑到了冬妹怀里。令她们奇怪的是，奶奶竟然建议冬妹带孩子出去玩，这让她们兴奋至极。

在孩子的口中，她们才知道瑶瑶爷爷已去世，奶奶天天念佛，还常常一个人流泪，家里的日子过得很不好。

接下来的日子，每个周末，冬妹都会给孩子给买东西，给她奶奶买衣服，送钱送物，好言相慰。奶奶在重礼和软语的双重攻击下，对冬妹心里越来越生好感，觉得她和从前相比，简直判若两人，知道她这几年在外面已经成长。又和老大老二的媳妇相比，不知好过多少倍，心里便越发后悔难过，觉得从前对不起冬妹，害得瑶瑶从小没娘，小儿子到今天仍是。心中百般悔恨，就让瑶瑶做她妈妈的思想工作，让冬妹回家。

奈何冬妹对这个家早灰心失望之极，只有婉言谢绝。

后来冬妹才知道，李国安家早不如从前了。自一家之主李豁达不幸出车祸去世后，从前的巴结逢迎者不见了踪迹，车马盈门的家顿时变得门可罗雀，家道一落千丈。

由于捕捞渔船无休止的增加和生态环境受破坏，出现了空前的捕鱼难。两个哥哥虽是几艘船的老大，但从前都是仰仗父亲的权势，过着放荡不羁、吃喝嫖赌的糜烂生活，养成了不学无术、目中无人的毛病。父亲死后，他们船上的大副、二副先后被别的船只挖走。没有了捕捞技术，加上柴油涨价，渔业资源严重枯竭，出海常常是入不敷出，几艘渔船都出现严重亏损。船员们看他们没有老子当靠山，觉得跟着他们没有前途，纷纷辞职另谋高就，几艘渔船就这么被解散。百般无奈，他们只好把船只贱卖，李国安在东陵失去了利用价值，被赶回珠市，全家都只能坐吃山空。

几个兄弟虽是百足之虫，暂时吃穿不愁，但毕竟都还年轻，每天无所事事，难免闲得难受。怀念从前父亲在世时的辉煌岁月，常常借酒浇愁，酒后就痛骂父亲那些趋炎附势的老部下。

骂完后三个兄弟就琢磨起做生意重振家业。然而，他们从小在父亲的庇护下成长，没有经历过风雨，又没有做生意的天赋，三个兄弟做什么亏什么，结果把几艘渔船所卖的钱亏得精光。可三个兄弟仍不死心，觉得自己只是一时时运不济，牢记“爱拼才会赢”那首歌，相信自己是将门无犬子，一定能够东山再起。

他们亏光了身上的钱就问老母亲要或者骗，要光了老母亲的就问自家的媳妇要。媳妇不给钱，就天天吵嘴打架，闹得鸡犬不宁。今天大儿媳闹着要自杀，明天二儿媳跑回了娘家。

老太太索性眼不见为静，万事不管，天天念经拜佛，和瑶瑶相依为命……

中间，雅静也回过一次老家，回珠市后心情万分沮丧，冬妹问及原因，雅静回答："我恨后父，恶心亲娘，本想回去给后父点脸色看看，然而，几年不见，当年凶狠贪婪的后父已变得那么面黄瘦小，疲惫不堪。妈妈说他得了晚期肝癌，活不久了，求我勿再和他计较。面对一个将死之人，我还能说什么呢？那天，吃完晚饭，妈妈竟然带着两个弟妹跪在了我的脚下，说家里为了给后父看病，负债累累，以后全家只能靠我和姐姐雅丽了……我实在不知道说什么是好，只好扔下一沓钱回到了珠市，这次唯一欣慰的是有了姐姐雅丽的地址，姐姐在广州，我想尽快去找她。"

冬妹激动地说："雅丽姐姐在广州哪里？真的太好了，咱们赶快去，让她一起来珠市，咱们一起做生意赚钱。"

四十五
雅丽成了大歌星

随着深圳被划为经济特区，广东成了中国改革开放的试验田。她打破了过去计划经济时代的桎梏和束缚，作为广东省会的广州借凭着得天独厚的地理优势，和国家给予的许多相关优惠政策，吸引了大批国际投资者，带来了新技术、新思想、新观念，广州人先富了起来。于是，全国掀起了北雁南飞的淘金潮，人们纷纷来广州寻找机会和梦想，外来者用青春和汗水浇灌着这块热土。海纳百川，有容乃大，广州是活跃之都市，也是包容之都市，广州多彩的沃土孕育了一个个老板和富翁，他们用自己的勤劳与智慧耕耘着广州，收获着事业成功的喜悦。

“去广州的男人有钱就变坏，去广州的女人变坏就有钱。”这是流行在广州民间的一句俗话。这话虽然不是绝对，但却成了广州有钱男人的写照。广州人有钱，广州人爱花钱，广州的男人舍得在女人身上花钱。于是，一个个音乐茶座、夜总会、卡拉OK厅在广州应时而生。夜总会是个充满暧昧的词，让人联想到了旧上海的不夜城，联想到上海滩灯红酒绿的夜生活，联想到一个个嗲声细语、活色生香、轻歌曼舞的女人。

饱暖思淫欲，夜总会成了有钱男人们纸醉金迷的最好去处，为那些表面财大气粗、内心空虚无聊的人，提供了消遣发泄之处。一个个来自东西南北、环肥燕瘦、操着不同口音的美女活跃在了广州的大小娱乐场所，成了有钱男人们竞相追逐的对象。

冬妹和雅静按信上的地址来到了夜来香夜总会找雅丽姐姐。夜总会坐落在广州商业中心地带的繁华区。这里宏伟的建筑和华丽的装修，让人联想到戒备森严的政府大楼，使人望而生畏。她们俩虽然也去过许多珠市的高级娱乐场所，但对这里富丽堂皇、宛若宫殿的装潢仍有点心生怯意。这里是广州最高级的夜总会之一，来的全是达官贵人、名门望族。

浓妆艳抹的迎宾小姐傲胸热辣地分站在大门两边，有钱的爷们开着宝马豪车来这里一掷千金，他们被美女们像迎接上帝一样众星捧月般引入演艺大厅、各大包厢。

金碧辉煌的钻石舞台，耀眼的聚光灯，强烈震撼的大型乐队，前卫时尚和古朴典雅交相映辉。雅丽姐姐是夜来香的金字招牌——第一金嗓子。

来到这里，不知怎么雅静和冬妹宛若乡下人进城，小偷似的在门口东张西望。当她们确认门口张贴的海报上，那位穿着晚礼服、高贵典雅的明星真是雅丽时，心里说不出是羡慕还是骄傲。

她们放弃了直接去找她的想法，买了两张门票，决定先看看姐姐的演出。

变幻莫测的灯光若梦若幻，强劲的音乐震耳欲聋，舞池内的男男女女随着强烈的节奏疯狂扭动着、狂跳着。弥漫的烟雾，狂乱的喊唱，激情的鸡尾酒，刺鼻的香水味，两人只觉得要窒息过去。好容易熬到一曲劲舞结束，疯男狂女们回到了自己的座位，音乐声变得柔美抒情，接下来，台上走出一位丰姿绰约的美女为大家表演魔术，精妙绝伦的魔术令人应接不暇，回味无穷。魔术过后是俊男靓女为大家表演相声，讲黄段子，演小品，不亦乐乎，让在座的男女笑得前俯后仰。载歌载舞，欢笑不断。

直到十点，主持人清了清嗓子，激情洋溢地大声说：“下面有请著名歌手，我们夜总会的至尊女星，第一金嗓子白百合小姐登场，为大家激情演唱。白百合小姐出生在安徽一个美丽的城市，从小爱唱歌，儿童时就得过许多全国的大奖，她毕业于中央戏剧学院声乐系，现在签约于广州长江文化唱片发行公司，她的专辑已经在大陆和港澳台发行，也是我们最熟悉的歌手。她甜美的歌声、婉转的歌喉可以和邓丽君媲美，有请白百合小姐。”

主持人刚讲完话，台下一片掌声，随着行云流水的音乐缓缓流淌，一位曼妙女子轻盈地走上了舞台。她身着一袭白色曳地长裙，折纤腰以微步，呈皓腕于轻纱。纤纤玉足像月牙似的弓在水晶高跟鞋里，让人望而生怜。乌黑的秀发垂在胸前，薄施粉黛，婴儿般的肌肤白皙滑嫩，吹弹可破。樱桃小嘴欲闭还启，鼻梁玲珑挺拔，眸似湖水，眉如柳月，秀气姣好的面庞立体柔和。犹如冰清玉洁的雪中梅花，又似仙子下凡尘。

只见她嫣然一笑，向台下深深地鞠了一躬，微启朱唇，说：“谢谢大家，谢谢亲爱的朋友们，很高兴今天能为大家演唱。我今天要给朋友们献上一首邓丽君的《甜蜜蜜》，希望大家喜欢。”随着乐队的奏响，传来了雅丽婉转缠绵的歌声。她甜美性感的声音，深情忘我的投入，让在座的人听得如醉如痴……

雅静也陶醉了，她从小听姐姐的歌声长大，知道她爱唱歌，唱得好听，但从来没想过她的歌声能让人沉醉和忘情。好多年没见了，儿时相依为命的姐姐已成了歌星，她为姐姐而骄傲，她忍不住站了起来，要上去和姐姐相认，被冬妹拉住了。

耳边又响起了主持人声音：“白百合的歌唱得好，声音好听，渊源集团的刘老板为白百合小姐献上了六个花篮，让我们为她鼓掌！”台下又是一片热烈的尖叫声。

雅丽给刘老板深深地鞠了一个躬，用广东话说：“感谢刘老板，感谢亲爱的朋友们，感谢广东这片热土，更感谢夜来香夜总会给了我舞台，让我有机会能在这里给各位亲爱的朋友唱歌。下面我要为大家演唱粤语歌曲《被遗弃的公主》和《恍若隔世》。”雅丽的歌声再次响起，这两首歌她唱得激情无限，扭腰摆臀风情万种。冬妹觉得雅丽的歌声透着磁性，洋溢着性感。

雅丽一连唱了五六首粤语和邓丽君的几首甜歌，全场观众鸦雀无声。花篮摆满了大半个舞台，刘老板一共送了六十个花篮。冬妹不由打量起坐在不远处财大气粗的刘老板，见他身边十来个人众星捧月地围绕着。他约五十出头，个子不高，肉肉敦敦，满脸堆着哈哈，一双眼睛色眯眯地盯着台上的雅丽。

刘老板是夜来香的常客，更是雅丽的歌迷，他靠投机倒把和走私电器赚了大把的钞票。他最喜欢去夜总会，喜欢在夜总会被美女围绕的感觉，觉得夜总会的女人风骚，解风情。前些天来夜来香，彻底被雅丽的歌声征服，迷上了雅丽。用刘老板的话说，雅丽身上有一种冷艳美，像少女时代的林青霞。他自认识雅丽后，几乎天天来，每天在夜来香一掷千金。

此时的雅丽虽然没有林青霞那般名闻全国，但在夜来香却是大红大紫，是棵实实在在的摇钱树，来捧她场的男人与日俱增。每天晚上，她收到花篮最多，现在连夜总会的老板也要让她几分。

冬妹和雅静好不容易等到了雅丽演出结束，急忙去后台找她，却被服务生拦住了，说："白百合小姐晚上还有重要应酬，没空接待。"

雅静求服务生，说："先生，我们是白百合的妹妹，从珠市专程来广州看姐姐，求您高抬贵手，让我们见她一面。"

服务生头也不抬地说："你们既然是她的妹妹，怎么没和她事先打招呼就来了？像你们这样的歌迷多了，每个人都要见她，她能忙得过来吗？"

雅静这两年在珠市可谓是左右逢源，春风得意，没想到在这里连一个服务生都不给她面子，顿觉恼羞成怒要和他理论，被冬妹硬拉住，说："我们先去宾馆住一天，明天再来找她。"

第二天，她们吃完晚饭就来到夜来香，要了些酒水干果等待雅丽。服务小姐告诉她们说白百合小姐晚上有重要应酬，要到晚上十一点才能来。

好不容易等到了雅丽上台演唱，雅丽要立刻冲上去和姐姐相认。冬妹说："雅丽现在是大明星，我们现在就上台怕会影响她的演出，咱们还是也送她一个花篮，她认出了我们就会来找我们。”

雅静显然是急了，口不择言地说：“什么明星，不就是一个夜总会的歌手吗？不会一转身就忘了自己的原形，不知道自己是谁了吧！”

冬妹说：“你别胡说！雅丽姐姐可不是这样的人，我们这就给她去送花篮。”冬妹向服务生要了个花篮，等她一曲歌完，冬妹让雅静把花篮送到了台上。雅丽礼节性地过来向送花篮的人一一握手以示感谢。雅静轻轻地叫了声“姐姐”，四目相对，泪水夺眶而出，早是泣不成声，姐妹俩相拥着久久不能分开。

台下的人不知道怎么了，顿时一片肃静，接着哗然起来。可台上的两个姐妹依然难舍难分。

主持人走出来向大家鞠了个躬，说：“真对不起，白百合小姐见到了多年没见的姐妹，情绪有点失控，望亲爱的朋友们理解，一会儿继续为大家演唱，让我们一起祝贺她们吧。下面由我们的玛丽小姐为大家激情演唱。”

她们正要相拥着下台，听人群中有人大嚷：“祝贺个屁，关我们屁事，我们花这么多钱来夜来香是为了娱乐高兴，不是来看悲情故事的。”

又听有人说：“我们买了这么贵的门票就是来听白百合演唱，架子这么大，等她到十一点才来，凭什么只唱了一首就开溜，别给我们耍滑头，不许她下台。”台下一片喧哗。

雅丽擦干眼泪，紧拉雅静的手呜咽着说：“谢谢大家，谢谢亲爱的朋友们，我爱你们，因为有你们的爱，今天我才有幸站在这夜来香舞台。这是我好多年没见的妹妹，今天她突然来找我，我真的好激动，没有控制好自己的情绪，希望朋友们原谅和理解。下面我要给大家演唱一首《小白菜》，希望大家喜欢。”

乐队奏响了《小白菜》凄婉的曲调，雅静的声音如怨如梦似泣似诉，“小白菜呀，地里黄啊，三岁两岁，没有娘啊。跟着爹爹，度时光啊，就怕爹爹，娶后娘啊。娶了后娘，三年整啊，生个弟弟，比我强啊。弟弟吃饭，我喝汤啊，弟弟上学，我放羊啊……想亲娘啊，想亲娘啊……

这首歌是雅丽在上海遣送站唱的歌，也是市场萦绕在冬妹脑中的歌曲，一幕幕往事在脑海里浮现，她忍不住抽泣了起来……

她们好不容易等到雅丽演唱结束，雅丽和司机一起送她们回宾馆。三人都有满腹的话要说，却又谁都没有开口，只是默默流泪。大约过了一刻钟，当她们彼此好容易控制住了自己的情绪，想要说话时，却听司机来敲门，说："老板等急了，请白百合小姐速回。"

雅丽的泪水又溢了出来，只好站起来说："真对不起，我不能留下来陪你们，明天中午让司机来接你们一起吃午饭。"

在雅丽匆匆的背影里，她们心里突然有一种悲凉之感，看到了雅丽光鲜背后的无奈与苍凉。

第二天十一点，雅丽的司机准时来接她们。小车停在一家装修雅致的徽乡菜馆门口，服务员把她们领到了一个小包厢，雅丽早已经点好菜等在那里。未等说话三人的眼眶又发红，冬妹赶紧说："咱们亲人相见，要高兴才是，怎么反而要流泪了？从现在起，我们大家都不许再哭，谁哭谁就是小狗。"

雅静也止住眼泪说："对，亲人见面，我们要高兴才对，姐姐快说说，这几年你是怎么过来的？怎么成的大歌星？"

雅丽长叹了一声，说："什么大歌星，不过是水中月，镜中花，一场泡影，徒有虚名罢了！两位妹妹呢？你们怎么在一起的？这些年你们在哪里？我一直好担心。"

雅静和冬妹省略去了许多苦难，用最简洁的语言向雅丽复述了一遍她们的经历。当冬妹哽咽说到小萍阿姨已经上吊死去时，雅丽近乎崩溃，三人又一次痛哭失声。

一大桌饭菜，只是动了几下筷子，谁也没有心情吃东西。直到下午两点，司机来催雅丽，说："下午三点有一个重要客人要见面，请白百合小姐迅速动身。化妆师在车上等着呢！"

雅丽站起来，从包里拿出五万元钱对两人说："这钱你们先拿着花，我不能陪你们了。实在对不起，因为姐姐已经和公司签约，他们负责包装我成名，但我的一切行动，必须听从他们安排。你们把电话号码给我，我会尽量安排时间去看你们，你们先回去，有空我会给你们打电话。”

雅静急忙写下电话号码，正要推辞说：“现在我们不缺钱，不能要你的钱。”可雅丽已接过纸条在她司机的保护下飘然而去了，留下了一沓钱躺在桌子上。

她们俩好不沮丧，总觉得雅丽有许多难言之隐。雅静的意思是要继续留在广州跟踪雅丽，冬妹不同意，劝雅静说：“姐姐不愿意我们了解她，总是有她的苦衷，我们不能让她为难，还是先回珠市，等她的电话，或者，她有空就来看我们了。”

“可我们不能要姐姐的钱呀，我觉得她比我们还要苦！”雅静哭泣着说。

冬妹说：“我们拒绝她的钱，她才会更伤心，何况，这钱我们可以不用，先替姐姐存着。现在，雅丽姐姐已是光彩照人的大明星，现在我们也就放心了，我相信姐姐一定会抽空来看我们的。许多年了，我还没有回过山凹村，这次我想回去看看养父，看能不能把他接来珠市。你陪我一起去好吗？”

四十六
荣归故里

冬妹和雅静跋山涉水，终于来到魂牵梦绕又令冬妹恐惧万分的山凹村。偏僻遥远的小山村依旧是记忆中的样子，仍然是那么贫穷落后，没有公路，没有电灯，没有楼房，只有那残破不堪的泥墙茅屋散落在大山深处的杂草丛中。村口有几个衣衫褴褛、流着鼻涕的小孩正在村口追逐玩耍，他们灰头土脸，全身没有一处干净的地方，好像刚从垃圾堆里爬出来。几个小孩远远看见了山外来了两个漂亮阿姨，像发现了大熊猫一样稀奇，咿咿呀呀讨论着她们是谁，远远地跟着她们。

冬妹看着一个个脏兮兮的孩子，依稀想到了儿时自己的模样，只觉眼眶发红。她从包里拿出许多糕饼糖果分给了孩子们，对孩子们说："小朋友们好，你们知道王福爷爷家住哪里吗？我都不认得了，小朋友们能带我们去找他吗？"

几个孩子拿着糖果兴高采烈地在前面带路，到一间破房子门口停了下来。靠几根木头支撑着的破柴房歪歪斜斜，门半开着，几个孩子已经大喊着王爷爷推门而入，一股刺鼻的气味扑面而来，里面没有人，只有猪栏里的两头猪以为有人来给它们喂食了，站起来哼叫着迎接她们。

这是一间大约二十来平方米的小屋子，猪圈占去了一小半，墙上屋顶布满了蜘蛛网。一张破桌子上放着一大碗梅干菜，几只苍蝇在上面嗡嗡飞舞着，旁边还有一个小木碗和一双栓有红线的小竹筷。冬妹心里百感交集，一幕幕往事在脑海里浮现，眼泪夺眶而出，她回忆起爸爸就是用这副碗筷喂她吃饭的。她又想起了爸爸常唱的儿歌，“好好吃饭能长高，米饭里面有营养。快吃，快吃，老虎嘴巴长得大，吃下去比老虎还要大。”靠墙的凳子上摆放着一个小篓筐，里面放着一个木制的小风车和一些鹅卵石。这个小篓筐记载着她的童年，每次，爸爸去地里干活，就会把她放进小篓筐，挑着去山上，她就会在里面玩鹅卵石和小风车。屋里一张用几块木板支撑的简易床，垫着厚厚的稻草，单薄破烂的被子油污发亮，床上堆满了衣物，在遥远的记忆里，是爸爸抱着她在这张破床上讲爷爷奶奶的故事，度过了一个个夜晚。

屋外有个用砖头堆砌的小泥灶，灶上架着一只大铁锅，每天天不亮，爸爸就会在泥灶边烧水做饭。多少个寒冬的夜晚，爸爸抱着她在泥灶前取暖，她喜欢看熊熊燃烧的火苗，问爸爸为什么柴火能燃烧，还能变成一块块木炭。爸爸答不上话，但他却会变戏法似的从滚烫的灶灰里掏出土豆或者地瓜，这是天下最可口的美味……

眨眼二十年过去了，自己经历了多少风风雨雨，可家里还一切如旧。她也曾陆续寄回过一些钱，为什么家里还是穷得叮当响？她给爸爸寄的钱去哪里了？难道是他老人家没有收到？“爸爸，女儿回来看您了，您在哪里呢？”

过了好一会儿，一个小男孩气喘吁吁地跑进来说：“姐姐，姐姐，我把王爷爷从地里找回来了，你快给我糖吃。”

冬妹抬眼望去，一个骨瘦如柴的老人挑着两簸箕地瓜走了进来。四目相对，彼此几乎都快认不出来了。冬妹努力在老人身上寻找爸爸从前的影子，二十年不见，她心中高大的父亲已变得瘦小单薄，佝偻着背，他的头发已经灰白，一张脸沧桑得像千年的树皮，密密麻麻布满了皱纹，浑浊的眼睛里写满了沧桑和苦难……记得爸爸还不到六十岁呀，怎么苍老成这副模样？冬妹的心一阵阵疼痛，二十年的甜酸苦辣一起涌上心头，她抱着一脸茫然的老父大哭起来：“爸爸，爸爸，我是冬妹呀！”

老人做梦也不敢想面前这个打扮入时、举止优雅的漂亮姑娘，就是当年那个孤苦无依，哭喊着爸爸的黄毛丫头。二十年了，老人没有一天不想念冬妹，他活下来唯一的梦想就是有一天还能再见到自己亲爱的女儿。多少次，他站在村口张望，希望能见到孩子熟悉的影子，多少次，在梦里被孩子稚嫩的声音叫醒。然而，今天孩子真来到了身边，他却又犯糊涂了，怎么也不敢相信面前这个女子就是他日思夜想的女儿，怔在那里流着泪水，一动不动的任冬妹抱着他哭泣，不知如何是好。站在旁边的雅静也是泪流满面，说："大伯，这是您的女儿冬妹呀！她回来看您了，您快说句话呀。"

半晌，老人才回过神来，嘴里喊着冬妹的名字，抱着冬妹坐在床上呜呜大哭起来。

不知从什么时候起，小屋里外挤满了人，村里的男女老少都闻风赶来看热闹，连雪花妈妈和虎哥都来了。面对两个像仙女一样的山外来客，几十双眼睛里充满了好奇和羡慕，都一眨不眨地紧盯着她们。

这个阵势，让久经世面的雅静都感到有些压抑，她灵机一动，从包里拿出了许多糕饼点心分给乡亲们，还给每人分了一张名片，说："感谢乡亲们来看我们，你们还记得二十年前的那个小女孩冬妹吗？是她回来了，她现在已经长大了，并且在珠市有了自己的事业，我是她的妹妹雅静，我陪着她一起回来看乡亲们，感谢你们从前曾经对她的照顾，更感谢你们对冬妹父亲的照顾。我们这次回山凹村，一是看看乡亲们，二是来接爸爸去珠市和我们一起生活，欢迎你们也去珠市找我们，那名片上有我们的联系电话和地址，你们谁有困难或者想去珠市找工作，就给我们写信或者打电话，我们一定帮忙。"

他们边吃着雅静给的糖果，边看着精致飘香的名片，大家面面相觑。一会儿，人群叽叽喳喳起来，有人大声说："我听说过珠市有大海，很漂亮，我也要去珠市。""我也要去。""我也要去。"全场一片哗然。

雅静用很响亮的声音说："好，你们谁想去都报上名来，我们回珠市就立即给你们联系工作，谁让你们是冬妹的老乡呢？你们今天先回去和家人商量一下，明天再来报名。我们也累了，冬妹和她父亲已二十年没有见面，请乡亲们先回家，让他们说说心里话。"

人群终于散去，家里只剩下三个人，雅静看着哭得像泪人似的父女，心里感慨万端，又不知道如何安慰他们，便默默地退了出去。

父亲哽咽着拍打自己的脑袋，说："你终于回来了，我就知道你一定会回家。爸爸想死你了，这几年你是怎么过的呀？怪我太没有能力了，没有保护好你，爸爸对不起你。咱们家那几间瓦房是你爷爷用生命换回的，现在给他们霸占了，我咽不下这口气呀！反正爸爸老了，已经是将死之人，我就等着你回来，我去把他们全杀了，我拼了老命也要为女儿争回房子。"爸爸似乎突然直起了腰，说着就拿柴刀要去砍人。

冬妹抱着父亲说："爸爸，您女儿已经是大老板了，咱们什么都不要，全给他们，只要您跟我们去珠市就行，咱们离开山凹村，去一个很美丽的海滨城市，在那里我们什么都不缺，什么都有，有漂亮的洋房，还有冰箱、彩电、小轿车。"

老人听着女儿的描绘，眼里闪烁出希冀的光芒，脸上挂着幸福的泪花。他虽然没见过世面，但他知道女儿说的一定是好东西，便得意地说："从小，我就知道你聪明、有出息，是你爷爷奶奶保佑我们，让我们今天能团聚，现在看你平安回来，我就放心了，死也瞑目了。"

冬妹捂住了父亲的嘴，说："什么死不死的，我爸爸可要长命百岁，今天咱们快准备一下，明天就去珠市。"

老人望着一脸自信、像神仙一样漂亮迷人的女儿，心里说不出多高兴。可这幸福来得太突然了，他唯恐这又是在做梦，便死死地咬了一下手指，嘴里喃喃地说："这是真的吗？不是在做梦吧？"

冬妹抓过父亲的手，说："爸爸，您仔细看看，您的女儿冬妹就站在您面前，怎么会是做梦呢？您快和我说说，这些年您是怎么过来的？"她说着从包里拿出熊猫香烟，替父亲点上了火。

父亲狠狠地吸了一口烟，烟圈随着长长的叹息深深吐出，吐出了心中的郁结与沉重，思绪也回到过去……

二十年前，他在新市场被押回山凹村后，雪花穷尽手段，哄逼他交出金条。然而，任凭她用尽浑身解数，他的金条已经全给了冬妹，他又怎么能拿得出。雪花气愤之极，和虎哥把他暴打一顿赶回柴房。在这里一住就快二十年了，今天终于等到了日思夜想的女儿，冬妹真的回来了，就在他面前。

冬妹又问起雪花妈妈和虎哥的情况。父亲告诉说：“十多年前，虎哥去小镇赶集，勾搭了小镇裁缝店的老板娘，两人经常私下约会，一次，被老板娘的老公逮个正着。谁知这娘们儿大哭了起来，向老公告状说是虎哥强奸她。她老公上来就对着虎哥当头一棒，他当即昏了过去，醒来后，他的下身竟然被老板用剪刀剪掉了。后来被送去医院，勉强保住了性命。从此后，他像换了个人，每天待在家里，倒也不这么欺负我了。”

冬妹叹了口气，说：“真是多行不义必自毙，他儿子小龙呢？”

父亲说：“他儿子像他爹不是个号东西，去小镇读书，从小就和社会上的流氓鬼混，现在已经是三进宫了。”

冬妹说：“有其父必有其子。雪原大伯呢？”

父亲悲伤地说：“雪原大伯已经死了好几年了。”

父女俩又是一阵难过流泪。正说话间，雅静回来了，她看父女俩哭红的双眼，便学前几天在广州时冬妹说的话：“亲人相见，要高兴才对，你们谁也不许哭哭啼啼了，谁哭谁就是小狗。我肚子饿了，晚上我们就吃爸爸种的地瓜。”

冬妹和雅静急忙去洗锅擦灶忙于做饭，吃完晚饭，父亲已整理了两大包的东西，说要明天带去珠市。冬妹看着父亲包的一大堆破烂，实在忍不住了，问父亲：“爸爸，我记得陆续给您寄回不少钱，您怎么还是生活得像旧社会的样子，连件像样的衣服都没有，您的钱哪里去了？”

父亲听了，得意的从破烂包里挖出一个黑不溜秋的包裹，递给冬妹，说：“闺女，钱在这里呢，我知道你心疼我，孝顺我，可我一个老头子，也没什么好花钱的地方，就把你寄的钱和卖猪钱都存在这里，这几年加起来，一共有三万五千元呢！爸爸没有能力，不能给你面子上争光，只为你存了这点钱，等将来你结婚时就当爸爸给你的嫁妆。”

冬妹的眼泪又溢了出来，怪父亲说："我给您寄钱是给您花的呀！谁要您为我准备嫁妆了！"

雅静也眼眶发红，说："冬妹给您寄钱就是给您花的呀，您不花钱她才难过要哭呢！您女儿现在是大老板了，谁还稀罕您的嫁妆？以后可不许您替她省钱了，要不，我们明天就把这钱分给村里的父老乡亲，让您和冬妹都潇洒一回。"

听了雅静的话，冬妹的眼睛里流露出感恩、仁慈、欣喜的光芒。她自小到大，得到过许多人的帮助和施舍，却从来还没有帮助过别人。心中升起施舍的欲望，眼前的山凹村实在是太贫穷了，她希望能帮助他们，毕竟这里是曾经养育过她的土地。她和雅静花了大半夜的时间说服了父亲，同意她们把钱连同猪圈里的两头猪分给乡亲们。

乡亲们感激涕零，用羡慕和崇敬的眼光目送他们走出山凹村。

走到半路，忽见前面窜出两个人挡住了他们的去路，冬妹抬头一看，是虎哥和雪花妈妈。二十年了，虽然他们都已经苍老，但冬妹心里还是生出了一种本能的恐惧，吓得直往雅静身后躲，对雅静说："糟了，糟了，雪花妈妈和虎哥把我们拦住了，怎么办？"

雅静仔细看了看，在确定他们身上没有带武器后，便叉起腰，冷笑说："呦，这不是冬妹的雪花妈妈和虎哥吗？听说你们当年好威猛的，怎么今天变成了这副模样？好狗不挡道，你们想干什么呀？"

虎哥阴阴地说："你这个小丫头，出口伤人，真是不知道天高地厚，有这样对长辈说话的吗？要是在当年，我就直接把你放倒了。可现在我已经放下屠刀了，就算为我儿子积点福。"

雪花急忙谄笑着对冬妹说："冬妹，你可是妈妈一把屎一把尿把你养大的呀，你回来也不去看我一眼，我伤心了一夜的。听说你给全村人都分钱了，就是不给养你长大的妈妈分一点，连你爸爸养的猪都没给我们留一头，你好狠心呀！你弟弟小龙在学校被人冤枉了，进了监狱，我都三年没见到他了，想问你借点路费，我和你叔叔想去看看你弟弟。"

雅静在冬妹的耳边说："这两个死不要脸的，来要钱了，给不给他们，你看着办。”

冬妹苦笑着从包里拿出两千块递给雪花妈妈，说：“谢谢您给了我苦难的童年，让我学会了坚强。有时候我想，假如没有您的棍棒，也许我这辈子都走不出山凹村，真的好感谢您！”

三个人到了小镇，冬妹说想顺道去去看看美芳妈妈和糖爷爷，不管怎样，自己在他们家待了好几年，还是美芳妈妈教的她读书识字。

他们买了许多东西，三个人提着大包小包来到美芳妈妈家。

老远就看见一个形容枯槁的女人坐在墙角晒太阳，她的脸色苍白，鸠形鹄面，牙齿已经全部脱落，发青的嘴唇上看不出一丝血色，一双手微微发抖，不时用衣袖擦那双浑浊成淡黄色的眼睛。

冬妹实在不敢相信眼前这位面无表情、邋遢潦倒的女人就是当年风流俊俏、八面玲珑的美芳妈妈。她在心里算了算年纪，觉得美芳妈妈最多也是七十多岁，怎么可能苍老成这副模样？只好试探地说：“这是美芳家吗？”

那女人的眼睛虽然浑浊，但却看得清楚，脑子也清醒，她很远就看见两个穿着光鲜的年轻女子和一个老头朝这边走来，可又觉得家里没有富贵亲戚，想应该是隔壁大学生李强家的客人，就眯着眼睛不予理睬。当她听到她们问美芳时，便睁开眼睛，说：“我就是美芳，你们有什么事吗？”

冬妹确定老人就是美芳妈妈时，觉得人生如梦，心中无限感慨，说：“妈妈，我是冬妹呀，我来看您了。”

美芳听说面前这个像电影明星一样漂亮的女子竟然是冬妹，心中一怔，哑然发出一声长长的叹息，接着便万分悲伤掩面抽泣。哭了好一会儿，才颤巍巍站起来，说：“瞧我都老糊涂了，女儿回家了，我要高兴才对，怎么反而喜极而泣呢？快快快，咱们先进屋再说话。”

她说着便接过冬妹手中的东西，脸上流露着亲切和感动。四个人进了屋，美芳妈妈说要去厨房做点心，被冬妹拉住了，雅静赶快从袋里拿出各种水果糕饼递给美芳妈妈，拉她坐下。

美芳妈妈的家没有改变，还是冬妹记忆中的样子。只是多了一个灵堂，上面放着糖爷爷的遗像。美芳妈妈看冬妹愣盯着糖爷爷的遗像，抽泣着把冬妹买的东西摆在糖爷爷灵堂上，边点香边说："你糖爷爷已经在前年患肺癌去世了，我不让他抽烟，他就是不听我的话。"又抹着眼泪对着糖爷爷的遗像说："老糖呀，你看看谁来看你了，是冬妹呀！是冬妹来看你了，这是冬妹给你买的东西，你快出来吃呀。冬妹现在出息了，她已经是大老板了，瞧她多有良心，到现在还记着我们，真没枉当年你用篓筐把她挑了回来，救了她的命。你挑回的是一个有良心的人呀，也没枉我们辛辛苦苦养了她一场。老糖，冬妹是个有良心的人，你在阴间一定要保佑她呀。"

听得冬妹毛骨悚然，急忙站起来去糖爷爷面前烧了三炷香，心里念着他的抱养之恩，跪下去磕了三个响头。

冬妹问起小土哥哥。

说起小土哥哥，美芳妈妈刚止住的眼泪又汹涌而出，说："你那个哥哥呀，真可怜呀……"

那一年，冬妹走后，小土在家天天发脾气。美芳理解儿子，知道他的心思，在她的再三张罗下，倾尽了全部家当去外地买回一个姑娘。谁知不到半年，那姑娘偷偷跑了，真是竹篮打水一场空。从此，小土一蹶不振，也不和人说话，一听到女人两字就大发雷霆，天天在家吃了睡，睡了吃，身体越来越差。

冬妹听了只好用言语安慰，几个人正说着话，"砰"的一声，一个白头发、白胡须、脸色蜡黄的人从房间走了进来。他面无表情，步履蹒跚虚浮，身体摇摇欲坠。美芳妈妈急忙起身扶儿子坐下，说："小土，我的乖儿子，你看看谁来了，是你冬妹回来了，看看你的妹妹长得多健康漂亮。你妹妹还给你带回许多好吃的。"她说着便剥了一块糖果塞到儿子嘴里，摸了摸他的额头说："你今天感到舒服一点吗？你妹妹来了，我正要去叫你起床，没想到你自己起来了。太好了，你快看看你的妹妹冬妹，她比从前出落得更漂亮了。你还记得冬妹吗？她来看你了，你还认得吗？你快仔细看看，这屋里谁是你妹妹冬妹。"

小土用无神呆滞的眼睛扫了屋里人一遍，最后落在了冬妹脸上，咧开嘴向她笑了起来，露出几颗稀稀落落的黑色犬牙。

冬妹实在不敢相信，十多年前是面前这个人把她压在身下，把舌头伸进她嘴里，就差那么一点，她的处女之身就要被他毁夺的人。想到这，不由惊出一身冷汗，肚子里翻江倒海般难受，脸色由红转青。她实在待不下去了，站起来说：“我们还有事，先走了。”

美芳妈妈听冬妹要走，便号啕大哭起来，说：“这么多年了，我没有一天不想你，今天好容易见面了，怎么坐不上一会儿就要走？我知道小土没有福气，配不上你，可我毕竟养了你这么多年，早把你当作亲闺女了。自你走后，我天天在为你念经烧香，求菩萨保佑我的女儿冬妹。今天好不容易把你等了回来，你怎么可以说走就走呀？你看我们母子的身体，都是风烛残年，怕是时日不多了，这次你走，也许这辈子也不能再见面了呀！”

冬妹听了不置可否，但也无从反驳，只感到坐不住，又走不得，不知道如何是好。

一直在看美芳妈妈演戏的雅静实在忍不住了，说：“我说呢，怎么冬妹年纪轻轻就事业有成，原来是有一个伟大的美芳妈妈在背后为你念经祈福呢。这些年，你天天求菩萨一定花了很多纸钱，冬妹你快把香烛纸钱给还了，我们走。以后，您就别再求菩萨保佑冬妹了，她命苦受不起，您还是让菩萨保佑保佑您的宝贝儿子吧！保佑您的儿子小土早点结婚生子发大财，保佑您自己没病没灾，长命百岁。”

冬妹便从包里拿出两千元钱递给美芳妈妈。

美芳虽然一万个舍不得冬妹走，可也知道拦不住他们，只好收起钱含泪目送他们远去。

雅静对冬妹的生父、后妈、小姑产生了好奇，非要陪冬妹去看看，收拾他们一番，替冬妹解解心头之恨。可冬妹死活不同意去生父家，说后妈见到她一定会以为自己要去分财产了，无论如何也不愿意去吃闭门羹。倒提出想去看看她的生母。

三个人坐车来到山城。找到了妈妈家，冬妹怕见到后父，不敢上前，还是雅静去按的门铃。

没想到，房子已经易主，新主人告诉他们哑巴家早搬走了。

他们按他给的地址找到了妈妈的新家。

这是一间低矮破烂的平房，伸手就能摸到屋檐。陈旧衰朽得仿佛随时要散架，门板蛀得露出一个个黑洞洞的豁口。冬妹看这间房子比山凹村养父住的柴房没好多少，想是不是搞错了，妈妈怎么会住在这种地方。正犹豫间，屋里走出一个女人。冬妹定睛一看，正是自己的母亲勇慧，她急忙迎上去唤“妈妈”。勇慧也认出冬妹，冷冷地说：“你怎么来了？”

母女相见，并没有雅静想象中的感人场面，相反，只有冰冷和陌生，仿佛有一道无形的隔阂横在两人中间。冬妹提出要请母亲吃饭出去聊聊，母亲说：“不用了，我还要照顾你后父呢，他已经中风好几年了，我每天要给他端屎端尿，做饭做菜。”

听说后父已经中风，几个人便大胆地随母亲进屋，他们坐下没多久，冬妹刚想问弟弟妹妹的情况，猛然看见后父拄着拐杖，一摇一晃地朝他们走过来，举起拐杖要打冬妹。吓得几个人同时站起，雅静急忙拉冬妹跑走出屋。冬妹一步三回头的看着小平房流泪，雅静劝道：“你后父都这样了，咱们还是赶快走，他一看见你就生气，万一被你气死了这祸就闯大了。”

冬妹从包里拿出一沓钱，雅静进屋把钱交给了冬妹的母亲，几个人才悻悻离去。

那一年，后父被冬妹咬下舌头，虽经医生尽力抢救，无奈一截断舌却再也接不活了。没有舌头成了半个哑巴，他再也不能去揽工程、管理工人了。后父恨极了勇慧，觉得这一切灾难都是她造成的，自己娶回了一个丧门星，便天天在家以酒浇愁，喝醉后就打老婆解恨。有一回，勇慧忍无可忍把他推倒在地，没想到他因此得了脑中风，从此生活不能自理，眨眼已是好多年。

没有了顶梁柱，家里坐吃山空，生活的重担都落在勇慧身上，日子一天不如一天。那时候山城兴起标会。标会是一种民间信用融资行为，具有筹措资金和赚取利息双重功能。由发起人（会首）邀请若干人参加，定期举办标会活动。会员每期缴纳“会费”，通过公开投标，由标金最高者获得总会款。每人得一次会款，全部会员都得一次会款算一个轮回。

有人标会去盖新房；有人标会去投资；有人标会去看病；有人标会去吃喝玩乐；有人标会去赌博；有人标会去放高利贷……

中标者，钱来得快。投标者，拿的利息比银行高，皆大欢喜。

久而久之，山城的标会演变成了全民放贷，一夜暴富的思想充斥着整个山城。

听说标会好赚钱，正为未来发愁的勇慧也卷进了这个热潮。下了几次会，尝到甜头后，觉得这是个发财机会，毅然做起了会头，把标会所得的钱用于放高利贷赚钱。

山城的钱满天飞，成捆成捆的钞票“用麻袋装”，“用尺子量”，被纨绔子弟挥霍一空，被赌徒们搬上了赌桌。标会慢慢变成一个无形的黑洞，标走的钱还不上就跑路，山城爆发了空前的金融危机，大会小会全部倒掉。当了几个会的会头，勇慧也陷入了这场金融灾难。她的会员标到钱后纷纷外逃，作为会头的她当负全部责任，会员们为了逼债把她抓去暴打、灌粪便，受尽凌辱。勇慧百般无奈，只好卖了房子还债，全家搬来了小平房。

四十七
费尽心机找市长

回到珠市，两人心中久久不能平静，老家的贫穷落后与珠市的现代文明形成强烈对比，令她们有一种恍若隔世的感觉。在感叹人生如梦的同时，心里又激荡起一种对成功的强烈渴望。尽管她们已经拥有了让许多同龄人望尘莫及的一切，然而她们并不满足。

她们越走近所谓的成功人士就越发现，原来那些才高八斗、学富五车的教授专家一样是凡人；那些位高权重、雄韬伟略的领导并没什么惊人之处；那些一掷千金、做大生意的土老板更是放浪形骸，毫无修养。

不明就里的人们往往都被伟人们身上的光环所迷惑，对他们奉若神明，可是只要走近，就一定会大失所望。他们一样需要吃喝拉撒，有喜怒哀乐，七情六欲。

和这些所谓的成功人士比较，她们觉得自己并没有比他们差多少，甚至某些方面比他们更有所长，越发坚信自己同样也能成功，一样能成为伟人。她们做梦也想做大老板，随时像猎鹰寻找兔子一样觅求商机。

她们在珠市虽然拥有了自己的房子，可在一栋栋拔地而起的高楼面前，在财大气粗的房地产老板面前，心里常常感到莫名的失落。听刘老板说这片地是我刚拿的，白老板说这栋楼是我刚建的，朱老板说我要把这块地建成珠市最高档商业区……她们只有崇拜和羡慕的份。

两人苦心经营的茶楼和礼品销售，虽然一年也能赚点钱，但和房地产商相比就像是九牛一毛。她们也幻想有朝一日能进军房地产，可没有师傅引入门，这对她们来说实在是太难了。但她们凭着这几年的小有成就和自信，以初生牛犊不怕虎的无畏精神和勇气，决心要在房地产界一试身手。两人知道自己没有亲人可以依靠，唯一能依靠的也只有朋友，她们今天所获得的一切，都是朋友所给。两人这些年概括，朋友是天，朋友是地，有了朋友可以顶天立地，朋友是风，朋友是雨，有了朋友可以呼风唤雨。

为了拓展人脉、实现做房地产的梦想，两人如交际花般翩跹于各大饭局，和房地产老板们交朋友，好像是认识了不少房地产商，可她们发现真心的没有一个。无论她们如何巴结讨好，那些所谓的朋友只是把她们当作免费的陪酒小姐，这些“人脉”根本不靠谱，看似称兄道妹，实则是把她们当作消遣对象，谁也不会和小茶馆的小老板合伙开发房地产。

几番挫折，她们终于悟出一番道理。什么人脉不人脉，拼的全是背景、实力。社会是一个金字塔，人人都想往上爬，只有人挤人，没有人拉人。打铁还需自身硬，绣花要得手绵巧，只有想办法提升自己的综合实力，让房地产商觉得和她们合作有价值，才能互惠互利。

好在她们有生意天赋，又处处留心，大约知道了一二，做房地产要先利用政府关系拿到土地，再把土地抵押给银行，贷出款来盖房子，边盖房边卖房，一个楼盘下来，没有赚亿万也有千万，基本上算是一本万利。房地产这块肉太肥了，她们也幻想分一杯羹。

人贵有自知之明，她们很清楚无论是经济实力还是专业知识，自己都不具有开发房地产的实力。两人日思夜虑，得出的结论是做房地产关键要有土地，钱和专业反而是次要的。要拿到土地就必须找关系，找一般人肯定是不行，最好的办法是找到市长，得到他的支持。市长掌管着珠市全部的土地，她们还听说珠市市长特别霸权，什么建设局、规划局都形同虚设，只要搞定市长就搞定了土地。

要怎样才能认识市长呢？这是她们亟须解决的问题。找人介绍，显然是不合适，尽管她们的朋友很多，却没有听说谁和市长关系密切，即便是有人认识，可在人脉就是财脉的当下，领导就是财神爷，谁又愿意轻易把市长这尊大佛介绍给她们呢？

虽然，市长常在珠市的电视和报纸上出现，他的光辉形象也早印在了两人的脑海，可市长位高权重，直接统领着城市建设和经济发展，他的身边一定花团锦簇，全市人民都在仰慕和关注着他，想认识他确实不是一件容易的事。

她们去市政府找市长，无奈，每一次都是被总台或市长秘书挡驾，门都没找到。听说市长常去打网球，她们就在网球场守株待兔了一个月，好容易见到市长，奈何他身边围着一大帮人鞍前马后侍候，无法近身。听说市长有去虎威山晨练的习惯，她们便每天早早起床，希望能邂逅市长。有几次，也的确是遇到了市长，可市长一家三口其乐融融，还有保镖护驾。她们曾大着胆子迎面而上，向市长问好，市长也礼貌地微笑点头，可市长夫人那犀利的目光，吓得她们大气也不敢出，在市长夫人的眼皮底下，要走近市长无疑是虎口夺食。有一回，她们风闻市长下基层开会，就立刻赶往会场，凭着从前拉广告的经验好容易混了进去，但市长高高在台上，到处是鲜花和掌声，她们只是台下人群中的一个，市长根本注意不到她们。

她们这样追踪了两个月，连话都没有和市长说上一句，要认识他实在太难了。

夜晚，两人又在泡茶商量计策。

冬妹轻声叹息，说：“这两个月，我们花的心思足可以感动天地了，但没有取得半点成果。我们是不是太自不量力了？还是老老实实地经营我们的茶馆和礼品生意吧。”

雅静一听，气得扔下手中的茶具，指着冬妹的鼻子，说：“你呀，就这么点出息，遇到点困难就打退堂鼓，做缩头乌龟，我就看不起你这一点。别人能做，我们为什么就不能？现在我们遇到困难是真的，自古圣贤多磨难，谁做事就一帆风顺了？邓小平还三起三落呢，我相信只要坚持就一定能成功。”

“可看现在这个状况，要认识市长真的好难，我们即使找到了市长，也很难走近他，就算走近了，也是男女有别，咱们没身份没地位的。市长一定会避嫌，怎么可能把地随便给两个茶馆的小老板。”冬妹忐忑不安地说。

雅静一脸的不屑，骂说：“你这个木瓜脑子，就一根筋。此路不通，另辟蹊径嘛。我们要想办法灵活变通，穷则变，变则通，通则达，我们要学会变变变。”

冬妹受了雅静的感染，眼里也升起了希望的光芒，说：“有志者事竟成，人们说，天下没有做不到的事，只有想不到的事。”

“这才是我的好姐姐，你看这样行不，咱们想办法去找市长夫人，也许，女人会更好说话，若能和他夫人合作，没准会更好。”

冬妹说：“我想起来了，上回听谁说过，市长夫人经常去清新美容院做美容，要不，咱们也去那里做美容？看能不能找机会认识她。”

“好，就这么办，天下无难事，只怕有心人，咱们俩就是亲姐妹，想什么事都能想到一块去！”

清新美容院位于珠市市委常委楼后门的一条小街，周围皆是珠市各大机关的宿舍楼。美容院很大，装修精致奢华，服务热情。

来这里消费的人大多是达官显贵的太太小姐。那些官太太们养尊处优，又感叹自己年华老去，惧怕当官的男人在外面拈花惹草，就纷纷来美容院留驻青春。小姐们闲来无事，又有花不完的钱，也为了更青春靓丽，就和母亲一样来美容院享受服务、放松心情。在服务员热情、周到、体贴的全方位攻击下，太太小姐们最舍得在这里花钱，也把去美容院当成一种时髦，一种身份地位的象征。

冬妹和雅静自进门的那一刻起，就被美容师亲切的微笑所吸引，觉得老板经营有方，会做生意，值得她们借鉴学习。

她们在服务员带领下，来到一个精致的小包厢，两人躺在美容床上，享受着美容师全方位的服务。两个美容师和她们年龄差不多，可很会关心人，一副低眉顺眼的样子。从她们胸前佩戴的塑料牌上，知道给雅静按摩的叫小兰，为冬妹服务的叫小芳。

小芳讨好说："两位小姐真漂亮，我们在珠市做了这么久的美容，从来没有见过像你们这么好的皮肤，一定是来自江南水乡，而且是出身名门的大家闺秀。"

冬妹心里觉得这里的小妹真会夸奖人，一定是受过老板娘的专门培训。尽管，明知道是拍她们的马屁，可心里仍是舒服无比，就和小芳攀谈起来。另一张床上的雅静也和小兰聊得热闹。

冬妹试探着说："看你们这里的服务真好，听说周围住的全是珠市的达官贵人，离市委常委家属院只隔一条马路，来这里消费的想必都是珠市的头面人物，难不成市长的太太也来你们这里做美容？"

"您真说对了，市长太太每周至少来两三次，她还是我们的至尊贵宾呢！"小芳得意地吹嘘。

雅静说："什么叫至尊贵宾？"

"至尊贵宾就是一次性在我们清新美容院充值 9999 元，您就可以成为我们的至尊贵宾，一切服务全部享受八折，终身免费形象设计，我们还会不定期举办派对，邀至尊贵宾一起参加。我看两位小姐不是一般人，有这个能力成为我们的至尊贵宾，我们这个月还有特别的优惠，赠送一套护理产品。"小兰滔滔不绝地说。

小芳看两人陷入沉思，急忙说："两位小姐年轻漂亮，更要注意美容保健，护理要从年轻抓起，就像咱们的市长夫人，她都五十岁了，可谁看她都像二十八岁，把我们的市长迷得目不斜视，什么女人都比不上他老婆。"

"女人最大的痛苦是年老色衰。现在当官的、有钱的谁不在外面养小蜜。其实，这也不能怪男人，只能怪女人自己，谁让她们不来美容院做美容呢？舍不得花小钱保养自己，让老公去花大钱养别人，活该！想想也可以理解男人，爱美之心，人皆有之，谁愿意回家面对一个黄脸婆呢？是女人自己把老公推给别人的。"

"不过，9999 可不是一个小数目，我爸爸省吃俭用，存了一辈子也没有这么多钱，两位小姐考虑清楚了，你们要省钱还是要永远年轻美丽。"小兰用激将法说。

冬妹和雅静听她们你一言我一语讲得头头是道，也觉得言之有理，心中动摇，决定今天也要在这里办两张至尊贵宾卡。两人互看一眼，彼此心领神会，雅静说："这么多官太太贵小姐们都是你们的至尊贵宾，我们不加入，岂不显得我们没有身份？要成为你们的贵宾很简单，只是你们怎么能让我们相信，市长夫人真是这里的至尊贵宾，不会蒙我们吧？"

小兰和小芳看有戏，想这个月的业绩有了着落，心中高兴。小芳忙不迭地去拿了一个精致的本子，里面有市长夫人的健康档案，来美容院的时间，以及生日信息等，说："这就是市长夫人的资料，她每星期至少会来这里两三次。"

冬妹看了看本子，说："市长夫人一定好忙，怎么可能一周来两三次美容院呢？况且，听人说做美容太勤会伤害皮肤的。"

小兰急忙辩解："再忙也要挤出时间来美容的，这可是她的头等大事。而且，来美容院不仅可以美白护肤，还可以按摩放松，这是有钱人才能享受的。"

小芳看出她们俩醉翁之意不在酒，好像是冲着市长夫人来似的，心想来这里找市长夫人的人多了，这种人最容易办卡，便将计就计地说："两位小姐是否想要认识市长夫人？你们假如有兴趣，今天就先成为我们的至尊贵宾，等到市长夫人来了，我们打电话通知你们，到时候别忘了给我们红包。"

两人的想法被她们当面看透说破，有些尴尬，雅静干笑了几声，顺水推舟说："妹妹真是明白人，有劳妹妹介绍了。我们现在就办卡，认识她后，我们一定给你们包个大红包。"

"你们想要认识市长夫人，一定是个大人物，将来要是更发达了，可别忘了帮我们一把。唉！我们来这儿好几年了，虽然都和她们认识，可身份悬殊，她们根本不会把我们放在眼里，认识这么多领导夫人我们也用不上，希望能对你们有用。"小兰羡慕地说。

冬妹听了，深有感触，安慰说："同是天涯沦落人，我们一样都是小人物，也都来自农村。"

雅静听冬妹泄了老底，心里火冒三丈，好像是灰姑娘的水晶鞋和漂亮衣服被当众脱去。她暗暗瞪了冬妹一眼，怪她不该胡说八道，不耐烦地说："好了，好了，各有各的烦恼，谁都不容易。我们这就去办卡，你们老板真能做生意，培养出你们两个这么伶牙俐齿的员工。对了，你们办成两张卡，老板给你们多少钱提成？"

小兰和小芳都没有搭雅静的茬，只是兴高采烈地给她们建了客户档案。

回到家，雅静还是闷闷不乐。冬妹知道刚才自己说错了话，只好哄道："都怪我，哪壶不开提哪壶。我们现在已经进化成人了，没有必要再去告诉别人我们几万年前也是猴。不但自己没面子，还害了我亲爱的妹妹也丢脸，你说该打不该打。"她说着举起手打自己的脸。

雅静赶紧抓住了她的手半嗔怪半责备说："其实，我也并不是一个忘本的人，更没有忘记过去。只是这个社会都是现实和势利的，要让别人看得起你，就千万不能让人知道我们的缺点和不足，你想想谁会去爱别人的缺点呢？我们一定要学会包装自己，要把自己的优点优势展示于人，让别人看到我们的利用价值，觉得和我们交朋友有面子，那样，别人才会和我们合作。你别以为今天我们在珠市好像小有成就，可实际上根本没有根基，就像天空飘的氢气球，看着好看，轻轻一扎就破，所以，我们还需要身份和包装。"

冬妹看雅静眼眶发红，知道她又想起了从前，心里很是难受，更是责怪自己话多，觉得确实没有必要和美容师说那么多，这个社会从来就没有平等和同情，只好装了装鬼脸安慰雅静说："我知道错了，以后一定听妹妹的话，把自己包装成有身份有地位、让别人仰慕的人。"

她们正说着话，父亲王福买菜回家了，她们两个亲热地叫着爸爸，冬妹接过他手中的菜去厨房了，雅静给父亲打开了电视，找到了他最爱看的戏剧频道，还为他沏上了香浓的龙井茶……

接下来的日子，只要市长夫人去了清新美容院，雅静和冬妹就能接到小兰小芳的电话，她们自然也成了美容院的常客。几乎每回，她们都能和市长夫人打个照面，可市长夫人身边总是有人陪伴，加上她不苟言笑，高高在上，虽然也算是混了个面熟，但终究是没法真正走近她。

不知不觉过了三个月，她们的至尊贵宾卡快用完了，虽然没有和市长夫人成为朋友，倒和老板娘混熟了。

老板娘叫冯紫丽，是个三十岁左右的台湾人，一身名牌、一口带着浓厚台湾腔的国语，时时表现出台湾人比大陆人高一等的优越感。她从前和丈夫在台北开化妆品店，1987 年 10 月 14 日，蒋经国宣布，除台湾的“现役军人及现任公职人员外，凡在大陆有血亲、姻亲、三亲等以内的亲属者，允许赴大陆探亲”。接着旅游观光潮、学术交流潮、经商潮、投资潮一浪高一浪涌向大陆。那个时候，台湾经济已经进入发展的黄金时期，而大陆还处在改革开放的初期，台胞们大多都有一种衣锦还乡的感觉。

冯紫丽的丈夫也随着经商大潮，来到内地投资。他和许多台湾人一样，在大陆花天酒地，恣意淫乐，玩昏了头，乐开了花，几年都不回台湾。可怜的冯紫丽在台湾打理生意，照顾孩子，直到三个孩子全上了大学，她才寻找丈夫来到大陆。她看到老公找的大陆妹，虽然不算漂亮但和女儿差不多年龄，已经生了两个孩子，心中万念俱灰。她是个要强的人，觉得没有面子再回台湾，又看大陆正值发展初期，就决定留在珠市发展事业。

凭着在台湾卖化妆品的经验，经过一段时间的考察，觉得还是女人的钱最好赚。女人谁都爱美，最舍得在美容上花钱。于是，她决定开一家美容院。清新美容院占尽天时地利人和，生意做得红红火火，收入是从前台湾化妆品店的好几倍。

她参加珠市台商会，听说在台湾名不见经传的“雪肤美”老板，来大陆几年时间，靠连锁加盟开了几十家分店，资产已达到几千万，真让人羡慕。她也想走连锁加盟路线来发展事业。

假如在从前，冯紫丽一定不屑和冬妹雅静交朋友。自老公跟了大陆妹后，她从心底里鄙视大陆女子，尤其是憎恨年轻漂亮的女人。但现在，为了她伟大的加盟梦想，必须不断寻找合作伙伴，只好放下架子屈尊降贵和她们交往。

冬妹和雅静总觉得冯紫丽有点自以为是，但听小兰小芳说，老板娘和市长夫人要好，想让她帮忙介绍认识，所以也百般讨好冯紫丽。

从冯紫丽的口中，冬妹和雅静知道了一些市长夫人的情况，市长夫人叫马冰洁，父母均是省城领导，而市长那时候只是农村出来的穷大学生，马冰洁慧眼识英雄看上他，从此，市长在岳父母的羽翼下青云直上。

冯紫丽看她们俩对市长夫人特别感兴趣，想两个开茶楼的小女子要认识她做什么，心里好奇，说："你们要认识她太简单了，关键是你们要干什么？认识她对你们又有什么用？"

两人只是凭着一股牛劲，一根筋地想要找市长夫人，现在连她们自己都感到不好意思了，哪里敢在外人面前提起想开发房地产地的事，雅静说："我们只是对她好奇，希望能和她交个朋友而已。"

冯紫丽直笑得前俯后仰，泪花四溢，把嘴里的茶喷了雅静一身，说："你们真是蚍蜉撼大树——自不量力。物以类聚，人以群分，你们两个没名没姓的小丫头，有什么资格和珠市第一夫人交朋友？你们有多少钱？还是你们父亲是省委领导？人要有自知之明，早点死了这条心吧！还不如好好地加盟我们清新美容院，保你们钱途无量，你们只要赚到钱，还找她干什么？"

雅静听了火冒三丈，她本想说你不也就是个美容院的小老板吗，我们开的茶馆也不会比你美容院小，难道我们就比你低档了？但话到嘴边又咽了回去。她冷眼观察冯紫丽，不知怎的，越看她越像台北皇宫的老板娘，心中越发多了几分憎恶之感，便坐在一边不再说话。

冬妹虽然没有完全赞同冯紫丽的话，但也觉得她说的不无道理，她们俩确实只是做小生意的，要巴结市长夫人的大款老板排成队呢，她不可能把她们当朋友，人还得靠自己的实力去取胜，便问："加盟你们美容院要多少钱？"

"二十万。"冯紫丽想了想，又补充道，"二十万很便宜了，你们去问问，加盟麦当劳要三百万呢。"

“二十万是不多，不过，你能为我们提供什么服务呢？”雅静冷笑说。

“小姑娘，你说错了，这不叫服务，叫指导。你们可以挂我们清新美容院的牌子，我帮你们出装修图纸，还有营销宣传、美容师培训、物料配送等，反正挺多的。”冯紫丽以为有戏，兴奋地介绍。

“不错，不错，我们这就去筹钱，马上加盟你们美容院。”雅静站起来拉冬妹走了。

从清新美容院出来，雅静大骂冯紫丽。两人为了争一口气，也看到了美容院的商机，下定决心要开美容院，并且就要开在清新美容院旁边，和这个自以为是的台湾老女人一争高下。

第二天，冬妹打电话给清新美容院的得力干将小兰小芳，请她们吃饭。席间，雅静邀请小兰小芳一起创业合开美容院，许高薪，给干股，很轻易说动了她们。

雅静和冬妹又花高价在清新美容院隔壁盘了一个店面，装修后在小兰、小芳的张罗下，“夏洋美容院”隆重开业了。

有了干股后的小兰、小芳干活比从前更卖力了，她们不但是美容好手，还是培训高手，把员工培训得唯命是从，体贴入微。她们又带出了清新美容院的全部客户资料，挨个给夫人小姐们打电话，忙得不亦乐乎。

雅静和冬妹开美容院本来就有些醉翁之意不在酒，只是想借这个平台认识领导夫人，并没有太把盈利放在心上。因此，舍得花钱送代金券，发邀请函，很快，夏洋美容院做得风生水起，清新美容院的老客户几乎都被挖了过来，连市长夫人都来了，她们也如愿以偿和市长夫人交上了朋友。正准备找时机和她谈房地产的事情，然而，让她们做梦也没想到的是，市长高升去了省里，全家追随着离开了珠市。

四十八
花姐命

日子不知不觉又过了一年，冬妹和雅静虽然没有做成房地产，但美容院却给她们带来滚滚财源，盈利甚至比茶楼还丰厚。随着身价的暴涨，她们在外人眼里，成了集美丽、财富于一身的智慧女神，拥有了年轻女性可望而不可即的成功，也令八尺男儿自愧不如。追求她们的人很多，但却没有人能真正打动芳心。两人觉得那些有钱有势的男人，大多是在外面见一个爱一个，根本没有真心实意。而那些事业不成功的男人，怕爱的只是她们的钱，也看不惯他们小里小气的样子，吃餐饭都要她们掏钱，凭什么呀？当然，也遇见过各方面都不错的男性，但他们的眼光非常苛刻，什么学历出身，家庭背景，是不是处女等，实在是受不了。由于种种原因，两人终究未谈成恋爱。

她们知道自己已被列入剩女行列，好在两人一心扑在工作上。孤单时，就开车去海边散步，数星星，赏月亮，总结过去，规划未来。两姐妹天天如影随形，说说笑笑，倒也没有太把个人问题放在心上。

她们的朋友越来越多，但深交的却反而更少了。尚超尘老师去北京进修，很少回珠市，偶尔见面，也说不上几句话，似乎没有了共同语言，更找不到从前那种感觉。江海云倒是在她们茶楼开业不久时，猛追过雅静，后来觉得自愧不如就放弃了。前不久还带个女朋友来茶楼喝茶，女朋友比雅静还年轻，一副小鸟依人的样子，说是珠市大学四年级的学生，等过几个月她大学毕业就结婚。

夏洋茶楼、夏洋美容院、夏洋礼品公司在珠市已经小有名气。一天，江海云来茶楼找她们。老朋友见面，分外高兴，雅静和冬妹好不热情，毕竟是江海云在她们最无助的时候引荐她们去了《珠市文学》，两人从心底里感激他，请他吃海鲜大餐。

席间，江海云借着醉意说："文联要举办一个'百花齐放画珠市'的大型笔会，路桥公司陆总已经答应赞助食宿费、场地费和书画家的出场费，现在就缺一个礼品赞助商，我就想到了你们，这可是你们在珠市扬名的好机会呀，只要赞助了这次礼品，你们公司的名字将和路桥公司一起出现在宣传页面上，多有面子，还可以有机会和市委书记见面。"

她们听了甚感有趣，从前都是自己去拉广告求别人，现在角色转变，也有人来向她们要赞助，来拉赞助的还是从前引她们入门的大学生。两人互望了一眼，都觉得这是个好事，既宣传了自己公司的品牌，又可以有机会和全国的书画家交朋友，还能见到现在珠市的一把手朱玲书记，雅静便说："我还以为海云哥哥有什么好事想着我们呢，原来是让我们赞助礼品呀，既然哥哥开口了，就算要我们身上的肉，我们也一定割下来给您，大约要多少份礼品，您尽管说。"

"不多，不多，我就知道两位妹妹慷慨大方，绝非是寻常女流之辈，我真没有看错人。"江海云高兴地说。

雅静半真半假打趣说："什么没有看错人，什么非寻常女流之辈，满口假话，你明明说过非我不娶的，怎么眨眼又要和别人结婚了？"

江海云心中暗骂雅静不讲理，但看在礼品的面子上，只好赔笑道："在两个事业成功、美貌超群的妹妹面前，哪个男人都会汗颜，我是绝对高攀不上的。不但是我配不上你们，尚超尘也配不上你们，现在珠市的男人已经没有多少能配得上你们。"

冬妹听了江海云的话，不知是喜是悲，叹了口气，说："瞧您说什么呢，像我们这样的外来妹有人要就不错了，还有什么配得上配不上的。您快把礼品方案给我们，我们好尽快设计准备。"

江海云从包里拿出方案。两人算了算账，三百份礼品，大概需要三万元成本，虽然有点心疼，但还是毫不犹豫地和他签订了合同。

“百花齐放画珠市”的大型笔会在珠市宾馆隆重举行，来自全国的一百多位书画家同台竞技，共绘珠市美景，书写和谐家园。市委书记率领五套领导班子全部到席，这场面确实让冬妹和雅静激动不已。

她们觉得这次的礼品不能白白赞助，一定要利用这个机会认识市委书记。新上任的市长没有根基，形同虚设，现在的珠市是市委朱书记说了算，更难得的是朱书记是个女性。

这些年，她们也认识了珠市的一些男领导，但大多都是泛泛之交，总觉得友情不纯。在刚开始，异性之间确实更容易接近，可相吸容易深交难，毕竟是男女有别。那些虚伪的领导表面衣冠楚楚，可内心大多爱财爱色，肮脏不堪，只要见到漂亮女人都想上床，上完床又觉得没有意思，怕对自己影响不好，就拍拍屁股逃之夭夭。

让她们引为骄傲的是两人始终没有和帮助她们的领导上床。可许多人还是对她们的成功表示怀疑，总觉得她们是用色相赚的钱。她们现在最希望能认识这位女市委书记，得到她的肯定，这是对自己能力最好的证明。为此，她们读背了朱书记在报纸上发表的许多诗歌散文，希望这次能把握住机会。

文联主席向各位领导和来宾汇报了笔会的筹备、举办情况，并向到场的书画家们致谢。接着是朱书记的重要讲话，她对应邀到会的书画名家及各位嘉宾表示热烈欢迎，并对本次笔会给予了充分的肯定。

雅静和冬妹看朱书记比在电视上见到的还光彩照人，一身得体的西装短裙，配上一条深紫色丝巾，脸上闪烁着领导特有的自信，举手投足间透着飒爽干练，一看就是个雷厉风行的铁娘子。

作为友情赞助商，她们也被安排在贵宾席就座，和路桥公司陆总只差几个位子，两人骄傲地和陆总打招呼，可陆总却转过脸去，假装不认识，这让她们很是郁闷。倒是坐在前面的朱书记好像在朝她们微笑，这让她们受宠若惊，恨不能立即冲上前去，把准备许久的满肚子马屁倒给朱书记，碍于周围的几千双眼睛，终究是未能成行，只好静静观察着寻找机会。

终于，两人看到朱书记往卫生间走去，觉得机会来了，急忙起身紧随其后，恭敬地站在洗手台前等候朱书记。一会儿朱书记出来了，雅静微笑着打开水龙头让朱书记洗手，冬妹赶紧递上擦手纸。

雅静忙不迭地说："朱书记您好，我叫雅静，她叫冬妹，是这次活动的礼品赞助商。今天能见到您真是太激动了，您比我们在电视里见到的还有魅力，我们太喜欢您写的诗了。您为《珠市日报》题的那首诗，实在是让人耳目一新，如饮甘露。'珠迎春夏秋冬花，市纳东西南北才，日牵古今中外事，报系千家万户情。'真是胸容天地，大气磅礴，那时候，我想这首诗一定是像毛主席一样的伟人写的，可落款却是个女性的名字，我们就想象着什么女性能写出如此心系天下、情溢珠市的好诗。后来才知道是珠市的父母官朱书记女士写的，难怪，文如其人嘛。从此，我们天天在报纸上找您的作品读，现在都已经剪辑成册了。"

"'果硕花香，春播种，秋收获，乐山乐水，谁说田间不美；俭朴勤奋，迎晨曦，送晚霞，披星戴月，我解其中滋味。'我觉得朱书记的诗既有苏轼的豪放，又有李清照的婉约，通俗易懂，哲理万千，真太耐人寻味了。"冬妹说完又选背了几首朱书记的新作。

雅静说："您真是我们女同胞的骄傲，您为我们女性争够了面子，我们太崇拜您了，希望能向您多学习。"

朱书记始终面带微笑，她确实被面前两个小姑娘感动了，虽然她的身边处处都是巴结和奉承，她也习惯了别人的谄媚，但这两个姑娘的举动确实别出心裁，与众不同，看着她们一脸诚挚和崇拜自己的样子，觉得两人是真心喜欢自己的诗词，不像别人眼里只有她手中的权力和头上的乌纱帽。她在她们身上看到自己年轻时的影子，想自己当年不也是喜欢领导的诗词，才成了领导的秘书，心里越发对她们产生好感，并给她们留下了自己的私人电话号码。

冬妹和雅静很快成为了朱书记家的常客，连常委楼看门的老头都认识她们了。

因为都是女人，无需避嫌，接触起来没有顾虑，她们唯一要做的就是哄朱书记高兴，让书记喜欢她们。在两人的引导下，朱书记也热衷起做美容按摩。书记没有时间去美容院，她们就带美容师上门为她服务。

她们还不时给书记送这送那，大至翡翠玉镯，小至内衣口红，无所不送。两人还收集社会上许多逸闻趣事讲给书记听，常逗得她哈哈大笑。书记觉得这两个女子确实懂事，善解人意，加上她唯一的儿子又在国外，对两人越来越喜欢，常留她们在家里吃饭。冬妹又善于做菜煲汤，书记喜欢吃她做的菜，觉得比她的保姆强多了。

有一次，书记做完美容，说："珠市这么多人，就只有你们这两个小姑娘对我最真心实意，无欲无求，真的太让我感动了，我能帮你们做点什么呢？"

雅静的心跳到了嗓子眼，她多想和书记说她们想开发房地产，可又觉得时机不成熟，反而把关系闹僵，想她们和书记建立关系真的不容易，不能太急于求成，便岔开话题，叹了口气说："我生于二月十九，算命的说我是花姐命，命不长。"

朱书记觉得有趣，说："什么叫花姐，怎么会命不长？要怎样才能帮助你呢？"

"算命先生说花姐原本是天上伺候王母娘娘的丫鬟，被贬打入凡间，花姐天生就是服侍人的。除非找到命中真主，真心实意地侍候她，让她喜欢你，才能长寿。说了您也许不信，我曾做过一个梦，梦中的王母娘娘和您长得一模一样，我从电视上见到您后，就认定了您是我的王母娘娘，我就希望这辈子能跟着您。"雅静说着就起身去为朱书记捶背。

朱书记听了只觉得好笑，也不知是真是假，被她这么一说，倒越看雅静越像个丫鬟，也就把自己当成王母娘娘了，从此，更是心安理得接受两人侍奉。

关于雅静到底是不是花姐命，冬妹始终没闹明白，每次问起，她总是笑而不答。

去朱书记家的人几乎全是珠市的顶尖人物。雅静和冬妹是书记家的常客，这些人猜不透两人和书记的关系，对她们很是尊重，主动留下电话号码，说有什么事尽管吩咐。

有一天，路桥公司的陆总去书记家，见到了冬妹和雅静，他看书记待两人宛若家人，很是惊讶，但碍于书记在场，不便相问。

第二天，陆总就打来电话，说晚上要请她们吃饭。

雅静好不得意，说："这个陆建成真是势利眼，他已经好几年不肯搭理我们了，连上次在笔会见面，都不愿理我们。就因为昨天他看朱书记待我们好，今天就要请吃饭，你说恶不恶心呀？有一件事，我都没和你说，在咱们茶楼开业不久时，我打电话请他来喝茶，希望他能关照关照咱们的生意，老朋友嘛。谁知，他一听到我的声音就把电话挂了，我还以为是信号不好，又拨了过去，他竟然很生气地叫我没事别骚扰他。这是什么人呀！翻脸比翻书还快。幸好，咱们从前没有跟过他，要不，非气疯了不可。"

"我也给他打过电话，他也每次都说在开会，你说他今天突然请我们吃饭有什么事呢？"冬妹一脸惆怅。

"还不简单，他一定是看朱书记和我们好呗，想求我们在书记面前给他美言几句。真是风水轮流转，也轮到他求我们了，感觉真好，咱们这几个月的花姐也算是没白当了。"

冬妹若有所思，幽幽地说："也许是吧！人谁不势利，陆总既然能到这个地位，一定有他的聪明之处，也可能他只是按捺不住心里好奇，想要知道我们和书记的关系而已。想起从前种种的情意，真是难以忘怀！"

"嘿，你要不要脸呀，还谈什么情意呢，有什么难以忘怀的？你嘛，文化不高，还老爱装诗人，一天到晚哀哀怨怨，惆惆怅怅。我都说了一百次了，男人靠不住。男人是风，只能借，不能靠，相信男人的话，还不如相信老母猪能上树。"雅静机关枪似的数落冬妹。

"是呀，男人都是靠不住的，做女人就要做到像朱书记一样，运筹帷幄，决胜千里，珠市的男人们都跪倒在她的脚下，这样人生才没有白活。唉，不像咱们，没有学历，只有做丫鬟的命。"

雅静一脸的不耐烦："你又来了，你都要变成祥林嫂了，什么没有学历，什么丫鬟命，刘邦在做皇帝前还是个无赖流氓呢，还有朱元璋，当年他在放牛的时候，谁能想到他日后能当皇帝？"

在雅静眼里天下没有做不成的事，冬妹真心欣赏她，可在嘴里却说："你说得对，可现在和从前不一样了，什么都要讲究学历，学历是敲门砖，没有敲门砖我们进不去那个圈子呀。"

雅静说："得了，谁说咱们进不去？雅丽姐姐也没文化，她的简历上还写着出身于书香门第，毕业于中央戏剧学院。我知道你说的那个圈子，是像书记一样当官，当官是很威风，可当官也有当官的苦呀，她做奴才的时候我们是不知道的。况且，三百六十行，行行出状元，现在是市场经济，有钱就是大爷，有钱能使鬼推磨。就像上次王永庆来珠市，市长书记全程陪同。李嘉诚回大陆投资，还受到邓小平的接见呢！我听说他住的总统套房，一个晚上就是市长书记几个月的工资。我们还那么年轻，美好生活才刚开始呢，我们才不稀罕当市长书记，我们要做大商人，超过王永庆、李嘉诚。"

"各有各的好吧，反正我们现在也没有别的路可走，只能做生意了。宰相丫鬟七品官，咱们好歹还是书记的朋友。"

"我们看起来好像是书记的朋友，可实际上呢，谁知道书记是怎么看我们的，咱们给她做奴才的目的是为了做房地产，可现在连口都不敢开，这些日子，咱们也花了不少心血和金钱，什么时候才能有回报呢？"雅静满是忧虑。

"是呀，假如我们现在去求书记给我们一块地，她准以为我们脑子有问题，保证以后不再理我们了。"

"当官的人最自私最胆小，书记看起来对我们很好，可实际上都是我们在付出。上回我们去她家时，看到了书记爱人的亲侄子，他也在打工，一个月千儿八百的。她怎么可能帮我们呢？"雅静有些着急。

"这就证明咱们的女书记清廉和大公无私！并不是像别人说的一样，一人当官，鸡犬升天。"冬妹安慰雅静。

"话是这样说，可咱们要找的可不是清廉的书记。她清廉了，无私了，我们花这么多精力、金钱交这个朋友有什么用？”

这一回换作冬妹教训雅静了，她慢条斯理地说：“这下是你急功近利了吧？俗话说物以类聚，人以群分。咱们能和书记交朋友，即便她什么都没有帮助我们，我们也是被佛光普照了，有书记这尊大佛照着，在珠市谁敢不给我们几分面子？你想想，在书记家见到那么多大人物，谁对我们都是毕恭毕敬，为的是什么呀？还不是看书记的面子。现在连陆总都主动打来电话要请我们吃饭，这都是咱们和书记交朋友带来的无形资产，咱们晚上就应陆总的邀请去吃饭，看看他想干吗。”

“咱们一定要制造悬念，让他觉得我们和书记的关系绝非一般，他对我们好就是对书记好。”雅静说到这里，好不兴奋。一会儿又说，“对了，你生父在老家不是大老板吗？你就说你亲生父母离婚了，现在你父亲来找你了，他觉得对不起你，决定来珠市帮你投资房地产，看看能不能和路桥公司合作。说你生父和书记是老相识，他从前是北京一个高层领导的秘书，现在下海经商，经营宾馆、酒店、高尔夫、房地产，在上海北京都有很多项目。咱们还要暗示你父亲和中央有千丝万缕的关系，一定要他看不透，吃不准，他就会对我们有所顾忌，没准也会像别的领导一样，让我们有事尽管吩咐。”

冬妹又何尝不知道雅静的话有道理，毕竟这个社会的人都是现实的，没有钱就没有地位，没有朋友。势利眼、趋炎附势是人的本性，雪中送炭世上少，锦上添花人间多。她正想得出神，听雅静大嚷：“好了，好了，我知道你清高，不爱吹牛，你只要不说话保持沉默就行，一切的一切全是我说的，和冬妹姐姐无关。”

四十九
旧情复燃

还是在第一次见面的那家海鲜餐厅。陆总点了一大桌菜耐心等待着，回忆着几年前第一次见到她们时的情景，还有冬妹在海边羞涩激情的模样，以及她们营造的一个个烛光晚餐。其实，在那时候，他是真的喜欢她们，对两人有一种难以抑制的激情。可后来，没想到两人极尽温柔手段只是为了给《珠市文学》拉赞助。尽管几十万对路桥公司来说只是九牛一毛，可他觉得自己的感情被愚弄了。堂堂一个大公司老总，几个月被两个小女子玩弄于股掌之间，心里越想越不是滋味，也就对她们失去了兴趣。

昨天，在书记家见到两人，着实吓了一跳，尤其是看她们和书记一家亲密无间的样子，若不是自己从前认识她们，一定会以为两人是书记的女儿。以前曾听人说过，有两个小姑娘和朱书记关系密切，没想到竟然是她们，心中实在好奇，忍不住打电话约她们一起吃饭，看能不能解开心头之惑。

冬妹和雅静姗姗来迟，两人一身名牌，满绿翡翠手镯，玉叶吊坠白金项链，左手食指戴一个一克拉的白金钻戒，肩挎 LV 皮包，手中各拿一台最新款的手机，轻妆淡抹，贵气逼人，一副千金小姐的派头，比几年前更多了几分成熟的韵味。他不由又一次怦然心动，千帆阅尽，他还是觉得她们最是与众不同。急忙起身，请两人入座，说：“谢谢两位小姐赏脸，一段时间不见，你们真是越来越漂亮了。”

冬妹满含深情地望了陆总一眼，正好和他火辣辣的眼神相遇，她又想到了那个在海边的激情之夜，只觉得面红心跳，说了声“谢谢”，低着头不说话。

陆总看两人虽然穿着打扮一样，但身上的气质却浑然不同，如果说雅静是娇艳欲滴的牡丹，冬妹便是冰清玉洁的水仙，两个人他都喜欢，但看雅静眼里根本没有他，而冬妹还是和从前一样，静静地坐在一旁，眉宇间透着对自己的崇敬，一双眼睛似水含情，看得他好不心动，不禁又想起她的种种柔情蜜意，真想揽她入怀。

雅静看他们俩都不说话，只好自导自演，一会儿敬酒一会儿劝酒，三个人的话全被她一个人说了。冬妹本来不想喝酒，可不想扫雅静的兴，又想着雅静晚上还要在陆总面前编故事，自己又不想听，干脆一醉方休。几杯酒下肚，只觉得嘴里口干舌燥，身体时热时冷，知道自己已不胜酒力。不堪回首的往事和心里的苦闷排山倒海般向她涌来，越喝越醉，越醉越想喝，脑子里一个念头就是要喝酒，想要放纵自己，想要一醉方休。

陆总的酒量虽然一般，但他是男人，尤其是在心爱的女人面前，自然不想示弱。

菜没动几筷子，三个人已经是一瓶洋酒下肚。

雅静说见到陆总太高兴了，今天一定要喝个痛快，让服务员又开了一瓶。

在平时，雅静和冬妹都会互相保护对方，可今天却谁也没管谁。三个人各自心照不宣，一杯接着一杯地喝。

陆总似乎也醉了，只有雅静没事，依旧谈笑风生。雅静本来话就多，喝了酒更是热血沸腾，激情万千，她故作神秘地对陆总说：“听说您快要升为副市长了，顶替钮副市长的位置。祝贺您呀，咱们干杯。”

冬妹虽然头昏脑涨，但心里还是明白的，心想这个雅静又要编什么故事，她怎么就没有听说陆总要升副市长的事。但她知道雅静爱故弄玄虚，编什么故事都是为了发展事业，两人的配合从来就默契，于是，她也迷迷糊糊举起了酒杯。

陆总早被酒精烧得晕晕乎乎，猛然听雅静说自己要升副市长，高兴得忘乎所以，端起酒杯一饮而尽，急忙说："你听谁说的？快告诉我，我怎么一点消息都没有？是朱书记说的吗？"

陆总在路桥公司已经有些年，自己的能力和路桥的成绩有目共睹。虽然，路桥公司在珠市如日中天，动辄就是几十亿的投资，在珠市也算是无所不能，呼风唤雨，但路桥公司再显赫也是企业，企业领导再威风也只能叫董事长、总经理，影响力只局限于企业。不像副市长，覆盖全市。正所谓普天之下，莫非王土；率土之滨，莫非王臣。学而优则仕，中国人讲究官本位，人过留名，雁过留声，当了官就能封妻荫子、光宗耀祖。想自己才高八斗，学富五车，却要听命于那个只有大专文凭的钮副市长。在他眼里，那个窝囊废市长简直笨得像头猪，还常常是没有听完他的汇报，就打断他的话，把他的伟大想法毁于襁褓之中，自己准备了几天几夜的文件，被他瞟一眼就全盘否定。可在这个上尊下卑、下级完全隶属于上级、"官大嘴大"的单一行政化的体制里，也只能受长官意志的支配，自己盖世的才华和能力得不到充分发挥。他对那个钮副市长恨之入骨又无可奈何，做梦也想有一天能替代这个脓包。

雅静看陆总兴奋的样子，心想他果然中招，好不得意，她又给每人的杯子斟满酒，端起酒杯大笑说："咱们先干了这杯，我再告诉你。"

三人又是一饮而尽。冬妹瘫坐在桌子上，醉眼里看到雅静在陆总耳边低语，隐隐约约听到雅静一会儿说自己生父是大老板，一会儿说她姐姐雅丽是大歌星，冬妹越听越觉得恶心，便昏昏睡去……

如雷的鼾声惊醒了梦中的冬妹，她睁开眼睛，发现自己一丝不挂躺在陆总身边，吓了一跳。她急忙坐起，回忆昨天的事，记得自己喝多了，服务员扶她来了宾馆，一会儿陆总也来了，做起了美丽又浪漫的梦。现在梦醒了，梦中的人还在身边。想到昨晚颤栗的激情和幸福，内心说不清是喜是悲。在心底里，她真心喜欢陆总，喜欢他的成熟睿智，喜欢他的厚重深沉，喜欢他的儒雅自信。然而，她真的不敢，她担心如雅静所说，女人只要和男人一上床就剩下被抛弃的份了，更担心他把她想象得太美好，他爱的只是她光鲜的外表。假如他知道了她的过去，知道了她不是大学生，知道了她已经结过婚还有孩子，他还能爱她吗？她不敢去想象。

她曾经也觉得爱过李国安，但现在想起来，觉得那根本只是少不经事懵懂的感情，只是为了生活的依靠，和爱情无关。她也在心里喜欢过尚超尘，可他太小家子气了，身上少了一种男子汉气概和担当。而在陆总身上，她看到了一个成熟男人的魅力、自信和风度。

想起昨晚的销魂时刻，又是面红心跳，她忍不住在他的唇边轻吻了一下。陆总睁开了眼睛，把她紧紧地搂在怀里，又是一阵雨点般的狂吻，当他进入她身体的那一刻，她幸福得快要爆炸，灵魂飘去了天上。然而，身上的人扑腾了十几下，便浑身痉挛，瘫在她身上。冬妹尽管意犹未尽，但还是紧紧地抱住了他，她觉得这就是爱情。

好一会儿，他才从她身上滚了下去，吻了吻她的眼睑说："满足吗？"

冬妹只好回答："满足，满足。"

此时天已大亮，陆总看了看手表，说早上还有个重要会议，就匆忙起床去上班了。

陆总走后，冬妹翻来覆去睡不着，刚才被他挑起的欲望下不去也上不来，让她欲罢不能，浑身酥痒。本想起身回家，可宿醉未消，浑身乏力，便起身去卫生间洗了个澡，才好容易睡去。

一觉醒来，已是十点，冬妹睡足了觉，心满意足地伸了伸懒腰，沉浸在甜美的回忆里，想着她已和陆总融为一体，脸上泛起红晕，一种从未有过的幸福感弥漫了她的全身，她嗅了嗅残留在席被间陆总的味道，实在不愿意起床，赖在床上胡思乱想，回味着陆总的点点滴滴。

直到十一点，雅静来敲门，她带着一包水果，满面春风地走了进来。她掰了一根香蕉剥开皮塞给冬妹，嬉笑着说："怎么样？陆总表现如何？你还满意吗？"

冬妹被雅静问得面红心跳，也不搭理雅静的话，把香蕉塞还给她，嗔怪说："我还没洗漱呢！你先吃。都怪你，昨天把我灌醉了，什么都不知道了。你昨天去哪里了呀？怎么到现在才来找我？”

“看你还来和我装痴卖醉，你快先汇报汇报陆总怎样，他的能力如何？能让你满意吗？你舒服吗？喜欢吗？”雅静不依不饶。

“什么满意不满意的，你自己试试不就知道了。”冬妹说着便自顾自地去卫生间洗漱。

雅静好容易等到冬妹洗漱完毕，实在忍不住好奇，继续追问：“你快告诉我呀，再不告诉我陆总的能力如何，我就要来挠你的痒痒。”她边说边用手放在嘴上哈气，作势要挠冬妹。

冬妹最怕痒，她们只要意见不统一，雅静就要挠冬妹的痒痒，所以每次都是冬妹无理由投降。只听冬妹讨饶：“说就说呗，有什么大不了的。还可以吧！”

雅静非要让冬妹讲细节，冬妹拗不过她，只好轻描淡写说了一些。

雅静没听完冬妹的话，便狂笑起来，说：“看他长得像个男人的样子，怎么竟是个一分钟先生，太丢人了吧！不过，看他现在对你应该还是有感情的，我们一定要趁他现在爱你时，让他拉我们一把。”

听了雅静的话，冬妹不由陷入沉思，在苦难中浸泡长大的她当然也明白成功才是最重要的，有钱才是硬道理，只是她是个天生爱做梦的人，希望能在梦里住久一点，心中隐隐作痛，叹了口气问雅静：“对了，我酒醉时，你和陆总说了些什么？你听谁说陆总要升副市长了？”

“真真假假地瞎掰呗，你没看那个陆总，被我忽悠得一愣一愣的，对我佩服得五体投地，我还说你父亲是大企业家，要给你投资房地产，还有你姑父在北京当大官，珠市朱书记曾是你姑父手下的一个兵。以后你可别说露馅了。”雅静看冬妹一脸不高兴的样子，又补充说，“吹牛也不是我们的本意呀，谁让我们生活在这个势利眼的时代，陆总一听到我的吹嘘，立即改变了态度，还流露出想要和我们合作的意思。”

“你就能瞎吹，我父亲算是个老板，可他才不会管我，我也不需要他来管。关键是你吹得这么大，以后怎么圆场？”冬妹担忧地说。

“以后的事以后说，咱们走一步看一步，反正，咱们是书记家的常客，那是事实。我还告诉他我姐姐雅丽也全仰仗你姑父的帮助，她现在是个大明星没错吧？吹牛就要真真假假，虚虚实实。”雅静无限得意。

“说到雅丽姐姐，她可是大明星了，认识的人一定很多。她上次还打电话来，说有什么困难尽管找她，咱们以后有事也可以找姐姐试试，也许她能帮助到我们。” 冬妹提议。

雅静不高兴地说：“我也想呀，可你也知道，我们上次去广州时，她连家都不让我们去，好像是唯恐咱们丢了她的脸，现在常常连电话也打不进去，有时候好容易打通了，也无话可说，上回去广州虽然是给了我们五万元钱，可咱们毕竟不是要饭的，我更需要的是一个亲姐姐。”

冬妹安慰说：“她一定有苦衷，我觉得姐姐是个好人，不像你想象中的那样。对了，你从前口口声声说只要一上男人的床，我们就只有被抛弃的份。可你昨天为什么丢下了我？以后陆总从此不理我了，我饶不了你。”

“啊，吓死我了。”雅静假装吓得瘫倒在沙发上，看冬妹不理睬她，只好坐起，说，“你放心吧！我分析应该是不会的，毕竟，咱们现在不比从前，已成了有身份的人。第一，他知道咱们和书记好，俗话说不看僧面还看佛面，他还怕咱们去书记面前说他坏话呢。第二，咱们和他已经认识了这么久，得不到的东西纵然能激起人的欲望，但毕竟要有尺度，吃不到葡萄也会说葡萄酸。他那一段时间不理我们，就是最好的证明。第三，昨天你们的眼神告诉我，你们彼此都在乎着对方。我们不小了，到了应该享受爱情的年龄。人生苦短，能遇到真爱不容易，我们也是血肉之躯，需要爱情的滋润，需要浪漫和激情。从前，我们是为了不让自己受伤，不去接受爱情。可今天不一样了，我们在珠市也算是小有成就，还有朱书记给我们撑腰，我觉得实在不应该再压抑自己的情感了。第四呢，经过这几年的接触，感觉陆总也许是比较花心，但他不像个坏人，人也很有能力。我听说钮副市长已经到了退休的年龄，他在这一两年之内一定要退，到时候提谁做副市长呢？路桥的成绩是有目共睹的，陆总年轻有为，善于见风使舵，我就琢磨着他做副市长的可能性最大。所以，我昨天就借着酒醉信口说了，将来他当了副市长最好，一定会对我们刮目相看，不当也没关系，反正吹牛不犯法。”

雅静做事总是在情理之中，意料之外，让冬妹心悦诚服。她举起手假装要打雅静，说：“好啊，原来是你出卖了我，还是你全设计好了，你说该不该打。”

雅静躲开冬妹，用手羞她说：“哎呦，得了便宜还卖乖，你敢说你不喜欢陆总吗？你不但不感谢我还怪起我来了，你偷偷给他写的那首情诗，你还以为我不知道吗？”

我们邂逅在春天里
绿叶丛中是红花
花恋着蝶，蝶恋着花

你那深情的一瞥
瘦了我的颜色
溶了我的矜持
从此，情波浪涛

我们偷窥着含笑的你
真想温柔地闯入
每一次，又总是提着羞涩走

我望着天边的云彩
风啊，请你替我捎去信儿
那乍放的嫩芽
期待着雨露的滋润

我等候着你

房门为你虚掩

等着你，叩我的心门

冬妹的脸涨得通红，其实，雅静的话全说到了她的心里，自和陆总认识以来，她一听到陆总的名字就会心跳不已。她觉得自己像中了相思蛊，情魔在她身体里疯狂地滋长着，侵蚀着她的灵魂，让她不能自制，她犹如掉进了爱的沼泽，越想挣扎却陷得越深。多少个不眠之夜，枕着他的名字入睡，呼唤着他的名字醒来。多想与他漫步雨中，月下相依。一种剪不断、理还乱的感觉紧紧缠绕着她。天涯地角有穷时，只有相思无尽处。

好在，有雅静经常在旁边泼冷水，她才勉强保持住清醒。本以为，时间能冲淡一切，本以为，她已经将他忘记，然而，有时候，爱情就像深埋地下的老酒，猛然出土，才知道酒越久越醇，她醉了，她爱他……可又想到雅静的神吹，心里隐隐作痛，多么想告诉他自己从前的一切，告诉他她们和书记只是一般的关系，告诉他她生父虽然有钱，但是并没有来找她，也不会找她，她更没有姑父在京城当大官，告诉他自己曾经结过婚，还有个女儿。然而，她能说吗？假如陆总知道了她的从前，知道了一切，还能爱她吗？她不知道，她真的不知道。想到这，眼泪又不由自主地流了下来。

"好好的你怎么又哭了？你又想到什么了？唉，你什么都好，就是有时候太重情，太感情用事了，你可别忘了咱们是什么身份。你可以爱，但千万不能用情太深，要不，受伤的一定是我们。"雅静递过一张纸巾安慰冬妹。

冬妹擦干了眼泪，说："我也不知道，就是突然想哭。就觉得陆总现在即使爱我，爱的也只是我的表面，假如他知道了我的从前还能爱我吗？"

雅静斩钉截铁地说："一定不会。假如陆总是一个没有权力、没有身份、没有地位的农民大叔，你会爱他吗？"

冬妹哑口无言，她何尝不明白这个道理，只是旁观者清，当局者迷。

在心里，她总幻想有一份真正的爱情，幻想陆总爱她的优点也能接受她的缺点。而现在即便陆总是真正爱她，她也感到不光彩，觉得这是骗来的爱情。心里七上八下，一时又想不出更好的办法解决，只好用阿Q的精神胜利法安慰自己，说："莲花虽然出污泥不染，但假如把她连根拔起，那么也一定是拖泥带水。每个人都有秘密，没有必要把自己的缺点告诉别人。"

雅静拍手称好，说："我的好姐姐终于成长了，这就对了，人生苦短，且醉今宵，别想那么多了。中午了，咱们快回家，爸爸一定做好饭了。"

退完房，雅静开着车，两人哼着歌曲："跟着感觉走，紧抓住梦的手，脚步越来越轻越来越快活，尽情挥洒自己的笑容，希望就在不远处等着我……"

果不出雅静所料，陆总并没有抛弃冬妹，在以后的日子，他一有空，就会给冬妹打电话，隔三差五来看她。

冬妹痴迷于陆总的成熟稳重、儒雅宽容，喜欢他的豪迈洒脱、智慧超群。陆总倾心于冬妹的善解人意、真诚善良，迷恋她的年轻漂亮、温柔体贴。两个人一个有情，一个有意，度过了许多难忘的激情之夜。虽然，每一次冬妹的身体都是意犹未尽，但精神上却得到了极大的满足，觉得她的爱情与性爱无关，只是喜欢这种缠缠绵绵的感觉。

在冬妹红扑扑的脸蛋里，雅静看到了他们幸福甜蜜的爱情。每当冬妹去约会时，她就会怅然若失，一种莫名的伤感油然而生。望着镜子里如花似玉的自己，心生感慨，觉得自己青春虚度。人生苦短，红颜易老，自己花一样的容貌总会被无情岁月雕刻成满脸皱纹的老妇。

在外人眼里，她年轻漂亮，事业有成，然而物质并没有给她带来满足幸福。这些年，她的内心似乎并没有真正快乐过。现在，她看冬妹沉浸在爱情的蜜罐里，由衷地替她高兴。尽管，她眼里所谓的爱情不过是荷尔蒙作怪，而婚姻只是财富的重新组合，需要的是门当户对，但她毕竟是个身体健康、发育良好的女人，也有身体的需求和情感的需要。虽然，追求她的人很多，但却已经没有人能入她的眼，同龄的男人太幼稚，不能为她遮风挡雨，而那些成熟有事业的男人往往已经有老婆、有孩子。

那时候，她撮合冬妹和陆总好的初衷，是想让陆总帮她们一把，可现在的冬妹沉浸在爱情的蜜罐里，凭自己对冬妹的了解，爱情至上的她，假如现在要她开口求陆总办事，她会觉得是对爱情的亵渎，甚至比要她的命还难。可等以后爱情褪去，想要再求陆总帮忙恐怕是更不可能的。男人就是这样，他对你有激情的时候，什么都答应，一旦激情过去，就转头不认人。而男女之情往往又是变数最多、最不长久，尤其是像冬妹和陆总这种不健康、不能见阳光的爱情。爱情有保鲜期，没有爱情永久，爱情是最美丽的情花，如果情花不结出果实，那么，情花就会枯萎、凋零。男人的口味时时在变，男人爱你时，他甘愿为你当牛做马，一旦等到他不爱你了，你的爱，你的人，就会立即变得一文不值，他就会像避瘟神一样地避着你，你让他做事比登天还难。她觉得冬妹不能再这样沉迷下去，她们一定要趁热打铁和陆总做生意。路桥每修一条公路动辄就是几十亿，修路需要工程队、重型机器、搅拌机、斗车、水泥、沙石等，只要陆总说一句话，她们随便都能发大财。

五十
得来全不费工夫

为了了解路桥公司，雅静有时间就打电话给路桥办公室总台秘书的安徽小老乡郭晓蓉，约她喝茶，请她吃饭。郭晓蓉已升为办公室秘书了，她熟悉业务，头脑灵活。郭晓蓉灵敏地嗅到了她们与陆总的关系不一般，百般讨好，经常带朋友来夏洋茶楼捧场。

通过郭晓蓉，雅静认识了路桥投资房地产公司的总经理韩笑，他四十出头，毕业于名牌大学，父亲是省政府的一个领导。他在父亲的庇护下，年纪轻轻就在建设局脱颖而出，升为处长。

韩笑爱人萧红本是一个工人，两人偶然认识后坠入爱河，萧红很快有了身孕。虽然门不当户不对，但韩笑父母看在儿媳妇肚子里孩子的分上，勉强答应婚事。过门没多久便生了个儿子，母以子贵，萧红在韩家的地位有所改变。她脑瓜子灵活，善甜言蜜语，很受韩总父母，尤其是他父亲的喜欢。不久，萧红便通过公公的关系做起了生意，从此一发不可收拾，成了大老板。

萧红自有钱后，见的大官多了，便不再把小处长韩笑放在眼里，常常夜不归宿。更让韩笑忍无可忍的是有人传言萧红和他父亲还有一腿，有人亲眼见到公媳两人出入宾馆。他一气之下，辞去了处长职务来到珠市，应聘到了路桥房地产公司。因他有学历有能力，两年后便升为总经理。

他也曾回家要和萧红离婚，无奈她死活不同意，看在孩子和财产的分上，他也就忍气吞声。他喜欢郭晓蓉，两人经常来夏洋茶楼。

韩笑有个老乡，叫林春风，高中毕业后当兵来到珠市，当过放映员，给首长开过车，虽然也在部队提了干，但总觉得自己的文化不高，没有竞争优势。一个退了伍的战友经商发了财，便请他吃饭、唱歌，一个晚上的消费相当于他一年的工资。他再也坐不住了，决心下海经商。他参加老乡会认识了韩笑，在韩笑的关照下，做了一些水电小工程，赚了点钱，于是，便经常侍候韩笑左右。

那天，他跟着韩笑来夏洋茶楼，见到了冬妹和雅静，两人的聪明智慧和交际能力让他钦佩不已。他像猎犬似的嗅到了姐妹花身后的商机，便经常来夏洋茶楼找她们聊天。

林春风是个有心人，他下海赚到钱后不时买东西回部队看望老领导，时间久了，也就成了常客。

他风闻到了有人和部队联建房地产，开发“军队小产权房”发了大财，他也蠢蠢欲动。只是觉得自己实力有限，不敢轻易向首长开口。一天醉酒后，跑来茶楼向冬妹和雅静诉说苦恼。她们也听出里面的商机，三个人如遇知音，决定成就一番大事。

林春风终于把首长请到了茶楼。首长四十出头，剑眉星目，挺拔沉稳。

林春风和冬妹一左一右领首长走进一个典雅精致的包厢。仿古的红木家具，悬挂的名家书画，散发着清香的幽兰，一曲古琴曲《长相依》悠扬悦耳。

冬妹按了一下遥控，深紫色纱帘缓缓开启，雅静身着鹅黄色薄纱仕女服，半露臂膀轻抚瑶琴，犹如清水出芙蓉。一颦一笑、一举一动都是那么的扣人心弦，勾人魂魄。首长看呆了，他见的美女无数，但对面前这个抚琴的小姑娘却有一种别样的感觉。

雅静琴毕，急忙站起请首长入座。她坐到茶几前，冲水、温壶、烫盏、泡茶，为首长表演茶艺。几个人轻斟慢饮，缕缕茶香沁人心脾，妙不可言。

“好甜的茶好美的人。”首长赞美道，又转身批评林春风说，“小林，这就是你的不对了，珠市竟然有这么高雅的地方，你怎么到今天才带我来？”

林春风满面堆笑，连打自己几个耳光，说：“我向首长负荆请罪。”

雅静和冬妹曲意奉承，百般讨好。

首长是个很健谈的人，他口若悬河，滔滔不绝，还说雅静长得像他的初恋情人。几个人谈经论道，品诗说画，好不开心，首长海夸自己曾经是大诗人，作品得过许多大奖。他为了试探两位佳人的才学，说要现场作一首茶诗。

好在冬妹从前写过几首诗词，自娱自乐，没想到今天派上了用场，便与雅静交换了一下眼神，彼此心领神会，假装思索了一会儿，冬妹先念道：

沏一杯香茗
涤却心灵的浮躁
荡去尘世的喧嚣
让所有的烦恼释怀

雅静脉脉含情地看着首长，接着背道：

啜一口香茗
在茶香氤氲里读你
让今夜青涩的梦
结成红豆遍撒天涯

首长拍手称好，说：“好一句结成红豆遍撒天涯，果然是才貌双全。”

“谢谢首长夸奖，现在该轮到您了。”雅静撒娇。

首长情意绵绵地回望着雅静，吟道：

品一口香茗

沿着清香走进你的心
你明眸深处的琼浆
滋润着我的心田

几个人拍手称好。那一晚，他们一直聊到很晚。首长说今天晚上是他到珠市以来最快乐的时光。

以后，首长有空就来夏洋茶楼喝茶，每一次，都是雅静亲自沏茶。为了讨首长欢心，她和冬妹还以他的名字汪昆东撰写了一副对联讨他欢心。

昆仑不拒尘土千秋成巍峨
东海广纳细流百川汇汪洋

首长彻底被雅静俘虏了，在她身上，他理解了什么叫“暗香浮动”和“活色生香”。雅静让他焕发了第二青春，点燃了他年轻时的狂热激情，大有一日不见，如隔三秋之感。雅静把在台湾时受过的各种训练，全用在首长身上，迷得他神魂颠倒，醉仙欲死，对她言听计从。

首长叫汪昆东，他不到三十五岁就升到正师，本以为能青云直上，没想到因为站错了队，被贬到珠市，一待就是五年，老婆孩子均在北京。他也曾经万念俱灰，可又无可奈何，只好在部队苦挨时光。

寂寞时，他也出去找女人，但毕竟是京官下派，不是嫌珠市姑娘没文化，就是觉得小地方女人土气，常常是提起裤子就不认人，没人能走进他的内心。而雅静的温柔、浪漫、才情吸引了他，春风化雨般唤醒了他压抑在心底的激情。这位铁汉一样的男人在雅静的诱导下慢慢“开窍”，也不再为自己被贬而烦恼了，相反，还觉得这是因祸得福。正如雅静所说，现在是商品经济主宰命运的和平年代，钱才是最重要的，现在在珠市是天高皇帝远，最方便做大事。

雅静虽然年轻，可她的见解和思想总能出乎他的意料之外，官场失志却换来了情场得意。集温柔、妩媚、妖浪、智慧于一身的雅静让他内心又升起另一种欲望，他决定支持雅静做房地产。

事情就是这么的戏剧性，雅静和冬妹为了做房地产，殚精竭虑。可有时候偏偏是踏破铁鞋无觅处，得来全不费工夫，在首长的帮助下，她们注册了夏洋房地产公司，首长做决定把市政府后面的军事用地以合作联营的形式给了夏洋房地产公司。

五十一
奠基仪式

11月1日，夏洋山庄开工奠基仪式隆重举行，工地现场，花团锦簇，鼓乐喧天，参加奠基仪式的主礼嘉宾有珠市市委书记、市长、人大主任、政协主席、军分区领导等。

夏洋山庄项目位于珠市市政府后面的凤凰山。项目是由军方出地，夏洋房地产公司出资开发，共同联建，建成后的房子一部分由军队内部进行分配，一部分走向市场。经市委市政府特批，夏洋山庄的业主子女，将有机会就读于珠市第一中学。

夏洋山庄占地面积近两万平方米，规划建筑面积六万平方米，绿化率达百分之三十八，由路桥公司景观设计公司负责规划设计，将城市便利与自然景观有机结合。社区配套规划有游泳池、儿童乐园、网球场、健身馆等。

冬妹和雅静沉浸在成功的喜悦中，她们身着西装短裙，胸佩礼花，春风满面地应酬着领导和记者。多少双羡慕的眼睛凝视着她们，两人还在人群中看到了尚超尘、江海云、白总编，她们想走过去和他们握手，可终究是抽不开身。只感到一切的一切，犹似在梦里。

午宴在珠市最豪华的海鲜大酒楼举行，酒宴摆了十来桌。连市委朱书记都在百忙中留下来给大家敬了一杯酒，说了许多激励人心的话才走。人大主任、政协主席、首长汪昆东、路桥陆总坐在了一桌，珠市有头有脸的领导几乎全在席中。作为主角的雅静和冬妹满面笑容，一一敬酒。

两人的言行举止让人无可挑剔，尤其是雅静，她仿佛天生有一种领袖气质，今天更是自信，眉宇间喜气洋溢，春风满面。她已换了一袭黑色礼服，外搭一件精致的流苏刺绣披肩，白皙丰满的脖子上坠着蝴蝶钻石项链，举手投足尽展万般风流，洋溢着成功女人的魅力和自信。她的头微微轻扬如天鹅般高贵优雅，那种无以言状的魅力，让在场所有人折服。今天的她出尽风头，风光无限。

首长夸雅静是当代的花木兰，可她觉得自己更像穆桂英。论年龄，在座的嘉宾都是她的长辈，可她的能力和成就却是让他们不得不另眼相看。

雅静天生好酒量，今天的她更是千杯不醉，让人佩服不已，都夸她是巾帼不让须眉。冬妹早醉得不行，被服务员搀扶着去房间休息了，只留雅静一个人在宴会上纵横捭阖。

冬妹醒来已是晚上，匆匆赶回茶楼，见雅静一个人在喝茶抽烟，一脸闷闷不乐的样子，便关心地问："咱们的穆桂英元帅怎么不高兴了？你这几天没有休息好，一定是累了吧！快去睡会儿觉。"

雅静深吸了一口烟，说："我哪里睡得着，这次活动花掉了咱们全部积蓄，我们账上已经没钱了，下一步怎么办呢？"

冬妹当然知道账上没钱了。有时候，她也觉得雅静太过于大胆，好面子，爱张扬，可看她兴致勃勃的样子，实在不忍心扫她的兴。又想在这个竞争激烈、趋炎附势的社会，雅静的做法也不一定就是错的，毕竟钱是靠赚的而不是靠省的。

她们本以为只要手里有地，就可以像别的房产商一样，把地抵押给银行贷款建房。然而，她们做梦也没想到，军队用地银行不放贷，根本不能用手中的地贷到款，而且，没有《商品房销售预售许可证》，也不能向市场预售房子筹钱。

现在，繁华过后尽是空，她们倾尽全部积蓄办了这场轰轰烈烈的奠基仪式，可却像烟花一样，虽然绚丽璀璨但转瞬即逝。曲终人散，她们又回到了冰冷的现实。

看似风光无限的夏洋房地产公司不但没钱、没经验，也没专业的团队，她们绞尽脑汁，实在想不出办法要怎样往前走。

找朋友帮忙，这显然是不可能的，从前了解她们的人根本就没有钱，而现在结交的朋友虽然有钱有势，可雅静总把自己吹得天花乱坠，别人都以为她们出身名门，家财万贯。两人根本不敢让别人知道她们的困窘，死要面子活受罪，不知如何是好。

雅静也曾经想和首长坦白，可看到他满怀期冀的眼神，话到嘴边又咽了回去，觉得实在没脸说出口。那时候，她跟首长说冬妹的父亲是房地产商，信誓旦旦地保证，只要一签订合同，冬妹父亲就能给予资金和管理上的支持，首长才答应把地给她们的。

冬妹也试过想要和陆总说明情况，可看陆总对她们信心满怀的样子，根本开不了口。

百般无奈，雅静说无论如何也要回一趟晓城找冬妹父亲试试。尽管，冬妹对父亲毫无把握，更不愿回去看后妈的脸色，可她又拗不过雅静，只好硬着头皮和雅静前往晓城。

两人先到了小姑家。小姑见到打扮入时的冬妹和雅静，半天才认出来，当她知道眼前的时髦女子真是侄女冬妹后，满脸笑开花，一会儿，眼泪啪嗒啪嗒地往下掉，说：“我的亲侄女呀！这么多年了，你去了哪里呀？也不给小姑写封信，小姑好想你呀。小姑没有女儿，在心里，我一直把你当作亲闺女的呀！本来你在小姑家住得好好的，都怪你这个后妈，硬要来把你赶走，而你那个父亲在外面还像个男人，可在你后妈面前就成了脓包，怕老婆怕得连亲闺女都不要了，真是有后妈就有后父呀！可怜的小侄女呀！”

小姑的戏演得出神入化，连精明的雅静也被她的眼泪所蒙骗了，忍不住心酸难受。冬妹又想到了从前的苦难往事，眼泪不禁流了下来，问：“奶奶好吗？”

说到奶奶，小姑又大哭起来，说：“你奶奶已经在前年去世了，她老人家在临死时还在念叨你呢！说咱们吴家不能让亲骨肉流落在外，你可是咱们吴家的大姑娘呀！”

冬妹记得奶奶曾经说过，“一对人生的孩子一对人抚养，奶奶已是隔了一代的老人，自身难保，没有办法。”她虽然不相信小姑的话，不相信奶奶临死会念叨她，可听说奶奶死了，心里还是忍不住伤心难过。

冬妹又想到被奶奶带大的表哥，就从包里拿出勇军舅舅给她的全家福，她答应过舅舅，一定要把照片交给表哥，这也是许多年来她欠舅舅的，现在该是把照片给表哥的时候了，便问小姑：“表哥在哪里？”

提起表哥，小姑无限得意，骄傲地说：“你那个表哥呀，就是替小姑争气。他以最优异的成绩考上了北京大学，还娶了学校教授的女儿，毕业后留校任教，前年还评上了副教授，现在儿子都上幼儿园了。”

小姑瞅见冬妹呆呆地望着手里的一张照片出神，便说：“你看什么呀？”她说着便夺过冬妹手里的照片，一看，脸色顿时煞白，三两下把照片撕碎，扔在地上狠踩着，说：“你怎么会有这个鬼东西？”

冬妹又急又气，说：“您真说对了，这张照片就是鬼东西，是舅舅给我的，他让我转交给表哥。舅舅都死这么多年了，您还狠心踩他，小心他泉下有知。”

小姑一阵毛骨悚然，急忙把踩照片的脚挪开。

冬妹俯身去捡照片，没想到小姑快她一步，一把抓起照片，跑去厕所扔进了抽水马桶，放水冲走了。

冬妹怒视着小姑，恨不得冲上去和她拼命。

小姑看冬妹要吃人的眼神，心中害怕，急忙为自己开脱道：“不是小姑狠心，这张照片千万不能给你表哥看到。过去的事就让它过去吧，就像你拉了一堆屎，那么臭那么恶心，好不容易埋掉了，你干吗在三十年后还要把它挖出来闻一闻呀？你表哥一直以为他父亲是个民族英雄，以身殉国了。你现在告诉他，他父亲是个人渣，你让他以后怎么做人呀？你表哥没父亲很可怜，小姑求你了，你这辈子千万不要去打扰你他的幸福生活了。”

冬妹听得火冒三丈，可又无可奈何。

雅静也没想到她们会闹出这一幕，想这次是来借钱的，不是来打架的，急忙圆场说：“冬妹，你也别怪小姑了，她有她的苦衷，过去的就让它过去吧。”又转身问小姑，“冬妹的父亲、后妈弟弟妹妹怎样？”

小姑鄙夷地说：“我那个软蛋哥哥呀，想起来就心寒，我都懒得说他。好在冬妹那个后妈，特别是你弟弟妹妹，冬妹你就乐吧，绝对是报应，真是恶事做多，现世现报。”

冬妹想起弟弟妹妹可爱的模样，虽然他们都听后妈的话欺负自己，但毕竟是孩子不谙事理，终究是和自己有血缘关系，就急问小姑：“弟弟妹妹到底怎么了？”

小姑摇摇头说：“还不是家里钱太多闹的，你的那个后妈呀，对别人最苛刻吝啬，可对自己的子女那个娇惯溺爱呀！你那个妹妹，从小不爱读书，高中没毕业就辍学，什么事也不肯做，养在家里做千金大小姐。都二十几岁了，还天天在家打游戏。而你那个弟弟简直就是混世小魔王，听说上初中开始就去社会上去鬼混，吃喝嫖赌也就算了，谁让他家有钱呢，反正也供得起。让人怎么也不能理解的是堂堂晓城首富吴向阳的儿子竟然去抢劫，记者采访他：‘别人去抢劫是生活所迫，可你们家有的是钱，你去抢劫为的又是什么呢？’你猜他怎么说，就两个字‘刺激’，真让人哭笑不得。听说你后妈送了整麻袋整麻袋的钱，通过关系改小了年龄才没去坐牢。”

冬妹看小姑幸灾乐祸的样子，心里很不舒服，心想这是什么人嘛！怎么说他们也是你的亲侄女亲侄子呀。她又想到当年小姑拿走自己包里的二百元钱，心里对她反感到了极点。但现在的冬妹终究是饱经风霜、历经世故的人，又想到这次来晓城的目的，只好岔开话题说：“小姑您的牌友呢？今天怎么不来打麻将了？”

“现在打牌都改去茶馆了，早不来小姑这里了，小姑也嫌他们打牌闹得慌，不来最好。”小姑不无失落地说。她看冬妹和雅静一身名牌，气质不凡，想她们一定在外面发了大财，又讨好说：“两个侄女在外面做什么生意？也带小姑一起去发点小财，小姑愿意给侄女当牛做马的。”

冬妹刚要张口，雅静已抢过话，说：“我们是做房地产生意的，等我们回珠市后，一定要请小姑去珠市做我们的总经理。我听冬妹说过，小姑最能干最聪明，只要小姑出马，一定能做得比现在更好。我们这次来晓城，主要是来看看小姑，也看看冬妹的父亲，麻烦小姑给冬妹父亲打个电话，告诉他，我们住在晓城大酒店 2006 号房间，晚上就在酒店豪华厅请您和冬妹父亲吃饭。”

小姑本想再说什么，可雅静已经拉着冬妹的手站了起来。她也不好再挽留，只好说：“我这就给我哥打电话，主要是要做好保密工作，不能给她那个后妈知道。”

刚出门，雅静就嚷开了：“你那个小姑太讨厌了，一看就不是什么好东西，满口假话，一肚坏水，谁碰到她谁就倒霉。”

“我和你说过的，她就是这样的人。说实话，我对我父亲真的一点把握也没有，怕是这次要空手而归。”冬妹不安地说。

“既来之，则安之，咱们先看看情况再说吧，不行的话就当这次回来，吹吹牛，争口气。咱们再飞去广州找雅丽姐姐，她或许能有办法帮我们。”

雅静总是善解人意，冬妹听她这么说，心放下了一半。

晚上五点，宾馆的门铃响起，小姑和父亲站在门口。父亲消瘦了很多也苍老了不少，和几年前冬妹记忆中的他判若两人。

父女相见，两人心里都是说不出的酸楚，泪如泉涌。是呀，父女相处的时间虽然不长，但血浓于水的亲情是永远割舍不断的呀。

父亲抓住冬妹的手，哽咽说：“爸爸对不起你，这些年你去了哪里？过得好吗？”

一幕幕往事如影掠过，冬妹心里有好多好多的话要和父亲说，但千言万语却又不知从何说起。

雅静替冬妹回答了父亲的问话，说：“冬妹一直和我在一起，我们在珠市开了茶馆、美容院、礼品公司，我们生活得很幸福，现在还在开发房地产。”

父亲听雅静说她们在开发房地产，眼里闪过一丝怀疑。可看她们打扮入时，珠光宝气，若走在路上，他做梦也不敢想眼前这个摩登女郎竟然会是自己的女儿冬妹。知道女儿已经成长，不再是从前那个什么都不懂的黄毛丫头了。

他们来到贵宾包厢，雅静爱摆阔，美酒佳肴点满了一大桌。

四个人边吃边聊，冬妹说好不说坏地向父亲和小姑说了这些年的经历，当冬妹委婉提出，她们在珠市拿到了二十万平方米的军队用地，缺少资金时，父亲沉默了，一支接着一支地抽烟。

小姑按捺不住了，她一改刚才的媚态，翻脸说："哥呀，我说呢，我还以为咱们家祖坟冒青烟了呢。几年不见，我侄女怎么脱胎换骨变了个人，今天太阳从西边出来还来认父亲。闹了半天才明白，原来是来要钱的呀，要个一百二百一千两千的，且不要说你做父亲的，小姑也一样给。可听她们的口气像是要千万亿万的呀，真是狮子大开口，且不要说你这个父亲没有这么多钱，即便有钱也是你和嫂子一起赚的血汗钱，你同意给，嫂子也不同意呀。真是养儿不孝，胜过强盗呀。"

冬妹的脸一阵红一阵白，眼泪又忍不住溢了出来。

雅静冷笑说："小姑呀！我们开发房地产资金是有些紧张，可冬妹哪一句话问她父亲要钱了？小姑还说愿意送给冬妹一千两千的，您的心地真善良。那时候，您还收留她给您当了两个月的免费小保姆呢！这倒没事，您毕竟是给了她饭吃，也算是可怜她了，可冬妹袋子里的两百元钱却不翼而飞了，我想这种事情一定不会是大慈大悲的小姑所为，那么，又会是谁干出这种猪狗不如的事呢？冬妹是没爹没妈没人教没人疼的野孩子，可她是个正直善良的人，比起那些卑鄙无耻、唯利是图的小人不知道要强多少倍的。"

小姑"哇"的一声哭开了，她指着雅静的鼻子骂："哪来的烂婊子在这里血口喷人？谁允许你来这里撒野？哥哥，你说句公道话呀，难道你就忍心看着你的亲妹妹，被这个不知从哪里来的烂婊子欺负辱骂吗？"

雅静狠狠地打开小姑的手，从身上掏出一沓钱扔在了桌子上，对站在旁边的服务员说："结账，多余的钱全给你当小费。"又转身对冬妹说："冬妹，这次我算是真正领教了你的小姑。不过，狗咬了我们，我们也不能去咬狗，不然，岂不是落一嘴狗毛。咱们就自认倒霉吧，走。"她说完轻蔑地看了看冬妹那个始终低头不语的父亲和卑鄙无耻的小姑一眼，拉起冬妹的手扬长而去……

五十二
雅丽的别墅

冬妹和雅静直接坐飞机到了广州。在飞机场，雅静拨通了雅丽姐姐的手机，让人意外的是今天雅丽像换了个人，不但没有摆明星架子说忙，相反还说要亲自开车来接她们。

雅丽开着一辆红色跑车，好久不见，她还是那么温婉可人，只是比从前更多了几分风韵。精心保养的肌肤光滑细腻，一双水汪汪的大眼睛似水含情，量身定做的素色着装把她衬得更加超凡脱俗，眉宇间透着高雅和秀美，举手投足间尽显大明星的高贵气质和风情无限。

雅丽驾车，三人说说笑笑很快就到了她住的别墅。这是一片具有浓郁欧洲风情的高档别墅区，依山而建，风光旖旎，别墅的主人个个非富即贵，住在这里成了一种身份的象征。

现在的雅静和冬妹也算是见多识广之人了，可进了雅丽的别墅仍忍不住啧啧称赞。别墅占地一千多平方米，庭院里春意盎然，百花争艳，假山鱼池，锦鲤悠游，两棵盛开的玉兰花大树中间悬挂着一个秋千，雅静坐了上去，抱着柔软的靠枕，一摇一晃，欣赏着周围的景色，觉得自己像待在童话故事里。

雅丽笑盈盈地看着妹妹，过来帮她摇秋千。保姆看见来了客人，急忙端来了香浓的咖啡。喝完咖啡，雅静就起身参观姐姐的别墅，这栋别墅共三层，一层是会客厅、厨房、餐厅、仓库以及保姆房，二楼是两个客卧、一个主卧和书房。三楼是姐姐的练歌房、舞蹈室。博古架上摆满了各种工艺品，琴棋书画、根雕茶具一应俱全。

雅丽又带她们到了顶层，顶层是个阳光房，花草盆景、蔬菜瓜果相映成趣。这时，夕阳把湖面染成了金黄色，粉红色的云彩晚霞倒映在水面上，波光粼粼，白色的水鸟在水面上自由飞翔着，和风拂面，鸟语花香。

冬妹感叹："太美了，这里简直是人间仙境呀，人们说最后的香格里拉已经被现代文明践踏，可我却在繁华的都市找到了梦中的香格里拉，姐姐不愧是大明星，竟然能住这么美的别墅。"

雅静也啧啧称赞，问姐姐："这么好的别墅得多少钱呀？"

雅丽淡淡地笑了笑，说："是一个朋友送我的，我已经搬来这里一年多了。"

雅静和冬妹听说这别墅是朋友送的，不由都瞪大了眼睛。想她们这些年在珠市接触的也算是有钱人，也有见过住别墅的，但还没听说过送别墅的。她们去过许多领导家，连珠市市委朱书记的家也只是套房。这套别墅少说也值几百万，她们俩这些年在珠市打拼累积的全部家产，可能还顶不上别人送姐姐的一套别墅。

雅丽看她们一脸惊讶，笑道："他在全国都有别墅，在广州就有好几栋，他家里人少，住不过来，只好送朋友分享了。"

"那他可以出售或者出租呀！"雅静大惊小怪。

"他可能不缺钱吧。我是在夜来香认识他的，他喜欢听我唱歌，每天去捧我的场。他父亲也是安徽人，和我还算是老乡，到后来，我们成了好朋友，他就把这栋别墅送给了我，说反正也是闲着。"雅丽轻描淡写地说。

冬妹和雅静是明白人，知道姐姐和他的关系不一般。三个人突然谁也不说话，各自想着心事。半晌，冬妹打破了沉默，说："好马配好鞍，香车配美女，也只有姐姐这样的大歌星才配住这样的豪宅。"

雅丽苦笑着岔开话题，说："前些日子，我一直想给两位妹妹打电话，请你们来广州住些日子，可总是抽不出时间。今天你们来了，我真的好高兴，你们在这里多住些日子陪陪我。"

雅静又想到前些年来找姐姐吃的闭门羹，酸溜溜地说："我们哪一天都在想姐姐，做梦都想来看您，可您现在是大歌星，怕您没有时间理我们，所以一直不敢来。早知道姐姐不嫌弃我们，我们早就来了。"

雅丽听了妹妹的话，有些尴尬，她刚想说什么。听冬妹说："姐姐一定有她的难言之隐，她无论如何都不会嫌弃我们的，这个臭妹妹就是多心。"

"还是冬妹会理解人，我这个妹妹呀，还和小时候一模一样，这张嘴从来不饶人。"雅丽说。

雅静依旧不依不饶，说："我怎么就不饶人了？那时候，我和冬妹兴冲冲地来找您，可您呢？给了我五万钱就走人，好像我们是来要饭的，从此拒我们于千里之外，连电话都很难打通，您知道我们多么伤心吗？想姐姐做了明星就不认我们了。"

"什么明星歌星的，我也不就是会唱几首歌而已。你们只看到我光鲜亮丽的表面，哪里又知道我内心的苦。"雅丽的语调悲凉，眼眶发红。

雅静看到姐姐流泪，心顿时软了下来，她从纸盒里抽出面纸，帮姐姐擦干了眼泪，说："我也相信姐姐不是那种忘本的人，也觉得您一定有苦衷，可是我们实在很想您。您有再大的困难也应该和我们说呀，我们才是您真正的亲人，我和冬妹虽然没有什么能力，但人多力量大，至少可以出个主意。姐姐，您快告诉我们，这些年您是怎么过的？"

"人生如戏，戏如人生，我们都是苦命的孩子。"雅丽抿了一口茶，思绪回到了遥远的过去……

那一年，上海遣送站把他们十来个社会盲流人员押送到了安洲遣送站，通知家里带伙食费来领人。同来的人陆续被接走，只剩下雅丽没有人接。

雅丽望眼欲穿，白天盼着黑夜，黑夜望着白天，在遣送站泅渡着分分秒秒。她实在太苦闷了，只好唱歌解闷，她的歌声感动了来遣送站的一批批患难姐妹，常常听得她们泣不成声，也感动了遣送站的工作人员。

遣送站送饭菜的钱师傅是个五十多岁的老头，他特别喜欢听雅丽唱歌。他看雅丽已经在遣送站待了三个月了，始终没有家人来领，很是同情，经常多给她些饭菜吃。

钱师傅听遣送站的人说雅丽的父母不但不肯拿钱来领人，还出口辱骂打电话的工作人员。而雅丽已经欠遣送站很多钱，按站里不成文的规定，没人认领的遣返人员，要被送去一个黑工厂打工还债。被送去黑工厂的人不论男女老少都会被剃成光头，穿着统一的“制服”，白天在监视下干活，夜晚被锁进铁门。干活慢的就要挨皮鞭和电棍，过着奴隶般的生活，还有几只狼狗虎视眈眈地看着他们。钱师傅曾亲眼见到有人因为逃跑被打死，几只狼狗分尸抢食。如果说雅丽被送去黑工厂，那么她这辈子也就完了。钱师傅很同情雅丽，他知道她家假如再不拿钱来领人，她很快就要被送去黑工厂了。

钱师傅曾经有一儿一女，女儿和雅丽差不多年龄，从小就随她妈妈改嫁去了外地，至今杳无音讯。自己又当爹又当妈把儿子拉扯长大，儿子初中毕业后去广州参军，退伍后留在那里打工，现在已到了婚嫁年龄。他看雅丽长得白净漂亮，面相温顺，而雅丽的父母又对她如此绝情，假如儿子娶了她，一定会把自己当作亲爹。左思右想，他就打电话给儿子谎称自己重病，让他速回。要是儿子能看中雅丽，他就出钱保她出去。

儿子钱伟回到了家，他就把雅丽的事说给儿子听。钱伟心里虽然不高兴，但好奇心促使他来到了遣送站。当他听到雅丽的歌声后，便动了心。雅丽的歌声温婉凄凉，清纯甜美，又透着磁性，比夜总会那些所谓的歌手不知好听多少倍。再看雅丽的长相，尽管她脸色苍白，眉宇间似乎笼罩着挥之不去的忧伤，但一双大眼睛依旧楚楚动人。心想她化完妆一定比夜总会的美女们都要漂亮。

钱伟退伍后一直在夜总会给老板开车，见多了娱乐场所的美女，感到雅丽是根好苗子，包装后一定是个不错的歌手，便给遣送站交足费用把雅丽保了出来。

雅丽跟钱伟来带到了广州。他本来想把雅丽直接献给夜总会老板，得到一笔丰厚的奖金，可他毕竟是个身体健康的男人，不禁为雅丽的美貌和歌声着迷，雅丽也对恩人钱伟心怀感激之情。两人很快便在一起，钱伟在郊区租房子让雅丽住了下来。

钱伟天天跟着老板，见多了美女，一段时间后即对雅丽产生了厌烦之情。再加上赌博欠了钱，就把雅丽卖给了夜来香夜总会。

夜来香夜总会的荣老板五十出头，矮胖滚圆，满肚脂膏。他让雅丽唱了两首歌试了试嗓子，便点了点头表示满意，说："你的运气真不错，我刚让手下从内地挑选了一些歌手，请了名家老师在培训，我让他们安排你插班去学习，你的声音还可以，希望你加倍努力。"

雅静被带到了培训班。培训班设在夜总会的顶层，昨天刚开课，现在主要是学习礼仪礼节，站姿、走姿、坐姿、手势和面部表情等。三天后，又来了教声乐舞蹈的老师，教她们唱歌、跳舞。雅丽对歌舞有一种特殊的天赋，一点即通。一个月下来，她的歌声已接近专业水平了，舞也跳得好。

学完歌舞又让她们学习与客人周旋的技巧，学习如何向男人卖弄风情，怎样挑逗男人和吸引男人。完后，主管又把她们编号，取艺名，即登台演出。对外声称是模特儿、歌手，其实就是陪吃、陪喝、陪唱、陪舞、陪睡……只要男人愿意掏钱，让她们干吗就干吗，赚的小费和老板各得一半。开始时，雅丽也受不了许多变态客人的非人折磨，可像她这种无依无靠又没文化的女子，不干这个又能干什么？好在赚的钱也算可观，就在这里苟且偷生。

雅丽性感优雅的身材，天籁般充满磁性的嗓音迷倒了观众，吸引了一批又一批的客人。不知从什么时候起，连老板也迷上了。从此，在老板的庇护下，她轻易不用出台，做起老板的专职情人。老板虽然也有些变态，但毕竟是只要侍候他一个人，比天天出台担惊受怕强。老板看雅丽确实是块好料子，又通过关系把她送去中央戏剧学院声乐系进修了一年，回来后经过隆重包装，请来大报小报的记者，大肆宣传。雅丽声名鹊起，粉丝日增，身价一路飙升，不久就成了夜总会的台柱。

那时候的雅丽外表虽然风光无限，可实际上却过得并不开心。老板玩腻她后，就把她当作摇钱树，每天晚上她必须跟送花篮数量最多的客人出台，连来月经都不放过。遇到好客人算是她的幸运，碰见不好的客人，她常常是一个晚上别想睡觉。客人花了大价钱心里不平衡，又觉得玩弄歌星比较过瘾，想尽方法折磨她。有时候，她想托病不去，老板就会拿出合同要挟。只要不按合同行事，她将要赔偿几十倍的损失，她根本赔不起。对外说是歌星，可实际却和妓女无异。直到遇见龚先生，她才脱离苦海。

龚先生是政府高官，他对雅丽一见钟情。当老板知道龚先生的身份后，立刻毕恭毕敬，唤雅丽来陪酒，并交代雅丽一定要好好服侍。

雅丽看出龚先生绝非一般人，用尽浑身解数侍候。第二天，龚先生就叫手下去夜来香帮她解除了合同，给她别墅钥匙，让她搬来这里住。为了证明他对雅丽的爱，让司机把别墅户主名字改成了雅丽的名字。

雅丽做梦似的成了别墅的主人，龚先生工作很忙，常常是一两个月都难得来一次。龚先生的朋友为了讨好雅丽，联系了一家大型唱片公司，为她灌制唱片，现在的雅丽已经脱胎换骨，成了真正的歌星……

雅丽说完，雅静已扑在姐姐怀里，哭着说："都是我错怪了姐姐，我一直以为姐姐是大明星，风光无限，不知道姐姐背后的辛酸苦难，我们都是苦命人呀，一个比一个苦。"

冬妹也觉得鼻子发酸，好容易忍住了悲伤，安慰说："好了，好了，都过去了，现在我们不是过得很好吗？不经一番寒彻骨，哪得梅花扑鼻香。"

雅静停止了哭泣，也把自己和冬妹的经历，简单向姐姐作了汇报。

当雅丽听到两人在珠市还有了房地产公司时，显得很是吃惊，想这是男人干的事，两个妹妹真是有本事，便问："你们说的房地产是怎么回事，快仔细说说。"

雅静和冬妹互相补充着，浓墨重彩、添油加醋地向姐姐说了情况，尤其是着重描绘两人如何费尽心机去巴结市长、书记，如何认识了军队首长，首长又怎样把地给她们等。现在是万事俱备，只欠东风，唯一缺的就是启动资金，只要一启动就能赚到几千万、上亿的利润。冬妹还拿出了合作合同书给雅丽看。

雅丽看着白纸黑字红印章的合同书沉默了，合同书上写着军方出地，夏洋房地产公司出钱开发，违约将要负法律责任。半晌才说：“你们真胆大，我自叹不如，可开发房地产的钱绝对不是小数目，我即使是倾家荡产也不够呀！我也没有做过生意，该怎么帮你们呢？”

冬妹说：“不管怎么说，我们毕竟是有了地，做房地产最难的是拿地，咱们既然已经把地拿下来了，那么也只能往前走了。这么大的事若纯粹找人帮忙或者借钱怕是有难度，只能找一个有实力的老板合作。我们也像军方和我们合作一样，现在由我们出地，他们出钱，我们只要让利出去，应该是能找到合作伙伴。”

“姐姐有没有认识的房地产商，看能不能找他们合作？都怪我们，为了拿地到处瞎吹牛，珠市的朋友都以为我们特有钱，谁也不知道真实情况，现在真的是骑虎难下。”雅静眼眶发红，拖着哭腔说。

雅丽抱着妹妹安慰说：“船到桥头自然直，这些年，我也认识了不少老板。你们今天先好好休息，晚上让我仔细想想，看找谁合作比较合适。”

五十三
寻找合作伙伴

第二天醒来，雅丽已经在等她们吃早饭了。粥、肠粉、豆腐脑、豆浆、油条、鸡蛋等各种小吃摆满了一大桌。

吃完早饭，雅丽拿出一份名单，说："这些人都是广州的商界名流，咱们先研究研究，看找谁比较好。"

她们分析了很久，决定先去找广州宇宙房地产公司的梅老板，梅老板看完合同，摇了摇头，说："军产房是做不得的，军产房不能办理落户，不能抵押贷款，不能出租转让，不能合法继承给子女，得不到法律的保护，一般不允许向社会公开销售，还有被部队无偿收回的风险。"

三人听得冷汗直冒，急忙起身告辞。

一个星期以来，她们找了赵、钱、孙、李等老板，各种原因，谁也不愿意去珠市投资，名单最后只剩下沈老板。

沈老板和雅丽认识已经好多年了，雅丽从前在夜总会时他经常去捧场。雅丽自跟了龚先生后，便换了手机号码失去联系。沈老板突然接到大歌星雅丽的电话，受宠若惊，说晚上要请她一起吃饭。雅丽却说下午要去公司找他。

下午，三姐妹来到沈老板的办公室。沈老板五十出头，事业有成，老婆和孩子全在国外。他不抽烟、不喝酒、不赌博，最大的爱好就是品茶泡女人，他说茶能轻身换骨，而年轻女孩能给他激情。他看起来比实际年龄小很多，当别人夸他年轻时，他会很得意地说这就是他爱茶爱女人的原因。

沈老板喜欢美女，更喜欢歌星明星，他觉得一个男人的品位取决于他和什么样的女人交往，雅丽能抬高他的身价。

看雅丽带来了两个美女，沈老板喜笑颜开，乐颠颠地亲自给她们沏茶。雅静看到他办公室里的茶具，备感亲切。便抛了个媚眼，接过了沈老板手里的紫砂壶，为他们表演起了茶艺。

说到茶艺，雅静自然是一套一套，从茶圣陆羽的《茶经》聊到陆游的“酒可止，茶不能缺”。从选茗、择水、烹茶到茶道艺术，把沈老板佩服得五体投地，大有一种如遇知音相见恨晚之感。他嗜茶，爱茶，也自以为最懂茶，雅静精湛的茶艺表演以及对茶道的独特见解，还是让沈老板自叹不如。

他们一直聊了两个多小时，沈老板对雅静的茶艺赞不绝口，雅静不失时机地夸奖沈老板，说：“真是酒逢知己千杯少，茶遇知音一个足。怪不得姐姐说她认识的朋友，就数沈老板最有文化品位，今天见了果然如此。”

沈老板心里高兴，意味深长地看了雅丽一眼，不无得意地说：“多谢雅丽小姐夸奖，其实，我也只是附庸风雅而已，以后还要向三位小姐多学习。”又接着卖弄说：“酒乱性，茶清心，其实，我也饮酒，但一般都是浅尝辄止，我最看不起那些酒色之徒，几杯酒下肚就不能自制，非要喝到忘形癫狂，还自以为是英雄肝胆。在我眼里，天天酒醉的人不是婊子就是疯子，三位美女你们说对吗？”

雅静拍手叫好，说：“沈老板的话真是太经典了，我不善喝酒，也对咱们中国的酒文化不能理解，好像是非要把人灌醉了才高兴，才算尽了地主之谊，岂不知喝酒伤身。喝酒是越喝越糊涂，不像咱们喝茶，茶是越喝越清醒的，以后一定要劝朋友们少喝酒，多喝茶。”

“物以类聚，人以群分。正因为我们爱好相同，今天才有幸坐在一起。”冬妹边说边从包里拿出合同递给沈老板，说，“我们这次来，主要是仰慕沈老板的才智和为人。另外，我们在珠市拿了一块宝地，想要开发房地产，姐姐说您最智慧，最有生意头脑，我们就来找您了，这是个大好事，咱们一定要把握住这个机会。”

沈老板粗略地看了看合同，说：“凭我生意人的经验，这应该是个赚钱的买卖，可我不懂房地产，隔行如隔山，你们最好是找个懂房地产的看看。”

雅静听沈老板这么说，心跳到了嗓子眼，想完了，若沈老板也不同意投资，不但做房地产的梦想破灭，还有可能要面临坐牢的危险。这几天实在是被拒绝怕了，她把弄着手中的茶具以掩饰内心的恐慌，半天说不出一句话。

冬妹沉思了片刻，说：“我们也是经过深思熟虑才来找您的，您不像那些土老板只知道认钱，我们看上的是您的人品和智慧。您也许对房地产没有经验，但俗话说‘隔行不隔理’。有人说八十年代搞承包三产发财，九十年代靠走私炒股致富。现在城市正处在高速发展期，农村人大量拥进城里，国家又在房改，政府需要房地产增加 GDP，未来的十年、二十年，投资房地产一定能赚大钱，我们坚信只要这个项目启动后，一定能给我们带来至少上亿的利润，我们为了拿这块地用光了所有的积蓄，差点连命都搭上了。您是最精明的生意人，应该也看得出这绝对是块大肥肉，这绝对是一个千载难逢的机会，希望您能和我们一起进军房地产。”

沈老板听得非常入神，赚钱是商人的本能。其实，他也早就看上房地产市场，只是一直没有找到机会入手。在他以前的观念里，漂亮女人是花瓶，并没有多少实用价值。他虽然泡过很多女人，但大多都是逢场作戏，玩玩而已。可在面前这三个自信优雅的女人面前，他不得不改变对女人的看法。她们的话句句在理，把市场、形势分析得头头是道，在她们身上，仿佛看见了自己年轻时的影子。

回顾自己这几年的经历，不由感慨万千。他高中毕业没考上大学，为了他的工作，父亲提前办了退休，子顶父职在服装厂做了一名维修工，自我感觉还不错。可是，自知道几个初中都没毕业的同学靠投机倒把发了财，买起了摩托车，他再也无法安心工作了，不顾父母反对毅然辞职做了个体户，因为经验不足吃过许多苦，后来靠贩卖走私手表赚了第一桶金，果断承包了一家连年亏损的服装厂。接外单，创牌子，闯市场，试制新产品，历尽艰辛，终于成立了中外合资企业，创建了闻名国内外的大品牌，成为中国服装行业的典范。又逢国有制企业改革，他瞄准商机，大刀阔斧地兼容收购了几家国有企业，成为了不折不扣的大老板。在商场，他运筹帷幄，游刃有余，在用人上，他择人任势，洞若观火，把企业管理得井井有条。

前些年他把老婆孩子送去了国外，现在每天的工作是泡女人，玩茶艺。当别人夸他是最会生活的老板时，他会校正说自己是企业家，不是老板。在他心里，老板和企业家有着本质的区别，老板做事，企业家做人，老板靠投机取巧，企业家却是造势谋局。他最看不起的是那些事必躬亲的老板，他觉得智者用人，领导最高的境界是会用人，能用人。因此，尽管他的事业做得很大，却很少操心。

他仔细看了看合同，上面写着甲方出地，乙方出资建房，平分使用权。心想这几个女子真不简单，没花一分钱就拿到了地，再来找自己筹钱建房，简直是空手套白狼，无本万利。常以为自己是经营之神，但今天，在这几个小女子面前，他不得不认输。

冬妹看他低头不语，作沉思状的样子，分析说："这块地位在珠市市政府后面，最繁荣的市中心，这么好的项目是我们拼了命才拿到的。您算算，一共有三十亩地，也就是两万平方米，扣掉二分之一的绿化和公用设施还有一万平方米，一万平方乘以平均六层等于六万平方，六万平方除去给甲方一半，咱们还有三万平米。我们预算了，小高层一平米的建筑成本大约是五百元，而现在珠市的房价已经涨到了五六千元，也就是说您只要投入三千万，这个项目的盈利将是上亿。"

沈老板虽然一直觉得房地产是块香饽饽，但确实没有细算过到底能赚多少钱，听冬妹一说，着实把他吓了一大跳，没想到一个项目就能赚上亿，心里不觉失衡。自己旗下的几家服装厂全部加起来一年也就上千万的毛利，还自以为是成功的企业家，现在才知道自己是井底之蛙，见短识浅。他做了二十年的生意，全部的财产加起来可能还不如房地产的一个项目赚的钱多。他下决心要尽早进军房地产，但脸上依然不动声色，干咳了两声，说："几年前，就有朋友让我投资房地产，我一直没下决心，可今天见到三位美女，我是不是该重新考虑一下。几位小姐可真是能做生意，先利用关系从部队拿来地，再来找我出钱，你们就坐收渔翁之利。"

"瞧您说的，我们哪敢坐收渔翁之利，天下也没有免费的午餐，我们为了这块地，付出的心血和金钱我也不多说了，现在我们已是精疲力竭了。刚才冬妹跟您说需要三千万本钱，可因为我们和市政府的关系好，您只要先拿出一千万启动资金，先盖一部分，再把样板间装修了，咱们就可以开始售楼了，用售楼款再盖二期三期，我敢保证您只赚不赔。赚的利润咱们一人一半您看如何？"雅静从包里拿出一大沓照片递给沈老板，说，"这是我们奠基仪式那一天来给我们捧场的珠市领导，市委五套班子全来了。"

沈老板瞟了一眼照片，想女人就是好办事，想必是珠市的领导都被她们搞定了，自古以来，美人计总是屡战不败，觉得和她们合作一定不会吃亏，于是说："几位小姐果然是神通广大，能和几位美女合作，且不说赚不赚钱，就是看了也开心。"

雅静拍手说："沈老板果然是痛快人，咱们明天就去珠市。"

五十四
共患难易同富贵难

有了沈老板资金的注入，她们把工程承包给了林春风，夏洋山庄项目顺利开工。在林春风加班加点的赶工下，预期一年的工程在十个月就封顶，样板房也装修完毕。她们请来各大报社电台大肆宣扬，由于地理位置优越，又是学区房，定价合理，很受珠市人喜欢，房子很快被订购一空。

从一期到三期，只用了两年的时间，夏洋山庄项目虽然没有她们预期的上亿利润，但也赚了几千万。

提起夏洋山庄，珠市人都知道，说这是两个二十多岁的女老板开发的，至于她们的来历，社会上有许许多多的版本。有人说她们是中央领导的嫡亲，有人说她们是台湾富商的女儿，有人说她们是中央军委高层领导的干女儿，也有人觉得她们面熟，可就是想不出在哪里见过。

首长已升官调去北京，据说雅静出了不少钱。首长没有帮错人，雅静不但给了他幸福，还给了他经济的后盾。互惠互利，首长介绍了几位战友和部下给雅静，她们又成功地开发了几处房地产。

面对记者和镜头，两人侃侃而谈，她们已正式走进珠市的上流社会，和珠市有头有脸的高官富商平起平坐。

面对成功和荣誉，雅静渐渐变得目空一切，不可一世。她所到之处不是五星级宾馆，就是高尔夫球场，她的车已经换成了奥迪 A8，比珠市市委领导的车都高档，尤其是耀眼的军牌特别惹人瞩目。

雅静的张扬跋扈和冬妹的低调谦虚形成了强烈反差，雅静的骄傲常常让冬妹深感不安，她曾委婉地劝过雅静几回，可雅静却嫌冬妹老土，笑她思想僵固，还生活在远古时代，训她要与时俱进。冬妹说不过雅静，也就不再多言，毕竟人各有志，不能强求。

冬妹还是开着从前的旧车，不喜欢张扬，有空就去看孩子。每个周末，她都会把孩子接来身边，开着车带着孩子和养父一起去玩。这让雅静很反感，她总觉得她们的事业还刚起步，还需要继续努力，不应该儿女情长，把时间浪费在孩子身上。

陆总真如雅静所料被任命为副市长。自他升为副市长后，和冬妹见面的时间越来越少，甚至一两个月也难得见上一面，即使见了面，彼此也都没有了从前的感觉和激情。雅静武断陆总一定另有新欢，冬妹也这么认为，但她善理解人，觉得陆总位高权重，而自己已不再年轻，他看不上自己也是情理之中。雅静却愤愤不平，觉得冬妹白白跟了他几年，什么也没有得到。好几次逼冬妹去问陆副市长要地，奈何冬妹始终没有听雅静的话向陆副市长张口。冬妹的傻气实在让雅静忍无可忍，为此她挨过雅静不少训斥。

根据珠市市政府总体规划，在珠市大学东侧，建立一条集休闲、生活、餐饮、娱乐、旅游、居住于一体的中高档商业街。珠市的大小开发商都想得到这块肥肉，个个八仙过海，各显神通。雅静觉得无论如何，这次一定要抓住商机，假如夏洋房地产能拿到这个项目将会迈上一个很大的台阶。

晚上，雅静在家沏茶等冬妹，好容易等回了陪父亲、孩子去玩的孝顺女儿和好妈妈冬妹。听到她和父亲说说笑笑的声音，雅静都有点嫉妒了，对冬妹说："我的姐姐，你终于回来了，我们好久都没有坐下聊天了，快来喝茶。"

冬妹知道雅静今天一定有事找她。每次，只要雅静有事，她就会沏功夫茶。自她戒烟后，她更迷上泡功夫茶了，她习惯双手不断沏茶倒水来掩饰内心。冬妹示意父亲先去休息，在雅静对面坐了下来。

品着雅静新沏的香茗，冬妹的思绪回到从前……想当年，两人的生活虽然艰难，但彼此无话不说，亲如一人。多少个日日夜夜，姐妹俩在茶桌上聊过去说未来，彼此相依为命，谈爱情论人生，有说不完的话题。虽然有时候也会争得面红耳赤，但一会儿又是亲密无间。现在是有钱了，虽然她们没有谈过分家，但两人在一起交流的时间却越来越少，不知从什么时候起，一层无形的隔膜在两人之间滋生。雅静每天忙于应酬，又常去北京广州一住就是一两个月。两个人各忙各的，已经好久没有坐在一起喝茶说心里话了。

雅静熟练地用茶夹钳一杯茶摆在冬妹面前，心疼地说："都怪我天天忙着应酬，我们姐妹都多久没有说知心话了。瞧你呀，都长胖了。你才几岁呀？也不注意自己的身材，你看看，你穿的是什么朝代的衣服呀？年纪轻轻就把自己打扮成老大妈似的。咱们赚了这么多钱，可看你的生活质量却一点都没有提高，连车都不肯换。像我一样开着奥迪 A8，挂着军牌，那感觉就是不一样，且不要说车的安全性，那些客户见了，谁不刮目相看，就连路上的交通警察也要尊重几分，闯红灯都没人敢拦我。人要会赚钱，更要会花钱，要不，赚这么多钱有什么意义呢？我们从前受的苦难实在太多了，现在咱们一定要学会享受人生，把从前受的苦都弥补回来。"

"你说得对，可我更习惯这种生活。日子真快，眨眼瑶瑶都要上中学了，我们真老了，人生如梦！"冬妹幽幽地说。

雅静摇了摇头，说："你又来了，谁说我们老呀！我们的人生才刚开始呢。小时候，出生不能选择，我们受了常人没受过的苦，现在我们成长了、成功了，我们已经拥有了许多人不敢想的一切，所以我们也该享常人没享的福。"

"记得从前我们刚到珠市时，最大的梦想就是有吃有住有工作，做梦都不敢想能有今天，直到现在我还常常怀疑自己生活在梦里。"冬妹说。

雅静叹了口气，说："是呀，有时候，我也担心这只是梦。所以每天早上起床时，我都会要求先看见鲜花，让按摩师先帮我捶背按脚，因为只有这样我才感到踏实，有安全感。”

冬妹苦笑了一下，说：“原来如此，我从前还错怪你娇气忘本了呢！唉，我们都是苦命的人，有今天真的不容易，所以我特别珍惜这来之不易的生活，不喜欢浪费，更不喜欢张扬。”

雅静气得暴跳如雷，说：“你的意思是嫌我太张扬浪费了？难不成你是嫌我花了你的那份了？我知道你诚朴，低调。可这又有什么用呢？咱们这么大的生意难道还缺了我们这一点小花费？况且，我也没有像那些臭男人一样去吃喝嫖赌养小蜜。”

冬妹难过地说：“你都想到哪里去了？我从来没这么想，我只是觉得自己没什么本事，公司的主要业务都是你在操心。尤其是我们的房地产项目，全靠首长帮的忙，我只觉得自己一直在享受你的成就，心里常常不安难受。”

雅静听冬妹这么说，她火气消了几分，说：“谁跟你分彼此了？咱们江山还未巩固，难不成你想分家不成？全国的房地产市场那么大，而我们才盖了多少楼呀，咱们下一步的计划是立足珠市，进军北上广。瞧你呀，你现在心里除了孩子就是老爸，我们才三十出头，正是创事业的好时候，万里长征才刚刚开始，我们还要再接再厉呀！至于那个首长，我们也算对得起他了，他这次上升我出了不少力。对了，现在陆副市长还来找你吗？”

冬妹摇了摇头，说：“已经很久没见了，总说他忙。”

“得了吧，谁不知道忙只是个很美丽的托词，明明是时间久了，玩腻了，嫌你老了，一定是另外有人了。”雅静气急败坏，义愤填膺。

冬妹的眼眶红了，淡淡地说：“缘来而聚，缘尽则散，顺其自然吧！”

“你倒是想得开，可女人的青春才几年？你已经把最美丽的年华给了他，可他呢？说实话，他好像什么事都没有替我们做过，他升任了副市长，年年都有十八岁的姑娘，自然把你忘了，咱们可不能便宜了他。”雅静愤愤不平。

冬妹的眼泪终于滚了下来，沙哑地说：“现在我给他打电话，要么不接，要么说在开会，我还能怎么办？”

雅静拍桌子说:“假如他真的爱你,咱们看在爱情的分上也就算了,可他呢?就凭他不接你电话和天天开会,咱们也得让他做一回我们的狗,难不成就凭他是副市长就能白白玩弄女人了,你把最美丽的年华给了他,可他却拍拍屁股就走人。没那么便宜,要不然就显得咱们太好欺负了。对了,我听说珠市大学旁边要建一条商业街,他是主管的副市长,他说了算,你去找找他,咱们只许成功,不许失败。”

“可现在要让他接我电话都难,我找他有什么用呢?”冬妹一脸迷茫。

“他是个畜生,就是你好欺负,明天我们去市政府当面找他,看他怎么说。”雅静一脸的坚决和果断。

“给我留点自尊行吗?我现在实在是拉不下脸去找他。”从前热恋时,冬妹都没有求过陆总,现在冷淡了,她更是没有办法开口,想了想又补充说,“主要是我觉得即使去找他了,他也不会给我面子,那样我会好难过的。算了吧,反正现在我们也已经吃穿不愁了,我真的不想去丢人。”

“做婊子还赚钱,你呢?白白被他睡了几年,你得到什么了?是爱情吗?他连电话都不接你的。还是性爱?他好像只有十几下,他给你高潮了吗?他无情,我们无义,就算是为了出这口气,咱们明天也必须去。对了,你快去找找,你还有他当年留下的证据吗?只要我们能找到证据就不怕他不答应。我记得他从前有送过你项链、玉镯,这就是证据,咱们把这些带上,不怕他不答应。对了,记得有一回,咱们公司资金周转不灵,他还让办公室主任从路桥公司账户给我们打了一百万,我问过律师,这叫挪用公款,再加上和你这几年的关系,够他受的了。假如他实在不给面子,咱们就豁出去了,看看谁怕谁。你想想,他在路桥这个肥缺干了这么多年,一定贪了不少钱,最怕查,一查保证完蛋。”雅静的目光咄咄逼人。

冬妹冷冷地看着雅静,心想从前的雅静用尽心计是为了生活,可现在她做法已让自己不能理解,觉得她没有必要还是如此唯利是图和不近人情。在冬妹眼里,不管陆总现在对她怎样,毕竟当时有过爱情,给了她许多幸福的日子，她不想利用逝去的爱情去满足雅静无休止膨胀的野心。十多年前在上海跟着谢叔叔敲诈勒索的往事如影掠过，一想到跳楼自杀的副市长，她的心就揪揪地痛，眼泪又溢了出来，近乎哀求着和雅静说："我们现在已经什么都有了，真的没有必要再为了生意去拼命了，天下的买卖是做不尽的，咱们现在更要学会知足常乐，别太难为自己。我实在不愿意去破坏这份残存的感情，就当让我留下一点美好的回忆吧。我真的不想去找他，更不想去敲诈勒索他。毕竟，那时候他也是好意送我东西，尤其是他借我们一百万的周转资金，咱们至今还未还呢。"

听冬妹语气坚决，说不去找陆总，雅静不由怒火中烧，随手拿起杯里的茶水泼在冬妹脸上，说："你这是什么话呀？好像是我成了敲诈勒索犯了，这世界上就你是好人，还要把自己装成圣女，你也不想想，咱们的一切一切是怎么来的？还不是靠我用那可怜的爱情换回的呀，没有首长咱们能有今天吗？我就是卑鄙无耻，利用爱情做生意，怎么了，就你清高，就你伟大，我是坏人，我还要去敲诈勒索你的爱人陆副市长，我去坐牢好了，你就等着享清福吧。"雅静越说越激动，把茶几上的杯子、水壶、茶叶狠狠摔在地上。

冬妹擦去脸上的茶水，泪水迷糊了她的眼睛，千言万语在肚里翻滚着，可她动了动嘴唇，终究没有说出话来……

雅静看冬妹半天不说话，以为她妥协了，想这个木瓜脑子还得好好做她工作，安慰冬妹说："我知道你爱他，为他着想，可他为你想过吗？想过他不接你电话，你的心焦和痛苦吗？什么工作忙，没有时间，那全是骗人的鬼话，我敢保证，他现在一定搂着新欢，早把你忘记了。而事实上，那个商业街要给谁对他来说只是一句话而已。但对我们来说，这不仅仅是几个亿的利润问题，意味着咱们正式进入了商业地产，又上了一个新台阶。回忆当年，咱们费尽心血，好容易和朱书记成了朋友，做了她几个月的花姐丫鬟。那时候，怪我们没有实力，无法向她张口。前些年，我们好不容易积累了一些本钱，朱书记又调去了政协，没了实权，现在她想帮我们都难了。咱们一定要趁陆副市长还在位，让他扶我们一把，等拿下这个项目，咱们再杀去北上广，再帮他找关系升官，到时候他感谢我们还来不及呢。”

雅静看冬妹一言不发，默默流泪，心里一软，也觉得刚才自己过分了。便拿来毛巾帮冬妹擦去眼泪和残留的茶水，爱怜地说：“你呀，真让人又爱又恨。我们都是苦命人，要成功就必须不择手段。武则天、慈禧、杨贵妃为什么能得到皇帝的长期宠爱？那绝对不仅仅只是因为性爱，哪个不是使尽手段，穷极花样，皇帝迷恋的更是她们的智慧。自古到今，依靠爱情的女人十有八九都是被抛弃的命。就像我和首长的关系，他为什么到现在还痴迷于我？这绝不是因为我的容貌，毕竟，年年都有十八岁的姑娘，天下男人哪有不喜新厌旧的。那是因为我给了他坚强的经济后盾，他在帮我的同时也在壮大他自己。假如你还想让陆总回到你身边，咱们明天就去找他，要不惜任何手段让他把项目给我们，咱们再把赚到的钱用在他需要的地方。到时候，我保证他感激你，再像当年一样乖乖拜倒在你的石榴裙下。”

冬妹没有点头，也没有摇头，只看着满地的碎片发呆。

雅静觉得自己胜利了，得意地伸了伸懒腰，说：“时间不早了，咱们先去休息，养足精神，明天好去找陆副市长。革命尚未成功，同志还需努力。”

第二天中午，雅静起床，让保姆唤冬妹吃午饭。

保姆说：“冬妹小姐一大早就和她父亲开车走了，还带走了两个大旅行箱。”

雅静冲进了冬妹的房间，见到桌子上放着一封信，急忙拆开。

雅静：

我最亲爱的妹妹，首先请你原谅我的不辞而别。

昨晚回到房间，翻来覆去，怎么也睡不着。一想到明天要去市政府找他，我就心如刀绞。怪我不争气，还是深深地爱着他，不忍心看他难受，更不想让他觉得我在威胁他。

我也知道今天的一切都是妹妹的功劳，你比我能干智慧，一定前途无量。可我呢，我也常常觉得自己没用，我觉得自己真的不适合做生意，更没有妹妹一样的远大抱负。真如你所说，心里除了瑶瑶就是爸爸，因为我和他们在一起真的很踏实，很快乐。

瑶瑶的奶奶病了，没有办法再照顾她，而她父亲已娶了后妈，我不能再把孩子放在她父亲那里。你知道，没有妈妈的孩子是多么可怜，想到咱们童年的苦难，我不希望我们的悲剧再在孩子身上重演，我欠孩子的实在太多太多，我现在只想尽到做母亲的责任。

这事我已经计划了很久，只是一直没有机会对你说，也请妹妹不要担心我的生活，我已经把我名下的几套房子给卖了。我想带着钱去另外一个城市生活，那里没有人认识我。我会在不远的地方关注你，祝福你，相信我永远在你的身边。

好妹妹：我还是希望你能听我一句劝，把成败看淡一些，你现在的资产已经够用几辈子了，钱多了也只是个数字而已，万事顺其自然。

永远爱你的冬妹

旁边还有一张合同书，冬妹将自己名下的所有股份全部赠予雅静。雅静做梦也没有想到冬妹会在这时候走掉，现在的她们已是苦尽甘来，事业有成，可她却突然走了。回想这些年的风风雨雨，两人相依为命走到今天，历经多少坎坷，多少悲伤，好容易才有了今天的成就，可她却走了，只带走了她名下的几套房子，公司的亿万资产一分也没有拿走。想到了她的种种好处和患难与共的感情，雅静倒在冬妹的床上大哭起来。

尽管雅静有时候也在心里嫌冬妹，怪她没有事业心，小富即安，不思进取，没心计，是个榆木脑袋不开窍，明明是棵苦菜花，却幼稚天真得像个大小姐，一味沉迷于所谓的爱情里，觉得她这么多年的苦简直是白受了。雅静的世界观、人生观和冬妹产生了重大分歧，她已经越来越看不上冬妹了。尤其是对待陆总的事，她觉得两人花在陆总身上的精力要比首长多，他的权力也比首长大。她也曾和冬妹谈过多次，让她一定要趁爱情还在的时候，让陆总帮帮她们。有好几次路桥有几个大项目，都是千万亿万的利润，只要冬妹肯开口，陆总一定会帮忙。可是冬妹呢？不见得是陆总不愿意帮忙，倒是冬妹不肯开口。

陆总手握重权，却没有帮她们干过一件事。当她知道陆总自当上了副市长，离冬妹越来越远后，心里比自己被抛弃还懊恼，觉得政客比婊子更无情。冬妹已经把最美丽的年华给了他，他不该拍拍屁股就走人，他必须帮她们拿地，这么多项目给谁也是做，没有理由不给她们。今晚和冬妹谈判，她的态度实在让自己忍无可忍，毕竟她就是利用爱情问首长要的地，而冬妹几乎是坐享其成，这让她心理严重失衡。

两人共患难的感情虽然很深，但这些年赚取的财富确实不是小数目，假如是几套房，或者是几部车，以她们这么多年的感情，雅静是会毫不犹豫地送给冬妹，可眼前是一栋栋大厦，而这些项目基本都是依靠首长和姐姐雅丽的关系，冬妹好像并没出多少力。雅静虽然不是那种小肚鸡肠之人，但她确实讨厌冬妹假装清高的样子，有时候也在心里忧患着将来怎么和冬妹分割财产，所以，她总是有意无意地躲着冬妹。

人的感情就是这样，两个人在一起时，心里嫌着她，可冬妹真走了，雅静又想着冬妹的种种好处。她们今天的成就，冬妹没有功劳也有苦劳。况且，冬妹又是在她们功成名就时离开，这样岂不是显得她雅静没有容人的雅量，想着想着又哭了好一阵。一会儿又觉得冬妹走了也好，省得以后要来分公司的财产……

五十五
姐妹客栈

一座座青山碧连天，一簇簇野花漫山间，一片片沙滩闪金光，一行行白鹭舞蹁跹……林间牛羊遍道，海里渔船悠悠。陌上繁花迷人醉，灰墙红瓦映田间。老庙旧道古村落，井水菜园农家饭。

这是珠市郊区的一个小渔村，随着城市交通的发展贯通，这个背山面海的远郊小渔村，凭着得天独厚的优势热闹起来，成为珠市的一大旅游风景区。川流不息的游人促进了小渔村的经济，也活跃了村民的思想，渔家人将自家院子改成了渔家海鲜馆、农家小客栈。各行各业的商家也嗅到商机，在这里安营扎寨，开起了旅游纪念品、古玩字画、民间艺术、美食小吃、土特产等各种小店。

古朴自然的田园渔村生活，绿色环保的瓜果蔬菜，新鲜野生的渔家海鲜。返璞归真，与自然对话，成为现代都市人最诚挚的渴望。来小渔村吃渔家海鲜，住农家院，在山里听鸟鸣鸡叫，在海边看日出日落，实现心中的田园梦。

小渔村吸引着一批又一批的旅行者，也吸引了美术家、摄影家、音乐家、作家来这里写生、采风、寻找创作灵感。

来到小渔村，你首先会被村口的白色鸽群所吸引，它们飞绕在一栋美丽温馨的花园别墅客栈，像是在迎接客人的到来。走进院落，瓜果蔬菜，鸟语花香，处处弥漫着盎然春意。客房静谧温馨，老板娘淳朴善良，在这里，你会远离城市的喧嚣，卸却烦心的琐事，聆听鸟儿歌唱，吸纳新鲜空气，给肺彻底地洗一次澡。

来过姐妹客栈的人都会说这里好，口碑相传，生意一直都是红红火火。姐妹客栈的老板娘就是冬妹，她离开雅静后，就径直来到小渔村，买下这栋民宅，带着父亲和孩子经营起客栈，过起了世外桃源般的生活。然而，她心里却始终记挂着雅静，故取名为姐妹客栈。

光阴荏苒，眨眼已过去多年，在这里虽然不比和雅静在一起时风光无限，但冬妹所求从来不高，她现在虽然没有大富大贵，但也生活无忧，吃穿不愁，过着乐山乐水乐书海的悠闲生活。因为她从前没有书读，现在终于有了条件，便玩命似的读书。几年时间，她几乎读遍了世界名著，她最大的幸福就是在书海里遨游，过着“书中自有颜如玉，书中自有黄金屋”的悠然生活。

冬妹虽然已经过了年轻漂亮的年龄，但脸上却多了几分端庄和恬静，也有过不少追求者，她也尝试着去谈过几次恋爱，但每次都无疾而终。别人问她为什么不找对象，她总是会笑笑说：“一个人习惯了，顺其自然吧。”她孤单时就读书写字画画，来过姐妹客栈的客人都会得到冬妹赠予的书画。她过得很满足也很幸福，每天笑吟吟乐在其中，姐妹客栈的生意做得红红火火。

从前的不幸和苦难让冬妹加倍珍惜眼前来之不易的生活，她喜欢与老父孩子在一起其乐融融的感觉。养父的身体很好，每天忙于种蔬菜，养花鸟。女儿瑶瑶已经考上了珠市大学，孩子懂事孝顺，每个周末都会回家陪妈妈。

因为冬妹的面相善良，又大气友好，不计较得失，话不多但善于聆听，她的人缘好，口碑佳，小渔村的男女老少都喜欢和她交朋友，她已经完全地融进了小渔村，生活平静得像小渔村的空气，清新自然。

冬妹一直关心着夏洋集团，经常在报纸上电视上寻找雅静和雅丽的消息，尤其是现在又有了网络，她只要上网搜索雅静或者夏洋集团，无数条关于夏洋集团的辉煌业绩就会跃然而出。

夏洋集团在雅丽和雅静两姐妹的领导下，神话般地迅速崛起，创造着一个个辉煌业绩。企业已走向了规模化、多元化的综合经营。旗下有商业地产、高级酒店、文化旅游和大型影视城等公司，几年前已在香港上市。

夏洋集团的关系网直通中央，生意遍布全国。听人们传说，无论是政界商界艺术界的人，都以结识夏洋集团的姐妹花为荣，说她们是珠市组织部的第二部长，能决定官员的调动升迁。

令人们倾倒的不仅仅是两姐妹的美貌，她们的侠气、大气、才气、手笔、布局、魄力更是令许多男子汉汗颜。人们把两姐妹传得神乎其神，企业家兼大歌星的雅丽更是红得发紫，她是夏洋集团的董事长，演艺界的大明星、导演、制片人。

谁也不会把这个渔村小客栈的老板娘和夏洋集团联系在一起。虽然冬妹经营有方，客栈生意不错，可做小生意总免不了受气，尤其是当那些地痞流氓、工商城管故意刁难时，她有时候也会后悔，觉得自己不该离开夏洋集团，而是应该和雅静一起共创大业。

她有一次甚至冲动地要回去看雅静，可开车到了夏洋集团门口，望着金碧辉煌的夏洋大厦时，她却步了，她实在没有勇气走进去，觉得自己离夏洋集团已经很遥远了。

那是一年的春天，尚超尘来小渔村散心，被鸽子吸引着走进了姐妹客栈，他见到冬妹喜不自胜，便冲上去给她一个热烈的拥抱。

老朋友见面，感慨万千，虽然彼此都没有了从前的感觉，但总觉得比别人更亲，他们聊了很多很多。尚超尘最纳闷的还是冬妹为什么离开夏洋集团，来这里开小客栈。冬妹的嘴紧，任凭他怎么问，都绝口不提从前的事，倒是从尚超尘嘴里知道了许多关于雅静的事。

雅静经常向尚超尘买画去送礼。去年，夏洋集团注册了一家拍卖公司，专门拍卖古董古玩和名家书画。雅静让尚超尘辞去了大学副教授的职务，担任夏洋拍卖公司总经理。对于雅静的能干和经商之道，尚超尘佩服得五体投地，在他那崇拜的话语里，简直把雅静当成了仙女下凡。冬妹又问起江海云的情况。尚超尘说："那小子看你们发财，也跟着下海了，但他时运不济，做什么亏什么，现在跟着我到了夏洋拍卖公司，做我的左右手了。"

那天，他们聊到很晚，主要是聊夏洋集团的神通广大，雅静、雅丽的能干智慧。最让冬妹高兴的是，雅静结婚了，还有了一个可爱的女儿，她的对象是一个海归博士，本来是珠市眼科医院的一个专家大夫，认识雅静后不久就调去了珠市卫生局任副局长，现在已经荣升为珠市的副市长了，听说下一步可能要调去北京。现在的雅静是爱情事业双丰收，这辈子算是没有白活了。

临走，冬妹要尚超尘对雅静雅丽保密她的情况，他答应了。

以后的日子，尚超尘倒是经常来看冬妹，每次来都会带来一些夏洋集团的信息。无论尚超尘说什么，冬妹都是淡然一笑。尚超尘说冬妹已经活到了一种境界，一种不以物喜、不以己悲的境界，遵从了老子的功成身退。

五十六
托　孤

逝者如斯夫，不舍昼夜，流年暗换，冬妹的脸上已悄悄出现了皱纹。

这天，冬妹正和女儿瑶瑶在屋顶上喂鸽子，远远看到一辆计程车停在客栈门口，一个戴着墨镜的女子从车上走下来，手里牵着一个五六岁的小女孩。冬妹一眼就认出了这是雅静，她三步并两脚地跑下楼。

四目相对，千言万语在心里翻滚着，两个人抱头痛哭。小女孩看见她妈妈哭，也跟着哭。雅静急忙抱起女儿让她喊姨娘。小女孩怯生生地叫了声姨娘，冬妹便把她搂在怀里。她在孩子的小脸上亲了又亲，说："太好了，孩子都这么大了。叫什么名字？"

"叫潇潇，和瑶瑶对应，对了，瑶瑶呢？"

瑶瑶急忙走过来喊阿姨。雅静搂过瑶瑶看了又看，说："都长这么大了，大学毕业了吧！和你妈妈年轻时长得一样一样，真好。我们都老了，我到今天才真正理解'一亩三分地，老婆孩子热炕头，平平淡淡才是真'，这个小客栈真好，还是你的选择最正确，可惜我明白得太迟了。"她的声音里满是伤感，眼睛里蓄满了泪水。

冬妹记忆中的雅静从来都是阳光快乐自信的，她听出了雅静的话外之音，想她今天怎么了，便把手里的潇潇交给了女儿瑶瑶，让瑶瑶带着孩子去玩。说她和雅静太久没见面了，要去海边走走。

没想到雅静又从瑶瑶手里夺过女儿，生离死别似的在她的小脸上亲了又亲，半天才把孩子交给了瑶瑶。

来到海边，她们的心情并没有随着浩瀚的大海变得开阔辽远，相反却如翻滚着的海浪汹涌澎湃。十多年了，两个人有许多的话要说，却谁也没有先开口，两双眼睛都追随着海面上盘旋的几只海鸥。

雅静终于打破沉默，说："真羡慕海鸥，无论大海平静还是疯狂，它们都在海面上无忧无虑地戏耍着，与世无争。"

"人有时候就不如海鸥，人之所以有痛苦，就是因为有太多的欲望。在从前，我也常常恼自己，真的如妹妹所说没有斗志，没有事业心，满足于现状。可近些年，当我读了许多书后，也似乎明白了一些道理。一样米养百样人，人各有志，性格决定命运，命运也决定性格，存在即是合理，万事顺其自然，过得舒心最重要。"

雅静讷讷地说："我最大的错误就是没有学会满足，一次又一次地让自己陷入欲望的沼泽，现在才坠入万劫不复之地。假如我能多听你的话，学会知足常乐，保持一颗平常心，那样，我又何至于今天。直到现在我才明白，其实你比我幸福一百倍。可是晚了，一切都晚了。"

冬妹不知道雅静到底发生了什么事，只好安慰说："一直以来，我最欣赏妹妹的聪明智慧和商业才能，这几年，我虽然离开了妹妹，可却随时关注着你，夏洋集团在妹妹的领导下神话般地创造着一个个奇迹。谁不仰望夏洋集团，谁不仰慕集团的姐妹花，听尚超尘说夏洋集团有大靠山、硬后台，领导干部们谁都以和夏洋集团的姐妹花交朋友为荣。"

"冬妹你快别说了，我完蛋了，姐姐雅丽也完蛋了，夏洋集团全完蛋了。"雅静说着已抽泣起来。

冬妹吓得脸色煞白，急问："你怎么了？雅丽姐姐怎么了？夏洋集团又怎么了？"

雅静泣不成声地说："姐姐已被中纪委调查组带走了，夏洋集团的账户全被查封，潇潇父亲也被抓了，我刚好带着潇潇在外面，才暂时没被带走，现在是冒着风险来看你一眼，也为了把潇潇托付给你，这样，哪怕我死去也就放心了。在这个世界上，我只信任你，相信你一定会照顾好她的。我晚上就走了，先去国外避避风头。假如我能平安度过这场大劫，我就回来和你一起开客栈，否则，潇潇便是你的女儿，千万不要和她提我，她还那么小，我不希望她的童年被蒙上阴影。”

十年前，面对冬妹的不辞而别，雅静确实难过了一阵，可很快就好了，觉得冬妹离开是迟早的事。自夏洋山庄开发成功后，雅静的野心极度膨胀，变得不可一世的狂妄，想当然地以为，赚钱是那么容易，成功是这么简单。

冬妹虽然走了，生意还得继续做，没有冬妹她更要把商业街的项目拿下来，她擦干了眼泪驱车径直到了市政府找到了陆副市长。

面对眼前的不速之客雅静，陆副市长显得有些尴尬，知道来者不善，这个女人一定有事找他。于是说了几句客套话后继续看他的文件，有一句没一句地敷衍着她。雅静几次提到冬妹都被他岔开话题，有意要避开冬妹两字，好像是他从来就不认识冬妹这个人。

从陆副市长对她的态度里，雅静知道要让他看在冬妹面子帮忙，简直是做梦。男人真他妈的是中山狼、无情兽，要拿到商业街项目必须另想办法。她也想过送钱。可陆建成在路桥这么多年，一定不会缺钱，尤其是他刚升任为副市长，仕途一定比钱更让他关心。夏洋集团毕竟年轻，还未成气候，和那些老资格、有实力、有经验的大公司比还有距离。她看陆副市长现在的态度，假如她现在开口说商业街的项目一定会适得其反，反而会影响以后的交往。只好识趣退出，想回家慢慢再想办法。

她是个不达目的不罢休的人，觉得这事必须成功。回到家，左思右想，觉得姐姐雅丽是大红大紫的大明星，是名人，只要她出面，一定会事半功倍。

雅静很轻易地说服雅丽，由雅丽接替冬妹，一起经营夏洋集团，在逆境和苦难里泡大的两姐妹对成功的渴望已经达到“走火入魔”的程度。尤其是眼下的成就更是让她们信心百倍，忘乎所以，仿佛一切都在她们的掌控之中。那晚，两姐妹讨论得热血沸腾，一个个宏大的商业计划悄然酝酿着。

由珠市福利院主办，夏洋集团赞助的《爱心满珠市雅丽慈善公益演唱会》在珠市体育馆隆重举行。演唱会所有募捐善款以及门票收入全数捐献给儿童福利院。雅静注重宣传，演唱会进行得非常成功，分管民政局的陆副市长，也列坐其中。

舞台上的雅丽美艳绝伦，婉转的歌喉如天籁，曼妙的舞姿婀娜妖娆，赢来了台下观众热烈的掌声和阵阵喝彩，也迷倒了陆副市长。陆副市长虽然阅美女无数，身边更不缺年轻漂亮女人，但却还从没有泡过明星，他忍不住又在心里想入非非。

演出结束，陆副市长接到雅静的电话，说要和雅丽一起请他吃宵夜，他立即答应。借着酒精，大明星半推半就委身于他。事后，他虽然也觉得大明星和别的女人没什么两样，但毕竟给了他虚荣和满足。想不到在第三天，雅静拿着他和雅丽的录像带跟他要商业街的项目，他虽然生气，但也无可奈何，只能点头同意。

事后，两姐妹给陆副市长送去了不少好处，倒也皆大欢喜，继续合作，互惠互利。

雅静和雅丽尝到了甜头后，一发不可收拾。两姐妹都觉得使用美人计录像是上上策，只要使出这招没有官员不听话。两姐妹利用同样的方法，在全国用最低价拿到了无数的地，做成了许许多多大生意。

很快，夏洋集团的生意涉及各行各业，在全国开花，两姐妹也成了大商人、大慈善家。她们办公室的墙壁上挂满了和许多政要领导的合照，扬言说只要她们看上的项目谁也别想竞争。

雅静的事业被推至巅峰，仿佛一切都在她的掌控中。对待身边的人，她居高临下，唯我独尊，谁的话都听不进去。对待钱财，她唯利是图，如蝇逐臭，为了成功不惜施用任何手段。在生活上，她天天声色犬马，吃喝嫖赌，比男人过之而不及。姐姐雅丽更是了不得，干爹无数，京城的大员就有好几位。

没想到，忽然间中央掀起反腐浪潮，一路横扫，席卷全国各地的大小贪腐官员。陆副市长涉嫌严重违纪违法，接受组织调查，供出了夏洋集团……

尾　声

辉煌一时的夏洋商业帝国轰然倒塌，曾经被追逐热捧的大歌星雅丽只能在监狱里惨度余生，雅静至今仍不知去向。关于夏洋集团的传说成为人们茶余饭后的谈资，可终究是随着岁月流逝淡出了人们的记忆。

冬妹的女儿瑶瑶大学毕业后，高不成低不就，找不到称心的工作，便在客栈帮妈妈打理生意。冬妹常说瑶瑶的性格活泼开朗，敢作敢为，有点像雅静。瑶瑶虽然没有像雅静一样攀附权贵，要做红顶商人，但她有自己的想法，要开分店，创自己的品牌。于是，第二家姐妹客栈在瑶瑶的张罗下开张，她还准备着要开第三家、第四家、第五家……

对于瑶瑶要做的事，冬妹不赞同也不反对，只对女儿说万事顺其自然，不可强求。

雅静的女儿潇潇也已经考上了重点中学，孩子可爱懂事，对冬妹更是百般依恋。潇潇不知道冬妹并不是她的亲生母亲，更不知道她母亲雅静的故事。

尚超尘作为夏洋拍卖公司的总经理，虽未被拘捕，但一时间失去了工作，老婆和他离婚，他一无所有被扫地出门。好在他有手艺在身，又重操旧业拿起画笔，倒也吃穿不愁。他经常来看冬妹，几次提出要和冬妹重续前缘，冬妹没有同意。不久，尚超尘带来一个女老板，爱他爱得死去活来。

冬妹曾经带着老父亲和两个女儿回过一趟山凹村，这里和别的小山村一样，年轻人都出去打工了，村里除了老人就是孩子。当他们找到养母雪花时，雪花妈妈已经苍老不堪。她拉着冬妹和两个孩子看了又看，浑浊的眼泪怎么也擦不干，又抓住养父的手哭个没完。老实善良的养父想起和雪花曾经的恩爱，也是眼泪汪汪，说要留在山凹村陪她。原来，虎哥已在几年前死去，雪花妈妈的儿子小龙出狱后，倒插门去镇上做了上门女婿，儿媳妇坚决不同意婆婆去她家，也不让小龙回山凹村，雪花妈妈已经好多年没有见到儿子了。前不久，她实在想儿子，跑去镇上看他，没想到早已人去楼空，邻居说他们全家都去珠市打工了。雪花妈妈也想去珠市，她现在是真心爱冬妹和养父，更幻想能在珠市找到儿子，能再见小龙一面。

面对一个满脸忏悔、风烛残年的老人，冬妹还能说什么呢。只好把雪花妈妈一起带去珠市。

他们去看美芳妈妈，她已经住进了敬老院。他们找到美芳妈妈时，她根本认不得冬妹了。敬老院的人告诉他们，自她儿子死后，她就得了老年痴呆症，在这里已经有些年了。冬妹想到从前，觉得人生如梦，忍不住又流了很多眼泪，只好给敬老院一些钱，让他们好好照顾美芳妈妈。

冬妹还去晓城看望过生父，他已是满头白发，早没有了当年的伟岸威风。他见到冬妹只是默默流泪，什么话也没说。

倒是小姑又结婚了，小姑丈是个退休干部，听说老婆死后便娶了小姑。小姑幸灾乐祸地告诉冬妹："你们家已经败落不堪了，你父亲身体不好，你后妈更是糖尿病，高血压，没完没了，你弟弟吃喝嫖赌，你妹妹做什么亏什么。哪个家又经得起如此折腾。唉！吴家就毁在他们手里了。"

冬妹专程去山城找生母，生母曾经住过的小平房已变成崭新的高楼。冬妹问了很多人，找遍整个山城，谁也不知道哑巴一家去了哪里。冬妹难过了一阵，总觉得是自己害了母亲，但也无可奈何，只能默默祈祷，愿母亲平安、健康、快乐……

老父亲自带雪花妈妈来到珠市后，每天和老伴有说有笑，精神越发矍铄，身体更是健朗。他们俩每天种花种菜，养鸡养鸭，其乐融融。瑶瑶也把客栈打理得井井有条。

冬妹心下无忧，便又沉迷于书海，忘我地遨游在博大精深的传统文化里。她尤其喜欢《道德经》《庄子》《菜根谭》等哲学和修身养性类书籍。

近日，冬妹痴迷于《了凡四训》。她仔细品味书中的立命之学、改过之法、积善之方、谦德之效，回味自己凄苦、颠簸、求生、奋斗的人生经历，思量着曾经相伴、相处、相缘、相遇的故人，觉得如醍醐灌顶。心想，如果养母、虎哥、美芳妈妈、小土哥哥、后妈、后父、雅静、雅丽、陆副市长都能多读圣贤书，知晓因果之理，为善去恶，广种福田，一定能够心目豁开，灾消福来，改写命运。

现在，冬妹最大的梦想是书写人生感悟，向更多的人阐述真善美的知行报应。她希望这个世界人人都秉承仁爱，把握命运，处处充满和谐、安详与美好……

读后感

——诺亚方舟

差不多2个月前，朋友推荐《冬妹》让我看。而我已经很多年都不曾看过一本小说了，因为觉得有更重要的书要读。实际上，我希望自己所有的空余时间都用来反复读那几本几年来一直在看的书。但出于对推荐人的尊敬和信任，我决定至少从头到尾好好看一遍《冬妹》。

这是一部近400页的长篇小说，写的是一个苦命女孩“冬妹”跌宕起伏的传奇经历，以及她周遭的一切，同时折射出这几十年的社会变迁。读来五味杂陈，百感交集。很庆幸我没有和这本好书失之交臂。

这几天零碎的时间里都是和“冬妹”在一起，在经历了最初的沉重和压抑后，我给自己打了足够的预防针，我告诉我自己，虽然该书作者王思茗也说过“小说就是生活，生活就是小说”，但至少书上写的全都是过去发生的事情，是过去式，所以不要太伤心，不要太难过，一切都已经过去了。

但无论我怎样让自己理性，还是好多次看得止不住流泪，小小的“冬妹”们实在是经历了太多的苦难，让人心酸不已。好多次，我都无法继续看下去，只得停下来，面巾用得眼前一堆。好不容易继续看，不一会，又不得不停下。

等到终于看完，长长地舒了一口气。但随之，又有好多想法萦绕在我的脑海里，挥之不去：

❶ 冬妹的苦难是民族苦难的缩影

从人的层面说，冬妹的苦难主要是源于：

“文化大革命”的荒诞和疯狂把人变成鬼，使人性尽失，亲情不再。亲舅的迫害，使她和亲爹亲娘失散。

后来：

养母雪花的虐待迫使她小小年纪离开山凹村；

养母美芳的逼婚及她儿子的强暴使她又一次流浪；

找到生父后，又因后妈的陷害再一次流浪；

找到生母后，又因后父的强暴再次离家；

因为没有身份证和介绍信不能住旅馆、不能找工作而流落街头；

走投无路时在谢振轩的调教下干起了（不卖身的）色情的勾当；

幸好及时良心发现，与谢振轩分道扬镳；

走投无路甚至希望去监狱，后经历“（收容）遣送站”的磨难；

没有户口没有身份证，不能找正当的工作，不得已又做起（不卖身的）陪酒女郎；

……

回顾《冬妹》的上半部的主要情节，我们就能很清楚地看到，她的不幸主要是那个时代的大环境和恶法造成的，其中有几个最重要的关键点是：

- 文革
- 身份证
- 收容遣送
- 强暴

当我几次看到小小的冬妹说“帮我找份工作，我不要工资，管吃管住就行”这样低的要求都无法满足时，当我看到冬妹在“（收容）遣送站”遭到的非人对待时，心中无比愤懑：这是怎样的一个世道啊？！真的要把人逼上绝路吗？当应当被“救助”的人们被当作罪犯对待时，这是怎样的一种罪恶啊！不由地又想起了在广州惨死的孙志刚——那个客观上以生命为代价推动中国法治进程，值得纪念的人。

2003年3月17日晚，在广州打工的湖北籍大学生孙志刚因缺暂住证，被警察送至广州市“三无”人员（无合法证件、无固定住所、无稳定收入）收容遣送中转站收容，3月20日被收容所员工殴打身亡。这起发生在收容所中的案件，在当时引发了中国社会对收容遣送制度的大讨论。

一个公民，就因为没有暂住证，被收容，被遣送，被毒打，被剥夺生命，而后真相被曝光，凶手被审判，恶法被废止。这就是孙志刚收容案。

2003 年以前，救助管理机构在中国被称为收容遣送站，由民政部门和公安机关共同管理，为了救助流浪汉和乞讨者，帮助所谓城市无业游民返回家乡。但是，在实行过程中，部分收容所员工不但不救助弱者，反而对被收容者进行敲诈勒索甚至辱骂殴打。冬妹的经历就是这种情况的真实写照。

孙志刚离世 3 个月后，2003 年 6 月 20 日，《城市生活无着的流浪乞讨人员救助管理办法》公布，40 天后，饱受争议（收容遣送站的设立没有宪法和法律依据）却实施 20 年之久的《城市流浪乞讨人员收容遣送办法》被废止。至此，以“自愿求助，无偿救助”为原则的救助管理制度取代了强制性的收容遣送制度。救助管理站也改为直属民政部门，公安机关不再参与管理。

孙志刚墓志铭中写道：

逝者已逝，众恶徒已正法，然天下居庙堂者与处江湖者，当以此为鉴，牢记生命之重，人权之重，民生之重，法治之重，无使天下善良百姓，徒为鱼肉；

人之死，有轻于鸿毛者，亦有重于泰山者，志刚君生前亦有大志，不想竟以生命之代价，换取恶法之终结，其死虽难言为舍生取义，然于国于民于法，均可比重于泰山。

❷ 在任何特定的环境中，人们还有一种最后的自由就是选择自己的态度。

冬妹受尽了种种常人无法想象无法承受的磨难，但她最终还是走过来了，不仅如此，她的真诚、善良、纯真始终都不曾泯灭。她为什么能做到？

大家可能也知道这样一个故事——二战中，集中营幸存者“弗兰克尔”的奇迹。

二战的集中营，囚犯每天面对着恶劣的生存环境，他们一天只睡 3 到 4 小时，吃得最差，最少，最没有营养，风餐露宿，冬天没有衣服穿，白天还要干最重的体力活，还要面对着纳粹份子的严刑拷打，以及疾病的威胁，多少人在绝望中死去，每到节日，象圣延节，死亡的人就特别多，人们每天等待着解放的消息，但是等来的都是失望，支撑不住的，就患上疾病，死去了，要知道，身体的健康跟精神状态是有很大关系的。

绝望的人，他们身心萎靡，不愿劳动，不愿吃饭，什么都不想做，每天早晨躺在自己的排泄物上不起来，任凭别人如何叫喊，甚至拳打脚踢，就是一动不动，连饭也不吃，最后，带着绝望死去。

但就是在这种地狱般的，生存希望渺茫的环境里，有的人却能去主动关爱他人，甚至省下自己那份本来少的可怜的食物去分给他人，我们不得不敬佩他们的心灵力量。

弗兰克尔便是其中之一，他不但活着等到了解放的那一天，而且身体，包括心理都非常健康。

解放后，很多活下来的人的心理都已经不太正常了，他们隔绝社会，甚至仇恨社会，一旦遭遇不公正待遇，就大打出手，嘴里还说：难道我们在集中营里所受的苦还不够么？

但弗兰克尔却不是这样，他心理健康，回到大学里继续任教，并创立了意义疗法。

弗兰克尔健康，完整的活下来的支柱是什么呢？

答案是：“爱”。

弗兰克尔的妻子同时被抓进集中营并被分隔开，无法见面，甚至不知死活，这种痛苦是人都无法承受。弗兰克尔对她非常想念，这种想念慢慢变成了他的心理支柱，他相信有朝一日可以和妻子见面，并过上以前的幸福生活，为了排解这种分离之痛，他发明了一种方法，叫做“精神聊天”。

他每天傍晚都要找时间面对夕阳而坐，在精神上与妻子对话，他每天都可以在精神上和妻子开心的聊天，所以他仍然相信妻子还活着，有时看守看到他闲坐，便过来殴打他，弗兰克尔任凭他们如何虐待，仍然一动不动，在心里坚持着与妻子的心灵对话，这种与妻子见面的渴望支撑他活了下来。

当然，对全人类的爱，也是弗兰克尔活下来的动力，来到集中营里，他并没有闲下来，而是开始研究集中营中人类的状态，因为他本身就是个心理学教授，他经常幻想自己解放后，站在学校的讲台上，对着学生们演讲一门叫做“集中营心理学”的学问，其他人都在集中营严酷的环境下艰难生活，都在等待着解放，根本无心顾及其它事物，而弗兰克尔却因为努力研究了集中营人类的生存状况，而最终开创了：意义疗法的新门类。

这是何等的气魄和心灵的力量，正是以一名心理学教授的职业精神，正是以一种对全人类幸福的责任感，以及对全人类的热爱，使他能够在逆境中振作，并成功发展了自己。

很遗憾，解放后，弗兰克尔最终没能和妻子见面。

弗兰克尔对妻子的爱，还有每天与妻子的“精神聊天”，以及对全人类的爱，是支撑他活下来的真正原因。

他的奇迹在于，他不仅身体十分健康，而且心理也十分健康，更重要的是成功创立了心理学的新学派，即“意义疗法”。

维克托·弗兰克尔说过；“在任何特定的环境中，人们还有一种最后的自由就是选择自己的态度。”。也就是说，有些时候，我们不能改变环境，但我们可以选择自己的心态。

冬妹也是，当她几次想轻生的时候都会想到养父在等她，“不能死，我不能死，我还有养父，他一直在等我”。正是这种对养父的爱与责任感，让她活了下来。

❸ 饶恕他人就是放过自己

一路走来，冬妹也遇到过好人如钱大明、孙晓磊、楼宝强、尚超尘等，但也承受过太多人的欺侮、残害和抛弃，但善良的她总是记着别人的好，从心底里宽恕害她的人。当我看到冬妹“荣归故里”一章，冬妹对曾经在她很小的时候恶毒虐待她的雪花妈妈说：“谢谢您给了我苦难的童年，让我学会了坚强。有时候我想，假如没有您的棍棒，也许我这辈子都走不出山凹村，真的好感谢您！”时，我不禁泪流满面，感到了冬妹宽恕后的“释放”，真的是一种升华。

最后，冬妹在雪花曾经的宝贝儿子都不让她进门，更别提养她的时候，毅然顺从养父，让养父母复合，承担起了赡养他们的义务。冬妹还“以德报怨”地对待了几乎所有曾经伤害过她的人。

因为这份饶恕（释放），她才会有后来的舒心和坦荡，这是注定的。

❹ 知足不辱，知止不殆，可以长久。

看到尾声，知道冬妹的结局是很好的，虽然谈不上大富大贵，但衣食无忧，家庭和睦，女儿孝顺，自己心情舒坦，安宁详和，可以沉迷于书海，忘我地遨游在博大精深的传统文化里。她尤其喜欢《道德经》、《庄子》、《菜要谭》等哲学和修身养性类书籍。

虽然，冬妹和作者一样，现时并未找到真正的宇宙大法，但至少已经受到启迪，悟到了先贤的一些智慧。

其实冬妹和她最亲爱的伙伴雅静分手，看起来直接的原因像是在对待陆建成的问题上的分歧，冬妹不想害陆建成，而雅静为了达到目的不择手段。但根本的原因其实是她们俩人价值观的巨大差异。

冬妹看似比雅静木讷、愚钝，但实际上，从修炼的角度说，冬妹属于根基比较好，悟性比较高的，因此更有定力。在道德一日千里往下滑、物欲横流的今日，冬妹不至于也像雅静那样随波逐流、私欲不断膨胀，以至入魔到了不可收拾的地步。价值观的不同导致她们二人结局的天差地别。其实说白了，物欲越强，幸福度越差，这是一定的。

这应该也是作者想让读者明白的一个道理。正如余青岩先生的书评中曾引用的《道德经》第四十四章中的一句话：“名与身孰亲？身与货孰多？得与亡孰病？甚爱必大费；多藏必厚亡。故知足不辱，知止不殆，可以长久”。

图书在版编目（CIP）数据

冬妹 / 王思茗 著. -- 北京：作家出版社，2015. 2
ISBN 978-7-5063-7774-4

Ⅰ. ①冬… Ⅱ. ①王… Ⅲ. ①长篇小说－中国－当代
Ⅳ. ①I247.5

中国版本图书馆CIP数据核字（2015）第010369号

冬　妹

作　　者：王思茗
责任编辑：林金荣
装帧设计：阮映婷
书名题字：李君如
扉页绘画：张立强
作者肖像：马贵仁
出版发行：作家出版社
社　　址：北京农展馆南里10号　　**邮　　编**：100125
电话传真：86-10-65930756（出版发行部）
86-10-65004079（总编室）
86-10-65015116（邮购部）
E-mail:zuojia@zuojia.net.cn
http://www.haozuojia.com（作家在线）
印　　刷：三河市北燕印装有限公司
成品尺寸：152×230
字　　数：338千字
印　　张：24. 5
版　　次：2015年2月第1版
印　　次：2015年2月第1次印刷
ISBN 978-7-5063-7774-4
定　　价：38. 00元

图书在版编目（CIP）数据

[illegible]

ISBN 978-7-5063-[illegible]

[illegible]

e-mail:[illegible]

http://www.[illegible]

[illegible]

ISBN 978-7-5063-[illegible]